十八梯

王雨◎著

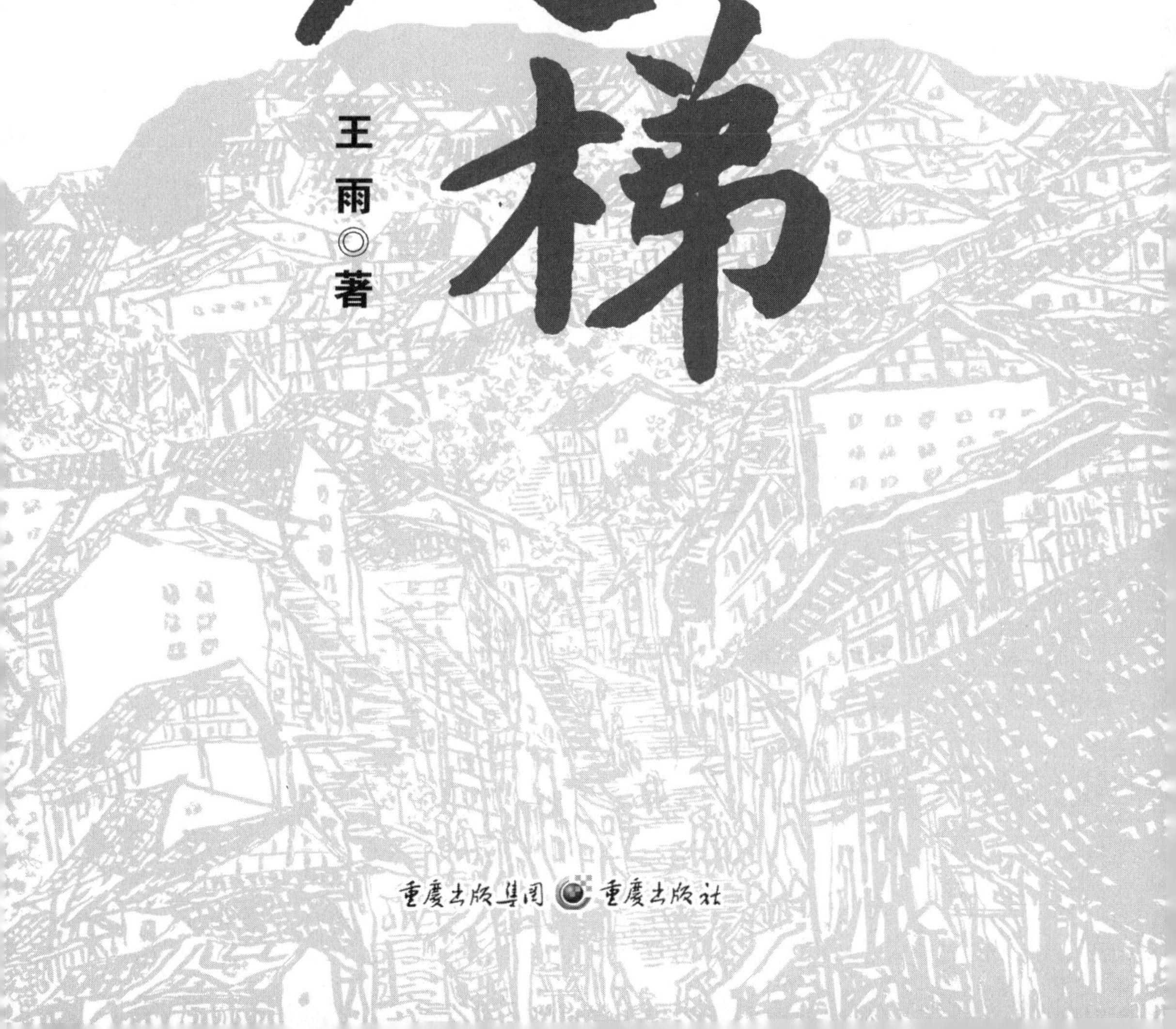

重庆出版集团 重庆出版社

图书在版编目(CIP)数据

十八梯／王雨著．—重庆：重庆出版社，2023.1
ISBN 978-7-229-17230-5

Ⅰ.①十… Ⅱ.①王… Ⅲ.①中篇小说—小说集—中国—当代 ②短篇小说—小说集—中国—当代 Ⅳ.①I247.7

中国版本图书馆CIP数据核字(2022)第199117号

十八梯
SHIBA TI
王 雨 著

责任编辑:李 子 李 雯 彭昭智
责任校对:刘小燕
封面设计:回归线视觉传达

重庆出版集团
重 庆 出 版 社 **出版**
重庆市南岸区南滨路162号1幢 邮政编码:400061 http://www.cqph.com
重庆出版社艺术设计有限公司制版
重庆升光电力印务有限公司印刷
重庆出版集团图书发行有限公司发行
E-MAIL:fxchu@cqph.com 邮购电话:023-61520646
全国新华书店经销

开本:720mm×1000mm 1/16 印张:16 字数:350千
2023年1月第1版 2023年1月第1次印刷
ISBN 978-7-229-17230-5
定价:52.00元

如有印装质量问题,请向本集团图书发行有限公司调换:023-61520678

目录

自序

至今，我已在人民文学出版社、作家出版社、重庆出版社等出版了《填四川》《开埠》《碑》《飞越太平洋》等8部长篇小说，前两部被《长篇小说选刊》转载。而开初，我是从写中短篇小说起步的。当年，我还不认识的《红岩》文学杂志年轻的余德庄编辑，他在来稿中发现了我的中篇小说《桂阿姨》的手写稿，推荐发表了。这激起了我写小说的热情，也与他建立了友谊。后来，重庆出版社用支持年轻人的基金为我出版了中篇小说集《万家姻缘》，更是对我的鼓励。

我整理、修改了发表于《新华文摘》《小说界》《红岩》《长江文艺》《四川文学》《滇池》等杂志和新近完成的中短篇小说，结集出版此书。其中的短篇小说《船神》，在《小说界》头条发表后，被《新华文摘》头条转载，上了封面。

我生长的城市——重庆的人物和地域是独特的，掘开厚实的黄土才会发现重庆人的根。我的本职是医学工作，有过军旅生活，经历了得知了不少的事，就写了这些小说。茅盾先生说："短篇小说主要是抓住一个富有典型意义的生活片断，来说明一个问题或表现比它本身广阔得多也复杂得多的社会现象的。"中篇小说则介于长篇小说和短篇小说之间，截取主人公某个时期或某一段生活中的典型事件，反映社会生活的某个方面。

我努力这么做。

摘录了部分评论如下：

《船神》，原北大中文系主任、著名评论家严家炎："在不长的篇幅内，把矛盾和困难摆得很充分，让人物在这样的环境里去表现自己的品格和才干，显得真实可信。在卢作孚这个人物的塑造上，采用了欲扬先抑的手法，效果很好。两个年轻恋人和船长的故事情节虽然是虚构的，但有事实依据。总的来说很感人。"

评论家敖忠："王雨作品历来重视人物刻画。《船神》虽然是以小说形式描写抗战时期卢作孚指挥宜昌大撤退的一段故事，若干细节出自艺术虚构，但因作品所写历史背景的真实性，加以作者善于结合情节展开穿插许多往事，多侧面展示人物性格，我们从中看到一个艺术真实与历史真实高度统一的卢作孚形象。”

新浪博客的慧慧：“昨天晚上拿起了尘封很久的小说，挑了一篇最短的《船神》。现在真的不像以前在大学，一个晚上就能啃下几百页的小说。小说的主人公叫卢作孚，全文以小见大，从他一生的经历中，只截取了史称‘中国敦克尔刻’的宜昌大撤退……那个时代的前辈终究以他们的天地良心，以他们对民族深沉的爱做出了最重要的选择。在宁静的夜晚，有空看一看那个时代的作品，我相信可以让你的心灵安静很多。好好地活着，有太多的理由。”

《红绿灯》，上海文艺出版社原副总编魏心宏：“王雨是医学教授，带有硕博研究生，繁忙之余写了这么好的小说，写了医学教授的烦恼与执着。”

网友香香：“欣赏其文采，看过文章后，有一种复杂的情感，倘若是关系到个人命运的大事，也遭遇这样的拖延咋办。”

《产房》，作家、评论家许大立：“产房里的新生命绵绵不绝，产房里的故事层出不穷，每一个新的生命都会演绎不同的生命轨迹。王雨用产房外重庆四处可见的黄葛树一年两次落叶，暗喻人生的短促、生命的兴替，乃不可逆逾的自然规律，非常巧妙且诗意盎然。”

作家、评论家杨耀健：“她好像《飘》中的郝思嘉，乱世风云里还有几分把握局面的手段和信心，不乏取舍有度的协调能力，在医患矛盾之间游刃有余。肖春那炙热的目光、激越的话语、赤诚的胸怀，使人们知晓她多么钟情于她热爱的她称之为接生婆的事业。”

……

这些评论多在《文艺报》《文学报》《中国作家网》和重庆当地的报纸、网络上发表；网民的评论，反映出他们对小说的喜爱，令我欣慰。

小说是可与影视、戏剧联姻的。我发表于《小说界》的短篇小说《产房》，打动了重庆佛龙影视公司总经理刘岗先生，他为主人公肖春叫好，读完小说即给我打电话，叫我改编为同名电影文学剧本，他们拍摄为同名电影院线公映，剧本获“重影杯”一等奖。他们正筹拍这集子里的短篇小说《十八梯》的同名电影。我的小说《填四川》，北京如意吉祥影视公司设法找到我，买断了电视剧版权，改编拍摄为32集同名电视剧；我与黄济人合著的小说《长河魂》，上海文广集团主动联系我，买断了影视版权；我根据自己的小说《船神》《产房》《碑》《江水悠悠》改编的电影文学剧本，均在《中国作家·影视》发表。早年间，我写过一部中篇小说《青春年华》，那时候不是打字而是手书，遗憾的是找不到手稿了，否则也会编进此书。那来自生活的故事，应峨影厂李佳木导演约，我写了电影剧本《鲜花献给谁》，后与峨影厂编剧杨应章等改写剧本，由峨眉电影厂拍摄为电影《年轻的朋友》公映。我的小说《开埠》，我改编为同名话剧剧本在《四川戏剧》发表，获田汉戏剧奖，还在重庆市文学作品表演艺术学会、市话剧院朗诵公演。我还将小说《填四川》改编为同名京剧剧本，在《四川戏剧》发表，希望能够搬上京剧舞台。

我的感觉是，根据小说改编的影视、戏剧剧本的文学性会更强些。

感谢重庆出版社出版此书。

十八梯

一

明月在十八梯失踪了，我和葛勇都好心焦，我俩找遍了十八梯的“七街六巷”，没有找到。

连接重庆母城上下半城的十八梯远不止于十八级梯坎，它上顶天下立地，古老的泛着幽光的青石板梯坎被踩得变了形，无声地承受着我的脚步，保守着我的秘密。

我爱明月。

我爱明月这件事与葛勇有关。葛勇开先不聋不哑，9岁那年生病打链霉素以后耳朵聋了，先聋后哑，就只能咿哩哇啦“说话”。欧阳中医说，人之五官脏腑是有代偿力的，聋了哑了，眼力、嗅觉、悟性就强。可不，葛勇就精灵，学哑语，自学认字，把十八梯的厚慈街、老街、下回水沟街、守备街、凤凰台街、响水桥、花街子七条街道，把瞿家沟、善果巷、月台坝、大巷子、轿铺巷、永兴巷六条巷子，咿哩哇啦比画得明白。

没考上大学的我常跟葛勇在十八梯闲逛，葛勇比画说，他喜欢十八梯重叠密麻的楼房、瓦屋、吊脚楼，不少是明清民国时期的建筑，是国家保护的文物。

我同意他说的。

葛勇比画说，他还喜欢明月。

明月是我小学同学，我们念书的“精一小学”建于光绪年间，就在十八梯附近，校训是“学如浩瀚，求其一精”。葛勇比画说，明月教他绘画。掏出张皱巴巴的纸，指上面他画的十八梯。我看画，感觉他画得一般般，比画说，还可以。葛勇笑，比画说，明月的母亲死得早，她父亲在十八梯的老街开了家“明氏书画店”，她父女两个经营，她父亲对她这个独生女儿管得严，不许她跟男生交往。

葛勇机灵，见她父亲进城买货，就喊我去那正面当街、背面临崖的吊脚楼书画店。一进门，他就咿哩哇啦对明月比画问这问那。明月耐心地比画回答，还用毛笔在废宣纸上写字说明，你问的文房四宝啊？她取了文房四宝给葛勇看，比画讲说纸、笔、墨、砚。她比画说，古诗人描述的“近者唐夫子，速致乌玉玦”，是苏轼描述的陈旋墨。我才发现，她随意写的字笔力强劲、自然舒展。葛勇看字画。明月比画说，蔡元培先生说，中国画与书法有缘，而多含文学之趣味。你看这幅《赶驼老人》画，有寓意，浑圆的落日贴着大漠的棱线了，凝固的沙浪像一片沉睡的海。赶驼老人挥舞鞭子，鞭子不落到驼背上，老骆驼四蹄蹒跚，踏飞一路沙尘。我点了点头。她又指另外一幅画，这幅丹顶鹤画，鹤颈浓淡水墨一挥，腹部留白，没画眼睛，却很是传神。世界复杂也简单，复杂是人心不古，心善如鹤则简单。“嗯，好！”我看着她说。她对我一笑。葛勇看着飞天画比画，飞天女的衣服穿得好少。明月比画说，这是画者临摹的飞天壁画，飞天壁画是我国古代的人体艺术。我没看字画，看她：正面看，如一轮皎洁的圆月；侧面看，是一钩微笑的弯月。“月出皎兮，佼人僚兮。”月乃天物，皎月美女呢。方发现亭亭玉立的她秀外慧中，好美。我跟她虽是小学同学，却从来没有说过一句话，印象中，她为校园的宣传栏画过画，后来去念了美专校附中。

她衣着随便，最大程度光裸着肌肤。六月的重庆热死人，那是没有空调冰箱，连电风扇也紧缺的年代，十八梯的女人们都这么穿，没有人觉得稀奇。

晚上，屋里是住不了人的。

十八梯的路道两边摆满了凉椅凉席凉板，上面坐着躺着乘凉的男女老少。男人几乎都只穿一条窑裤，女人穿得少得不能再少，细娃儿一丝不挂。蒲扇纸扇篾扇摇动，扇风也驱赶蚊子。小贩吆喝叫卖炒米糖开水、稀饭、凉面、凉粉、油茶、豆腐脑。

葛勇背了冰糕箱咿哩哇啦叫卖。冰糕箱是草绿色的，有青色的鸟儿图案，葛勇背起很吃力，冰糕箱却给买者以清凉感。

“冰糕，冰糕，青鸟牌冰糕，香蕉橘子牛奶豆沙冰糕呃冰糕，冰糕凉快耶冰糕……”我跟了他帮他唱歌般吆喝叫卖，“冰糕，冰糕，地下室做的冰糕啊……”

路过“明氏书画店”，店门紧闭，明月父女没有在门外乘凉。噫，他们还经得热！我想，提高了声音叫卖。穿短袖衣短裤子的明月开了店门，月辉映得她那雪白的肌肤更白。

“好热啊，看你们两个，一身都是汗，快进来凉快一下。”明月低声说，细白的食指竖在嘴唇上，“我们说话小声些哈。”

屋里像蒸笼呢，咋会凉快？我心里说，跟了葛勇进门。嗬，真有股凉风！15支光的电灯下，柜台上放有个小锅盖大小的乳白色电风扇，葛勇的脸几乎要贴着电风扇，他比画好凉快。那个年代的葛勇和我，看见这电风扇就如同现今看见新款的5G华为Mate40手机一般高兴。

“我大爸在新加坡，他买了寄来的。”明月低声说。

葛勇就从冰糕箱里取出4块青鸟牌冰糕，分别是蓝色、红色、土色、黄色包装纸的冰糕，双手捧送给她，比画说，不要钱。她取了蓝色包装纸的冰糕，剥开包装纸吃，低声说，要给钱的。我赶紧掏钱给葛勇，比画说，我请她吃，她是我同学。葛勇收了钱，将剩余的三块冰糕快速放进冰糕箱里，比画问她，你爸爸在楼上？她点头，比画说，在二楼阳台乘凉打瞌睡。葛勇比画，你爸爸好凶，揪我耳朵，把我耳朵都揪红了！她吃吃地笑。

楼梯声响。

“你们凉快些了吧，快些走，我爸爸下楼来了。”明月低声说。

我正站在电风扇前迎风，还是得离开。

二

我和葛勇上了“明氏书画店”的二楼，明月的父亲跟朋友去茶馆喝茶摆龙门阵去了，是明月领我们上楼的。二楼有她和她父亲各自的卧室，明月领我们进了她的卧室。这是她的闺房呢，我想。一进卧室，就感觉到她身上那种特有的香味。卧室内饰清爽、家具古朴。临江的一面有黄葛树叶遮阴的阳台，看得见山脚早先的官道——现今的马路。马路两边是高矮参差不齐的或古旧或新修的房屋，马路上早先有黄包车、板板车、马拉车往来，现今有汽车往来。马路下面是我们称之为大河的长江，被水浪常年冲击的沙滩形成了一道灰色的江岸线。回水处是太平门水码头，有木船、轮船往来。江对岸是古木参天的南山，山间可见老君洞的飞檐翘角，山林里有茶马烟岚的黄葛古道。来自大雪山的流水悠悠，哼唱着深情的歌。明月比画说，站在这阳台上，闻得到大河的水香、南山的林香。葛勇就抽鼻子闻。明月说，当年，南山那条黄葛古道是通往黔滇的主要干道。我接话，是重庆的丝绸之路。她说，嗯，古道始建于唐宋，明清时繁盛起来。我点头，古道走过贩茶贩盐的马帮。她说，还走过入缅作战的抗日远征军官兵。我说，了不起的古道，穿山越岭。她点头，重庆是山城嘛，市区就是一座山，大河长江、小河嘉陵江一抱，就有了市区母城。我说，对头，长江气势磅礴，嘉陵江温丽清幽，有人说长江乃雄性为父，嘉陵江乃雌性为母，母城半岛是两江的孩儿。她嘻嘻笑："你还会说。"她眨眼看我。葛勇就抱肚子，比画说要拉屎，转身下楼。屋里剩下我和她。我有些莫名地紧张。她若无其事，摆放好工夫茶茶具，煮开水泡茶，斟满三杯。递给我一杯茶。她自己喝茶，这是色绿、香郁、味甘、形美享赋"四绝"盛名的龙井茶。我喝茶，其实山城沱茶也可以，清香养胃。她说，倒是。

我俩说茶说文房四宝说字画。

"呃，你在这十八梯住了好多年了吧？"她问。

"我在这里出生长大，我爷爷、爸爸也在这里出生长大。"我说。

"老十八梯啊。我爸爸妈妈是下江人，抗战时逃难来重庆的，我妈妈在十八梯的防空洞里生下我的。"

"在防空洞里？"

"那阵，日本飞机连番地轰炸重庆，警报一响，人们就往防空洞里跑，炸死、闷死了好多的人。"

"血债血还，日本鬼子败了！"

"对，败了！呃，这里远不止十八级梯坎啊，咋叫十八梯？"

"老人们说，相传十八梯共有190级，明朝时这里有一口老井，离得近的几户人家的住处正好有十八道梯坎；还说，清朝时修了歇脚的台阶，台阶也刚好是十八段。就称十八梯了。"

"这样啊。"

我显摆说："有人说，十八梯是城里的村庄，是先有十八梯，后才有解放碑市区的。重庆城因江而生，倚山而立，好比一棵大树，繁茂的枝叶是来自树根的。十八梯就是树根，尽管是陡坡陋巷，却是价值连城，有三千年的文化根脉。天佑我十八梯，日寇的飞机也没能炸毁。"

"你对十八梯的感情好深。"

"故土嘛。"

明月喝茶，扑哧笑。"你笑啥？"我问。她说："那天，你和葛勇送冰糕给我吃，我才看清楚包装纸上印的是青鸟牌，我一直以为是青岛牌呢。"我也笑："这风靡重庆的冰糕不是山东青岛的，是山城重庆产的。"她问："你咋说这冰糕是在地下室做的？我说："是在地下室做的，我爸爸带了工人做的。"她问："你妈妈也去帮忙吧？"我说："我妈妈去世了，就我父子两个。"她叹气："同命相怜。"我点头："呃，明月，你想不想去那地下室看看？"她说："想去。"我说："明天就带你去。"用大头钢笔给她写了详细的地址，明天下午两点钟，我们在这里见。她点头，看我写的字条："哇，你的字写得好呢！"我的字是可以的，听到她的夸奖我心里舒坦。

我们两人说话，时间过得快，晚霞临窗了。

“这个葛勇，天都要黑了，还不转来。”我说。

“他也许有啥事情。”她说，“不等他了，你回去吧，免得你爸爸挂念。”

我不想走，想再和明月待一块，但还是下楼出店。转过街口，看见了葛勇，我比画说，你屙屎屙这么久呀？葛勇比画，有人找我做家具。我想，他的木匠活路不错。你装怪嘛，我比画说。他做鬼脸。

第二天下午两点钟，明月准时来到十八梯善果巷一栋土墙老屋前，我早在门前的树阴下等候了。她穿白色暗花短袖衣裙，走路一蹦一跳，扇着白色的纸扇，风是热的，她那精巧的鼻子、细白的秀脸上挂满汗珠。穿蓝色短衣裤的我已是全身汗湿。我爸爸穿灰布工作服，带我们进门，说：“老重庆人都晓得，这几分钱一块的青鸟牌冰糕，味道好得不得了，尤其是橘子冰糕霸道，包得有橘瓣……”有个工人来找我爸爸说事情，爸爸就叫我带明月去地下室。我来过多次，带明月下到地下室。“哈，好凉快！”明月不扇纸扇了，好奇地四处看。地下室有电灯，约莫三十平方大小，四面都是石墙，屋梁是整根的大圆木。我指里面的水池说：“明月，这是保持低温的盐水池，冰糕原料在这里面降温，那边有降温的电机。”几个工人在分为几十个小格的铁皮盒子里做冰糕。明月感兴趣地过去看。一个工人从盐水池里舀冰糕的原料水往小格子里倒了一半，冻住后，再放进新鲜的香蕉、橘子、牛奶、豆沙汁，插进小木棍。我对明月说：“这叫‘冰糕片片’。”那工人等小木棍冻住后，又倒入另一半冰糕原料填满模具。另一个工人在给冰糕包上彩色的包装纸，放进厚毛巾包裹的冰糕箱里。我说：“明月，这就是冰糕的成品了。”明月拍手：“你爸爸这青鸟牌冰糕真好！”我说：“不是我爸爸的，我爸爸是主厂一个车间的主管，这里是分厂，由我爸爸分管。”明月说：“主厂不在这里啊？”我说：“主厂在白象街，那里是商业街。”明月点头：“那里有银行，早先还有轿行……”我想到明月的爸爸：“啊，明月，你爸爸晓得你来这里么？”明月说：“晓得。”我摸耳朵：“明月，你爸爸晓得是我带你来的么？”她说：“不晓得，他只晓得我是来这里买新鲜冰糕。”我放下心来。我爸爸走过来，没等我说，就用藤壳水瓶给明月装了十几块冰糕，说请她吃。明月坚持要付钱，说藤壳水瓶会送回来的。我说不用付钱，要付钱也是我付。她问：“为啥你付钱？”我说：“我，我是你同学呀。”她说亲兄弟也要明算账。我爸爸收下了她给的钱。

那天，我和她都高兴。

我给葛勇比画说了后，葛勇嘟嘴比画，咋不叫他，我比画，搞忘了。他生怒，又眨眼笑，做刮脸羞羞的动作。我呵呵笑，比画，明月是个好姑娘。

我和明月、葛勇时常邀约在十八梯的"七街六巷"疯耍，明月高兴地唱歌，我吹口哨伴奏，葛勇咿哩哇啦比画。明月说我的口哨吹得好听。我们累了，就去坐茶馆里听说书、摆龙门阵。饿了吃火锅，明月辣得惊叫唤，我和葛勇还往作料碗里加油辣子。葛勇去剃头，明月叫剃头匠给他剃光，葛勇呜呜哇哇不许。我们去了"凤台琴音"听弹琴。去了"禅堂祈福"祈祷，明月合掌祈祷我考上大学，我心快慰。

明月领我们去"于公挥毫"看书法，遇见几个长者对书法赞不绝口，我们充满兴趣地凑上去，撞见了明月的爸爸，她爸爸盛怒，狠揪了我和葛勇的耳朵，怒斥明月，说她再跟我和葛勇往来，就打断她的腿！

乐极生悲，我好沮丧。

我心不屈，还是去找明月，假装路过"明氏书画店"，唱明月爱唱的歌："珊瑚树红春常在，风波浪里把花开。哎，云来遮，雾来盖，云里雾里放光彩，风吹来，浪打来，风吹浪打花常开……"开始低声哼唱，后来放声唱，还吹口哨。明月就从二楼的窗口探出脸来，学葛勇比画。我明白，天擦黑时，在我爸爸做冰糕那地下室的屋门口见。

一日不见如隔三秋，我见到明月好高兴，领她在十八梯转悠、摆龙门阵，请她吃小吃。她吃卤鸭脚板，小嘴一动一动，好看，我忍不住要把她的肩头，她转过脸："呃，柳天，摆龙门阵有说法吧？"这我太清楚了，将伸出的手一挥，滔滔不绝："当年，大唐雄师出征高丽，军中火头军薛仁贵大摆龙门阵，阵势多变而奇幻。我们巴蜀人常以借喻讲故事的曲折复杂，推而衍之，就把讲故事、扯闲谈称为摆龙门阵了。薛仁贵摆龙门阵这'摆'是排兵布阵的意思，我们巴蜀人摆龙门阵这'摆'是谈天说地的意思。"她点头："对对，你晓得还多。"我挠头："听我爸爸说的，我爸爸说，巴蜀人摆龙门阵得行，说地下的茅草可以把天上的星星说来糅到一起，说屋里的猫儿下崽可以把玉皇大帝的麒麟御骑说下凡来凑兴。"她嘻嘻笑："把死人都可以说活，是不？"我说："是恁么说的。我爸爸说，龙门阵不叫说也不叫讲，叫摆。只这一个'摆'字便非凡。啥叫摆？一般吃饭不叫摆，须七碗八碟放一桌才叫摆，是摆席；做生意沿街叫卖不叫摆，须琳琅满目铺一地才叫摆，是摆摊子；茶馆上茶，不是一个一个碗放，而是一只手提长嘴铜壶，一只手从手腕到手臂重叠摞放茶碗，手指间夹茶碗，像叠罗汉、龙抬头。走到茶客跟前，闪手晃臂，哗啦啦将十多个茶碗均匀地放到茶桌上，有这等身手者才叫摆。"她说，有道理。我说，巴蜀人的功夫在于，很简单的事，可以七弯八拐铺排出引人入胜的故事来。诸葛亮的八阵图、空城计，抖开来极简单，摆开来就险象环生。她拍手，是恁么回事！月亮出来，月辉在她好看的脸上滑动。我心情大好，拍她肩头："明月，我跟你说，不管是正剧还是悲剧，经龙门阵一摆，就诙谐了！"她拍我肩头："说得好，妙！"

我们玩得高兴。

夏日的天，就像娃儿的脸，说变就变，下偏东雨了。我脱下短袖衣服为她遮雨，淋了雨的我害病发高烧了。明月买了水果点心来家看望我，用热毛巾给我敷头擦脸擦身子，说要降温，免得抽筋。她又去请了欧阳中医来为我摸脉开药方，为我熬中药，吹凉了药汤喂我吃。我道谢。她说，你我不说谢。我爸爸给她水果点心钱和请欧阳中医的钱，她不要，说跟我是同学。我心里很感动。

那之后没多久，听说老街的"明氏书画店"被查封了，店内的字画都被焚毁了。明月和她父亲失踪了。

三

花开草长了，明月和她父亲依旧不见踪影。

"明氏书画店"被查封后的第二天半夜，我独自爬窗户进到那店子里，为了明月，我不怕祸事。我打手电筒在店内四处查看，希望也有地下室，希望明月父女会藏在地下室里。没有地下室，店内一片狼藉。我费力地寻找，希望找到他们去向的信息，希望找到哪怕是明月的一幅画一个字供我留念，没有找到。倒是在堆有杂物的老旧木柜子里找到一本相册。我就着手电筒的光翻阅相册，里面有明月小时候一家三口的照片，有她父亲的照片，更多的是明月的照片，她念小学、中学时的照片，她绘画的照片。相册里夹有两幅不大的素描画，一幅是她的半身素描画，她一双大眼望着我。画的左下角"明月自画"是她的字迹。另一幅是我的半身素描画，落有"明月绘画"也是她的字迹。我心热心痛，明月，你在哪里？明月，我喜欢你！屋里不能久留，我将这珍贵的相册揣进怀里，越窗而出，沿了十八梯的"七街六巷"寻找，开先心里喊，后来轻声唤："明月，你在哪里？你听见就出来，深更半夜，就只有我一个人。明月，明月，你可别……"我声音哽咽，"明月，我喜欢你，我爱你……"十八梯的每一道梯坎都沉默，只有我的脚步声和呼唤声。

后来的一天，我和葛勇转游到十八梯的凤凰台街，街上的餐馆、铺子、摊摊店多，路人、棒棒、滑竿、轿子上上下下，剃头匠支镜子摆凳子给人剃头，磨刀的、卖麻糖的、做小泥人的吆喝，掏耳朵的专注，摇动腰肢走路的女人高跟鞋敲打石梯,“可吃,可吃”,有叫花儿乞讨。

欧阳中医的“养心堂诊所”在这街上。葛勇和我都找他摸过脉,他开的药见效。室内粉刷洁白,医案上摆有号脉的手枕、处方,挂有对联:“诗学百日通未通,字与各家总不同,平生喜弄纸和笔,多在望闻问切中。”我问欧阳中医:“咋取名养心堂?”欧阳中医说:“心为万法之源,众妙之本,天之所以动,地之所以静,此机在心,万古不移。”葛勇比画问,见到明月没有?我补充说:“明月和她爸爸一直找不到。”欧阳中医说:“明月啊,她父亲和我的病人是朋友。唉,天有不测风云,人有旦夕祸福。几天前,明月来找我看过病,面容憔悴,说她父女逃回老家不久,她父亲突发心脏病过世了。”我一震,给葛勇比画。葛勇悲哀。欧阳中医说:“明月说她胃不好,吃不下饭。我给她把了脉,肝属木,胃属土,木克土。给她开了药方。我看她是心病,她那胃病可治的。”我问他:“你晓得明月在哪里吗?”欧阳中医说:“那天的病人多,她拿了方子就走了,没来得及问。”

我好遗憾,给葛勇比画。

葛勇苦了脸。

我不能成天闲逛,得考大学,得翻书复习,明月还祈祷过我考上大学。那天日落,葛勇来了,咿哩哇啦比画,拉了正复习的我走,走到十八梯如山的垃圾堆前,臭气往鼻子里灌。葛勇拉我到旁边的黄葛老树后,比画叫我等。等到天黑,一个女子提了布包走来,在垃圾堆里东找西找。月光把垃圾堆和黄葛树的影子拉长,把那女子晃动的身影拉长。借了月光,我看清楚是蓬头垢面、衣襟褴褛的明月,急着要过去。葛勇拉住我,比画,别动,比画他昨晚惊动了她,她撒腿就跑,找不到人了。比画偷偷跟她走,看她住在哪里。我心想,嗯,葛勇机灵。查封“明氏书画店”的人一直在查找她父女俩,知人知面不知心,她对任何人都不会放心的,所以才晚上出来。

约莫一个小时,明月直立身子伸懒腰,拎了装有东西的布包走。我和葛勇尾随。七弯八拐,她走到十八梯下回水沟街的一间木板小屋前。月亮被云层遮住,路灯灯光昏暗,她四下里看,掏钥匙开门进屋,关死屋门,屋里的灯亮了。葛勇拉我到屋窗口探看,灯光下,明月从布包里取出一张张大大小小的纸片、烟盒,在木桌上铺展平整,如获至宝。我纳闷。有几个人走过,葛勇拉我离开窗口,去了家小面馆。他比画要两碗麻辣小面。瘦老板问:“干熘,提黄,加青,重辣?”我点头:“要韭菜叶子面。”瘦老板说:“要得,撇脱。”麻辣小面上桌,我和葛勇呼噜噜吃,找到明月了,我心快慰。吃完小面,我叫瘦老板再下一碗麻辣小面,要了卤猪耳朵、豆腐干、折耳根,连碗带食一起付了钱。

我跟葛勇带了吃食去敲明月的门，我低声说："明月，莫怕，我是你同学柳天，还有葛勇，你放心。"等了一阵，门开了。明月的头发不乱了，脸也擦过，她四下里看，侧身让我们进门，关死屋门。木桌上的大小纸片、烟盒没有了。我和葛勇把吃食放到木桌上。葛勇比画，吃！我说："终于找到你了，趁热吃。"明月眼里有泪花，吃小面吃卤菜，她比画说，啊，这屋子是我爸爸早先的库房，没有人晓得，你们莫要外讲。她面露惶惑。葛勇点头。我说："决不外讲。"心里酸涩，这昏暗的屋子里有股霉臭味。

次日晚上，我独自买了吃食去，买了女孩用的梳子、发卡、百雀羚膏和衣物去，把我从"明氏书画店"里找到的那本相册给了她。她眼泪哗地出来："谢谢，谢谢！"我说："你我不说谢，呃，你捡那些纸片、烟盒做啥？"她说当纸用。我心悲哀，女人是缺不得纸的，她买纸的钱也没有啊。我看相册里夹的那两幅画，她取了她的半身素描画给我："你要是喜欢，就送给你。"我当然喜欢，赶紧接过画放进怀里："明月，我会当宝贝珍藏的！"她含泪笑。

"明月，你咋不来找我，我会让你和你爸爸躲到我爸爸做冰糕那地下室去的。"我说。

"谢谢你，店子被查封的当天晚上，我爸爸就带我从临崖的后窗逃走了。爸爸说，三十六计走为上，躲过这一劫再说。"她抹泪水，"爸爸咽气前说，这小木屋里还有些钱。"

"你就回来了？"

"老家没有其他的人了，安葬爸爸后，我就回来了。"

"你回来咋不找我？"

"我不想连累你。"

"明月，为了你，我柳天不怕连累！明月，你爸爸在这小木屋里留下的钱不多吧？"

她的眼泪顺面颊流淌。

我掏出准备好的五十元钱给她："我会想办法再给你送些钱来。"

她双目闪动，犹豫地接过钱："我会还你的。"

"你我是同学，说啥还啊。"我心疼她孤苦一人，无依无靠，我要帮助她，要说出在十八梯"七街六巷"寻找她时呼唤的话，"明月，我……"

有人轻轻敲门，传来葛勇低声呜呜哇哇的声音。

四

那之后的第二天，我爸爸领我去乡下走亲戚，亲戚家的儿子们约我下河洗澡，到塘边钓鱼，生篝火煮腊猪蹄子吃，喝烧酒，爬树摘果子，下象棋，疯耍了好些天。回到十八梯后，葛勇跑来比画，明月不见了，木板小屋的门上了锁！我心急心焦，担忧她会有不测，跟葛勇四处打探寻找无果，去“明氏书画店”和那垃圾堆前苦等。垃圾堆边的黄葛老树每年两次落叶，一次次落叶、发芽，又一次次落叶、发芽，一直都没有明月的音信。

我期盼、祈祷她平安无事。

我还是得考大学，终于考上了成都中医学院，现在的成都中医药大学。我学中医是受了欧阳中医的影响。我的成绩可以，接着攻读了硕士博士，被留在学校的附属医院工作，当了博导。我一直思念明月，空闲时，去附近的成都宽窄巷子转悠，在青石板路上踱步，看窄街小巷古建筑，就想到十八梯，想到明月。我常从衣柜的抽屉里取出珍藏的她送给我的她的半身素描画看。明月心里是有我的，她给我留下了青春美好而又苦痛难忘的记忆。探望父亲我回过十八梯，父亲病重去世我回过十八梯，依旧没有明月的音讯，葛勇见我就沮丧地摇头。

我结婚了，是晚婚，有了个可爱的女儿。

开春了，我再次回到十八梯。

十八梯“修旧还旧”改造了，十八梯凤凰台街欧阳中医的诊所扩大为“养心堂医馆”了，耄耋之年的欧阳中医用手机给我发来带音乐声的精致的邀请信，邀请我作为嘉宾参加开馆典礼，叮嘱我这个中医学专家务必参加。

古稀之年的我有国家科研课题，退休返聘，带有研究生，事情很多，还是请了假回来。我夫人已经病故，我女儿女婿要上班，他们要照顾念小学的我的乖乖外孙儿，没有来。“养心堂医馆”的开馆典礼热闹，祝贺的人挤满了焕然一新的凤凰台街。十八梯街道的领导和书画家等嘉宾们来了。有葛勇，他是作为“十八梯木业公司”的老板应邀参加的，我和他都得到了礼仪小姐捧送来的彩绸剪刀，与欧阳中医、十八梯街道领导、书画家等嘉宾们一起为医馆开张剪彩。葛勇对我神秘比画，今天是开张典礼，明天是开张仪式，叫我明天一早在他的木业公司会面。

次日一早，我去了十八梯厚慈街葛勇那木业公司。葛勇领我参观了一楼的各式木器、家具，去了二楼气派的公司老总办公室，看了他一家三代的合影照片。我呵呵笑，比画，今天是你公司扩大的开张仪式啊，祝贺祝贺！他神秘一笑，为我倒茶，比画请我喝茶。我喝茶，不知他葫芦里卖的啥药。春阳高照。葛勇看手表，拉了我下楼。

葛勇拉我去焕然一新的十八梯老街，拉我走到“修旧还旧”的早先的“明氏书画店”前，只见彩旗飘舞，人群涌动，招牌换成精致木刻的“明月书画馆”了。葛勇对我比画，明月回来了，她不走了，今天是她这书画馆的开张仪式！

我心剧跳。

世事难料，“众里寻她千百度，蓦然回首，那人却在，灯火阑珊处”。明月啊，我苦等你苦寻你，你终于回十八梯来了！我看见她了，她在一群人的簇拥下登上临时搭建的台子。她那满头银丝在春日阳光的照耀下熠熠生辉，身着旗袍的她向人们颔首微笑。葛勇拉我走到她跟前，咿哩哇啦喊叫比画。我与明月的目光相撞，老眼都湿润。她拎旗袍下摆下台来，拉我和葛勇登台。我和葛勇再次成为嘉宾，与渝中区领导、十八梯领导、书画家、欧阳中医等嘉宾们一起参加开张仪式剪彩。

仪式结束后进馆参观，摆放文房四宝的柜台阔气了，代卖文人字画的厅堂扩展了，四围挂满了字画，有不少名人的字画。

明月陪着我参观，不待我问就红着眼说：“对不起，我不辞而别了，我大爸收到我寄去的信后，派人来接我去了新加坡……”几个书画家过来向她祝贺，明月一一致谢，对一位戴眼镜的老者说：“您的丹顶鹤画得真好。”应邀与他们用手机合影。

胆小退缩和犹豫会失去爱情。我早该大胆向她求婚的，咳，世上没有后悔药的，这就是人生吧。好在她平安归来，我心得慰藉。

我独自参观，在明月的画作前久久驻足观看。她的写意人物画奔放狂放；临摹的飞天女画优美古雅，有中国气派；她的山水画线条有致，泼墨似瀑。啊，看见悬挂着的用纸片、烟盒粘合成纸张她的画了，双面皆有图案。背面有的是铺平的“红灯”、“前进”、“勇士”、“飞马”牌等褪色的烟盒壳子，有的烟盒上有“抗美援朝，保家卫国”的字样。都是文物了呢！正面是毛笔、钢笔画的十八梯的国画、速写：烟雨朦胧中天梯般陡峭弯拐的十八梯；踩得变形的梯道；临崖的吊脚楼；垒建的棚屋瓦屋间和几幢两三层的楼房；剃头匠给人剃头；布满青苔的石阶；妇人在湿漉漉的阳沟边洗刷尿罐；乘凉的男女老少；杂货铺、布店、裁缝店、米店、烧饼店、白糕店、麻糖店、小面馆、饭馆、买丧葬用品的纸扎铺；豆花饭馆食客多，老板忙着大锅点豆花，伙计搭梯子上冒热气的大蒸笼取烧白；麻将客们抽烟搓牌点钞票；抬滑竿轿子与坐滑竿轿子的人；亮臂露腿穿草鞋的棒棒；穿琵琶襟夹棉开衩旗袍提玲珑小包的女人。啊，还有背着青鸟牌冰糕箱的葛勇和跟随叫卖冰糕的我，有疯耍十八梯的我和明月、葛勇……

我恍然大悟，泪眼汪汪，明月啊，不承想在那种日子里，你还用纸片、烟盒粘合做画纸，执着绘画，留下这些难忘的记忆！你留下的是我们共同的记忆，是弥足珍贵的文物啊！

明月画的现在的十八梯画作裱糊精美："修旧还旧"的各式民居、楼房、餐馆、店铺，面江而立、对山呼唤的蜿蜒梯道，十八梯山城记忆馆，夜里亮灯的十八梯。这些水墨画、速写画平实亦夸张，有繁有简，繁则每一片树叶、每一块瓦片、每一道石梯都细描如真；简则只见其主物，余皆留白，给人以遐思。明月过来，给我讲说她画的十八梯的十八景。

我心狂跳："明月，人们见惯不惊的这十八梯，经你妙笔生花一画，真美！"我由衷赞叹。

明月笑："美是无处不在的，有人说，美好的风景是为平庸的艺术家准备的，平凡的风景却是为伟大的艺术家准备的。一望无际的沙漠，人们看到的往往是单调、乏味、枯燥，王维却写出了'大漠孤烟直，长河落日圆'的壮阔诗句。我不是伟大的艺术家，倒是觉得，平凡中有不平凡。"

"对，一语中的！"我比大拇指。

葛勇过来，咿哩哇啦比画问我们在说啥，我比画给他回答。

明月要领我和葛勇去二楼，葛勇公司来人找他，比画说有个老板来谈生意，葛勇比画回见，跟来人走了。明月领我上了二楼，她和她父亲的卧室都保持着原样，她领我进到她的卧室，墙上挂有她一家三代的合影照片。她看着照片说："我老公已经走了，两个儿子和三个孙女还在新加坡，他们迟早会回来的。"我点头："我老伴也已经走了，女儿女婿和外孙儿会回来看看的。"她说，葛勇已经告诉她了，说人生不易，得珍惜。我点头，想问她回来咋不联系我，又没问，都是有家室的人了，她是不想打扰我。看见书桌上装了框的她画的我的那幅半身素描画："啊，你把这画放在书桌上！"她点头："记忆难忘。"我说："对，记忆难忘，你送给我的那幅你的半身素描自画像，我也装了框的，也是放在我书桌上的。"

我们两人不约而同走到阳台上，看梯道，观大江，望南山。

"昨非而今是，今是而昨非，或可或不可。"她喃喃自语。

"今是而昨非，昨非而今是，或不可或可。"我接话。

她长叹一声："柳天，我们都老了。"

我看她,红着眼笑:“明月,我们不老,才七零后。”

她红着眼笑:“但愿你我都能高寿。”

“学如浩瀚,求其一精。明月,你的画已入无人之境,你定会高寿。”

“嗯,有你这个中医大师保护,我们都能高寿。啊,想起来,我还欠你五十元钱,还得加上利息,得还给你。”

“你要还可以,还了也……”

葛勇走来,咿咿呀呀比画,他的生意谈成了,今晚请我们两江游。明月笑了,比画说,要得,好生看看重庆夜景。我比画说,也好生看看十八梯的夜景。葛勇频频点头。我们就说起十八梯这个我们长大的地方来。楼窗外的十八梯似一位温情的长者,静听。

产房

一

失去儿女是人生莫大的悲哀,护士长肖春四岁的大女儿爱爱走了。

生二女儿佳佳产假期间的她一直守护在爱爱的病床前,已经说不出话的爱爱静静躺着,扑闪一双清亮的大眼睛看着她,是在说“妈妈救我救救我!”。抢救室里摆满急救药品、器械,监护仪器全都打开。医院血液科的主任、经管医师、护士都在场,儿科主任武学斌也在场。抢救室里的医护人员紧张地进进出出。身穿工作服的肖春完全无能为力。她只能在内心渴求,好人们,你们都来登记捐献造血干细胞啊,就有可能挽救我的女儿爱爱,挽救更多的白血病人。她一直期盼奇迹能够出现,却一直没有找到合适的骨髓供应者。

窗外的天空没有一丝儿云,太阳亮晃晃的,是晚冬里少有的好天气。

抢救室里却飘荡着死神恐怖的幽灵,医护人员拼力阻挡死神,他们的天职是打败死神,死神的天职是夺走生命。医护人员与死神之战从来没有停止过。他们都不是常胜将军,各有胜负。

医护人员的努力失败了,爱爱走了。

肖春老公张成身为医院外科大夫,在国外参加中国援外医疗队。张成,你救过好多的病人,咋就救不了我们的爱女!她眼睁睁看着幼小的大女儿爱爱走了,泪水糊面,痛断肝肠。

她把爱爱走了的噩耗通过微信告知了远在国外的老公,老公回了一串悲痛欲绝的无奈的泪脸,他俩视频商定,树葬爱爱。母亲就说过,树葬好,树青人在。她跑了好多家园区,选定了南山的生态殡葬园。园区老大,她走得脚痛,脚痛不怕,能减轻心里的痛。安放爱爱骨灰盒的绿地深坑她自己挖,边挖边落泪。碑非直立,斜躺在绿地上,有如印刷术的铅字版。正中雕刻:爱女张爱爱。左下雕刻:立碑人父亲张成、母亲肖春、妹妹张佳佳。

树葬爱爱后,肖春茶饭不思,睡不好觉。科室的事情一来,她提了精神,去医院上班,遇到了九死一生的夺命抢救。

她走近医院产房时，被树叶迷住了。医院产房外的黄葛老树落叶了。重庆的黄葛树有灵性，每年两次落叶。秋天落叶是为了剩下的树叶能活下来，春天落叶是为了新生的树叶能长出来。又一个春天到了，还在落叶的这棵百年老树长出许多嫩绿的叶子，天光映衬下，似珍珠翡翠。冬天刚走，地上还有凉气，满眼尽皆盘根露爪的树根。她就想到朱主任那张沟壑纵横的脸。个头不高的朱主任年过六旬了，还在上班。

"小肖护士长，是这样的。市里的检查组要来了，我们妇产科是检查的重点……"朱主任在电话里说，停了两秒钟，没听到她的回答，犹豫地挂断了电话。

她晓得，朱主任是想叫她去上班。医院妇产科的床位增加了，二孩政策颁布后，产妇更多，本来就忙的妇产科更忙，又遇市里来检查，朱主任的压力可想而知。她的产假还没有休完，爱爱刚走，老公在国外，可以不去上班的，又心欠欠的，就还是提前上班了。她用吸奶器吸了奶水，放在冰箱里，叮嘱母亲要按时给佳佳喂奶。

她惯常提前半小时上班，多是先到产房转转。

进得产房，熟悉的情景展现眼前，窥阴器、产钳、纱布、棉签、血；痛苦难耐的、焦灼无比的、面无表情的产妇把待产床、产床躺满了，有产妇挺着大肚皮走动，有产妇嘶声叫唤。

她闪身进护士办公室穿工作服。不是惯常那宽大的白大褂，是新式样的乳白色加蓝花的柔和贴身的护士衣裤，精神利索。

得去朱主任那里报到，她这样想着，走出护士办公室。

有个产妇喊："护士，帮我看看！"产妇多，不可能每张产床前都有医师、护士守着。这产妇好年轻，秀眉白面，额头有汗粒，细嫩的肌肤仿佛一碰就会融化，耳际的血管突突跳动，脸上带着初产妇的紧张、害怕、担忧之情。她叫这产妇把腿叉开些，查看了宫口，用消毒纱布为产妇擦干净会阴部的血迹："宫口还没有开全呢，莫急，啊！"她朝产妇微笑，转身出产房。

她遇见了助产士小芹。参加了爱爱树葬的小芹对她一番宽慰。她说谢谢。大女儿爱爱走了快一个月了，她悲伤的心情逐渐平复。小芹给她说高兴话，说她比生娃儿前还要美。旁人都说她有张观音脸，她也不知道观音长啥模样，就跟电视剧里扮演观世音菩萨的演员比，觉得还挺像："我就一接生婆，啥美不美啊，有二女儿佳佳陪伴，也还开心！"

小芹说："是，有女儿有老公就是安逸。"

她说："你就快些找个老公，快些生个娃儿。"

小芹的头摇成拨浪鼓:“我还不想结婚,结婚也不要娃儿,我要耍够。”

“想当不要娃儿的丁克族?”

“嗯哼。”

“伪丁克吧?”

“骨灰级丁克,将丁克进行到底,我不想生娃儿痛得死去活来……”

孩子的生日,是母亲的受难日。确实,母亲分娩都得经受痛苦,经受生死,肖春感受尤深。她说小芹是只图个人享乐而不愿承担做母亲的责任。小芹说:“我的母性基本为零。”

肖春生佳佳是小芹为她接生的。

小芹是她带出来的,动作跟她一样泼辣、规范。那天,她俩一个使劲一个助产,都满头汗。肖春叫唤:“哎哟,要死人!”小芹说:“不得死,护士长,哈气,使劲,再使劲!”喊唱,“十月怀胎在娘身,娘奔死来儿奔生……”婴儿呱呱坠地。小芹抱起婴儿:“我们去看妈妈。”掰开婴儿的双腿给她看,“七斤三两,招商银行的。”招商银行是指女婴,女孩子顾家。她疲惫不已:“她第一年都会难看。”眼见小芹将女婴的一只小脚蘸了油墨印到她那病历上。小芹说:“她会长成漂亮妹儿的。”“从今以后,我和老公得为她付出代价。”她额头沁汗。老公不在身边,在“巴布亚新几内亚”医疗援外,那是南太平洋西部的一个岛国。老公给她发邮件说,几乎每天都会遇到艾滋病毒携带者来就诊,说那里多数地区处于部落氏族社会,实行一夫多妻制,艾滋病的感染率很高,疟疾、登革热等传染病也多。她很是牵挂老公。

“咳,事情总不如愿,想要儿子偏来丫头。”

“护士长,你是重男轻女呢……”

黄葛老树听她俩说话,树叶儿飒飒响。

肖春在这产房工作多年,产房从来就没有清闲过,产妇都涌来这大医院生孩子。她接生的孩子许多都上中小学了,她老师老护士长接生的孩子许多都来这产房生孩子了。

朱主任的办公室在妇产科病房的角落里,十来平方大小。办公桌上堆满了中外书籍和一大堆资料。也参加了爱爱树葬的朱主任对她好一番宽慰,说:“小肖,你来了就好,这些资料我头痛死了,莫奈何,我还以为你不会来呢。”

“你朱大主任叫,岂敢不来。”

“咳,科室实在太忙,尤其是产房,人手不够,上面偏又要来检查。”

“就是,检查多多,烦。朱主任,该是嘛,我早说过,病房的护士,尤其是产房的护士，一直都缺人。”

“编着话找我要人。呃，我叫你提前上班，没意见吧？”

“我在家休假也没事儿，本就打算来上班，还怕你说我是想来挣奖金钱。”

“你护士长上管天文地理，下管鸡毛蒜皮，奖金还不是你管着的，我的奖金都是你发的。”

“那倒是。”

电话来了，通知各科护士长去护理部开会。肖春到会议室时，会议已经开始了。

护理部主任说：“……上级这次检查达标，护理工作是少不了的。”主任看向肖春，“肖护士长，你们妇产科可是检查的重点……”肖春点头。她的手机振动，开会得让手机铃声不响，她看手机，是母亲发来的微信：“佳佳发烧了，奶也不吃了，我抱她去儿童医院看看。”她回微信：“妈，别急，小孩子抵抗力差，发烧是肌体的保护性反应。去儿童医院远，不行就抱去社区医院。”心有隐忧，大女儿爱爱生前就常发烧。护理部主任说：“检查也是为了促进科室的工作……”唉，检查多多，会议多多，要求多多，烦！手机又振动，是电话，屏幕显示，来电话者是小芹。

肖春到护理部门外接电话。不得了！她边接电话边飞奔去产房。

七床产妇杜英发生“羊水栓塞”！

二

救人如救火！

“羊水栓塞”是啥，是产妇分娩时，含有胎儿毳毛、角化上皮、胎脂、胎粪等污染物的羊水突然进入母体血液，可引起弥散性血管内凝血、过敏性休克、猝死的严重并发症。肖春清楚，羊水进入母体血液后，会致母体对胎儿抗原产生一系列过敏反应，也称“妊娠过敏反应综合征”。发病率十万分之四，死亡率极高，半数产妇会在一小时内死亡，难以预防，谓之“产科死神”。

小芹在电话里说了，七床产妇杜英已经送去了手术室。她奔过产房时，有个小护士拦住她：“护士长，那个产妇死犟，备皮就不让刮阴毛！”“说服她！”她瞪眼喝叫：“闪开！”那小护士快哭了。

肖春进到手术室时，朱主任和经管这产妇的荣医生已对七床产妇杜英做紧急剖腹产。院长、医务处长在场。血液科、心内科、肾内科、儿科、麻醉科、肺科、血库、超声科等科室的主任、专家陆续赶来。他们有的在岗，有的刚下班回家，有的休班带孙儿在超市的儿童乐园游玩，有的跟女友在市郊度假。电话、微信通知一到，他们打的、乘网约车、坐轻轨赶来。院长组织现场会诊，主任、专家们根据各自的专长提出了应急抢救方案：大剂量皮质激素抗过敏；减轻肺水肿脑缺氧；防止右心衰竭；纠正酸中毒；防止血管内凝血；抗感染……

一场多学科的紧急“会战”。

一场与死神争夺两条鲜活生命的紧张战斗。

“嗯哇，嗯哇……”

朱主任从七床产妇杜英腹中捧出呱呱啼哭的男婴，疲惫的小芹接过婴儿过秤，六斤三两，将男婴的一只小脚蘸了油墨印到七床产妇的病历上。儿科主任武学斌查看男婴。

产妇杜英的情况不好，出血不止，心跳加快。医生给予了加强宫缩、查凝血功能等一系列处理。肖春的心发紧，危险征兆！对于正常产妇，机体有足够的血液储备和凝血功能，而杜英的血液却一直无法凝固。小芹拿来了化验单，肖春看后瞪大了眼，急交给朱主任。杜英发生了要命的DIC，也就是弥漫性凝血功能障碍！朱主任下医嘱，给予地塞米松、氢化可的松抗过敏治疗，输入纤维蛋白原和血浆纠正凝血障碍……院长指挥各科专家投入紧急抢救。麻醉专家负责监测中心静脉压；血液内科专家负责监测血液凝血功能；药房、血库保证药物、血液供给……

产妇杜英出血多，血压下降，得加快输血。杜英的血型是B型，血库的B型血一时难以保证。O型血的肖春挽袖扎臂献血400毫升，B型血的小芹也挽袖扎臂献血400毫升。B型血的疲惫的朱主任要献血，肖春阻止了，说她年岁大了，承受不了。在场的一些符合血型的专家、医师、护士、学生也献了血。

杜英的生命体征渐趋稳定。

肖春查看记录，产妇杜英累计出血5340毫升，输血4300毫升、血浆2300毫升。她的手机振动，是母亲发来的微信：“佳佳还没有退烧，你早些回来！”她眉头深锁。儿科主任武学斌教授过来：“肖春，抓紧时间去眯一下。”她摇头：“你去打会儿盹吧，你休班郊游，刚从荣昌万灵镇大老远赶回来。怎么样，谈得还好吧。”武学斌的前妻带儿子去加拿大了，肖春护校的学妹田思霞是本院儿科的护士，经肖春牵线，他俩正热恋。“思霞她还没有表态。”武学斌说，“我俩游万灵镇影城，思霞好高兴，医务处长来电话了，我就乘高铁赶来。肖春，我见你刚才看手机锁眉头？”她就说了佳佳生病发烧的事儿。武学斌说，这产妇的儿子一切正常，我这就去你家给佳佳看病。有儿科武主任去看佳佳,她放心多了。

杜英的病情突变。

监护仪屏幕显示她的心电图出现宽大频繁的QRS波。肖春的心提到喉咙眼,心肌损伤!很快,屏幕显示密集的心室颤动波,出现心脏停跳的直线。朱主任立即为杜英心内注射“三联针”。荣医生和肖春轮番为她做人工呼吸、心脏按摩,都满头汗。

死神的力量强大,七床产妇杜英最终被死神带走。

小芹含泪为杜英盖白单。

最难的最不忍心的是得把实情告诉死者的家属。

“……‘羊水栓塞’是凶险的急症……”手术室门外,朱主任一脸的皱纹都在愁,不得不遗憾地对杜英的丈夫李泉说,“你儿子保住了,你妻子没能救过来。我们尽力了……”

事发突然,晴天霹雳!

李泉去看了杜英的遗体,接受不了爱妻去世、儿子得不到母爱的残酷现实,寡言的他在那棵黄葛老树下候到小芹,挥拳头猛击。

小芹被击倒。

肖春抢步上前护住小芹。她很同情李泉,他33岁才与杜英结婚,有了这个儿子,她很理解他失去妻子的悲痛。自己那大女儿爱爱临终前,扑闪一双清亮的大眼睛看着她,是在说妈救我救救我!身为医护人员的她却没法挽救爱女。是啊,理解归理解,眼下的事实是小芹并没有错,为杜英接生的小芹和经管的荣医生都尽了力。

小芹的额头淌血。

肖春回脸怒喝:“李泉,你有理说理,咋动手打人,下手好狠,老娘不得怕你……”后腰挨了一拳。李泉看清楚是肖春,收住手。是他一个熟人介绍他来找肖春帮忙安排他妻子住院的,他对妻子百般好,一心想住进这大医院平安分娩,不承想妻子丢了命。活生生的一条人命啊,老婆就这么没了!货车司机的他是个闷肚子人,铁黑着一张脸,眸子蹦出眼眶:“人都死了,说理管个屌用,老子要她偿命……”拂开肖春,照小芹狠踹。

医务处长、保卫处长带人赶来。

三

挂在嘉陵江上游的夕阳朦胧,临江的医院映衬在暮晖里。戴黑纱袖套的李泉用粗糙的手掌搓揉两眼，擤了把鼻涕，坐到医院大门对面的面摊前。

“麻辣小面？”胖子店主问。

李泉点头。

“三两？”

“二两。”

铁锅鼎沸。

胖子店主麻利地下面，扔进青菜叶子。往土碗里添加麻辣作料。“面条下得利索，多加了些油辣子。”胖子店主说，“醋呢，哥子你各人放。”将一碗热气腾腾的麻辣面条放到李泉跟前。李泉取一次性筷子挑面条，难以下咽。

妻子杜英住院的前一天，他们夫妻来这面摊吃过小面，都各吃的三两，呼噜噜下肚，都说安逸。杜英笑起来有股兴奋劲。他盯着她笑，伸手扪她的大肚子，扪他们那即将出世的儿子。托熟人在乡镇医院照过B超，知道是带把的。

他没有工作，独自开货车挣钱，一直没有找到合适的女人。好事多磨，渝黔交界贵州一侧的大山把杜英给了他。前年五月，日头烤得盘山上行的长安牌二手货车发烫。日头终于落到大山的肩头缝里，有风吹过，驾驶货车的他一阵舒坦，遥望见山垭口那白墙瓦顶冒炊烟的小店。渐渐地，他看清了小店门首飘摆的熟悉的“母女客栈”的旗幡，加大油门。货车轰鸣上山，停在小店的地坝里。

小店翠竹包绕，店门洞开，杜英立在门栏边。22岁的她看起来不过十八九岁，肤白如河水豆花。“娘吔，他来了！”她朝屋里喊，对他笑，有股兴奋，“李师傅来了！”“嗯。”他瓮声答，从车上搬下米面、菜油、猪肉、煤炭，扛了提了朝店里走。杜英娘双手在围腰上擦，咳喘说：“李师傅，又劳烦你专门绕道开车送货。杜英，快给李师傅上酒菜。”“呃。”杜英应声去灶房。几碟小菜摆上桌，照例有河水豆花。“李师傅，快吃，这两年总麻烦你。”杜英为他斟贵州习水大曲酒。他吃菜喝酒，白酒下肚痛快。

临睡前，杜英照例为他端来一盆滚热的洗脚水，说是烫脚消疲劳。夜里，他躺在凉席床上睡不着。并非是山里蚊子多，常年在外的他早习惯了，况且，杜英还为他点了电蚊烟。板墙缝隙透过来隔壁杜英母女屋里的灯光和低语声。他翻动身子，耳边响起他前次来时杜英娘跟他的谈话。“你当真还没有结婚？”“当真。”“你娘老子也不帮你找？”“找过，没成。”“为哪样，你看不起？”“人家看不起我。”“为哪样，那些人没得眼光……”

太阳醒来时，李泉发动了车。“李泉。”杜英娘喊，一阵咳喘，“你把杜英带走吧。”李泉松了油门，心踹胸膛。“去，女儿，跟他走。”杜英娘说得坚决。杜英两眼红肿，拉开副驾驶室的车门，提包上车。

结婚后，杜英跟他说，她本是把他看成一个热心助人的过路司机的。后来，娘越来越多地跟她提到他，那天晚上，娘终于在她耳朵边把话挑明了，要她嫁给他。他俩结婚半年后，杜英娘因哮喘病加重去世了。

现在，杜英也走了，突然就走了，走前没能见上面，没能留下一句话。男儿有泪不轻弹，只因未到伤心处，李泉的心仿佛有锥子在扎。他舔了舔一向爱吃的麻辣小面，完全没有胃口，泪水在眼眶里打转。

“朋友，得找医院扯皮，老哥我帮你。”一个瘦高个头穿浅色旧西装的中年男人端了碗小面过来坐下，“你在黄葛树下泄愤的那一幕要得，该！”

李泉盯他。

“鄙人姓乔，叫我老乔。”老乔掏出根玉溪烟给李泉。

李泉接过烟，老乔捏燃打火机为他点烟。李泉抽烟，盯着老乔。

“啊，我不抽烟。”老乔说。

挨临医院这面摊的生意好，走一拨人又来一拨人。入夜时分，肖春、小芹也来这面摊吃小面，饿极了的她俩狼吞虎咽。医务处长、保卫处长等人劝说并拉开李泉后，肖春叫了小芹去外科门诊手术室缝合额头的伤口。“这人下手好狠，得缝两针。”值班的外科医师说，为小芹缝合包扎伤口。肖春心疼：“小芹，你就别上班了，休息两天。”想到刚出世就失去母亲的李泉的儿子，身为护士长的她得去看看，她朝婴儿室走去。小芹跟了去。婴儿床里，李泉的儿子嗯哇啼哭，小嘴嚅动，吮吸母亲的奶水是婴儿的本能。肖春一阵心酸，抱他到怀里，解开衣扣给他喂奶：“啊，宝宝不哭，阿姨给你喂奶。”小芹盯她：“护士长，你还要给你女儿佳佳喂奶。”肖春说：“我奶水多。”

她俩吃完小面，肖春督促小芹回家歇息，小芹是单身，租的住房离医院近。

夜山城妙不可言。

肖春驾驶她那长安悦翔牌轿车回家，高楼矮屋餐馆超市一闪而过。路灯光与霓虹灯光交融，把白天难看的好看的人和景物弄得迷蒙美妙。轿车驶过长江大桥，红灯亮了，她的手机响了，她停下接电话。是母亲打来的，说武主任给佳佳看了病，水也没有喝一口就走了……

“嘭！”

车被追尾。

肖春刹车，下车看车尾，金红色小车的左车屁股擦掉了老大一块漆。她心疼不已，瞪大眼睛。是一辆乳白色轿车追尾，车上下来那女子也瞪大眼睛。

“搞啥子名堂！”那女子喝道。

“是你舔我的车屁股，还有理了！”肖春叉腰不示弱。

四目相碰，两人都笑。追尾这车的车主是田思霞。她那张好看的脸蛋化有淡妆，她穿新款的乳白色中长直筒镂空水溶蕾丝连衣裙，披绿毛衣，蹬棕红色高跟鞋。肖春穿蔚蓝色衬衣，米白色长裤，披肩长发和雪青色风衣随了江风飘摆。田思霞说：“不想是学姐你，好靓。”肖春说：“接生婆下班了就该臭美一下。”看向她的轿车，“也是悦翔牌车啊，本是同根生，相煎何太急。”

田思霞捂嘴笑：“怪我刚才分心了。”

“是我分心……”肖春说。

后面塞车了。二人赶紧上车开走。

田思霞给肖春打电话，说她从万灵镇开车回来，约她去耍的武学斌提前走了，她一个人耍得不痛快。肖春说，武主任是赶回医院抢救会诊，你该理解。田思霞说晓得。肖春问她跟武学斌的事儿咋样。田思霞说，她还得想想。

肖春回到家时，母亲给她泡了雀巢咖啡：“硬是，下班这么晚，佳佳已经退烧了。”肖春喝咖啡，解开衣扣给佳佳喂奶：“妈，细娃儿发烧没事，你看，佳佳吃得多好。”母亲说：“武主任也没有开药，就说多给佳佳喂水……”

四

灵堂应该设在殡仪馆的，此时，来往医者众多的医院门诊大厅成了灵堂。当中摆放了七床产妇杜英的遗体，拉了挽联，张贴有“医院杀人”“还我爱妻”等标语。来了老乔等许多哭闹叫骂的男女，向过往行人喊着：“你们莫要来这医院看病，活人都医成了死人……”

大厅里乱作一团。

不幸去世的七床产妇杜英的丈夫李泉是报社丁记者的熟人，是丁记者介绍他找护士长肖春安排他妻子来院分娩的。不想妻子暴亡，儿子生下来就成了孤儿，李泉悲痛欲绝，将妻子的遗体抬放到医院的门诊大厅里聚众哭闹。

他还聚众围困院长、医务处长，要求严惩造成这起严重医疗事故的医护人员，要求给予经济赔偿。老乔等男女“医闹”围住院长吵闹，李泉黑脸坐在院长身边。男女“医闹”抓扯院长。派出所民警拉开他们，肃脸说：“刑法修正案第二百九十条第一款规定，聚众扰乱社会秩序，情节严重，致使工作、生产、营业和教学、科研、医疗无法进行，造成严重损失的，要受法律制裁，你们这样闹是违法的！”老乔说：“我们是找医院说理，医院出了医疗事故，医死了人，就得赔偿！”院长说：“这是难以防范的医疗意外，不属于医疗事故。我们已经报请上级组织市医疗事故鉴定委员会鉴定。我再次说，死者家属还可以走法律程序……”

屋漏又遭偏东雨，被围困得焦头烂额的医务处长接到报社熟人打来的电话，说丁记者要曝光这桩医院致人死命的严重事故，说了报道稿的大意，说他想一稿走红。这样的报道倘若发表，无异于给眼前这困局火上浇油。

医务处长躲到一边给肖春打电话。

肖春在库房领床单被褥：“拜托，我们加床多。”库房保管员是个年轻姑娘：“已经给你们多发了，都是按床位数发的。”肖春笑得眉毛如弯月：“嗯，谢谢！呃，找男朋友了没有？”库房保管员脸红。肖春笑：“哈，看出来了，还没有。呃，哪天我给你介绍一个……”工作服衣兜里的手机响，她接电话。是医务处长打来的，说丁记者要发不实报道，说丁记者是她的熟人，要她赶快请丁记者吃饭，费用医院报销。正为领物心烦的她马着脸说：“我的事情都做不完，这是你们领导的事情，我不管！”医务处长就在电话里求她，求她务必抓紧办。肖春话是这么说，心似猫抓，这事涉及自己科室：“是，要得嘛。”医务处长连声道谢，叮嘱她对丁记者说话要客气要委婉，但态度要坚决，绝对不能发表那稿件，否则后果不堪设想。

“好嘛，你们加床多，就再多发些。”库房保管员说，“肖护士长，莫对外说，不然领导要批评，其他科室也会来多领。”

肖春应承，眉眼笑成一团，说要给她介绍个白马王子，让跟来的护士具体办理，快步出了库房给丁记者打电话。

肖春担心丁记者不会应邀。丁记者在电话里说：“肖护士长请，丁某召之即来。”肖春问：“您想去哪家餐馆？”丁记者说：“到雨佳花园。”微信发了位置。熟人还是好办事情，肖春想。

“雨佳花园”在一条静谧的小街里，其实是咖啡屋。肖春不明白为啥取名花园，又想，名字呢，不过是个符号，如同人名，有的人名字普通，人却是非凡。这里温馨典雅，花木鲜丽，灯光美妙，音乐悦耳。女服务生白裙飘逸，男服务生西装革履，行走无声，说话谦卑。她想起去德国同行蕾娜那医院访问学习时去过的那家咖啡屋，有种遥远的温馨之感。她与丁记者对坐，要了奶昔、点心和卤菜。丁记者是都市报的年轻记者，他夫人胎位不正，是肖春为其顺利接生的。他们夫妇感激肖春，一定要请她吃饭。她婉拒。医务处长说，记者请你最好去。她就答应去吃了火锅。

这会儿，是她请丁记者。

“保住了大人，老李也许会好受些。”丁记者喝奶昔，“老李太爱他老婆了，就算是娃儿没有了，只要大人在，还可以再生。”

“他确实是太不幸了。”肖春对李泉深表同情。

“你们当时为啥不问老李，是保大人还是保孩子？”

“‘羊水栓塞’来势凶险，抢救争分夺秒……”肖春说了抢救情形，说了不仅仅是妇产科，其他相关科室的专家教授都及时参加了抢救，“是，我们医护人员的职责是‘救死扶伤’，可事实是，医护人员能够‘扶伤’，却未必都能‘救死’。地震会带走无数人的生命，‘羊水栓塞’也会带走百分五六十患者的生命，现在的医学还没法子百分之百抢救成功……”

丁记者听着，不时点头，在笔记本上记录，抬动下滑的眼镜。丁记者是文化人，是听得进这些道理的，肖春想，激动地滔滔不绝。丁记者插话：“一把柳叶刀，刀锋掠过定生死，你们白衣天使有神力就好，老李的老婆就有救了。”她说：“我们倒是期望有神力，可我们是人是凡人。我们朱主任就无奈说，把不该走的全力留下，把留不住的让其有尊严地离去。”丁记者镜片后的眼珠转动：“天使也好凡人也罢，不过是昙花一现，用来蒙蔽世俗的眼睛，没有什么美可以抵过一颗真正纯净仁爱的心。我也理解你们的苦衷，就是神仙也会有打盹的时候。不过，你们也要理解广大的就医者，大众对你们的期望很高。”她叹曰：“我也生过病，理解就医者的心情。”丁记者说：“病者求医求生，唯有医护人员是他们的保护神。护士长，我是很感佩您的，您应该比我更清楚，医护人员面对的是人是病人，丁点儿懈怠都会延误治疗以至于使病人丢命。老实说，有的医护人员的服务态度就恶劣，工作粗疏，玷污了白衣天使的形象。”“我不否认有这种人，一颗老鼠屎坏了一锅汤。可多数医护人员是尽职尽责的，救了无数人，迎来好多新生命。”“他们值得敬重。”“谢谢您这么说……”

他俩谈得还投机。

丁记者说，他人虽年轻，工作还是力求尽责，报道社会上的难点热点是他的职责。说他是写了篇关于老李妻子死亡的稿子待发。她说：“尽职尽责是对的，而您这篇稿子千万不能发表。要发，也请等市医疗事故鉴定委员会的鉴定意见出来，或者是法院的判决书出来，那时候再实事求是报道。”说她个人求他了，恳请他帮帮忙。丁记者犹豫，还是说：“好嘛。”她道谢，得寸进尺，请求丁记者叫李泉不要再围困医院领导，叫他将妻子的遗体尽快移去太平间。丁记者眉毛倒竖:“老李这么做也过头了。”她心里的石头往下落。丁记者的手机响了,接电话,说是报社有急事,得先走一步。起身走了。

肖春去柜台埋单时,遇见了熟人庄老板,才晓得这“雨佳花园”是他开的,他不时要来看看。身为房地产商的庄老板绝对不要她埋单。她推托不过,也罢,就不用去医院报账了,报账实在麻烦。

庄老板的妻子分娩是她接生的。

那日,产房如同“战场”,所有的产床和待产床上都躺满了产妇。也临产的她在待产床上躺不住,穿了工作服跟大家一起忙碌,为两位产妇接生了三个婴儿,其中庄老板的妻子生的是双胞胎。自己临产了还为产妇接生,她不是头一个,头一个是老护士长。庄老板连声道谢,说她是送子观音,送给他一对龙凤胎!

她离开“雨佳花园”回到医院产房时,看见额头包有纱布的小芹,过去斥责:“叫你在家休息两天,你咋又来上班,不听招呼!”小芹忙着为产妇接生:“你腰杆咋样?”她说:“我经得捶……”

医务处长来找肖春,他和院长终于得以解围。丁记者还真是帮了忙的,她想。医务处长详细询问了她与丁记者见面的情况,苦瓜脸舒展,说是李泉答应将他妻子的遗体移去太平间了。

五

翌日大早,天气不错,医院门诊楼前的两棵黄葛大树迎着醒来的日头伸腰展臂,云走得低,挨临树梢。肖春走过,心情不错,医务处长说她还会办事情。

肖春路过门诊楼时,听见叫骂声,快步进门。

门诊大厅里,两拨人虎狼般对骂打斗。是为七床产妇杜英遗体的事情。执勤的保安、设在医院门口的街道派出所的值班民警和门诊的医生、护士都在劝阻,场面失控。肖春看见凶神恶煞的庄老板指挥一帮人抬杜英的遗体,说是人死了就得去太平间……她想,这个庄老板,添乱,会把事情闹复杂闹得不可收拾的。她后悔不该给庄老板说了她请丁记者的情由,挤到庄老板跟前呵斥:“哪个叫你带了这些人来的,马上制止,都不许动手……”另一方是血红两眼的李泉和老乔带领的一群男女“医闹”,拼命阻止将遗体抬走。

治病救人的医院里的一场血战,有人头破血流。

血战终被制止。医院保安人员全都赶来,来了许多民警。打斗中的受伤者均为轻伤，被送去急诊外科包扎。庄老板被打出了鼻血，肖春带他去耳鼻喉科处置。

庄老板是来给肖春帮忙的，那年，他对她大打出手。

那阵，电视和报纸正报道有个医院妇产科工作人员偷换男婴受到惩处之事。走火入魔的庄老板找来一群人“医闹”，非说他头产的妻子生的是个男婴，被医院调包成女婴了。骂人打人砸物，闹腾了好些天，做了亲子鉴定才罢休。小芹愤愤不平：“你送你婆娘来时，脐带出来了，娃儿一直生不下来，九死一生好危险，你却非说那脐带是雀儿。要不是我们护士长和值班医生抢救，你婆娘会丢了命的！”挨了他打的肖春怒斥他，说他重男轻女，打胡乱说。

庄老板清楚，“医闹”的这些男女多半没有固定工作，有“业务”时一呼百应，聚众到医院闹事。他听肖春说了李泉带人大闹医院的事后，判断有“医闹”参与。讲义气的他拔刀相助，找了帮兄弟伙到医院，想吓唬一下李泉和那帮人，将死者的遗体移去太平间。开初，他极力好言相劝，不想李泉动了手，双方就打起来。肖春想不明白的是，通过丁记者帮忙，李泉已经把围堵医院领导的人撤走了，答应将妻子的遗体移去太平间，怎么突然又变了卦？

庄老板晓得因由，为助肖春，他请了老乔喝酒，酒过三巡，说：“老乔，我庄某今天请你喝酒，是要报一个朋友的恩。”老乔的脸被诗仙太白酒烧红：“朋友恩得报。”他说：“实不相瞒，那个肖春护士长，她对我恩重如山。你我也算是朋友了，拜托你就此收手。”老乔的红脸乌黑：“能收手？我那帮兄弟姐妹不就白干了！”他动手指，你要好多？老乔说：“这可是死了人的事情，少说也要30万。”他瞠目：“这么多？”老乔说：“就这行情。你知道的，你我上次就签过合约，成了，我六成，你四成。不成，你付给我等劳务费。”他说：“朋友，这样，你马上收手，你们的劳务费我付，跟上次一样。”老乔说：“朋友，这生意做不成……”话不投机，两人的嘴战变成拳战，双方都下手好狠。凳飞桌翻，餐馆里大乱。店主急打电话报警。老乔给了他一个扫腿，他腾身跃起。老乔趁机溜走。

庄老板给肖春分析，应该是“医闹”头儿怂恿的。这“医闹”呢，一是当事人主动去找，他那次就是主动去找的；二呢，也有“医闹”主动找当事人。据说平时就有“医闹”的人在医院周围闲逛，说是闲逛其实并不闲，一旦嗅到“气味”，他们便会与当事人联系向医院索赔，目的是把事情闹大，得钱分红。

肖春无奈摇头：“德国呢，有律师公开登报寻人打医疗官司，获得赔偿后提取酬劳。人家那是走的法律程序，胜败由法律定，赔偿由保险公司负责。”

六

庄老板为肖春帮了倒忙。

“医闹”头儿老乔把庄老板是肖春熟人的事告诉了李泉。李泉跟肖春彻底翻脸，多次到产房门口围堵，扬言要捶死她，半夜里打电话恐吓她。肖春的手机号一直没变，从不关手机，有电话必接，耳膜被谩骂粗话折磨。肖春被激怒了：“李泉，你来呀，来杀我全家呀。我跟你说，我住这小区里，不少人的娃儿是我接生的，不少大人是我们老护士长接生的，只要你敢来，他们会把你捶成肉酱！”她不再是观音脸了，是恶神相。

回完这电话，她搂抱熟睡的佳佳落泪。

临睡前，她看了老公张成从国外发来的邮件。老公在她面前就活像是个孩子，喜事愁事啥都给她说。老公在邮件里说：他那天做了三台手术。第一台手术是为一名患急性阑尾炎的艾滋病毒携带者的妇女做阑尾切除术。他是外科医师，无权也不能拒绝任何手术病人。第二台手术是为一位中年男病人做胃大部切除术，不想出了事儿，手术助手取止血钳动作过大，血液溅到了他的眼睛里，巡回护士赶紧用消毒纱布为他擦眼睛。他心里不安，做完这手术就做了洗消处理。跟着，又做第三台手术。三台手术都成功，他却心有余悸，征求那中年男病人同意，为其做了血液检验。真是怕啥来啥，检验结果证实，那中年男病人是艾滋病毒携带者，他被感染的概率是千分之三。几位专家都建议他服用预防艾滋病感染的药物，药物的副作用大，服药后，他精神恍惚、肌肉抽搐、手指发麻，很痛苦。病人多，手术不断，他还得坚持工作。

千分之三，肖春想到大女儿爱爱。

爱爱聪明伶俐，从小就喜欢看儿童书画，跟着她和老公摇头晃脑念唐诗：“鹅鹅鹅，曲项向天歌。白毛浮绿水，红掌拨清波。”上班前，爱爱依在外婆身边送爸爸妈妈出门，她和张成亲她那肉嘟嘟的小脸蛋，她舞动小手说“拜拜”。哪想爱爱会得白血病，本是可以做干细胞移植治疗的，成功率在百分之八十左右，却因一直没能找到合适的骨髓供应者，眼睁睁看着幼小的她撒手人寰。

李泉的恐吓骚扰，老公有可能被感染艾滋病毒，委屈、担忧萦怀，她彻夜难眠，泪水湿枕。佳佳醒了，哇哇哭。女儿呃，你那远在国外的爸爸还没有见到你呢，她一边想一边抹泪为佳佳喂奶。

清晨，睡眠不好的她抓紧起床洗漱，匆匆吃稀饭馒头，给佳佳喂足奶水，将女儿交给母亲：“妈，莫忘了按时给佳佳喂奶，我挤了奶水放冰箱里的。”母亲盯她："你咋眼泡皮肿的，是不是生病了？老话说，男怕穿鞋，女怕戴帽，你到了医院就先去看病！"她换鞋出门："妈，我没病。"

肖春到医院参加完科室的交接班后，去了婴儿室给李泉的儿子喂奶。小芹说："护士长，你倒是大发菩萨心，可人家却大闹医院。哼，我去跟李泉说，是你给他儿子喂的奶。"她说："别去，弄不好李泉又借题发挥，说我乱给他娃儿喂奶。"小芹摇头，硬是，心好不得好，好人没好报。

李泉闯进婴儿室来，值班护士拉也拉不住。

李泉黑脸喝叫："黑心子医院，报复人呀，用有激素的奶粉喂我儿子……"他看见肖春在奶他儿子，止住喝叫。老乔给他说过："不仅是你老婆的死要找医院赔偿，你那儿子的喂养也要找医院说聊斋，现今市场上就有含激素的劣质奶粉。"他说："医院怕不会给娃儿喂劣质奶粉吧。"老乔还说："你就那么放心，即便是没有，也可以诈他们一下，让你儿子吃到放心的奶粉。"他就想，妻子杜英去了，儿子可得喂养好，就闯进婴儿室来，要看看儿子吃的奶粉是否放心。肖春见李泉闯来，掩下衣服，将怀中的婴儿递给他："娃儿吃饱了。"

李泉接过儿子，儿子睡得香，小嘴巴抿动。

"李泉，你厉害你凶，你是无法无天呢，婴儿室也敢乱闯！"肖春怒眼呵斥。她心想，哼，我好心给你儿子喂奶，你要骂我我就跟你对骂，哪个怕哪个。小芹在为他儿子的婴儿床换床单："你看到了吧，是我们护士长在奶你的儿子，我们护士长一直都在奶你的儿子，她还要奶自己的女儿！"

李泉原以为医院是用奶粉喂养他儿子，不承想竟是被他喝骂恐吓的肖春在给他儿子喂奶，张嘴无言。

小芹拿了罐奶粉来，恨恨地盯着李泉："你看看，这会是劣质奶粉？众所周知，这是富含蛋白质的速溶优质奶粉，不放心你可以拿去化验……"

李泉有些愧疚，将熟睡的儿子放到婴儿床上，亲吻儿子，鼻酸眼热，转身出了婴儿室。

李泉开货车多年，一向精力旺盛，现在是身心都疲惫不堪。

"李泉，你狗日的昨晚搞女人了吧，眼泡皮肿的。"在货场卸货时，货场老板说，递给他一根龙凤呈祥烟。时常来装卸货物，他跟这老板混得熟，鼻头酸："老哥，我哪有那闲心。"货场老板捏燃打火机为他点烟："你娃开大货车多年，一直都精蹦，你这是咋个了？"他吸燃烟："老哥，我现在是身心都疲惫。这疲惫就像没有尽头的高速公路裹了我跑，不晓得要跑向哪里。"货场老板说："耶，那可危险！"他击打自己，咳，闹腾得人都快散架了，遇到躲不过的人祸了。跟院长、医务处长吵闹时，医务处长说了，肖春、小芹等医务人员还给杜英献了血。唉，算㞞了，就他妈收手算了。

李泉有心收手却收不了手。

老乔把了他的肩头说："李泉老弟，我跟你讲明白了，拿不到钱你千万不能收手。当然，你是当事者，你要收手我也莫法。只是呢，我们有约在先，支付给参与人的钱你一分都不能少……"

七

人们开玩笑时称呼护士长为副市长。

中午，肖春跟小芹在黄葛老树下吃盒饭。小芹噗嗤直笑。肖春问小芹笑啥。小芹说："前天，外科的小雍医师来产房会诊，说我有当护士长的命。"她笑说："你努力就有这可能，呃，我叫你查难产资料写论文的事儿咋样了。""正查资料呢。""那就好。"小芹又笑："小雍医师说，护士长，副市长，权力可大。"她说："副市长的权力当然大，护士长咋能比。"小芹说："护士长，你的权力也不小。"她感叹："我的权力是不小，除了我该管的护理业务外，还得管科室的领物发物、人员考勤、奖金分配。咳，尽是些烦死人、累死人、得罪人的杂事儿。"她两眼发湿。小芹盯她："护士长，你怎么了？"她就说了老公张成有可能染病的事情。

手机响了，她接电话。

是丁记者打来的电话："肖护士长，我答应您不发那篇报道了的。"她说："对，对，您答应了的，谢谢啊！"丁记者说："我没有想到，我们主编审阅后签了字，进入了发稿的既定程序，已经排版，明天见报。说是得到分管卫生的副市长默许。"她发急："丁记者，小丁，你红口白牙说话得算数，你得阻止，绝对不能发表！"丁记者就再三解释，再三道歉，无奈地深表遗憾。

通完电话，肖春把没有吃完的饭盒扔给小芹，拔腿往医务处跑。

医务处长办公室的门紧闭，她使劲敲门。在办公室里午睡的医务处长开了门。她喊："处长，大事不好，十万火急……"

护士长见到了副市长。

市府大院的黄葛树多，树冠如伞，裸露的树根犬牙交错。换叶时节，绿叶间夹杂有黄叶，落叶似金，踏叶留香。其他树换叶步调一致，就黄葛树怪，一棵树上会有不同的叶色，即便是挨着的黄葛树，亦可是有的郁绿有的泛黄。有人说，重庆的黄葛树是一种感恩树，知恩图报，在栽种的时节换叶。肖春喜爱家乡这独具个性的黄葛树。

此刻，她无心观树，跟随院长、医务处长和妇产科朱主任快步走。

刚才在车上她跟院长吵红了脸，说妇产科太忙，太累，太担风险，医院必须提高奖金分配的比例，不然的话，她就不管科室的奖金了。朱主任附和。院长拒不答应，说得轻巧吃根灯草，全院一盘棋，牵一发是要动全身的。

市府办公室一位工作人员领他们走，走进一栋黄墙绿瓦楼房的三楼。楼道的走廊宽，老长，荸荠色的木质地板铮亮。工作人员领他们走到一扇门前，轻轻敲门。门开了。是分管卫生的副市长的秘书开的门，请了他们进去。外间是秘书室，里间是副市长办公室。

联系好了的，分管卫生的副市长答应接见他们。

分管卫生的副市长长发披肩，穿浅色女式便装，配紫色衬衣，真诚微笑，请他们四人坐，让秘书倒茶，听他们汇报。院长、医务处长做了汇报，朱主任和她补充。都再三强调丁记者的那篇报道不属实，不能发表，否则，会挫伤医护人员的积极性，造成医院更大的混乱。

副市长到任不久，不是学医的，是建筑学专家。她到任前就知道群众对医疗行业意见大，到任后更是听到收到不少对医院和医护人员的意见、投诉，有压力，很恼火。听完汇报，她眉头紧锁："你们应该清楚，这可是人命关天的大事情，是群众利益攸关的大事情，人民群众对看病难、看病贵一直是有意见的。"掰手指头，"工作马虎，开大处方，乱开检查，吃回扣，一心冲着多进钱，多拿奖金，这些事情，你们敢说没有？这又死了产妇，事情非同小可！一个巴掌拍不响，你们能说没有粗疏没有不当……"苦口婆心讲白衣天使要牢记救死扶伤的神圣职责，要有奉献精神，要把大医精诚的信念植根于心，心是啥，如同院坝里那黄葛树的树根，树根若是病了就得治，得下猛药治……

说话听声，锣鼓听音，这是在批评。院长、医务处长的心往下沉，担心着丁记者的那篇报道，插话说，市长讲得对，医院一直都是严格要求医护人员的。解释看病难、看病贵的主因不在医院，就是药品零差率也难以控制药价合理，"攻关"、"回扣"等中间环节在作怪，公益与市场的矛盾难解，财政拨款不足……朱主任附和，脖子上青筋暴起："天使般的圣洁完美我们难以做到，我不敢保证我们的工作没有缺陷，但我敢说，对于这个产妇的抢救我们是积极的，是尽了全力的。""就是。"肖春说，想到与丁记者的对话，激动，"白衣天使这称呼是对我们医护人员的认可和鼓励，我觉得受之无愧。又说呢，天使是神我们是人，我们没有天使的神力，我们脚踏实地尽心尽力……"

秘书从外间快步进来，对副市长说："开会的人都到齐了。"

副市长看表："诸位，就这样吧，你们说的我都知道了。"站起身来。

院长跟着起身:“丁记者的那篇报道咋办?”

医务处长起身:“那篇报道不能发表。”

副市长朝外间走:“新闻报道有新闻报道的自由,我不好干涉。”

肖春气得欲爆炸,心想,妈耶,还有说理的地方没有?呼地起身,涨红了脸:“要是丁记者的不实报道见报的话,我们产房就关门不上班了!”吐出这句心里话,她惊骇,但不后悔。

朱主任身子发抖,站起身,面红耳赤:“我们妇产科就关门不上班了!”

院长、医务处长站到她俩身边,以示支持。

屋里气氛紧张。

副市长止住步子,甩头对秘书说:“给报社打电话,撤下那篇稿子!”

秘书就打电话。

屋里气氛和缓。

肖春笑了:“副市长就是副市长。”她还是听得进话的。

副市长盯着肖春,摇头笑:“你呀,你个护士长。”

大家都笑。

医务处长在肖春耳边说:“你咋称呼副市长,都是不说‘副’字的。”

肖春吐舌头:“遭了!”

八

拎黑皮包的老乔领李泉朝洪崖洞走,越走人越多,人挤人。低远处的月亮愈圆,嘉陵江岸沿坡修建的仿古房、西式楼、海盗船、中西餐馆、杂货铺、宾馆顺坡层层密布。

“啥子抄袭宫崎骏那动漫《千与千寻》的场景啊,根本没屎得丁点儿关系。”老乔搂了李泉肩头随人流走。

李泉不吭声,紧护挎在胸前的鼓鼓囊囊的油腻的帆布挂包。

“这洪崖洞先前是一片七古八怪的吊脚楼,现今是国家4A级风景旅游区了。”老乔说,“呃,莫挤,慢些。”伸长臂挡开拥挤的人,“抖音视频弄人凑热闹,人一拍抖音更热闹。抖音那么一弄,这里成了网红景点,节假日限制游客了。其实,这洪崖洞早就有名。洪崖洞有洪崖门,明朝的那个戴鼎在重庆修了十七座城门,九开八闭,洪崖门是闭门,有城楼没得城门,就是个军事防范。当年,有门大炮临江而立,防范老长的一段江面。所以这沧白路以前叫炮台街。那大炮是用来防范张献忠攻城的,可张献忠是从通远门攻进重庆的。”

"是不是啊?"李泉瓮声说。

"当然是,书上写的。"老乔说。

二人随拥挤的人群乘扶梯、电梯而下,到了洪崖洞景点的四层,是条几百米长的清明上河图一般的仿古街,游人最多。穿古装的秀气女子、穿张飞长袍的黑脸汉子在自家的桃片摊、牛肉铺前吆喝叫卖,赤胸露臂的伙计挥石锤狠砸糍粑。小天鹅火锅馆的妙龄正装女子不叫卖,轻声细语恭迎鱼贯而入的食客。这洪崖洞景点是小天鹅公司那女老板出资修的,声名远播。

老乔领李泉走侧巷,拐几道拐,进了"品茗香茶楼"。茶楼靠江,悬挂有对联:"楼外是五百里嘉陵,非道子一支笔画不来;胸中有几千年历史,凭卢仝七碗茶引起也。"女老板出口成章:"二位,这是副高手撰写脍炙人口的对联,上联借唐代名画家吴道子叙嘉陵美景,下联表唐代茶仙卢仝的点茶神功。凡来客落座,观联陶然忘机,岂能不品上一碗香茶。"老乔点头,点了茶水,寻临江的包厢坐下。就有茶倌进来:"二位请用晚茶!"他右手提锃亮的紫铜长嘴壶,左手五指夹有两只茶碗、茶盖、茶船,只听"叮当"连声,两只茶船便桌上开花,分摆到位。而后,他把装有茶叶的茶碗分放入茶船,将紫铜壶倒悬于背,蹬马步勾首,壶嘴便对了茶碗吐水,茶叶花儿在沸水里翻腾。两只茶碗冲满,桌上滴水不漏。茶倌依次盖上茶盖,动作干净利索,神乎其技。老乔击掌:"绝,绝技!"李泉阴沉的脸有了笑。

女老板和茶倌出门后,老乔过去关了屋门,回身端盖碗茶喝:"这竹叶青可以。"

李泉喝茶。

老乔搓手,摸李泉挎在胸前的鼓鼓囊囊的油腻的帆布挂包:"小胜,小胜。"掏出根中华牌烟给李泉,捏燃防风打火机为他点烟。李泉吸烟,心绞痛。帆布挂包里装的是他爱妻杜英丢命的补偿钱。

老乔对他说,跟医院扯皮要打持久战,断不能半途而废。说现今的一些医院,不是医疗事故也不得不给予患者或是死者家属或多或少的经济补偿。带了他和"医闹"们又去围困院长、医务处长,哭闹的间隙说理。老乔说,产妇死了,医院肯定有责任,必须赔偿。赔偿金包括医疗费、陪护费、交通费、丧葬费、娃儿直至长大的抚养费。还有精神抚慰费,民法里有这内容,标准是按照当地的年平均生活水平,依据不同的情况赔偿若干年,死了人,当然是最高的赔偿水平。律师在线上说得明白,医疗民事纠纷与其他民事纠纷一样,属于平等主体之间的财产关系和人身关系,属于民法范畴。依据"私法自治"的原则,国家不予干预。因而,双方是可以进行协商的,好说好散……院方说他把问题说混了，说杜英的不幸去世不是医疗事故，市医疗事故鉴定委员会的鉴定意见是难以防范的医疗意外。老乔说，这是你们同行鉴定同行，根本不算数。又说，就作算是医疗意外医院也得赔偿，一个大活人是死在你们医院的，可怜啊，还留下个嗷嗷待哺的小儿。李泉听得擦抹眼睛。

人高马大的妇产科男大夫鲍医生来解围，被“医闹”们喝骂，打破了头皮。跟来的肖春护住鲍医生，说：“国家有法律，你们完全可以通过法律程序解决问题。”老乔朝她瞪眼：“不关你的事情，我们是找法人院长说聊斋。”肖春也朝他瞪眼：“你是哪个？”老乔说：“我，我是杜英的表哥。”肖春说：“拿身份证来看。”男女“医闹”就哭天撒地喝骂捶打肖春。医院保卫处长和民警护了肖春和鲍医生出门。肖春瞪眼对民警说：“他们这是违法，得抓，抓！”民警点头，无奈摇头。持久战有了效果，院方终于答应给予适当的补偿，再三说明不是赔偿。双方反复喊价压价，渐渐靠拢，签字画押，绝对不能反悔。

李泉抽完烟，掐灭烟头，从帆布挂包里取出两摞百元大钞放到茶桌上。老乔移开茶碗，搂过身前的一摞钱，用手指蘸茶船里的茶水点数，点了三遍，装进黑皮包里。想想，又取出一张钞票：“多了100元。”放到李泉身边的那一摞钱里，李泉将其放进帆布挂包。老乔又给李泉点烟，把剩余的中华牌烟和防风打火机推给他：“李泉老弟，你遵守合约，讲信用。”

李泉抽烟，擤了把鼻涕，鼻子发酸。

老乔喝茶：“我跟其他人是六四分成，跟你是五五分成，你这人实在。你是晓得的，我的那些伙伴，参与拉横幅的每人100元，参与哭闹的每人200元，参与抬尸体的每人300元。你这事儿呢，参与的人多，时间长，大家都不容易，分下来之后，我也所剩无几了。”

李泉埋头喝茶。

老乔的鼻子也酸：“不瞒你老弟，我呢，也算是原单位的一个‘笔杆子’，市场经济大潮一冲，单位垮了。我不抽烟，喝酒厉害，还有个赌博的毛病。婆娘闹离婚改嫁了，娃儿留给了我……”

“砰！”

包厢的门被推开，走进来一男一女两个民警。

男民警对老乔说：“你跟我们去一趟派出所。”

老乔说：“民警同志，你们找错人了吧？”

女民警说：“没有错，有人举报你是‘医闹’的头儿。”

“哪个举报我？”老乔恨恨地盯着李泉。

李泉不知所措，他没有举报老乔，只好护着帆布挂包。

庄老板进来:“是我举报你,我跟踪你来的。”
老乔紧张,人矮下来。
男民警说:“你领头扰乱医院的正常工作秩序,涉嫌违法……”

九

市检查组来医院了。

先齐聚医院会议室,分管卫生的副市长带领相关部门的负责人和专家听取院里的汇报。之后,分组下到各科室检查,都穿了白大褂。妇产科检查组到科室窄小的学习室查看了分类摆放的几十种资料,朱主任介绍,肖春补充。检查组又检查妇科病房、产科病房、产房。

检查的人和被检查的人都累。

荣医生一直兴奋,对鲍医生说:“来了恁么多的领导,还跟我握了手。”鲍医生不看她:“你不觉得累?”荣医生说:“累,值了。”鲍医生哼声说:“没得事找事,形式主义。”

最终,全院各科室都过关,大家都松了口气。

送走检查组,已是下午六点过了。肖春、小芹去医院大门对面的面摊吃小面。肖春问:“小芹,啷个样?”小芹说:“你护士长的吩咐岂敢不遵。”取出张字条给她看,从病历上抄的。肖春笑:“小芹就是小芹。”小芹说:“你的徒儿呢。”亮起手中的罐装奶粉,“还有这个。”肖春点头:“小芹,你啥时候嫁人?”小芹摇头:“不嫁。”肖春说:“高不成低不就吧……”

华灯初上,拎包的肖春、小芹往较场口走。

重庆言子说,较场口的土地管得宽,确实管得宽。有卖木货的木货街,卖篾货的百子巷,卖瓷器的磁器街,卖草药的草药街,卖鱼的鱼市街。是热闹的小商品集散地,街巷多以交易的货物命名。也有不以交易货物命名的,十八梯就是。肖春是一直没有搞清楚这些大小街巷的,而十八梯她清楚。

重庆城是个半岛,因大河长江与小河嘉陵江合抱而成。长江气势磅礴,嘉陵江温丽清幽,有人说长江乃雄性为父,嘉陵江乃雌性为母,半岛是两江的孩儿。半岛即是母城。母城是座山,山上山下分为了上下半城。

十八梯是连接上下半城天梯般陡峭弯拐的老街。

她俩走过解放碑、民权路、较场口,就到了十八梯口,看见了梯道下面月辉抚照的长江。十八梯正在旧城改造。她俩寻了改造工程空出的梯道下行,借助路灯光查找那地处。在肖春的记忆中,改造前的十八梯街道两边,棚屋瓦屋吊脚楼密布，见缝插针有歇山式瓦顶的会馆、商社和拱形窗户的法国领事馆。杂货铺、布店、裁缝店、米店、烧饼店、白糕店、麻糖店、小面店、饭馆、纸扎铺鳞次栉比。豆花饭馆的生意好，老板忙着大锅点豆花，搭梯子上冒热气的大蒸笼取粉蒸肉。一盆一凳一镜的剃头摊子。休闲馆的屋门敞开，牌客们嘴手不闲抽烟喝茶搓麻将。亮臂露腿的棒棒军们嗨佐嗨佐挑货物上下。有摇动腰肢走路的女子，穿时髦衣提玲珑包，用高跟鞋敲打石梯，发出“磕磕磕”的声音。没有声响的是盘坐路边伸手的叫花儿。房屋门前的石阶布满青苔，石阶下的阳沟湿漉漉的，空气也湿漉漉的。

两人寻至一道侧巷，侧巷里有几十栋古旧的平房、吊脚楼，有的在装修。肖春借助月光看字条上的门牌号码，是这里了。两人走进一栋没有装修的吊脚楼，登老旧的木梯，楼梯“嘎吱吱”响。登至三楼顶层的门前，屋里传出来婴儿的哭声。小芹敲门。

“是哪个？”男人的喝声。门开了，开门者是蓬头的李泉，“你两个，有啥子事？”

肖春盯他：“你就不让我们进门？”

李泉闪开身。肖春、小芹进门。屋内窄小，屋灯昏暗，家具老旧，一片凌乱。有个老女人在给李泉的儿子换尿不湿，拍打他的小屁股：“李思，你一天到晚都尿，硬是屙不完！”

“请的老保姆？”肖春问。

“嗯。”李泉瓮声答。

“儿子叫李思，思念的‘思’？”肖春问。

李泉点头。肖春抱过啼哭的李思，侧身解开衣扣给他喂奶。李思不哭了，大口吸奶。

小芹看李泉：“杜英的病历上有你家的住址，护士长来给你儿子喂奶，她女儿佳佳倒在屋里吃她留在冰箱里的奶。”

老保姆一脸横肉，蛇皮般的皱纹撑起张圆脸：“娃儿还是喜欢吃人奶。”

小芹说：“你莫要打娃儿。”

老保姆说：“这娃儿烦人。”

李泉盯老保姆，眯眼变成牛眼，眼中有火苗蹿动，额头的青筋暴突，如蚯蚓般蠕动。顷刻，火苗没有了，“蚯蚓”软了。他强忍怒气，吞下骂人的话，指木桌上那本他从书摊买来的老厚的喂养婴儿的书：“这书上有喂养娃儿的方法。”

老保姆说：“看不懂。你屋里来客了，我明天来。”不等李泉回答，抓包出门，带死了屋门。

“我们护士长心肠好，奶水旺，还给你儿子喂奶，你同意不？”小芹问。

“这，咋要得……”李泉说。

小芹说：“母乳喂养是世界卫生组织说的，婴儿出生就要吃母奶，你儿子是达标了的。我给你说，母乳喂养可以提高娃儿的免疫力，少生病。”

李泉点头。

小芹说：“我们护士长工作忙，不可能时时来给你儿子喂奶，你可抱他去医院找她。”将罐装奶粉放到木茶几上，“买了罐奶粉来，我是产房的护士，我买的奶粉你尽管放心。”

李泉说：“放心，奶粉钱我付！”

小芹说：“奶粉钱当然得你付，258元。”昨天，她在超市遇见了李泉，他正挑选进口奶粉。去买菜的她不看他，大声说，进口奶粉好是好，又不懂，还是买国产奶粉保险。李泉张嘴欲言，她扬长而去。

李泉付了260元钱，小芹接过钱：“找你两元。”

“李泉，你这房子不拆？”肖春侧脸问。

李泉说：“不拆。”

小芹说：“这房子是文物呢，你要搬？”

李泉激动，寡言的他话多：“这房子是我死去的妈老汉留下的，我妈给人洗衣服，我老汉是棒棒，卖力气挣钱。我在这里出生长大，绝对不搬，好在要装修保留，‘七街六巷’都要保留。”肖春感兴趣，将吃好奶熟睡的李思放到床上，为他盖好被子：“哪‘七街六巷’？”李泉说：“七街是老街、厚慈街、下回水沟街、守备街、凤凰台街、响水桥、花街子，六巷是瞿家沟、善果巷、月台坝、大巷子、轿铺街、永兴巷。”小芹说：“李泉记性好。”李泉说：“住得久了，这里的文物多，清朝的民国的不少，有的是国家重点保护的……”

摆谈间，肖春从提包里取出在商场买的婴儿兜、纸尿裤、奶瓶消毒器等小儿用物给李泉，讲了用法。李泉要付钱。肖春没收，说：“我给女儿买时，顺便给你儿子买的。”小芹说：“李泉，你记得我们护士长的好就行。”李泉说，记得。

十

肖春收到了李泉寄来的600元钱，打电话问李泉。李泉说，是她给他儿子买儿童用品的钱。她说，没有这么多啊，就400多元。

她得去取钱，再去给李泉儿子喂奶时，买些东西带去。

市区的邮政局始建于光绪年间，原先一到十字路口就可看见醒目的招牌，现在那招牌混杂在“华为”“三星”“苹果”“摩托罗拉”“诺基亚”等手机品牌的招牌里。邮政局大厅被卖手机的柜台取代，正经办理汇兑的柜台被挤到了地下室里。原先取钱，工作人员在汇款单上审核盖章即可付钱。现今是电脑办理，复印身份证，输入身份证号，查验打印汇款单据，反而慢了。

她寻找到地下室那取款处，5个窗口只开了3个，都排有长队。她排队临近取钱的窗口时，手机响了，是她带的护理学研究生米琳打来的电话，说她去机场接的德国外宾蕾娜就要到医院了。她看手机，快下午两点了，赶紧回医院。本来是计算好了的，中午来取钱，再回医院接待蕾娜，可她没有计算进找寻取款柜台和排队等候的时间。

蕾娜是德国护理联合会围产分会的会长，她的同道好友，来回访的，明天做护理学术报告。蕾娜一到就迫不及待要参观她们妇产科，她和护理部主任、朱主任、米琳等陪同参观，用英语交谈。蕾娜惊叹妇产科病房的走道里加满了病床；看门诊的病人排老长的队；朱主任的号挂了就能看到病；肖春经常给产妇接生；做超声波检查的病人再多每天也要做完。说难以想象，他们那里的医师每天只看几个病人，护士长很少为产妇接生，超声波检查得要预约一周以上。

蕾娜参观完毕，她和米琳送她去宾馆，路过解放碑时，蕾娜用手机拍照，感叹道：“啊，好美，干净，胜过德国了！”

说好晚上6点半一起吃晚饭。

还有时间，她顺路又去邮局那地下室取钱，还是排队，5个窗口还是只开了3个。不住看手机时间的她终于排拢窗口，短发女工作人员说，下班了。她看手机，是下午6点17分。下班时间是6点半。她说，还没有到下班时间啊。短发女工作人员不耐烦：“我手头的事情办完就到下班时间了。”将窗口的字画拉下来。

是一幅宣传为民服务的字画，挡严了窗口。

她身后是一位弓腰驼背的老头儿，拿汇款单的手抖动，无奈摇头。她实在忍不住，话声高了：“咋就不多开几个窗口，咋就不学银行排号等候！”那老头儿说：“邮局是官办的，只此一家，银行有好多家，要竞争。”唉，今天是取不到钱了，她好窝火，邮局的服务态度太差。

她没有耽误按时请蕾娜吃晚饭。

去的是重庆网红景点洪崖洞的小天鹅火锅馆，医院的头头们现今都不陪吃，朱主任还在手术台上，就她和学生米琳陪同。要的鸳鸯火锅，喝山城啤酒。妙龄正装女服务员微笑上菜，给她们系上蓝底绣花的围腰。蕾娜要拍照留念。米琳就用手机给她拍照，背景是窗外的千厮门大桥和嘉陵江。肖春叫妙龄正装女服务员给她们三人拍合影照，“轰隆隆”，过江轻轨驶过大桥。蕾娜坐回餐桌看手机照片，得意地笑，说自己长得有点像总理默克尔。她用筷子费力地夹毛肚、黄喉、鸭肠，烫清汤蘸作料吃，还烫红汤蘸作料吃，辣得“嘘呼呼”叫，学说重庆话：“霸道！”夸这餐馆的内外环境、啤酒菜肴和服务都好。

就说到了医院的服务。

蕾娜说，到他们医院看病有数量限制，服务却是细致周到。医护人员与病人、产妇是平等的，相互非常客气。更多的病人是在社区医院就诊。说服务的质量与社会环境、人文素质有关，非一蹴而就。说他们那里也有服务问题，就出现过产妇死亡的医疗事故，产妇家属找保险公司索赔。就个人来讲，敬畏生命，敬畏职责，敬畏规章吧……

十一

要周末假的肖春和母亲推了坐在婴儿车里的佳佳，沿了烟雨公园临长江的步道走。佳佳咿咿呀呀要铃铛玩。肖春逗她：“佳佳像漂亮妈妈，不像丑八怪爸爸。”母亲说：“你那老师老护士长，当年就不满意你嫁给张成。”肖春说：“妈，你也不满意呢。”母亲说：“就是，不满意，把我女儿拐了去。”肖春笑：“缘分呢。”母亲埋怨：“你生佳佳他也不在你身边。哼，没见过，好好的奶水，要冰冻了给我佳佳吃。”肖春说：“妈，人家要上班。”

肖春的手机响。

张成发了微信照片来。肖春把照片给母亲看，给女儿看：“佳佳，看，这是你还没见过面的爸爸。”女儿各人咿咿哇哇。

她一阵思念一阵心酸。

老公是否染病尚无定论，吃预防药吃得痛苦难耐。这家伙是个工作狂，说在国外是代表国家工作。拍了南滨路的照片和她们的合影发给他，还发了文字：“老公，佳佳对你笑呢！”泪水把眼睛蒙住，她与老公有过一段生死恋，也斗过气。那次，她去广州开学术会，会议间隙给他打电话他不接，夜里打电话他也不接，她气得要哭。他终于回电话了，她掐断电话，也赌气不接。次日，她乘飞机回到家里，夜已深了，家里无人。那阵，她母亲带3岁的外孙女爱爱走亲戚去了。这个张成，深夜也不落屋，她怒了，反锁了房门。疲倦的她睡得死猪一般，清早上班开门，见张成蜷缩在门边打呼噜，黝黑的脸比她走之前更黑,瘦得变了形。她摇醒他厉声问:“你野到哪里去了!”他费力地站起身说:“在手术室,抢救病人31个小时,你打电话来时是手术的间隙,我在手术室睡着了,醒来看见你的电话,回电话你不接……”

手机又响。是医院产房值班的鲍医生打来的,说遇到个难产妇,想请她去帮忙看看。定是遇到麻烦的难产了,她遇到的难产多,要么是胎儿头位,要么是母亲骨盆腔狭窄、子宫或阴道异常,要么是脐带脱垂、胎盘早剥或剥离不全。她在电话里询问是哪种情况。鲍医生说,是产后大出血。这可是急症,可千万别又是杜英那病,她又想,那病的发生率是极低的。

她打的赶到医院产房时,鲍医生已为那难产妇做了输血、补液、用缩宫素等处理,产妇依旧流血不止。有经验的她快速穿好工作服,戴上消毒手套,右手握拳顶至产妇阴道前穹隆部,向前上方顶住子宫前壁,左手放在产妇腹部按压子宫后壁,对鲍医生和值班护士说:“要按压10分钟左右。”又宽慰产妇,“您儿子已经生下来了,七斤一两呢。放心,放松,没事儿的……”她在出租车上,她又跟鲍医生通了电话,觉得与产妇精神紧张有关。正常情况下,胎盘从子宫蜕膜层剥离时,剥离面的血窦开放,会有些出血,当胎盘完全剥离排出子宫后,流血会迅速减少。可如果产妇精神过度紧张,会造成子宫收缩无力,就会发生大出血。按摩子宫是刺激子宫收缩,达到止血目的的有效方法。

经肖春的一番处理加精神宽慰,产妇的流血止住了。

鲍医生说学到了一手。肖春说:“你大医师,我跟你学呢。”想到小芹,给她打电话。经她点拨,小芹正收集难产病例资料,晋升职称得要发表论文。小芹接电话说,她在写论文,好恼火。朱主任带了几个研究生走来:“肖春,星期天也不休息。”肖春说:“跟你大主任学,你不也没休息。”朱主任叹气:“我那国家课题遇到瓶颈了,带学生们做实验。”盯肖春笑:“护士节快到了,医院上报了呢。”肖春问:“上报啥?”朱主任说:“上报你优秀护士。”肖春嘟嘴:“我就一接生婆,哪够那条件。”朱主任问鲍医生:“小鲍,你说她够不够。”鲍医生说,她呢,扣罚过我的奖金,不过说老实话,她要是不够就没得人够了。

十二

早先,重庆市人民大礼堂前的广场有高墙围住,后来拆了。广场宽阔,黄葛树等绿树婆娑,参观的健身的人不少。

肖春登老高的石梯而上,走进可容纳三千人的会场。

“庆祝‘5·12’国际护士节”的横幅高挂舞台上方。在电视里,她多次看到过大礼堂会场的横幅，那是召开市两代会等会议的横幅。今天，这横幅是为她所从事的护理事业而挂。会场还悬挂着“守护生命”“杏林春秋”“致敬白衣天使”等标语。

她和十多位护士戴上了优秀护士的红花，登上了主席台。她是市里今年唯一获得“国际南丁格尔奖”的优秀护士，获得了证书和奖章。

散会出大礼堂后，医院来的参会者与她在石阶上合影留念。

小芹给她献花：“百合花，爱情的象征。”长声叹，“女人是少不得男人的。好生遗憾，我那可怜的姐夫张成哥还在国外跟他人和自己的病魔斗，跟死神斗。今天是‘5·12’国际护士节，我们的节日，你获大奖。他如是在场，会好感叹，会好高兴……”

肖春的两眼潮润。

十三

俯视大桥的山崖上有座高墙楼房，密布的窗口似一双双贪婪窥视大江的人的眼睛。渐渐近了，高墙是浅灰色的，铁窗道道。

肖春那爱车保养去了，乘出租车过桥。出租车右拐左转，经过较场口、七星岗、偏街小巷，开到高墙楼房的大门口。她付钱下车，拎布包去办理手续。进得高墙楼房后，看见墙上涂着“解放思想，求真务实”“快乐改造，成才改造”等标语。

这里是监狱，她是第一次到监狱。

她来探视儿科主任武学斌。他是一个很和善很勤奋的人，医疗技术、服务态度都很受好评。刚宣判不久，他获刑三年零六个月。警察带她进到探视室里。铁窗内，武学斌来了。不是她想象的胡子拉碴、头发蓬乱的样子，他依旧注意整洁，蔚蓝色劳改服映衬得他那小白脸更白。

“肖护士长来了。”他平静说。

“你……”她忍下了责问的话。

“受贿137万，依法从轻，我认了。那个药商秦有志栽了，供出了我。”

秦有志是她高中同学，老实巴交的，是老护士长接生他来到人世的。身为医药经销商的他来找过她，要请她吃饭，说是谢谢她为他老婆接生。她说：“我是接生婆，应该的。”遂婉拒。后来，他又来找她，麻烦她看在老同学的情分，帮忙找人进些他们公司的药品器材，有回扣的。她说他要找哪个医生看病绝对帮忙，说他不该这样。秦有志说，他工作兢兢业业，年年都是公司的先进。高中同学又聚会时，秦有志给她敬酒，请她跳舞，点歌。他唱："你挑着担，我牵着马，迎来日出送走晚霞。踏平坎坷成大道，斗罢艰险又出发，又出发。啦啦啦，一番番春秋冬夏，一场场酸甜苦辣，敢问路在何方，路在脚下……"他走进了监狱里。她气愤秦有志坑害了武学斌，也为他惋惜。高中时，他是班上的生活委员，踏实勤奋助人为乐，现今却成了劳改犯。他妻子工资不高，儿子还小。

"唉，"她长叹，还是忍不住问武学斌，"你，为啥？"

"她看上了江北嘴那套房子，210万。"武学斌说。

"田思霞？"

"嗯。"

"她非要你买那房子？"

"她说在那江景房办婚礼。"

"你，你们！咳，怪我，不该把她介绍给你。"

"不怪你，我真心喜欢她。"

"你就收了秦有志的钱？"

"秦有志来得勤，他说，说是你的高中同学。"

"他混蛋！"

"他说都这么做的，法不制众。还是怪我自己。"

"这个田思霞，她倒是出国去了。啊，她是自费出国，你给她钱了？"

"给了。"

"多少？"

"70万。思霞说，她去美国镀金两年，回来后我们就结婚。"

"她知道你出事了？"

"我没有跟她说。"

"她得等你。"

"谢谢！人生苦短，世事无常。"他说，怅然吟诗，"'世事一场大梦，人生几度秋凉？夜来风叶已鸣廊，看取眉头鬓上。'"

她知道他喜欢诗文："谁写的？"

"苏轼。"他说。

"你自己也写些诗，诗可以怡情养性。"

"嗯。"

她把布包从窗口塞给他："你喜欢喝咖啡，包里的咖啡是雀巢速溶。有件毛衣，我去商场买的，天气转凉用得着。有本新版的《实用儿科学》，我去新华书店买的。有两千块钱，说是可以刷卡消费。既来之则安之吧。”

“谢谢！我出来后还……”

肖春哀然出监狱大门，武学斌被判刑，赔退不说，还要开除公职。宣判那天她上班，没能去。武学斌带的博士研究生去了法院，拿了判决书给她的学生米琳看。米琳给她说了，武学斌属于受贿数额巨大，依法判处三年以上十年以下有期徒刑，并处罚金或者没收财产。在提起公诉前，能真诚悔罪全额退赃、有重大立功表现的，可以从轻处罚。可惜了，武学斌的主任、教授、博导都没有了。好在他医术好，儿科医生是急需的，私立医院多，他出来后会找到工作的。她这么想，心里好受了些。

打不到车，呼叫滴滴打车、神州专车都没有回应。高峰时间，偏街小巷，难以打到车。她只好步行。偏街小巷倒热闹，摊贩不少，一些东西平日没有时间买，她边走边挑选了丝袜、内裤、胸罩、发卡、指甲刀，用塑料袋拎了走。

人生苦短，世事无常。她想着武学斌的叹息。他犯罪是自食其果，一个很有成就的人，咋就把持不住。客观原因也有，怪秦有志，怪田思霞，怪自己这个牵线人。她走回医院，去了产科病房，腰酸腿痛。值班的鲍医生问她咋个了。她说去探视武学斌，回来没有打到车，为武学斌惋惜。

鲍医生给她讲世界的本质是苦的，因为世上的一切都是无常而不断变化的，有所得必然会导致因失去而带来痛苦的结果。说世法皆是相对的，有生就有死，有聚即有散。苏轼就说，人有悲欢离合，月有阴晴圆缺。

她说他不该信这些。

鲍医生说，说说，说说而已。说生离死别少不了的，所以我们要看淡这个纷扰的物质世界，去追求内在的真性本来。有两层含义，其一是世间的人无常，也就是人心叵测的意思；其二是世间的事无常，用毛泽东的话说，就是人间正道是沧桑。中心思想是世间的万物都是变化的，难以捉摸的，一成不变的事物是不存在的。

她皱眉：“你说得这么复杂，不就是人可以变好，也可以变坏么。”

鲍医生说：“人，本就复杂，面善的人其实心恶，面恶的人也做善事。”

她笑问：“你看我面善还是面恶？”

鲍医生说：“你喜怒无常，本质还好。”

她乜斜着他：“本质还好，接生婆本质就好。”往产房走。

十四

产房外的那棵黄葛老树落秋叶了。秋天从来不是萧瑟的季节，秋天充满了躁动的期待与渴望。

产房里照旧忙碌。

小芹临产了，叉开双腿躺在产床上。肖春为她接生："小芹，不当丁克族了？哼，说是不嫁人，倒急切得很，连我都保密，未婚先孕吧？"小芹苦脸："护士长，你就莫揭疤了。"她问："是不是张成他们外科的那个小雍医师？"小芹点头："是，都这时候了，本护士其言也善。"她盯她："乱说嘛，你这时候是分娩。"小芹强忍剧痛："还不是我姐夫张成哥硬牵的线。"她笑："这个张成，远在国外还做月老。"小芹龇牙："微信，是连着国外的。"她点头："嗯，他倒为我们小芹做了件好事情……"

"哎哟，哎哟呀，痛！"小芹叫唤。"生娃儿哪有不痛的……""妈呀，妈妈呀，痛死人了，打死都不再生了……""小芹，哈气，使劲，再使劲！"肖春喊唱，"娇儿落地哭一声，长大要报父母恩……""嗯哇，嗯哇……"婴儿呱呱坠地。肖春抱起婴儿："我们去看妈妈。"掰开婴儿的双腿给小芹看，"六斤七两，建设银行。"建设银行是指男婴，男孩子养家。小芹含泪笑："谢谢护士长。""我们两个，说啥子谢。"肖春将男婴的一只小脚蘸了油墨印到她那病历上。

护工推小芹回到母婴同室病房，小雍赶忙喂小芹吃荷包鸡蛋。小芹盯他："你咋不问是儿是女？"小雍笑："你说喜欢女孩。"小芹说："好吧，那就是女孩。"肖春抱了男婴进来，放到小芹身边："小雍医师，你得行，带把的。"小雍看婴儿，要动手。"呃，别动，包得好好的。"肖春让他干着急，"你不信？"小雍说："信。"又给小芹喂荷包鸡蛋："吃，多吃奶旺……"

小芹、小雍夫妇的儿子过百日，他俩新买的两室一厅的楼屋里来了亲朋好友。有丁记者夫妇、庄老板夫妇，带了儿女来。肖春和她母亲带了佳佳来。大人们寒暄，孩童们嬉戏打闹，其乐融融。

庄老板问丁记者啥时候要二胎。丁记者说，想生二胎的都是不带娃儿的，要带娃儿的都是不想生二胎的。

肖春的老公张成没来，他还在援外，通过微信看她母女的照片，用文字、音频、视频交谈。说他做了检查，结果显示没有感染艾滋病毒。又说，这还不是定论，停服预防药后的一年内还要做几次阶段性的复查。张成本该开春回来的，可他说任务重，还要延期半年回国。她思念牵挂老公，期盼老公平安归来。

这期盼难熬。

小芹过来:“护士长,想我姐夫了?”

“想,牵心挂肠。”肖春说。

“理解。”小芹说,“给你说个秘密。”

“啥秘密?”

“在小雍之前,有人暗暗追我。”

“医院的?”

“监狱的。”

“狱警?”

“犯人武学斌,原儿科主任,你那学妹田思霞把人家给蹬了。”

“我不该给他们牵线的。”肖春说。在美国的田思霞不久前在电话里给她说,她嫁给了同医院的一个美国大夫,说美国缺护士,她这个护士的待遇还可以。说对不起当介绍人的肖春,对不起武学斌。说她托人给武学斌带了话,请他原谅。说武学斌听后很痛苦,却带话说,不反对她做的任何决定。

“小芹,田思霞托带话的人是不是你?”

小芹点头:“我去探过监。”

“田思霞咋会托你带话?”

“田思霞开先不敢给你说,给我说了,叫我去看看武学斌,说武学斌喜欢我。嘻嘻。”

“你喜欢他?”

“才不。啊,护士长,我那篇研究难产病例的文章被《中华护理杂志》录用了。”

“好事情,那可是国内护理学顶尖的CSCD杂志……”

小雍医师招呼大家吃瓜子花生糖果喝沱茶,到阳台上观山水。这楼屋临长江,有黄葛树杈遮阴的阳台,视野好。低远处,冬日清瘦的大江和南山林木一改往日的活泼,似乎恬静地睡着了。

鹤

伍鷴仰头饮尽杯中茶水，咂嘴说："嗨，安逸，色绿、香郁、味甘、形美。"我也饮尽杯中茶水："享负'四绝'盛名的龙井功夫茶嘛。"

"其实山城沱茶也可以，清香养胃。"他说。我点头。

伍鷴属猴，长得像猴，头发至耳垂，条子脸上架副方框眼镜，长腿猿臂，健步如飞，说话手舞足蹈，表情丰富。父母为他取名鷴(xiá)，鷴有鸟字旁，是一种似乌鸦比乌鸦大的白头鸟。他喜欢画鸟，成名作不是白头鸟而是丹顶鹤。

参加市文史馆的活动，我偶然与伍鷴挨着坐，三次都偶然与他挨着坐。喜言谈的他找我说话，话少的我跟他熟络了。他找我要小说书，我给了。我找他要画，他给了。"你的画贵呢。"我说。他说："书换画。"我说："那你亏了。"他说："连兄，书无价。"

他称呼我连兄，其实他比我长一岁。

也是巧了，他的画馆跟我工作的单位近在咫尺，比邻而居，偶尔见面有话便说，有事便做，忽然而来又忽然而去。

今日，在古色古香的市美术馆看完他的丹顶鹤画展，他邀我来他画馆的"九方斋"画室喝茶。"咋叫'九方斋'？"我问。"四面八方加我心中方即为九方，心纳万象，本人乃'九方斋'斋主是也。"他呵呵笑，猴儿般起身，走到摆有文房四宝的画案前，伸出修长的十指铺展开宣纸。他提笔凝神，屏息静气，镜片后的眸子放亮。笔端有意，落墨不羁，点撇泼捺，寥寥几笔，逐水草而居百态千姿的群鹤便跃然纸上。草书落款，龙飞凤舞、高峰坠石。他使力盖上印章。

举目可见墙壁挂着他鹤发童颜、精神矍铄的巨幅照片，还有他画的鹤。

"照片是摄影家朋友为我拍的。"他得意地说。他又回到形似牛背、摆有功夫茶具的金丝楠木茶桌前，匆匆忙忙朝陶瓷茶壶里添茶叶冲开水，将热气腾腾的茶水斟满两个小茶杯。茶香四溢。他端给我一杯："茶之为饮，发乎神农，生津止渴，提神醒脑。"我举杯饮尽，神清气爽。他说，茶饮不可少，酒肉不可多，没得脚的可多。我纳闷："没得脚的？""鱼儿就没得脚啊。"他呵呵笑。我也笑。

茶桌上有烟缸,我抽烟,递给他一根烟。他抽烟,说:“你我挚友,这群鹤是专门为你画的,送给你。”我笑纳:“正好挂到客厅里。”他高兴:“连兄,你问我为啥画丹顶鹤,今天我跟你讲……”

善言谈的他,总是津津乐道,总是兴奋。他讲艺术,谈文学,道人生,无所不说。给人的感觉是,博闻强识,有悟性,有哲理。说着,他会突然跳去另外一个话题。我有时候会岔断他的话。今日看了他独具个性的画展,得画又得闲,屋窗外有悠悠嘉陵江水,画室内有香烟佳茗,就听他说叨,竟被吸引,没有岔断他的话。

画鹤,就得说绘画。徐悲鸿先生有幅“巴人汲水图”,把山城挑夫爬坡上坎的苦累情景画得活灵活现。长条画幅上,蜿蜒的梯坎望不到头。衣衫褴褛的挑夫们吃力地攀爬,背脊弓起,扁担压弯。一位只穿黑色短裤的秃顶挑夫,扑身用大木桶从湍急的嘉陵江里舀水。他身边一位衣襟褴褛的赤脚妇人,把舀满的水桶吃力地提到岸边;一位头缠汗巾赤臂亮腿的挑夫弓身挑水攀爬。路边,一位长衫挽腰、挑空担子的男青年谦恭让路;三位挑夫担水登顶,终于爬完艰苦的路程。这七位画中人呼之欲出。那位让路青年的头面部是画家的自画像,画家把自己融进画中,极具感染力。画上有诗:“忍看巴人惯挑担,汲登百丈路迢迢。盘中粒粒皆辛苦,辛苦还添血汗熬。”感同身受,人生就是坡坡坎坎上上下下,我从一出生起就跌跌撞撞,爬不完的坡,下不完的坎。

你相信命运不？我信。

孙猴儿是高峰坠石的石头缝里蹦出来的,属猴儿的我是防空洞里蹦出来的。日本鬼子侵略我国,我身为下江人的父母逃难来到重庆。日机来炸,轮番地狂轰滥炸。警报“呜呜”长鸣,大街小巷的人齐往防空洞跑。父亲搀扶起身怀六甲、穿旗袍的母亲随人流跑。临近洞口了,日本飞机密密麻麻飞来,俯冲射子弹扔炮弹。洞口被慌乱的人群堵死。父亲急了,抱起母亲,顾不得斯文,拼命往人群里挤,嘶声喊,我太太临产了,拜托同胞们让一下,让一下……好心的人们让开了一道窄缝,父母才挤进洞里。日本飞机的子弹噼里啪啦,炸弹轰隆隆响,团团火球在洞口燃烧,有人倒在洞口。栅栏门内的母亲出不赢气,肚子绞痛,“哎哟”叫唤。父亲手脚无措,忙慌慌脱西装罩住母亲的身子,俯身遮挡,老天保佑,保佑母子平安!“嗯哇,嗯哇……”我在防空洞里呱呱坠地。险而又险,死里逃生,倘若父母跑慢一步,倘若父母不是在洞口,也许就没得我了。这就是命。

我没有想过当画家，上学的人都上过美术课，都可以画几笔。我画得比同学们好，有绘画的天资吧。我是要上大学的，高中毕业连考两次成绩都好，却没考上，想参军无缘。

小猴儿似的我去当搬运工，挣点儿买纸笔颜料绘画的钱。这城市的夏天热死人，太阳好大，把天空烤黄，把江滩石梯的鹅卵石烤烫，把树叶子打蔫。码头上的下力人还得要“吭哧吭哧”挑煤炭爬坡上坎，仅穿的贴身窑裤汗湿。我鼓足勇气去挑煤。管事人咂着叶子烟说：“你太瘦小，挑不动。”我脱衣裤说：“挑得动。”嘿实挑起煤担走，人影子歪歪斜斜，咬紧牙关不歇气，汗水大颗大颗掉，窑裤被汗水湿透。管事人就不说话，晚黑收工，按约付工钱。数日下来，我累得腰酸腿痛，纸笔颜料钱倒是有了。

我国画油画啥都画。只绘画不行，糊口钱得要有。我去了几所中小学当代课老师，去了几个单位做临时美工。读不成大学就自学，每天抽空到图书馆看书，饿了吃馒头啃烧饼。馒头烧饼要得，绵软硬实耐嚼，有咸甜味儿。遗憾没有开水，那时候也没有矿泉水，就喝自来水，落下胃病。图书馆很大，敞亮，看书的人多，却很安静。老高的书架一排一排，书架间的空隙活像山城的窄街小巷。书架上摆满了古今中外的美术、文学、历史、哲学、理工、医学等书籍。美术书多附有插图。我在书海里遨游，感觉天下的书都读遍了。

十年图书馆苦修，眼界心境打开，觉得绘画不仅仅是绘画，得要有知识有灵感有创造。

绘画给我带来乐趣，也带来灾难。

石油大会战那年代，石油局招雇了众多的临时工、合同工，开山筑路、平整井场、铺设石油管线。这些人多数是初高中生，我因此而有幸应招到机械化筑路处工作，好生兴奋。我住工棚睡通铺吃半饱战天斗地，跟大家一起喊唱《石油工人多荣耀》，苦中得乐。我猴儿般瘦，体力弱，筑路是重体力活路，经常累倒爬不起来。所幸我会绘画，还能写诗，有时就要被抽去搞战区壁报，就可以得几天喘息。上级领导来工地视察，见我制作的壁报有画有诗，甚是满意，叫我到机关搞宣传。

我安逸了，不下苦力了。

机关领导叫我去采油工地现场写生，这是我的拿手活路。筚路蓝缕、蚕丛鸟道，我兴致勃勃带了画具连夜赶去。夏夜悄无声息，山野空旷似无，一切仿佛都睡去了。我摸黑走夜路，走了一个通宵。天色亮开，眼前的大山浩荡绵延，山的肩头挨着肩头，山巅或秃或绿，山腰老林密布。晨阳像支巨大的画笔，将这神秘的大山世界涂抹，一片褐色，一片翠绿，一片深蓝，一片墨黑。辽阔的天宇从四面俯垂。啊，那片慢坡就是工地了，我快步走去。厚土墙大黑瓦的干打垒房子依山而建，重重叠叠，油井架、电线杆林立，一队队穿油垢劳动布工作服的工人们列队上工，蔚为壮观。我热血沸腾，画了《我们的工地》系列速写，画白天的工地，画夜晚的工地。我为艰苦奋战的石油工人自豪。有剧团来演出芭蕾舞剧《白毛女》，我画了《苦命的喜儿》的素描画：在风雪中狂舞的喜儿白发飘飞，褴褛的白衣白裤贴身，尖蹬右脚，后盘左腿，伸出无助的双手。

凄美动人的舞蹈，人间悲剧。

悲剧来了。说我把工地画成了垒垒坟场，画夜晚的星星跟美国星条旗上的星星数目一样，把电线杆画成了十字架，画的喜儿近乎裸体。天塌地陷，我坠无底深渊。平日里很熟悉友善的同志们变得陌生了，一双双目光与我的目光对视，仇恨与哀怨对视。

孟军晚黑来了，闪身钻进我窄陋的住屋。他是工人阶级出身，比我小两岁，喜好书法，是我的毛庚朋友。他跟我握手问候，怒而打抱不平。同命相怜，他也挨过批判。当时不准谈恋爱，他悄悄给女友写信，被他女友同寝室的人看见信揭发了。他给女友的信里有句话：“我爱你，我要从头到脚吻遍你全身。”批评他下流。他不服，这话是外国一个名人写给恋人的信上说的。他被打得半死，女友跟他断绝了关系。

我叫孟军小声些，拉他到后山老林里倒苦水。夜风呼呼，林涛哗哗，掩盖了我俩的说话声，胆儿就大。我说：“呃，我是奉命写生，哪里错了？”孟军说：“那些人打胡乱说。”我摊手说：“那跳芭蕾舞的喜儿，我是心有所感，现场写生，咋就说近乎裸体了？”孟军说：“那些人各人想偏了，是裸体又唧个，那是人体艺术，徐悲鸿大师就画过人体。”我点头：“法朗士说，花朵是植物生殖器官的展现，展示人不敢暴露的东西，能把人的思想、性格、欲望微妙表现的是人体语言。”孟军说：“对头。”我说，宋朝以前对人体并没有那么多禁忌，《诗经》三百篇中“其身如玉、肤如凝脂”就是裸体之意。孟军说，汉朝就有裸体浮雕，敦煌的裸体飞天壁画是传世佳作。我激动：“大海是赤裸的，太阳是赤裸的，树木花草是赤裸的。人一丝不挂而来，却衣冠整齐而死，人们多数时间看不见自己。画家们来做了些事情，让人们看见人自己。罗丹用全身肌肉松弛的男人体象征在地狱之门前一切希望的丧失。迈约尔用丰硕的女人体象征地中海，用活泼的童人体象征塞纳河。”孟军接话：“我们长江大桥头有四尊雕塑，开先是裸体的，象征春夏秋冬，很有寓意。”我叹息：“可又为这自然的雕塑加上了不自然的罩衣……"

我被遣送回筑路队，干打垒房子也不给住，住猪圈，睡猪圈粪坑上竹子麦秆铺成的床。猪粪的臭气熏人，蚊子嗡嗡。人，是可以适应环境的，时间久了，猪粪的臭气被惹人流口水的猪肉的香味替代。看着吃食的大小猪儿，我苦中得乐，翘着脚摇头晃脑地唱："猪儿猪儿啰啰，肚子肚子拖拖，吃得饱呀睡得着，福气福气多多。"猪儿有人喂养，住在它们该住的猪圈里优哉游哉。我就画了题为《猪儿快乐》的速写画，还是严密收藏，怕又惹出祸事儿。

"来了！……"工友们惊呼。

塌方了，山石"轰哗哗"滚落。正在挖路沟的我震惊得呆了，一块巨石砸落我跟前，我差丁点儿被砸成肉饼。工友们说，我活像是贴在巨石上的惊叹号。天无星月，我心跳手抖，在油灯下画了苍天茫地间《巨石与人》的素描画，命悬一线啊。

命悬一线的事还有，筑路要用钢钎挑石头，石头太重，钢钎反弹，把我挑下山沟，上面的石头随之垮落。我想，完了，我伍鹏完了，再也看不到明天的太阳了。仿佛有神灵护佑，我竟然毫发无损，又躲过了一劫。躲得过石头躲不过病患，我得脑膜炎了，医生说，要抽脊髓，抽出一点儿透明的液体。我想，要变成傻子了，却没有。后来，我因思考绘画入神恍惚，脑壳短路。夫人说是抽了脊髓的缘故。我笑答："我本天才，因抽脊髓变成了地才。小小画家而已，否则早成大画家了。"

后来，有领导说我画裸体，是精神污染，要整治。经受过风雨苦难的我怒了，将收集到的国内外人体画贴满了自己的办公室。同事们看到，惊愕、感叹、歆羡。这位领导的办公室正对我的办公室。我高声说："我是搞美术的，画人体正常。男医生检查女病人，女医生检查男病人，要求脱衣裤，是工作的需要，一点儿也不奇怪，何况我从来没有画过裸体。现在我宣布，本人从今天起要画人体画了，正常人看见是人体艺术，歪人看见是精神污染，善恶皆自心生。"

咳，绘画咋就这么难。

鲁迅先生有话："人生识字糊涂始。"方明白，知识分子因有知识，明白人间事，是非曲直总要弄个明白，死犟。就会挨整，难怪郑板桥说"难得糊涂"。其实，天下事从来没有绝对的是非，今是而昨非，昨非而今是，此亦是非，彼亦非是，是是非非，非非是是。说不清楚的，特立独行吧。音乐大师贝多芬怠慢了一位公爵，公爵很不安逸，贝多芬知道后说，世上公爵多的是，世上只有一个贝多芬。我认同他这话。书读多了经历多了，就有些人生感悟：李白的潇洒，苏东坡的浪漫，唐伯虎的风流，陶渊明的悠然。可学之。

毛庚朋友孟军有事无事都来找我，见我绘画常在画上题字，说是友谊合作。他说话有趣，当兵的吃饭睡觉快，拉屎蹲下就起来。他当过兵，说看不得我细嚼慢咽的吃相。我说有胃病。他就让我带幅鹤画去看一位名老中医。是遮阴蔽日的黄葛树下的路边诊所，室内粉刷洁白，医案上摆有号脉的手枕、处方诸物。挂有字幅："诗学百日通未通，字与各家总不同，平生喜弄纸和笔，多在望闻问切中。""天之所以动，地之所以静，此机在心，万古不移。"名老中医白须飘逸，接过我赠送给他的鹤画，一脸笑意。我与他握手，他那手软绵温润。他为我重压轻点号脉，拇指食指中指握大头钢笔，无名指小指挑开，书写处方，说："肝属木，胃属土，木克土。心为万法之源，众妙之本。你要心静，莫要过劳，你的胃病可治也。"蹙眉盯我，"伍先生，你今后的人生就是八个字，名高于权，贵倍于利。你的鹤画随意有寓意，可登大雅之堂成名。"

我没有想过成名，倒是出了点儿名。

我画过德国人施拉普纳，惊动了他本人。施拉普纳这个一丝不苟的偏执的足球教练，率领中国足球队酣战，屡战屡败，屡败屡战，一心要冲出亚洲。球迷们喜爱他，称呼他施大爷，一时成为家喻户晓的风云人物。菜油灯火晃动，施大爷的音容在我眼前晃动，创作灵感上来，挥笔画他的漫画像：秃顶，卷发，浓眉下的方框眼镜挂在傲气的大鼻子上，八字胡须欲飞，肥硕的双下巴。犹豫一阵，没有画他镜框里的眼睛，却无胜有，看得出他执拗严峻的眼神。这幅画被《现代足球画报》的主编看中，刊登出来。球迷们欢喜，制作成巨幅画像高举到数万人的球场上巡游，观众们欢呼。我激动，半场休息时，拿了画报去了球员休息室。施大爷正闭目养神，我轻轻拍他，他睁眼瞪我。我呈上画报给他："是我画的，送给您。"施大爷看画报上他的漫画像，双目放光，眉飞色舞，让翻译对我说谢谢，说他想收藏画的原稿。我犯难，婉拒。我已将原稿送给了画报总编，他是我的伯乐。时隔多年，这位总编从朋友处得知我甚是怀念此画原稿，就忍痛割爱还给了我。足球是圆的，转了一圈，又物归原主。那阵，我的丹顶鹤画有了名气，就画幅赠送给他。

咫尺小，见大意。施拉普纳的这幅漫画像，是中国足球那个时代的一段记忆，是我人生中的美好记忆。

说到美，世人没有不爱美的。没有女儿的我认干女儿。我叫她们"小乖乖"，她们叫我"干爹"，叫我夫人"干妈"。她们都有大的小的人生成就，干爹我高兴，有她们，我童心常在。爱美珍惜美，爱花不损花，永远过儿童节。

说到儿童，我没读过幼儿园。"临江幼儿园"请我去给孩子们讲儿童绘画，我才第一次进了幼儿园。这幼儿园坐落在嘉陵江边的半山崖上，园子被一人多高的围墙环绕，墙脚长满灌木，墙头爬着牵牛花。园中有幢小洋房子，房子很陈旧了，倒还完好。房前有块三合土坝子，坝子里有跷跷板、梭梭板、秋千。坝子右边是块绿毡子一样的草坪地，孩童们在上面打滚、嬉戏。这幼儿园是我父亲逃难来渝后开办的，重庆解放初期，街道要办幼儿园，父亲主动捐献出来。门口有黄葛树，树下有三百梯通往江边。讲完课，我和老师们带领孩童们去到江边。嘉陵江水捧在手里是透明的，放到江中却碧绿碧绿的。孩童们奇怪。我说："孩子们，山青水便绿啊。"可不是，大江两岸的山全是青青的。我说："孩子们，大自然制作了这幅美妙的山水画，你们各自画。"孩童的画充满幻想，奇特夸张，成人画不出来。

啊，说了恁么多，还没有说我为啥画丹顶鹤。

命中注定我画鹤，画丹顶鹤与我夫人有关。

我夫人年轻时漂亮。过去的督邮街现今的解放碑，十步之内必有佳人。我转悠时遇见了她。就是她了。打探到她的住处，留下张字条：明日正午解放碑见。苗条清秀的她来了，穿大翻领阴丹蓝上衣，露出雪白的衬衣领子，扎双长辫。戴眼镜的我穿中山装，上衣的扣子多，四个口袋平平整整。她说我胆儿大。我说缘分来了躲不脱。中意，成了。其实那天孟军约我去看书画展的，他因事失约了，她来了，这不是命么。结婚是要办婚礼的，婚后三年了，我还弄错她名字中间那同音字，朋友们说该罚。是该罚，就又办了一次婚礼。

扯远了，说转来。

动物园附近的花溪河绝美，两岸绿荫碧翠，弯弯河水醉人。当时在一家供销社做临时画工的我，陪同做小学老师的夫人去划船游玩，恩恩爱爱。太阳云朵在水里窃笑，鸟儿飞，垂柳摇。夫人高兴地唱："让我们荡起双桨，小船儿推开波浪……"歌声清脆悠扬，好听。划船的我手舞足蹈，船身摇晃，夫人仰倒，脚上穿的一只皮凉鞋掉进了河水里。我们那时候穷，皮凉鞋可贵了。我衣服裤子都没有脱，就"噗通"跳进河水里找鞋，人在水里扑腾，张嘴喝水。夫人惊叫："救命，救命……"她晓得我是旱鸭子。岸边有个戴眼镜的小青年走过，脱衣服扔鞋子跳进河水里，挥臂朝我游来。淹慌了的我死死抱住他不放，他怒推开我，从我背后搂住我，游水到船边，推了我上船。夫人吓得直哭，给我捶背，吐，快吐，把河水全都吐出来！我"哇哇"吐河水。落水的那只皮凉鞋扔上船来，是那个眼镜小青年扔上来的。夫人忙着捶背叫我吐水，我吐水。那眼镜小青年上岸穿衣服走了。有惊无险，我和夫人都遗憾没向救命恩人道谢。我至今感恩那个救人不留名的眼镜小青年。夫人乜斜着我说:“你个猴儿千翻,划船也不老实,把你关进动物园去。”

夫人这一说,我进了动物园。

孟军来讲,听说动物园正招收一名美工,你的画恁么好,去争取一下。我去了。动物园领导盯我,说,大门口有道墙壁,你去画。那道墙壁老高老宽,要搭脚手架爬上爬下忽左忽右画,我汗流浃背画了一个多月,画的油画,画了熊猫、老虎、豹子、狼、鹿、鹰、猴儿等动物。动物园领导看了说:“恁个,你明天来报到。”夫人击掌:“耶,你硬还是进了动物园。”

动物园是动物的乐园,飞禽走兽啥都有。我是画工,画动物科普宣传画,注意观察各类动物,观察它们的生活习性和举止神态。动物安逸,有吃有喝,有人观赏,不争不闹。动物园顶头是鸟类动物,其中的丹顶鹤甚是可爱,可惜只有几只笼中鸟。看见报上一则消息,鹤鸣村有大群的丹顶鹤。我查阅地图,好远,但这对于吃过苦受过累的我不在话下,何况有绿皮火车、长途汽车,赶紧告假坐火车乘汽车赶去。

早春三月,鹤鸣村一派新绿。

鹤乃“湿地之神”,自然多住沼泽地。背行囊过小桥走坡道一路打问前行,啊呀,好大一片水草茂盛的沼泽地,顿觉呼吸清新,沼泽是大自然的肺叶。未见到鹤,有散在的由芦苇、草棵筑成的浅盘状浮巢,是丹顶鹤的浮巢了。未必鹤群已经北飞去了东北的繁殖地?飞来南方越冬的丹顶鹤是二月底三月初北飞的。完了,来晚了。还是抱有一线希望。早有准备,就选高处搭起简易帐篷,住下静等。饿了吃罐头啃饼干喝湖水。

第三天清晨,似有似无的“呵呵”声把我从梦中惊醒。晨辉中,有白色物逆光移动,白色物在飞,渐渐近了。啊,红顶黑脖黑尾,身子雪白,是鹤,是丹顶鹤!这鹤儿“呵呵”叫,跟着,一群丹顶鹤由远而近飞来,叫声尖厉、粗犷,似铜管乐。更近了,约莫四五十只姿态各异的丹顶鹤如同一架架飞机呼啸而来,下落,归巢。看得出,是按家族归巢的。鹤儿还没有北飞呢。是觅食或是拉练归来?搞不清楚,不管啰,我亲眼见到大自然中的丹顶鹤啰。我立即安静,大气也不敢出,生怕惊动了它们。有鹤儿出巢,有鹤儿就没有进巢,有老鹤带了小鹤在浅水里觅食,有鹤儿独腿站立,像是在思考。我慌忙取画板画速写。丹顶鹤会舞蹈的,伸腰、抬头、跳踢、展翅、鞠躬。哈哈,开眼了。我画得手软,还是不停地画,尿涨了轻轻转身撒尿。一直画到日落。

次日,我继续观鹤画鹤。微曦初透,渐亮,天空出现暖色的拉丝云,沼泽水波粼粼。一只老鹤正给两只幼鹤喂食,我心温暖。突然,一只老鹰俯冲飞来。糟了,老鹰可是空中之王。就在老鹰的两只利爪要抓住两只幼鹤时,老鹤自卫反击,明知不可为而为之,左腿被老鹰啄伤。另一只老鹤飞出浮巢,突袭老鹰。幼鹤躲进浮巢。“呵呵……”一群丹顶鹤飞来。老鹰不服地“啁——啁——”鸣叫,悻悻飞走。晨阳冒出脸来,霞光似锦,众鹤各自归巢或是觅食。左腿负伤的老鹤立在浮巢边护卫幼鹤,另一只老鹤为它舔舐伤口,这两只老鹤定是夫妻了,丹顶鹤是从一而终的。人间有严酷的争斗,躲也躲不掉。丹顶鹤不攻击异类,不伤害同类,亦躲不掉严酷的争斗。我画了《丹顶鹤怒斗老鹰》的速写,将自身的苦难融注笔端,在画上题诗:“千年境界尚鸿蒙,遍寻白鹤沼泽中,生生不息南北往,喜怒哀乐吾与同。”

下午,鹤群有纪律地呈“人”字形北飞,动中有静,静中有动,超然空灵。领鹤“呵呵”高鸣,群鹤成串长鸣,渐势辽远。我展开双臂目送,想到描写鹤的诗:“低头乍恐丹砂落,晒翅常疑白雪消。”“鹤鸣九皋,声闻于天。”

对鹤当歌,人生几何,鹤心永驻。

此后,我专画丹顶鹤,用水墨、彩墨绘画。由繁化简,简得不能再简,夸张得超出常情。鹤颈浓淡水墨一挥,腹部留白,鹤面不画眼睛,却是传神。我们生活的这个世界复杂其实也简单,复杂乃是人心不古,心善如鹤则简单。天地万物有大美,常于简单处获得。简单是生命留给世界的纯美,是生命长卷中的几笔线条。我找到了自己的画法,恬淡自然超脱,随心所欲。说我的《天心鹤影》吧,一轮朝阳,二三飞鹤,别无他物。我学中医号脉,因脉象而“开方”画鹤,将心意泼洒向画纸。有诗人留下墨宝:“随君欲作太虚游,仙鹤飞天,形外得云,象内求山。”有朋友说,妙在似与不似间。有记者报道称“神州一鹤”。

是伍鶮之鹤呢,呵呵。

这一天,灵感突来,心撞胸壁,我凝神泼墨:一只像在思考的朱红头顶长嘴壳的丹顶鹤,右脚独立,踏地实在;左翅盘展如诸葛亮之羽毛扇;躯体曲线纯美。我重笔写下“鹤立图”三个字,扔笔长嘘。孟军看画后说:“大作耶,此鹤无声有声,未思有思,安宁祥和。从力学角度看,独立之右腿伸而有致,稳如泰山。好,好,不可多得的绝美艺术!”

诸多友人称道,多家媒体报道。我高兴,又画此图,却再也画不出这幅画的神韵来。“心为万法之源,众妙之本。”名老中医的这话对。

《鹤立图》成了我的成名作。

苦尽甘来,真有名了。就有人为我设画馆画室,“巴蜀画馆”“桃花源画室”“放鹤楼画馆”“鹤心园”等等。还有“千佛寺画室”。我敬佛不信佛,千佛寺那法师喜好绘画，拜我为师学绘画。画馆画室多了，更不得闲。我本怕闲，就吃住在画馆画室里；寻找丹顶鹤的收获使我酷爱云游。回家的时候少了。夫人说，爱上一个不回家的人，鹤画是你的第二夫人。

她有埋怨，我心安理得。

啊，那次画展，说我画裸体搞精神污染已退休的那个领导来了，向我祝贺，跟我握手。我视而不见，走开几步，还是回首朝他招手，都是那个时代的过来人，一笑泯恩仇……

满头银丝的孟军匆匆进"九方斋"画室来，端了精巧茶壶倒茶水咕嘟嘟喝，抹嘴巴说："伍鹮老兄在呢。啊，连老师也在。"他对我一笑，他认识我。

"你个孟军，早不来晚不来，这个时候来，硬是。"伍鹮不安逸，他正讲在兴头上。

"我给你带了个人来。"孟军说。

"哪个？"伍鹮问。

孟军出门带了个眼镜老者进来："你见过的。"

伍鹮看眼镜老者："你……"

孟军说："花溪河，你和你夫人的皮凉鞋落水……"

伍鹮腾地起身，紧握眼镜老者的手："啊，恩人，救命大恩人！快请坐！"向眼镜老者介绍了我。为眼镜老者斟功夫茶。

眼镜老者坐下喝茶，对伍鹮说："我，不是……"

孟军说："人家不是来讨谢的。他今天去市美术馆看了你的丹顶鹤画展，自言自语，至高至远至纯……我在旁边听见，遇到知音了，就跟他说起你来，说到了花溪河你和你夫人的皮凉鞋落水。他说，是画家夫妇啊。我问，你们认识？他才说了救你和你夫人那只皮凉鞋的事情。我就带了他来。"

伍鹮的身子发抖，猴儿般起身，走到摆有文房四宝的画案前，伸出修长的十指仔细铺展开宣纸，镜片后的眸子发湿，点撇泼捺，一只抬步走的丹顶独鹤跃然纸上。挥笔草书"鹤留心声，恩高义重"。落名，使劲盖上印章。将画毕恭毕敬捧送给眼镜老者："请恩人笑纳。"

眼镜老者接过画："谢谢，谢谢！"

"等等，照相，照相！"孟军喊，举手机为赠画人、得画人拍照，拍了好多张。

我感动。

"等哈儿，"伍鹮说，匆匆出门找来个人，递给他手机，"快帮我们四人照张相。"拉了我和孟军入列。伍鹮与眼镜老者居中举画，我和孟军分站两边。

来人举手机拍照，拍了好多张。

红绿灯

教授家书房这位置极好，楼窗外是一幅“巨画”：浩渺的长江流水托举着巍巍江城，仿佛一艘启航的航空母舰。江水是变化的，江对岸的城市是变化着的，竹笋拔尖般蹿出多而密集的高楼。“巨画”晴时色彩斑斓似油画，阴时烟雾缭绕像水墨画，夜色迷人醉人。

教授很喜欢看书房窗外这变化的“巨画”，总能从中收获快乐。

而这些时日里，他更多的是爱看楼窗下挨临大江那滨江路三岔路口的红绿灯。这沿江开山修筑的滨江路是这个区里领导的英明决策，是城市的新亮点，谓之这城市的外滩。那斑马线两边的映衬在大江流水上的红绿灯迷幻般变化着色彩，有序地导航着车辆和行人。

现代化城市少不得红绿灯，红绿灯随着社会的发展应运而生。

他去美国考察学习时，卡姆拉教授给他讲过红绿灯的趣事，十九世纪初，英国的约克城，红绿服装代表女人不同身份，着红装者表示已婚，着绿装者表示未婚。那时，伦敦议会大厦前时常发生马车轧人事故，人们受到红绿服装启发，红绿灯首次在伦敦议会大厦广场诞生。由英国机械师德·哈特设计制造的七米高的灯柱上挂了红绿两色煤气交通信号灯，灯柱下，手持长杆的警察随心所欲地牵动皮带转换信号灯的颜色，用以指挥马车和行人。后来，信号灯的中心装了煤气灯罩，由红绿玻璃交替遮挡。不幸的是，只面世二十三天的煤气灯突然爆炸了，炸死一名正在灯下值勤的警察。这种城市交通信号灯随之被取缔。到了1914年，美国的克利夫兰市又恢复了红绿灯，这时已是电气信号灯了。稍后，又在纽约、芝加哥等城市出现了这种交通信号灯。有红黄绿三色的信号灯诞生于1918年，安装在纽约市五号街的高塔上，使城市的交通大为改观。黄色信号灯的发明者还是个中国人，叫胡汝鼎，他是怀着“科学救国”的抱负到美国深造的，在以发明家爱迪生为董事长的美国通用电器公司任职员。有一天，他站在繁华的十字路口等待信号，当红灯熄灭他要过去时，一辆转弯的汽车“呼”地擦身而过，惊了他一身冷汗。后来，他反复琢磨，终于想到在红绿信号灯中加个黄色信号灯，提醒人们注意危险。他的建议得到有关方面的肯定。于是，红黄绿三色信号灯即以一个完整的交通工具出现在世界上。

中国最早的红绿灯于1928年出现在上海的英国租界地。

红绿灯攸关行人和驾驶员的安全乃至于生命，教授很高兴这三岔路口安装了现代化的红绿灯。每日晚饭后，他都要与老伴出小区过马路去滨江公园走路，去看大江绿树花草，更重要的是完成每天走一万步的艰巨任务。他腰间挂的“计步器”强制他走路，走一步那“计步器”就增添一个数字。他走得苦走得冒汗，而挺出的肚腹小了，人精神了，走路不是负担而是一种享受了。“饭后百步走，活到九十九”，他深切感悟这古训是至理名言。

这日晚饭后，他照例与老伴过马路去滨江公园走路，发现三岔路口的红绿灯不亮了，就不过马路，沿着人行道走。老伴不高兴了，说：“这边的餐馆一家挨一家，油烟味儿重，还是过马路去滨江公园空气清新。”他固执地说：“等红绿灯修好后再去。”老伴说：“你这人，咋越老胆子越小了。”拉他穿过车海过了马路。他承认，已过耳顺之年的自己是没有年轻时胆子大了，他生怕老伴会被汽车撞着。

人会生病，红绿灯会出故障，人生病吃药打针会好，红绿灯经过检修也会再亮。他这么想。可是，一天两天、一月两月、半年一年过去了，这三岔路口的红绿灯一直不亮。他不解，为啥这么久都修不好？就想，给区长办公室打个电话吧，希望督促尽快修好这里的红绿灯。科技的发展日新月异，区长办公室的电话是电脑控制的，电脑里说了许多的话，他耐心地按照电脑的指挥按不同的键，费了一番周折，电话打通了。值班者很客气，听他反映这情况后，说：“好的，知道了，我明天就向区里的有关领导汇报，一定尽快解决这事。”他道谢：“谢谢您啊！”觉得打电话费了些事，事情能够得到解决，也高兴。

自那，他每天都在书房的楼窗前看三岔路口的红绿灯，希望它会再次闪烁。他看见红绿灯闪烁了，时值黄昏。心想，政府部门办事还是快。就叫上老伴下楼出小区，欲过马路去滨江公园走步，才发现红绿灯没有亮。老伴说：“你呢，是把那水上餐馆的霓虹灯看成是红绿灯了。”他生气了，不过马路，径直朝执勤的年轻交巡警走去，向他反映了这红绿灯长时间不亮的事情。年轻交巡警看马路上人车抢道的情景，眉头紧锁，说：“是呀，这红绿灯咋一直不亮？”“嘎吱！”一辆奥迪轿车急刹车，险些儿撞着过马路的行人。年轻交巡警就过去申斥那个女驾驶员，说她开车太快。教授看着摇头，你这个女驾驶员啊，即便此时没有红绿灯指挥，你也要看清楚行人呀！他和卡姆拉教授去过圣马力诺国，那个小国只有两万多人，却有五万多辆汽车，令人惊叹的是，该国看不到一个绿红灯，却交通秩序井然。奥妙在于道路的设计和科学的管理。该国的道路几乎全是单行道、环行线，开车人如果一直朝前开，会又回到原地。在没有信号灯指挥的交叉路口，驾驶人员均自觉遵守小路让大路、支线让主线的规则。各路口都标有醒目的“停”字，凡经其汇入主干道的汽车都会停车观望，看清楚无车无行人时才驶过。“你这个女驾驶员啊，分明看见有这么多的行人过马路，却把车开这么快，不对的！”他叨咕，也想，中国人口众多，有好多的汽车，必须要有红绿灯指挥的。待那位年轻交巡警过来时，他极力强调了尽快修好这里的红绿灯的重要性，年轻交巡警说，他会向路队领导汇报此事。教授心想，也是啊，这事得路队领导才能解决。想到领导，就想起自己给区长办公室打过的电话，值班者说过，会立即向区里的有关领导汇报此事，一定尽快解决。然而并没有解决。官管不如现管，对，直接向路队领导反映此事，也许就会解决。

第二天上班后，他查到了路段交巡警队的值班电话，找到了负责人，对方听他一番激动的诉说后，回答说：“这红绿灯的维修是由安装公司负责的，我们一直在催促他们早些修好。”

他问：“早些，早到啥时候？都一年多了，难道他们就找不出毛病来？就不能尽快修好？”

对方说：“是呀，我们再催催。”

他欲言，对方把电话挂了。他怒了，这是啥逻辑？怎么能把维修责任全都推给安装公司？老伴见他动怒，劝道：“你呢，管这闲事做啥，人家那么多过马路的人、那么多汽车驾驶员、那么多管理者都不管，就你瞎操心，急得心肌梗死了咋办。”他说：“这是人人都可以管都应该管的事，再说了，我是担心你的安全！”老伴说：“我不怕，早先根本就没有红绿灯，还不是平平安安过来了。”

他连声叹气，老伴这想法看来不少人都有，真是落后的可怕的习惯。他那股执拗劲儿上来，哼，这事我还非管不可！就去向小区物业办和住户委员会的负责人反映，情绪激动。他们听后，都说，这事儿早就向有关部门反映过了，都答应再去反映一下。他抱希望也不抱希望，就向遇见小区的人打听，这事找谁最管火？那个经常晨练的白胡子老人给他说：“依我看呢，你去找找这辖区的管委会，他们准能办好这事。”

辖区管委会就在附近，他这个教授还是费了些周折才找到。其实，就在他们小区的一幢楼房的底层，大门不是朝院内开而是朝马路开的。辖区管委会的房屋内饰清新，看门人问了他的来意、看了他的身份证后放行，告诉他管委会主任的办公室在楼上。他上楼看，房门紧锁，主任不在。看见隔壁屋门口挂有“副主任办公室”的牌子，房门开着，就礼貌地进去，说明来意。副主任是个年轻人，白白净净的，很客气，得知他是住在这个小区的教授，更是热情，给他泡了茶水，细听他说了情况，说：“这事儿啊，我们知道，我们也给路队反映多次了。”说着，拿起话筒拨号，通了。他听得出，副主任是在跟路队的领导通话，看来他们很熟悉，还说些玩笑话。说到正题时，他见副主任的脸上没有了笑，是一种请求、体谅又无奈的表情，说了一连串“谢谢”。副主任放下电话，笑道：“请您老放心，他们正在全力办理，会修好的。”“谢谢，谢谢您啊！”他很感激副主任这种急事急办的作风，体谅他也得如自己一样求人。人不求人一般高，人如求人矮半截。他深有体会，欲言，办公桌上的电话铃声响了，副主任接电话。他耐心地等待他打完电话，又欲言，电话铃声又响了，副主任又接电话。之后，电话不断。他终于没有了耐心，道谢出门。副主任捂住话筒，说：“教授，您老慢走，我会催促办好此事的。”他没有慢走，走得快，“计步器”增加了好些数字。

回到家里，他唉唉发叹：“不想这么个小事情，竟会如此地麻烦如此难办！”老伴心疼说：“你呀，就少操些心，人家管这事的人都不急，你急有啥用？”他说：“我当然急，红绿灯不亮迟早要出事情！”

还真出事了，小区那白胡子老人被汽车撞了。

就在那个三岔路口，老人刚晨练回来，过马路时被汽车撞了。当时，开车上班的他遇见了这事。他是50多岁才去驾校学习开车的，国家发展快，好多人都有了私家车，他觉得自己也该享受一下现代文明，就下决心学会了开汽车。身为医学教授的他赶紧停车去救人，可老人已经没有了气息。横躺在马路上的老人鲜血淋淋，撞到老人的驾驶员一脸惨白。他心里好痛，痛惜老人竟如此悲惨地离去。

自那，教授又给区长办公室打电话，又找这里执勤的交巡警，又给路队领导打电话，又找物业办和住户委员会的负责人，又去辖区管委会找那位副主任。他们都为老人被汽车撞死而遗憾，都说这三岔路口红绿灯的问题必须尽快解决。

这之后不久，三岔路口的红绿灯亮了，可问题并未完全解决。只是指挥车辆的红绿灯亮了，而指挥行人的红绿灯却不亮。

他又分别去反映了此事，都石沉大海，几个月过去了，没得到解决。他很不理解，这维修红绿灯的人也怪了，咋修好一半留一半，仿佛是在故意为难他呢。唉唉,指挥车辆的红绿灯亮了而指挥行人的红绿灯不亮,则更是危险!

他经常在报纸、电视、网络上看到这个城市变化的消息,确实是日新月异。修了好多高速路立交桥,造了好多小车客车,栽了好多花草大树。就说这红绿灯吧,他开车过北部新区时就感受颇深,那宽敞的大道两旁,房屋美观大气,绿树成荫,指挥交通的红绿灯运转正常,即便是没有车辆驶过,绿灯未亮时,行人也不会乱闯马路,与国外发达国家可以比肩了。可为啥滨江路三岔路口这红绿灯的小事却一直不能彻底解决?

想到了网络,他为之一振,网络的力量大!对,上网,看你解决不解决。

他找了一个好友,将自己拍摄的这路段人车抢道的惊险场面的照片和自己写的此事的来龙去脉的博文发给了他,希望他发在他的博客上。对方热心照办。此篇图文并茂的博文一出,很快得到网民的响应,许多网民来"顶"此帖。他看着,会心地笑,总会有领导看见的。他站在书房的楼窗前下望,等待那指挥行人的红绿灯闪亮,却还是失望接着失望。那图文并茂的博文只是热闹了一时。有朋友跟他说,领导都忙,上网的时间不会太多,即便是有的领导看见了也会睁只眼闭只眼,这又不是正式公文,多一事不如少一事。

他泄气了,也是啊,老伴说得对,管这闲事做啥,找些气来生。不要说滨江路这三岔路口了,就是主城区那中学门外的三岔路口吧,那里的红绿灯与这里的正好相反,是只对行人亮灯而对车辆却是长期不亮灯的。那里的行人、学生都多,危险随时都可能发生。他每次开车路过那里都高度警惕,他向那里的交巡警也反映过数次,回答都是向上级汇报,而问题至今也没有解决。

算了,不管啰,他彻底放弃了此事。

在小区里,教授就是个其貌不扬的、时常在院子里走路的普通老人。而到了研究所里,他这个所长、博导便俨然成了指挥一切的将军。他主持每周的学术讲座,指挥指导研究生做好国家的、市里的科研课题,查问哪个博士、硕士,以至于博士后,是否又睡懒觉,是否值班不在岗,是否没做好值班记录,操心如何发表更多的SCI论文,组织申报科研课题和奖项等等。他研究的重点在微观世界,研究比人的红细胞还小的能够携带药物或基因的微泡,跟随血液循环到达肿瘤等病变组织,进行靶向治疗。这创新性的课题前景可观,成功了将是医学界的一项重大突破。而眼下,许多问题都还是未知的、无序的,他要寻求答案追寻有序,希望获得成功。他定下了"严谨创新,永不放弃"的所训,挂在研究所学习室的墙上。

他看到这"永不放弃"的所训,就又想到自己已经放弃了的三岔路口那红绿灯的事情，心里耿耿于怀。

卡姆拉教授飞越太平洋来研究所讲学了，这个比他小的老朋友还是那么风趣，嘴角边还是挂着傲慢的笑。金发碧眼的卡姆拉教授二十来岁就来中国讲学过，放映的首张幻灯片是个“田”字，说是他女儿胡乱画的，他来中国后才知道女儿画了一个农业大国。他面对台下听他讲学的多半两鬓花白的中国教授傲慢地说：“我是来向你们挑战的。”当时也很年轻的他不服气，心想，卡姆拉，你等着瞧，中国人不笨，会赶上来的。卡姆拉教授这次来讲学，放映的首张PPT片子是日新月异的这个城市，惊叹中国的神奇变化，赞叹他们研究所的科研课题可以与世界比肩。他面对年轻的中国研究生们说：“我是来向你们学习的。”穿便西装的卡姆拉说的是内心话，他看过他们研究所发表在国外的论文，带过在他那里攻读博士、博士后的学生。卡姆拉讲学结束后，他开车带他到滨江路的餐馆进晚餐，卡姆拉就看见了他每天都看见的那幅“巨画”，由衷赞叹：“OK！ Beautiful！”饭后，陪同吃饭的研究生们说，让卡姆拉教授去草木葳蕤、灯火绝妙的滨江公园看看，那里好美。

过三岔路口那马路时，教授犯愁了，指挥行人的红绿灯不亮。

卡姆拉耸肩摇头觉得不可思议，站在人行道边不动。学生们有办法，就包围了他和卡姆拉教授过马路。这滨江路人车如潮，他和卡姆拉教授在学生们的护卫下“突围”。有的车辆是不减速的，尤其是出租车，游鱼般在行人里穿行，实在是惊险！

这之后，他那已经放弃的念头死灰复燃。

他但凡找过的人都认为这事得解决，可为啥就解决不了？他那装满研究课题的脑子这么想：分管这路段的交巡警和路队领导肯定希望修好这里的红绿灯，他们也担心这路段出事。小区物业办、住户委员会、辖区管委会的领导也都希望解决这事儿的，也都希望这路段平安。那么，一定是有什么难以解决的问题了。是他们没权？可他们分明都有管理这事的权力。看来，是他们没有统领这事的实权。就说辖区那位热心的副主任吧，他与路队领导最多也就是平级，他只能给对方反映情况，求取支持。大家都常有往来，不能把事情弄僵了。路队领导呢，也许是没有支配这一笔钱的权力。对了，是钱的问题。可维修这红绿灯的钱不应该是大数，他们即便是没有支配这一笔钱的权力，也该及时向上级申请报批呀。对的，也许是还在报批中，可报批的时间也太长了……

他不得其解。

他这么苦苦思索、研究时，听见老伴在给一岁多的小孙女讲三个和尚挑水吃的故事。对的，是和尚多了反而没有人去挑水吃。“火车跑得快，全靠领导带。”这话对的，看来是真正有实权的领导还不知道这件事情，你找的那些人也许都如那三个和尚一样，都没有汇报到这位领导那里去。他的一个朋友是个处长，酒席桌上给他说：“就有领导是听喜不听忧的，不到万不得已，别去给他汇报麻烦事儿，免得自找麻烦。”

傍晚走步时，他不过三岔路口的马路去滨江公园，沿了人行道走。看见挨一接二的装饰华丽的餐馆进进出出有好多人，心想，这些人里会有各级领导的，他们怎么都对眼前这人车抢道的惊险场面视而不见？他紧盯出入餐馆的尤其是那些西装革履的人，希望能认出某个区领导来。又自嘲一笑，自己不认识这区里的领导。老伴看他：“你盯人家做啥？”他支吾说：“没有，没盯他们。”他看见不少人走进了前面的那家餐馆，那餐馆的门前挂有“热烈欢迎区人大政协代表”的横幅。

“嗯，他们中一定有区领导！”他说，欲上前去打问。

老伴拉住他，说：“你这个人，才安定了些日子，又没事找事做，又想自寻烦恼。别忘了，你一直在吃‘消心痛’，吃‘拜阿司匹林’……”

他有冠心病，时常胸闷、心痛，时常得服这两种药。他没有上前去打问，一个想法产生。

区里召开人大政协会了，跟着就要召开市人大市政协会，代表、委员们得交提案。有办法了！他曾经写过“切实打响城市夜景品牌”的提案，晚报进行了报道，有关部门高度重视，多次给他来函来电话汇报，感谢他的建言，表示一定努力做好此事。末后，还寄来纸质表，请他评定满意或是不满意，他给了满意，他觉得人家是在认真对待的。可他现在没权再写提案了，他超龄了，已经不是这一届的市政协委员了。他想到了是本届市政协委员的一位好友，就去找他，跟他说，想帮他写个好的提案。好友成天都忙，正愁没有想到写啥提案，自然答应。他就认真构思这提案。他查到了《中华人民共和国道路交通安全法》，里面的有关条款写得明明白白。好，有法可依呢！他挥笔疾书了“滨江路段红绿灯应正常开启”的提案，将他一直为之努力无果的红绿灯的事，从事实上进行叙述，从理论进行阐述，严肃地提到了交通安全法第三章第二十五至三十条有关红绿灯管理、维修的法定条款，严肃地提到了问责制。

如同他那江城夜景的提案一样，此提案很快得到有关部门的高度重视，分管这三岔路口红绿灯的有关部门的人向他那位交这提案的好友联系，表示一定及时解决此事。他站在书房的楼窗口，盼星星盼月亮盼那指挥行人的红绿灯闪烁，盼了两个多月，盼来失望。唉，只听楼梯响不见人下楼。他催促他那好友打电话去询问，回答是正在办理。他那朋友觉得自己也许是没有说清楚情况，就把他的电话号码告知了对方，让对方直接与他联系。

他接到了对方热情的电话，态度诚恳："对不起啊，我们在催促抓紧办理此事，请您老放心！"他努力放心，耐心等待。过了几天，对方打来电话："故障已经解除了，那路口指挥行人的红绿灯修好了！"他好高兴："谢谢，真是谢谢你们啊！"

下班后，他开车回家，心情愉悦。

过那三岔路口时，细看那红绿灯，指挥行人的红绿灯还是没亮。也许确实已修好了，这会儿是临时故障？或者是在观察？他这样想。就连续观察了几天，依然如故。咳，这死结咋就解不开？他给对方打电话，却是下班时间，没人接，后悔没问对方的手机号码，只好第二天上班后再打电话询问。

对方说："真的修好了！"

他的话不客气："请问，你到现场看过没有？"

对方支支吾吾。

他的话硬："你亲自去现场看了再给我回话！"

那之后的第三天，他开车回小区，像发现新大陆般高兴，那指挥行人的红绿灯确实亮了。呵呵，解决了，终于解决了！老伴见他孩童般高兴，说："你呀，一根筋！"他泡了杯热茶，到书房窗前美美地喝，欣赏屋窗下三岔路口那闪烁的红绿灯，如同欣赏雨后的彩虹。那指挥车辆和行人的红绿灯有序地熄灭又亮起，路上如潮的车辆和行人行进有序。他"嚯嚯"喝茶，嘿嘿笑，蓦地，转身出书房，喝道："老伴，走，抱上小孙女去滨江公园！"

他是第一次带小孙女去滨江公园，现在有安全感啰。

第二天上班，他开车的心境大不一样，高兴地驱车驶过那红绿灯闪烁的三岔路口。几天后，他收到了罚单，他在三岔路口闯了红灯，罚款二百元，扣两分，通知他尽快办理罚款手续。

那个年轻交警热情接待他，问："老先生，你愿意受罚不？"他心服口服："愿意，愿意受罚。"也想，不扣分就好，扣上十二分就得去交管部门学习半月交通规则呢。填完罚单，得自己去规定的银行交罚款，他又去了规定的银行交罚款。也够麻烦的，他心里还是高兴，那三岔路口的红绿灯严格履行职责了，这是好事情。那之后，他发现在那三岔路口闯红灯的、占道的车辆少了，看来，那些不遵守交通规则的驾驶员肯定也受了罚，如同自己一样学"乖"了。这说明啥，说明执法者严格了，守法者就会多的。

他在那提案里写明了这层意思。

他驾车驶过主城区那中学门外的三岔路口时,还是高度警惕,那里的红绿灯依旧是只对行人亮,对车辆的红绿灯依旧不亮。咳,再等等吧,总会解决的。否则的话,明年再帮那位好友写份有关这里红绿灯的提案。

船神

一

卢作孚来不及乘坐他一手创办的酷爱的民生公司的轮船，而是乘飞机匆匆赶往宜昌。其貌不扬的清瘦的他，穿芝麻布中山装、蓄平头，这位44岁的国民政府的新任交通部次长、民生轮船公司的总经理，凌空俯视破碎的祖国山河，看着公路上那些扶老携幼的难民和溃退的军队，心情万般沉重。武汉已经陷落，第33集团军张自忠部退向汉水设防，艰难地阻击西犯的日军。

大江东流，飞机西行。

秋日那阴霾的天空令人窒息，飞机降落在宜昌机场。卢作孚上了中型吉普车，汽车飞驰，直奔城区。卢作孚坐在前座，他不是指挥千军万马的战地将军，而等待他的却是比指挥千军万马更为险恶的一场大仗。

汽车开进满目疮痍的宜昌城后不得不减速，在惶惑的人群和杂乱的物资中缓缓行驶。穿长衫的先生、着旗袍的女人、白发的老者、待哺的幼童、满身血垢的伤兵，挤满了大街小巷，行李满地。坐在卢作孚身后的周秘书说，这是从各地撤退下来的难民和伤兵，有三万多人，房屋早已住满，只好露宿街头。

汽车沿了临江街缓行，眉头紧锁的卢作孚看见街下方的轮船售票处黑压压挤满了人，都争先恐后往售票窗口挤，有的惊惶者就压在人头上、肩头上往前爬，喊叫声、怒骂声、哭泣声从江风中断续传来。卢作孚长叹，起眼看见远处江边堆满的物资，股股江涛扑打江岸，大有欲将这些物资卷入江中之势。

卢作孚体谅人们此时此刻的惊惶，由于担心日机空袭敌人进攻，都争先购买船票，想要尽快离开这里。这些众多的人员，还有近十万吨物资都十万火急等待西撤。啷个办？他一筹莫展。

从宜昌进川走陆路吧，没有铁路，不通公路，山荒路险，店少人稀，暴雨烈日，风尘仆仆，较之舟行则劳逸顿殊矣。唯有走水路，然而川江天险，滩多流急，船只太少。如何才能够尽快地将这些人员和物资运走？

船，轮船！这是唯一的运输工具！

卢作孚以实业救国，下决心做的事情就是开办中国人自己的轮船公司。为此，他吃尽了苦头。当时正是长江上游航运十分萧条，任何公司都感到无法撑持的时候，卢作孚却执意要办轮局。民生公司那第一艘轮船来之不易！

那年，32岁的他乘下行轮船驶过长江的一道道急流险滩，他的人生也面临着一道道急流险滩。十里洋行的上海滩出现在他眼前时，他无心观赏，想得最多的是为即将成立的民生公司购买到一艘轮船，尽快开通渝合航线。上海滩的夜晚喧哗、诱人，卢作孚真想好好转游一下，可是他太劳累了。疲惫不堪的他回到上海"川裕公司"附属的廉价小客栈的住屋时，那以烧饼果腹的肚子早已空空，他迫不及待地喝麻辣汤面，肚子和全身都热辣，两眼发湿。经过一个月的奔波、比较，他下决心在上海合兴机器厂订购轮船，想求助于该厂的周厂长，几次三番去找，均未能见到，就早晚在厂门口等候。

那一天，晨雾刚刚散去，一个穿长衫夹皮包的人匆匆向厂门走来。候在门口的卢作孚见门卫朝那人恭敬地招呼，由于隔得远，未听见其称呼，打算前去碰碰运气。又犹豫，前几次打问都无果，还被人呵斥过。他心里又涌起一股力量，这力量强大。怕啥子，万一他就是周厂长呢，他硬着头皮撵了上去。

"请问，你是不是周厂长？"

那人减慢脚步，盯了其貌不扬的他看："你找周厂长？你找他有啥事儿？"

卢作孚心跳加快、热血上涌，有希望了，他很可能就是周厂长。

"你一定是周厂长了！"卢作孚用他那浓重的重庆口音说，"我有很重要的事情，一定要请周厂长帮个忙！"

那人各人走了。

卢作孚紧跟其后，边走边说，说自己实业救国的决心，说眼前遇到的种种困难。

那人不答话，径直走进办公楼，走进厂长办公室。

卢作孚跟了进去，继续说："川江是我中国人的川江，可行驶在江面的却都是些外国轮船，挂的是外国旗帜，我不甘心、不平啊！为啥子我中国人就不可以有自己的轮船行驶在自己的川江上！"

"你说为啥？"那人终于说话。

卢作孚笑了："啊，周厂长，你是周厂长吧？"

那人点了下头。

卢作孚感慨涌上心头，说："是当今的时局和政局太乱，是我们的国家太穷，是我国人还没有紧抱成团。"

"是呀，太穷，你就有能力购买轮船？就有能力营运轮船？"周厂长盯了他那清瘦倦怠的脸，冷声问。

"有。"卢作孚底气十足，"我带来了由合川仁人志士多方筹集的8000银元汇票，这是我们购买轮船的首次定金。"

"8000银元？"周厂长连连摇头，咂嘴道，"不够，不够，一艘轮船最少也要3万多元。"

"是，是，我晓得，我们一定要购买轮船，还取好了名字，叫'民生轮'。"

"'民生轮'？这名字倒还有意思。"周厂长点头，又叹曰，"你们的钱差得太远了。"

"我们会尽快凑齐的。"

周厂长矜持不语。

卢作孚不依不饶。

"周厂长，我卢作孚办轮局的决心下定，天大的困难也要办成！实话对你说吧，我刚刚才接到合川发来的急电，说是股金难筹，要我暂缓签约。可是，可是我卢作孚购买轮船的决心是不会改变的。周厂长，请你相信我卢作孚，我会像照顾好自家的娃儿那样经营好自家的轮船的！"

周厂长看卢作孚，表情漠然，良久，拔出金笔草草写了张字条递给卢作孚。

卢作孚接字条，心里发凉，完了，他这是下逐客令了。当他看了字条之后，心扑扑跳，欲要蹦出胸膛来，两眼蓦然发热、发湿，这个冷脸心热的周厂长啊，毕竟是我中国同胞！那张字条上白纸黑字写了："破例只收订银3000元，余额缓期，酌情再付。"

人不可貌相，一向以精明和讲究商业规则著称的上海老板周厂长被卢作孚的真诚感动，破例签了他从未签过的合同。他连卢作孚说的8000元定金也没要，只先收3000元。事情的结果完全出乎卢作孚预料，他紧握周厂长的手，激动不已，连声道谢，说是不晓得啷个报答才好。签订的造船方案为：70吨、112匹马力、两台德国造发动机、船长75英尺、宽14英尺、深5英尺，为专用浅水轮船，总造价3.5万元。

船，轮船，民生公司终于有了自己的轮船，有了自己逐渐强大起来的船队。好钢用在刀刃上，我中国人自己的这支船队啊，该是力挽狂澜、创建奇功的时候了。

中型吉普车驶到大江边停住，卢作孚、周秘书下车来。

从大雪山呼啸而来的万里长江夹杂着泥沙、倒映着翠峰、冲撞着巨石滚滚东去。卢作孚目视大江，心中哀然。离开武汉前，他在江边看流水时，心涌大波，这水流变缓的大江啊，极不情愿地接纳了中国民众的血泪、呐喊和悲愤。眼前，这宜昌江岸也是一片肃杀之气。

卢作孚沿江岸走，看着堆积如山的仪器、设备，心中骇然。几乎全中国的兵工器材、航空器材、轻重工业器材都集中在了这里，这些物资重要至极，是国家之宝，是国家仅存的一点儿元气，一旦遭受损失，后果不堪设想。可是，以民生公司目前的运力，要将这么多物资运往重庆至少得需时一年。他清楚，长江水道的船行季节，以旧历五、六、七、八月为大水期，十二月、正月为枯水期，唯二、四月及九、十、十一月水流平缓，最适行舟。眼下已经接近枯水期，轮船能够通过长江上游中水位的时间只有40天了，否则就进不去了；加之，敌人的进犯，可真是燃眉之急！

他叉腰仰天长叹，要在40天里把这些物资运走，难，太难了，不可能的。

二

临近码头的街区人流如潮，阵阵童声传来，一群保育员带领着上千名难童走过来。保育员和难童们都疲乏极了，院长叫孩童们就地休息。喊叫、嬉笑、哭泣的孩童们就坐满了街区，保育员们格外忙碌。

边走边谋思撤运计划的卢作孚看见了这些难童，就想起“战时儿童保育会宜昌接运站”给他的那封急信，从衣兜里掏出来看：“兹因时局益紧，空袭频仍，本站滞留宜昌儿童尚有千余之多，早经蒋夫人向各方呼吁，请于协助。风闻军事当局以时局紧张，拟将船只加以统制之说，果属确实，则千余难童均将无从运送。素仰次长热心公益，拯救难黎极具热忱，用特函请次长查明，准予商饬航政当局，在每次船只上驶时，酌予加运难童若干名，俾千余难童得达安全区域，皆次长之赐也。临颖不胜迫切待命之至，此上卢次长钧鉴。并颂公绥！”

又看了一遍这函件，卢作孚心里不平静。为这千余难童而心疼、心急，也为那一纸军事委员会的命令而愤然。那命令称：“为统一调配运力，便利抗战运输，民生公司必须把全部船只交给军政部，由其直辖的运输司令部掌管。”他反复权衡，倘如把民生公司交给军政部管理有利于国家、民众和战争，是可以执行这命令的。假如是以国难当头为借口，欲兼并、整垮一个民营企业则是万不能执行的。要知道，指挥一支船队和指挥一支军队不同；将此前民生公司自愿承运变为硬性派差，就可能出现置航运规律于不顾的军事强迫命令，结果将是杀鸡取卵；军政部接管即等于是民生公司倒闭，民生公司十余年培育的民生精神和科学管理体制将不复存在。他据理陈述不能执行此命令的理由，军政部长何应钦拿不准，赓即呈报了在武汉的军事委员会委员长蒋介石。蒋介石听了正反意见，觉得还没有驳回卢作孚申诉的充分理由，而军情又十万火急，就撤销了这道命令，也传话给卢作孚："军事运费按平时十分之一付给，所有物资器材，务必于五个月内运输入川。"

卢作孚转首凝视低远处大江上的民生公司轮船，吁口气，幸好保住了这支船队，眼下就得依靠这些船只马不停蹄地往返运输！他又陷入思索，如何才能完成好这有关民族存亡的宜昌大撤退呢？走着、想着，与一个年轻女子差点儿撞个满怀。那年轻女子不过十六七岁，长辫飘逸，清亮的两眼布有忧愁，照看着她身边的一群难童。

卢作孚止步："请问，你是这些难童的保育员么？"那年轻女子点头回答："是。"看卢作孚，"你是不是要找哪个？"女子是重庆口音。卢作孚道："我不找哪个，问问，问问。"他看那些疲乏而显饥饿的难童，叹道，"是得尽快把这些娃儿运走！"那年轻女子说："是呀，他们都还好小，要是被日本鬼子的飞机炸了会好惨。"卢作孚点头，看那清秀女子问："啊，你叫啥子名字？""我叫赵素珍。"年轻女子回答。

"素珍，赵素珍！"有个年轻伤兵喊着走来，他右手被血污的三角巾吊挂在胸前，左手拿着两根油条："素珍，来，油条，你最喜欢吃的。""啊，太好了！李坤山，你吃了没有？"赵素珍接了油条。李坤山笑答："吃了。"

赵素珍身边的难童齐仰脸盯着她手中的油条。

赵素珍两眼发热，她咬了一小口油条咀嚼，就把油条都分发给了难童们。

李坤山看着，眼睛也热了。

赵素珍、李坤山，卢作孚记住了这两个年轻人的名字。见他俩摆谈，就各人悄然走开。他本是想跟那赵素珍摆谈的，谈啥子呢？谈如何把这些难童运走？可牌分明是在自己手里啊。人家倒是要问你卢作孚有哪样办法把难童运走呢，长时间滞留在这里，不仅危险大，而且这吃饭也是个大问题呢。唉，船，又回到这"船"上来，就只有这些船，要在短短40天内运走这些人员和物资，哪个办？卢作孚加快了脚步走，绞尽脑汁盘算。

忽然，警笛大作，人群骚动，齐涌过来。卢作孚这才发现，自己已经走到12码头来了。"伤兵闹事情啰！宪兵队的人来啰！……"卢作孚被挤涌到了人群堆里。宪兵们挟持着一个杵拐杖的伤兵走。"放开，老子不怕你们宪兵！为什么不给我们安排轮船，老子们是有功之臣！"

宪兵们不管，依旧将这伤兵挟持着走。

这时候，一个伤兵冲了上去，单臂推搡宪兵，破口大骂："崽儿，你放开我们团副，他为我们要求坐轮船去重庆有哪点儿错？你们为啥子老不安排我们上船？未必只有那些官老爷官太太才可以坐船？我们在宜昌都等了十多天了。"说着，扒开衣襟，露出十几道伤疤，"你们给老子睁大眼睛看清楚，看清楚这些伤疤！"指团副，"你们再看看他，脚杆都差点儿没有了！你们听清楚，我们是打日本鬼子负伤的伤兵，不是逃兵！老子打台儿庄的时候你们在哪里？赶快去跟当官的说，马上给我们安排上船……"

卢作孚看清楚了，这个伤兵正是他刚才看见的李坤山。又看见那个赵素珍跟了过去，落泪喊："坤山，李坤山，你莫要去惹宪兵……"

"叭！"枪声响了，不知是哪个开的枪。

人群大乱。伤兵们怒了，齐涌上来，不少伤兵带有武器。宪兵们一时不知所措，端起美式冲锋枪，拉动了扳机。险情一触即发。

"呜——"刺耳的防空警报响了。

伤兵们紧紧护到团副身边。团副仰天长笑："小日本鬼子，我堂堂中国军人不躲，就朝我这里炸，朝我射击，莫他妈欺负手无寸铁的老百姓！"伤兵们也都不躲闪。赵素珍紧依在李坤山身边。

卢作孚感动激动，走到团副跟前。团副问："你是哪个？""我是卢作孚。"跟在卢作孚身边的周秘书说："他是国民政府新任交通部次长、民生公司总经理。"卢作孚问团副："认识王铭章吗？""认识。"团副说，"他是我们川军22集团军122师师长。他今年3月在滕县保卫战中牺牲了。"卢作孚说："是我们民生公司的'民俭号'轮船运送将军遗体回重庆的……"这番交谈拉近了卢作孚和伤兵们的距离。

卢作孚说："我会安排你们上船的。"团副半信半疑："啥时候？"卢作孚回答："明天早上八点，就在这12码头。"伤兵们动容。李坤山大眼里蹦出泪珠子。

"我们听卢次长的！"团副说。

"我留下句话，希望你们像英雄一样撤退。"卢作孚说。

团副眼含热泪，举起没受伤的手臂向卢作孚敬礼。

卢作孚眼睛发热，回身走。

赵素珍跟上来："卢次长，那些娃儿呢，他们啥子时候能够上船？"她灼灼的眼目充满渴求。

"我，我也会安排的。"

卢作孚快步离去，心里万般地痛，万般难断。数万人员、近十万吨物资都急等西撤，都是十万火急。他就想到了政府要员张群的信函："作孚吾兄勋鉴，顷准苏联国驻华大使函开：现有笨重材料一百五十吨，存于宜昌及各处，亟待启运来渝。关于租用船只一节，请求予以协助，愈快愈佳等由。除饬交通处与民生公司商洽代为尽先运输外，拟请吾兄转嘱民生公司，务必设法照办，并希示复荷。专此。顺颂公绥！弟张群拜启。"

卢作孚又想到那些急切的电话、火急的电报、期求的口信和当面的嘱托。西撤，西撤！船，轮船！唉，必须得尽快撤退，人员和物资都应该尽快撤退！现在的问题是，啷个办？啷个才能办得及时、顺当、圆满？

三

心急如焚的卢作孚大步流星来到民生公司宜昌分公司门前，快步进门，在人群里穿行。大门内外、走廊、每一间办公室全都挤满了人，其中不少是军政要员。有的青筋鼓胀地说着，有的比手画脚地吼着，有的胸脯起落抱臂瞠目不语。民生公司的工作人员气恼、委屈、疲惫地解释着。

军政要员自有其充分的不可违抗的理由，他们指责航务部门办事不力；航务部门的人受了窝囊气，就责骂轮船公司；轮船公司的人大喊抱怨，哀叹轮船太少、吨位太小；争运物资的人又相互谩骂……

此情此景就如同炮火连天的乱了套的前线指挥部。

卢作孚在人缝里走，看着、听着，满心窝火。有人认出他来，就找他诉说、评理，有的直面指责。

"卢次长，你说说，是先运军火重要还是先运机器重要？"

"当然是机器重要，没有机器你们那军火从哪里来？"

"没有军火啷个打小日本？"

"我说人最重要，没有人哪个去打日本鬼子？"

"卢次长，你们是怎么搞的，这可是要误大事情的！"

……

卢作孚怒火攻心，气冲脑门，满面血红。重要，都重要，不用你们说，我卢作孚比你们更了解、更清楚。可是，你们晓得现今的实际情况吗？晓得船少人多货物多的现实情况吗？晓得枯水期就要到来我心急如焚吗？他只是在心里这么说，他不会也不晓得啷个对他们说。因为，作为这场宜昌大撤退的总指挥，他至今还没有筹划出完善的运输方案来。他把满心的委屈、满身的怒火强压下去。

“非灭了你们这帮军国主义坏蛋!”卢作孚说出了这话。

人们安静了些。

“对不起,我请你们大家先都回去!”卢作孚高声礼貌地说,“请你们容我点时间,请大家相信我卢作孚,所有的人我们明天见。”

打发走了这些火气旺盛的人,卢作孚就带领人员再次赶往江边。秋风飕飕,江涛拍岸。卢作孚一行人沿江岸查看。堆满江边的货物,或有荷枪实弹的士兵看守,或则无人问津。卢作孚吩咐随从人员注意查点。又带人登上轮船,仔细地检查舱位和机房。一番巡查,疲惫不堪。

民生公司宜昌分公司的房屋老旧,门柱、窗栏油漆剥脱,不大的会议室里坐满了人,烟云缭绕。各轮船公司的负责人、各轮船的驾引人员和有关技术人员聚在一起,紧急商讨史无前例的棘手的船运问题。

“没有更多的时间给我们,我们必须商讨制定出一个完善的万无一失的船运计划来。”会议召集人卢作孚以无可商量的口气说,“今天晚上就得明确,哪些轮船可以参加运输?参加运输的这些船只每次可以运出多少人员和物资?”

那是个没有计算机的时代,一个晚上必须周密计算出40天的运输量,而且,前提是定死了的——这期间内,必须运走滞留宜昌的数万人和数万吨物资。

领江兼船长的孙正明捧大茶缸喝茶,频频摇头:“这事情没法办,除非你是神仙。”

卢作孚目光犀利盯着他:“孙正明,你给我听清楚了,再难办的事情也得办,这件事情不得不办。我嘛,是成不了神仙的,我是卢作孚。”

我是卢作孚,这话孙正明听到过多次,他不摇头了,他深知卢作孚敢作敢为的果断。

民国十八年的那个夏天,重庆朝天门码头又增多了蒸汽机洋轮船“呜呜”的鸣叫声。日本日清公司“云阳丸轮”傲气十足地靠拢船坞。川江航务管理处的一队士兵在队长吴定域带领下,照例登船检查有无贩运军火、大烟之事,却遭到了横蛮阻拦。时任川江航务管理处处长的卢作孚火冒三丈,他不怕日本人,对其寻衅的日本人大喝,我是卢作孚,非查不可!卢作孚的胆气和智慧“制服”了日本人,人赃俱获,查获烟土21000余两,长了中国人的志气。获胜的卢作孚哈哈大笑,对孙正明说起那年筹建四川通俗教育博物馆时听考古学家讲的事,四川曾经出土过一种古乐器文物,名为虎钮琼子,是战国时期巴人所创,那乐器上有船形的图腾。那船帆张旗鼓,霸气十足,大有穿江入海的夺人气势！卢作孚说："这长江是我中国人的母亲河，岂能由外国人霸占逍遥、为非作歹？"也是那年的一天，喧闹的重庆千厮门码头，货物堆积、民工众多。千厮门水巷子汇源旅馆内民生公司重庆办事处卢作孚的办公室里格外繁忙，日理万机、少有睡眠的卢作孚两眼熬得通红。孙正明去报告说："外国轮船不顾我民船安危，又撞沉我木船两艘。船民告到海关的巡江司，巡江司根本不理。"卢作孚骂道："这些只拿钱不为民众干事的混蛋。哼，他们不管我卢作孚管，马上拟一道命令，规定所有中外轮船遇到木船都必须减速，如果浪翻木船必须赔偿一切人财损失！"

我是卢作孚！孙正明耳边响着卢作孚的话，把头埋进大茶缸里喝开水，蓦然想起了去年枯水期的事情，抬头抹嘴，笑道："去年枯水期的事情你还记得不？"

"记得。"卢作孚点头。

孙正明说："那阵也是山穷水尽没得路了，人些都说没得法了，你却说，我是卢作孚，我说有。"

"你是说三段航行的办法？"卢作孚问。

"对头，你指挥的三段航行法。"孙正明说。

"你我硬是想到一起了，我就是要说这件事情！"卢作孚笑道，"孙正明，你还是有些点子嘛。"

"这点子还不是你想出来的。"孙正明心里有底了。

人们议论纷纷。

对头，三段航行！卢作孚说："我们民生公司的这个办法现在又得用了，当然，这次不一定就只是三段，我们还可以多段航行。大家都晓得，从宜昌到重庆，上水航行至少要四天，下水航行至少要两天，费时长，我们必须尽量缩短航程。分段运输就是个好办法，可以最大限度地加快物资和人员的转运。我想，除了最重要最急的物资和不容易装卸的笨重物资直接运到重庆外，那些次要的、较轻的、好搬运的物资运到万县就行。"

"有的物资运到巴东或者巫山就可以卸货。"有人说。

"对，是个办法。"秃顶的老水手附和。

"其实呢，有的物资运过三峡就行，以后再转运噻。"孙正明接话。

卢作孚听着，频频点头，三个臭皮匠顶个诸葛亮，大家说得对！这样，就可以大大缩短航程，就可以加快往返。掰指头算，如果是这样的话，我们就可以保证每天早上有五六只或者是七八只满载的轮船从宜昌开出，每天下午也会有同样数量的船只返回宜昌。当然啰，这得要制定出周密的计划来，例如，每艘船只航行的详细时间表、物资装卸的具体办法、人员撤退的先后安排等等，都得要拿出完善的方案来。

人们窃语，有人点头，有人摇头。

卢作孚巡看大家，接着说：“当然，仅仅是分段航行还不行，我们还得要增加运力。”

周秘书说：“对，必须要增加运力，这么多的物资，现在这些装卸工远远不够。”

卢作孚看周秘书，点头：“对，至少还得增雇三千名装卸工才行。”

周秘书说：“船也不够，应该征调木船。”

孙正明说：“找川江上的大小船帮出面，把能够动用的木船全都动员起来，拉人、载货。”

“这个办法好！”卢作孚道，“这样，我们就会增加两个庞大的编外运输力量。”又想到什么，“啊，对了，还应该充分挖掘潜力，比如，把客舱改为座舱，多载些人。”

人们点头。

秃顶老水手叹曰：“唉，青滩和空岭滩不好过啊，尤其是夜航危险。”

卢作孚是深知青滩和空岭滩的险恶的，说：“这样，青滩、空岭滩不宜夜航，就白天航行晚上卸货。要立即在趸船、仓库、码头增添照明设备，加固安全设施……”

夜幕降临，月亮西斜，会议开了整整一个通宵。

这一夜是漫长、艰苦、难熬的，是运筹帷幄、决胜千里的关键之夜。这一夜的决策，使西撤的运力大增，除民生公司主力船队和人员外，又增加了庞大的编外船队和人员。这一夜在历史长河中只是短暂的一瞬，却在历史上留下了永恒的一笔。

微曦初透之时，卢作孚召开了所有需要运送人员和货物的单位负责人会议。这些疲惫不堪、充满渴望的人齐聚一起，急切的目光全都集中到卢作孚身上。一夜未合眼的卢作孚面带倦容，他巡看大家，想着要说的话。那些急切的目光中有的露出了失望，是耶，这是神仙也难办的事情，他卢作孚这个凡夫俗子能够办？

卢作孚说话了，说得平静，充满自信：“我们将团结一心，共赴国难，希望大家不要恐惧、惊慌。我们已经拿出了切实可行的运输计划，我卢作孚向大家保证，我们有把握在40天内把滞留宜昌的人员和物资全部运走……”

会场内外一阵寂静，片刻便欢呼声、掌声四起，响成一片。

团副泪光闪闪，朝卢作孚敬军礼。

自行跟来听会的李坤山和赵素珍泪水下落，相拥而泣。

“我宣布，停止交涉，办理运输！”卢作孚目光炯炯，结束了讲话。

四

早晨八点，12码头人声鼎沸、人头攒动，得知有船西去的人们早已候满码头。大江流水躁动喧哗，如同等待扬蹄的马匹在昂首嘶鸣。

“呜——”

民生公司的一艘轮船靠拢码头，引领这艘船航行的领江兼船长孙正明挺立船头，江风掀动着他那显眼的船员服。

大江咆吼。

云集码头的人们骚动，都期盼能够早些登船。人们又渐渐安静，缓缓让出条通向趸船的通道。一支队伍走过来。手擎“战时儿童保育院”旗帜的一个儿童走在前面，近千名难童和保育老师跟在后面。最后是几十副担架上或躺或坐的伤兵。在两旁护卫的是昨天和宪兵发生纠纷的伤兵们。这些伤兵都梳理了头发、刮了胡子、尽可能地穿整齐了军装，举了临时找来的标有番号的军旗。

团副不用拐杖，由两个军官搀扶着走。他戴了军帽、佩戴了上校领章。李坤山跟在他身后。团副看见了前来送行的疲惫的卢作孚，鼻头发酸，两眼发热。他想腾出手来向卢作孚敬礼。

卢作孚赶忙去扶住他，说：“谢谢你，团副，谢谢你们这些伤兵主动护送这些难童。”团副泪目灼灼，“你放心，我们会护送他们安全到达重庆的。卢次长，我记住你的话了，像英雄一样撤退！”卢作孚的两眼发湿：“对，像英雄一样撤退，撤退是为了进攻！”团副点头，嘴唇翕动抖动得说不出话。两个军官搀扶团副上船。

赵素珍过来，拉住李坤山，说：“坤山，我们一起谢谢卢次长，谢谢他圆了我们的梦！”李坤山咧嘴笑，对卢作孚说：“卢次长，你做了件大好事情，让我和素珍同船去重庆，到了重庆后，我们就要办喜堂呢！”“啊，你们是一对恋人啊！”卢作孚笑道，“好，好，也许我卢作孚会赶得上吃你们的喜糖。”赵素珍笑道：“卢次长，你是一定要来呢。到重庆后，我会时常去交通部打问你的。”“好哇，你精灵，晓得哪个去找我。”卢作孚说，又问，“呃，你们两个怕是青梅竹马吧？”“不是，”赵素珍说，“是别个介绍的。他呢，性子烈，打抱不平伤了人，被关押过。我大哥整死都不同意我跟他好。”

“可你就是喜欢他，是不?”卢作孚笑说。

“是耶，是恁个的。”赵素珍红透脸。

李坤山咧嘴笑。

“呜——”船要开了。

两个年轻人向卢作孚挥手告别。卢作孚也向他俩挥手告别，就想起自己的贤妻蒙淑仪来，心里有股酸热。自己成天在外奔忙，淑仪她只得独守空房。又想，嗨，啷个竟然恁么巧，这两个年轻人的姻缘跟我和淑仪好相似!

那是1917年初秋的事情，16岁的秀外慧中、读过私塾、精于女红的那会儿叫秀贞的蒙淑仪姑娘，在涪江边小城合川县南津街一家杂货铺的阁楼上等他。那时，他因“通匪罪”出狱不久。秀贞姑娘从阁楼上看清了他这个中等个子、平头、穿浅灰色中山装的24岁男人。而他，还不知情由，和媒人刘灼三边走边说笑。待与秀贞姑娘见面后，才晓得是相亲，倒好，两人竟一见钟情。秀贞姑娘只想把自己托付给一个老实的男人，在那小县城里厮守一生，却不晓得这个男人会带领她走出风和浪缓的涪江、闯入浩荡险恶的长江。为了他俩的婚事，古道热肠的刘灼三与秀贞姑娘那血气方刚的七哥华章翻了脸。刘灼三牛，不达目的不罢休，又找了秀贞的三哥炳章，凭了他那三寸不烂之舌，终得认可。秀贞姑娘与卢作孚完婚之后，才知晓他小时候曾经是个哑巴，因为服药哑了两年，七岁时，他去老堤祭烧，被烟子熏得呛咳不止，竟然发出声来。她还知晓了他原名叫魁先，15岁就独自从合川步行去成都谋生，宣统二年参加同盟会，还参加了保路运动;知晓了他1916年被诬陷入狱三个月;知晓了他19岁时无意于仕途回乡做了教书先生，印了他自己写的《应用数学新解》的书;知晓了他1907年以优异成绩在瑞山学堂小学毕业之后，就再也没有进过任何正规学校。

与妻子蒙淑仪温存时，卢作孚问:“淑仪，你晓得了我的这些事情，后悔不?”蒙淑仪两眼泪湿:“不悔，我这辈子是要跟你闯风走浪了。”

五

轮船过崆岭滩时，孙正明站在驾驶舱内，透过前窗玻璃目不转睛前望大江，引领舵手谨慎行驶。

天低云暗，波涛汹涌。

这崆岭滩在西陵峡秭归县境。滩内长石踞其中流，分道南北二槽。南槽乱石错落，断绝航路。北槽虽可通航，但有大、二、三珠石斜列航槽，舟行极险。《宜昌府志》记载："九里空岭之溢，九龙蛇退之奇，滩深湍急，礁石林立，古称步仞类峭凼，寻丈之内，皆天堑也。"冬春水涸非轻舟不可上下，为川江著名的四大险滩之一。明朝万历年间，归州知事吴守忠曾先后开凿二、三两珠石，致使舟行无患，更名为"通岭"。

"通岭"并非通途。孙正明牢记着临出发时卢作孚对他叮嘱的话，崆岭滩历来十分凶险，现在已经临近枯水时节，船上满载有难童、伤兵和乘客，你要格外小心才是，否则会有覆舟之患。孙正明是跟随卢作孚多年的老水手，早经历过无数次长江的狂风恶浪，此时也是千万个小心。他深知道此行的意义不凡、责任重大。

奔涌的流水被崆岭滩的礁石和江滩碰撞，似一头突然受阻的雄狮，勃然大怒，左冲右突，昂首长嘶。轮船便被这"怒狮"碰撞得左偏右斜。

挤坐船舱的难童、伤兵和乘客们一片惊惶，晕船者呕吐不止，胆小的难童哇哇啼哭。赵素珍和其他保育员一起诓哄着难童，自己也害怕落泪。李坤山过来宽慰："素珍，过了崆岭滩就好。"赵素珍说："坤山，人家说崆岭滩步步是险，能过去不？""能。"李坤山说，"孙正明船长多次闯过这滩，莫怕。""上苍保佑，保佑这些孩子平安到达重庆啊！"赵素珍祈祷。

吼叫的浪潮声小了，轮船行驶得渐渐平稳。

"过了崆岭滩了！"李坤山看大江说。赵素珍白净的脸上有了笑。两个恋人走到船舷边，目视江岸青山，憧憬未来。"这个卢次长还真好，没得架子。"赵素珍说。"是耶，他恁么大的官，还说来参加我们的婚礼。"李坤山说。

上行轮船终于艰难地驶过险滩，不想，又遭人祸。

就在轮船驶过崆岭滩不久，几架日机飞来。"嗡嗡"的轰鸣声中，敌机轮番向轮船俯冲轰炸、扫射，船上顿时烟火弥漫，甲板上的三个船员当即被击倒。孙正明赶紧指挥轮船加速向前面的峡口行驶，以躲避日机轰炸。团副怒瞪血红的两眼大喝："兄弟们，朝狗日的小日本开枪射击！"就有伤兵朝空中的日机点射。李坤山挺立船上："日本鬼子，我日死你妈，老子和你拼了！"端起枪朝日机猛射。子弹打光了，李坤山换弹夹，一串敌机的子弹射到他身上，这位就要做新郎官的20岁的年轻士兵瞪眼倒下了。这时候，就要做新娘子的赵素珍，正用自己年轻的身躯紧护着几个难童，她身边有个难童已经倒在血泊之中。她那清亮的大眼燃烧起烈焰，惧怕成了愤怒。没有人性的日本鬼子，你们竟然连这些花朵样年华的孩子也不放过！她倾力伸展双臂和身躯，尽可能多地护卫难童，不能再让他们遭受不测！她自己也不想死，她要在重庆和李坤山完婚呢！日机扫射来的子弹打穿了她的后背，她张嘴想喊李坤山，没能够喊出来。她身下的孩子们躲过了子弹。

轮船快速驶进峡口，狡猾的敌机不过来了。

副驾驶匆匆赶进驾驶舱，舱内一片惨烈。驾驶舱的前窗玻璃破碎，脑袋开裂的舵手仰倒在甲板上。领江兼船长的孙正明的肠子正往外溢，他那双手还紧扶着舵盘，他已经长久入睡。

敌机飞走了，仍未满足的轰鸣声渐渐远去。

团副抱着鲜血淋淋的李坤山，圆瞪怒目，嘶哑了的喉咙对着苍天吼叫："小日本鬼子，你们丧尽天良，老子要让你们死无葬身之地！"

六

卢作孚是不得闲的，每日里总要亲自到江边查看、指挥运输，计算着已经运走了多少人员、物资。

"参加这次抢运工作的轮船一共24艘，除两艘外，其余全都是民生公司的轮船。"他身边的周秘书说。

"还有些外国轮船。"卢作孚说。

"他们保持中立，只运载商品，不运载抗日物资。他们运载商品每吨要收费三四百元，而我们的轮船每吨只收取三十来元。"周秘书说。

卢作孚道："国难当头，我民生公司应该全力做贡献。"

卢作孚这样说时，心里在滴血。他是从返航来宜昌的人口中得知孙正明遇难却保住了轮船和船上大多数人的消息的，孙正明是他手下的一员得力大将，是他民生公司为国家付出血的代价和贡献。当他得知那个难童和那对恋人也没能幸免于难时，落泪了，这是恶劣的对嫩苗和青春的杀戮！

夕阳映照着滴血的呐喊的大江，红彤彤的。

卢作孚踏地有声走，员工情、民族恨、国家仇在他胸间涌动，他紧抿嘴唇，挨处查看，发誓要把所有的人和物资全部西撤。卢次长的现场指挥，激励了江岸众多的人。沿江两岸人声鼎沸，号子声、机器声、浪潮声融合成复仇的交响曲。也有许多人不认识卢作孚，他的穿着、举止太普通了。报关行就有个人看见貌不惊人的卢作孚指挥这指挥那，粗嗓门问："喂，你是哪个？""我是卢作孚。"那人吃惊不小："你？你就是卢次长！"心里说，鼎鼎大名的卢作孚就是他！

卢作孚走着，有个大汉瞠目伸臂拦住他，身后还有几个汉子。

周秘书赶紧护到卢作孚身前:“你,你们要干啥子?”

来人肩阔腰粗、雁眼浓眉、声如铜磬:“我要找卢总,就是找他,我认识他卢总!”

周秘书警惕地防着这几个人。

卢作孚问:“你认识我?”费劲地想,“对不起,我一时想不起来,你是哪个?”

那人哈哈大笑:“在这川江之上数你卢总的名气最大,你不认识的人多,可是认识你的人却不少。卢总,你喊我莽子就是。”

卢作孚笑道:“莽子老弟,你找我有啥子事情?”

莽子说:“听说你卢总要买船?”

“对,要买。”卢作孚点头。

“好,我有船要卖给你。”莽子说,“我是船帮‘下和帮’的‘大红旗帮’里的一个小头目,有一些木船,不知卢总看得上不?”

“看得上,看得上!”卢作孚如获至宝,“你有好多木船,我卢作孚全都买!”

莽子大笑:“人们都说你是性情中人,今日一见,果然名不虚传,那就说定了?”

“说定了。”卢作孚回答得干脆。

“好,我立马就去召集众人,今晚宵夜后就请你来9码头看船。”莽子朝身后的人挥手,“走!”车走了,那几个汉子就跟了走,都乐颠颠的。

周秘书摇头:“木船你也买?”

卢作孚抬步走,看那些如山的货物,又看江上的船只,问:“周秘书,到现在为止,我们征集到了好多船?”

周秘书说:“有八百多只吧。”

卢作孚心里盘算,说:“不够,远远不够!小周,我们还得买船,大小轮船、大小木船都要买,连船上的人员也都一起聘过来。”

周秘书锁眉:“大的轮船吧,多数是外轮,剩下的小轮船都是些单车独轮,马力小、吃水浅,买下来也用处不大,更何况是木船了。”

“得买,必须得买下来。”卢作孚说,“你想想,这些船如果滞留宜昌的话,会成为日本人的战利品的,那些船员为了求生,难免不会被敌人利用。所以我想,凡是愿意出售的轮船、木船我民生公司都买下来,不愿意出售的也动员动员,希望他们出售给我们,或者是西撤。那些船工也全都聘任,给他们生活费,免得他们流离失所。”

周秘书犹豫地点头。

卢作孚笑道:“小周呀,这可是个两全其美的办法呢!”周秘书不解。

“你想想,这样一来,既避免了这些船只和人员被敌人利用,又为我民生公司将来的发展储备了力量。”周秘书这才恍然大悟。

七

长江的枯水期到来之时,卢作孚登上了最后一艘民生公司西撤的轮船,宜昌已是一座空城。

这时候的卢作孚并不晓得,由他主持制定的宜昌大撤退计划,比英国首相丘吉尔制定的代号为“发电机计划”的敦刻尔克大撤退方案早一年半,英国那敦刻尔克撤退的思路与他的决策毫无二致。抗日战争运输最紧张的一幕——宜昌大撤退胜利落下帷幕。局部战场的胜利,尤其是关键的局部战场的胜利是会影响全局战场的。在宜昌大撤退这场战斗中,假如没有卢作孚的指挥和他的民生公司船队,其中国战场的成败将会大受影响。历史作证,这场艰苦卓绝的大撤退,为中国抗日战争和世界反法西斯战争的最后胜利留下了精彩的一笔,永载史册。

由于卢作孚在这次宜昌大撤退的贡献,获得了国民政府杰出服务勋章、一等一级勋章。“中国实业上的敦刻尔克”,这是卢作孚的好友晏阳初先生后来说的话。

金乌西坠,大江东流,轮船西上。

轮船缓缓驶过孙正明等人遇难的长江水段,卢作孚目视高天厚土大山急流默默祭奠,耳边响着哒哒的枪声和呐喊声。他迎风挺立船头,似一尊浩气凛然的峡江石。中华大江的峡江石经风沐雨、千年不化,中华民族吓不倒、杀不尽,中华大江和领土决不容许任何人侵占!

江水悠悠

一

夏天的浓雾把山水天空搅成一团，朝海棠溪码头驶去的汽划子轮渡力排下泻的长江急流横渡，犹如在狂风里挣扎的一片树叶。江上没有桥，往返长江全靠渡船，乘船的人好多。19岁的作农妇打扮的江竹君挤站在船舱的人群里，手拎蓝花布包，穿带襻的布鞋，没穿袜子的脚指头在布鞋里蠕动。“你不怕？”代明问。“我不怕。”她答。这会儿她害怕了，脚指头动得厉害。

是涂姨领她认识代明的。

那天，勤工俭学就读于“重庆中国公学”的她在校园路上练跑步，时而快时而慢，低头想事情。同班的男同学连哲、马广兴跟来。连哲问她在找啥。她说，找生路。马广兴说，女子组赛跑马上就开始了。她是参赛者。学校操场的跑道好长，她躬身甩臂拼力跑，风挡她云追她。连哲、马广兴在场边为她呐喊助阵。离第一名近在咫尺了，她绊了一跤，“大”字形扑地，右手掌根划破出血。连哲、马广兴赶来扶起她。哎哟，痛……她要哭了。连哲掏出蓝花格手帕为她包扎伤口。别说夺第一名了，啥名次也没有了。她好沮丧。连哲说，走，去“涂哑巴冷酒馆”喝酒，酒止痛，去找涂姨。

连哲敦实，全身的劲似乎使不完，“噔噔噔”走江滩登坡坎。马广兴个高腿长，一步顶她两步。姑娘家的她显弱，紧跟在马广兴身后。

“涂哑巴冷酒馆”在嘉陵江边的山腰上，漫坡遍野的茅屋、瓦屋、吊脚楼密布，石板道、泥巴路穿行其间，烈日下的黄葛树一动不动。江边赤身裸体的纤夫们头顶夏日艰难地逆水拉船。领首的纤夫喊唱：“挖煤的人埋了没有死，拉船的人死了没有埋。”纤夫们应和：“嗨，嗨咗咗嗨……”纤夫们好苦，同命相怜的她顿生同情。自己10岁小小年纪时就去重庆织袜厂当童工，她还没有机器高，比她大三岁的童工徐姐姐找来个高脚板凳，扶她站到板凳上织袜。冬天里，她那小手冻成红萝卜，钻心地痛，痛得她咧嘴呜咽。徐姐姐就把她冻僵的手焐在她的胸口取暖。徐姐姐可好了，她的母亲死得早，被追债逼得走投无路的父亲把她卖到了窑子里，徐姐姐宁死不从，只有13岁的她上吊自杀了。她看到徐姐姐的遗体时，好伤心，哇哇地哭：“徐姐姐，我的好姐姐……”

唉，国家多灾，民族危难，物价飞涨暴涨，涨了几十倍几百倍，一斗米都涨到七百五了，老百姓苦不堪言。这日子不变行么？她说。连哲说，得变。马广兴说，绝对要改变。日寇亡我之心不死，国民党腐败无能，国家的前途何在？她痛苦迷茫。一个幽灵在回荡，地火在燃烧，她似乎看到了希望，生路？连哲接话，英特纳雄耐尔。他们三人在“重庆南岸中学”念书时就是同学，连哲悄悄把涂姨给他的《共产党宣言》让她和马广兴看过。

进了“涂哑巴冷酒馆”，这里十分简陋，唯土陶酒坛醒目，只有两张原木本色的老旧木桌和几张条凳。几个喝完酒的船工吆喝出门。连哲招呼她和马广兴坐下。涂哑巴见是常客连哲、马广兴，好高兴。马广兴对涂哑巴比画介绍了她，呃，我涂姨呢？涂哑巴咿哩哇啦比画，我姐姐出去了。连哲比画，我们等她，上酒菜。这里的酒双碗是每碗四两酒，单碗是每碗二两酒，连哲要了三个单碗酒。涂哑巴打酒的动作慢，满满三提酒滴酒不漏倒入三个坦坦碗里。俗话说，快打酱油慢打酒，这一提酒分量的多少就在打酒者手提的快慢上。涂哑巴端来三个单碗酒，端来炒豌豆、水煮花生、卤豆腐干、卤猪耳朵、卤鸭脚板、折耳根，都是她喜欢吃的。山城的冷酒馆多，所谓冷酒馆，顾名思义就是不烧火的小馆小店。来，喝酒，吃菜。连哲端酒碗喝酒，嗨，安逸。她喝酒吃菜，伤口不痛了。涂哑巴比画说他请客。连哲比画，不用你请，我是来照顾你这小生意的，你姐姐可是我的救命恩人。她问：“他姐姐救过你？”连哲点头：“小时候的事情。”

屋窗外可见低远处涨潮的嘉陵江水，传来纤夫嘹亮的号子声。

“你们叫她涂姨？”她问。连哲点头：“她比我和马广兴大十多岁，我们一直叫她涂姨。”马广兴接话：“涂姨有重庆女子的俊俏和重庆崽儿的火爆。”连哲说：“涂姨的母亲病死了，父亲是挑扁担的，五三、五四大轰炸被日本飞机炸死了，留下他们姐弟二人。”她叹息：“苦命的姐弟俩。”连哲脸上有了酒色，喊唱川江号子：“大河涨水小河清，缠不上妹不收心，苦日子终有尽头，拉船的人要成亲。”马广兴脖筋鼓胀唱民歌：“太阳出来啰嘞，喜洋洋啊啷啰……”她知道，他俩都是水上人的后代。

门影一闪，进来个人，掀门帘快步进了里屋。连哲起身跟去，她和马广兴也跟去。三人掀门帘进到里屋，寒光一闪，一把匕首顶住连哲的胸口。持匕首者是刚进来之人，短发齐耳的她怒目圆瞪。“涂姨，我是连哲！”“涂姨，我是马广兴！”涂姨收了匕首：“是你两个啊，又来照顾我弟娃的生意。”连哲问：“涂姨，有人……”涂姨说：“讨债的，甩掉了。”大家就都出外屋。涂姨不认识她。连哲介绍，她是我们的同班同学，四川自贡大山铺江家湾的。5岁发蒙念书，10岁当童工。涂姨说，苦命的妹儿。涂哑巴乐呵呵添来酒和碗筷。涂姨爽快坐下，端酒碗喝酒：“这桌酒菜我请。”连哲摆手：“涂姨，你救了我的命，一直没有答谢，今天算我答谢。”她喜欢涂姨，端酒碗敬酒。涂姨盯她，喝干碗中酒。连哲、马广兴也端酒碗敬酒，涂姨喝干两碗酒。涂姨大口吃菜，怒容满面：“可恶的日本鬼子侵略我国，连番轰炸重庆，默倒我们好欺负。哼，当年那巴蔓子将军是宁舍头颅也不舍城池的，我重庆人是不可欺的，我中国人不惧强敌！”

三个年轻人都拧眉点头。

涂姨说，街上那家小面馆的牌子写得好，“越炸越强”！涂姨又说到个人生死、民族大义、拯救苍生、中国的前途……涂姨说得真好，她心想。“涂姨，你是地下党吧？”她问。连哲说，涂姨肯定是地下党。涂姨不置可否：“你们正在读书，好好学，我带你们去见代明。”

跟代明熟了，她要求入党。代明肃然：“入党是有可能献出生命的，你不怕？”她说：“我不怕。”代明说：“你得经受考验，”交给她一封信，“情况紧急，你马上送去南岸的黄葛垭山货店，交给店主刘泉，交信后就离开，接头暗语是……”

汽划子轮渡在江水里颠簸，雾气小了，有船警来盘查，干啥的？她竭力镇定，走亲戚的。船警检查她拎的蓝花布包，她的脚在布鞋里扭动。船警上下盯着她打量，然后去盘查其他的乘客了，忐忑不安的她舒了口气。

雾散了，太阳出来。南山的灌木刺人，划破了她的小腿，她太心急，慌不择路，想寻小道尽快赶到山货店。山岭呈馒头形、刀锋状，路道崎岖，林木杂乱，山泉水四溅。她边走边回头看，看到没有人跟踪，她镇定下来，居高回望，想起古诗人曹学佺的诗：“百折来峰顶，三巴此地尊。居城如在水，裂石即为门，涧以高逾疾，松因怪得存，瑞阶金翠色，人世已黄昏。”诗人那时候老了，观山看水望对岸兴叹，自己还好年轻，离人世的黄昏还远着呢。

黄葛垭山货店里摆有野果、菌子、猪鬃、药材等土特产品。店里就只有刘泉一人，二十来岁的他穿对襟短袖衫，显得精明干练。她说：“要山货不要水货。”刘泉说：“本店子货真价实。”她问：“你是……”刘泉说：“我是店主刘泉。”她把蓝花布包放到柜台上，解开左脚布鞋的鞋襻，从鞋子里取出那封信交给他。刘泉撕开信封看信：“立即处理物件，马上转移，这……”他眉头深锁。她穿上布鞋拎包出店，任务完成，步子轻松。

回城后，她向代明做了汇报。代明点头：“嗯，你把信藏在布鞋里，机智。

啊，你见刘泉锁眉头？”她点头。代明担心。

二

“十八梯”是连接重庆上下半城的陡峭弯拐的老街，日机大轰炸也没能摧毁。街边的棚屋瓦屋吊脚楼密布，见缝插针有几幢两三层的楼房。江竹君拎包擦汗走，发觉有两个人跟踪，其中一个是跟踪过代明的特务组长安邦贵，她加快了脚步。马广兴笑着走来，挽了她走，左拐右拐走进岔道。她见身后没人尾随了，拂开马广兴的手。“对不起，我……”马广兴脸红。她也脸红。

她是在学校附近梁滩河边的竹林深处秘密宣誓加入中国共产党的，好激动，1939年8月我入党了，终生难忘，我要去延安，到前线跟敌人真刀真枪战斗！领誓人代明说，在敌后也是战斗。要她做通信联络工作，安排她学会计，拨算盘珠子。她很犹豫，还得服从。代明告诉她，刘泉同志被捕了，就在她送信去的那天晚上。他说刘泉不该犹豫，应该马上转移。他说刘泉烧毁了文件，经受住了敌人的拷打盘问。她后悔当时没叫刘泉一起离开。

月辉抚照后坡山腰的吊脚茅屋，低远处，可见月色中的长江流水。马广兴带她进了吊脚茅屋，关死屋门，点亮油灯：“我知道你带有组织的秘密文件。”她锁眉。马广兴说：“江竹君同志，你是重庆新市区的区委委员，党组织派我保护你。”她警惕。马广兴说：“涂姨介绍我入党的。”她盯他：“你怎么随便暴露？”马广兴笑：“你是江姐啊。”她也笑：“比我小的才这么叫，你我可是同学。”马广兴点头：“是同学也是同志。”她还是疑惑地盯他。马广兴解释：“是涂姨叫我保护你，我是男生。”

“笃，笃笃，笃……”有人敲门。

马广兴去开门。连哲闪身进门，关死屋门：“啊，江竹君！”马广兴说：“是江竹君同志。”连哲高兴：“江竹君同志，涂姨介绍我入党的。”她也高兴，他们三个同学走在同一条路上了。马广兴乜斜着连哲：“你无组织无纪律，咋个随便闯来？”连哲说：“有紧急情况。”欲言又止。马广兴说：“她可以信任。”连哲说：“刘泉终于没有经受住敌人的拷打折磨，几天前叛变了。”她心里一紧，惋惜痛惜。

与“十八梯”隔江相望的南山有“黄葛古道”，是条可过轿队马队的由不规则的石板依山势蜿蜒铺就的山道，道旁是齐腰深的荒草和树林，黄葛老树遮天蔽日。年辰久了，古道的青石板被踩得变了形，泛着幽光，石板峰间冒着小草。涂姨带领她和连哲、马广兴沿古道上行，钻进树林。涂姨透过林隙看山腰的幺店子，对他们一番交代，独自走出密林。

她很为涂姨担心。

幺店子白墙黑瓦，竹林环抱，门前有“河水豆花”的招牌。涂姨进店，选了临窗的餐桌坐，窗外可见山下涨潮的金汤滚滚的长江。店主热情过来，涂姨点了酒菜。酷烈的阳光透窗，涂姨平静坐等。穿白衬衣的刘泉走来，警惕四望，坐到涂姨对面：“涂姨，有新的指示？”店主笑眯眯端来两碗河水豆花、两碟麻辣作料和一壶水酒，说：“大河长江的河水随便取用，本幺店子这河水豆花是用沉淀的干净河水做的，比用井水、塘水做的好吃，细嫩绵扎，冒出碗边都不流。”涂姨点头笑。店主离去。涂姨说：“刘泉，吃。吃豆花，喝酒。”刘泉吃豆花，好吃。喝酒。涂姨盯他：“闻君有两意，故来相决绝。今日斗酒会，明旦沟水头。”刘泉色变，涂姨，涂姨念的是卓文君的《白头吟》……手在桌下掏枪。涂姨肃脸：“你这个叛徒！”从桌下飞速掏枪射击。

“叭！”

刘泉中弹扑到餐桌上，跟前的豆花糊了满脸。

柜台前的店主吓得面如土色。

埋伏在店外竹林的四个便衣特务持枪闯进来。“叭叭叭……”四个便衣特务倒在血泊中。开枪的是她和连哲、马广兴，涂姨教过他们三人枪法。其中一个便衣特务没有死，举枪朝她射击。连哲扑倒她，马广兴开枪击毙这特务。连哲扶她起来。她向连哲道谢，见他手上流血：“啊，你负伤了！”连哲说：“子弹擦破点皮。”她掏出蓝花格手帕为他包伤：“这是你为我包伤的手帕，我洗干净了的。”连哲深情地看她：“你们女孩就是心细。”

黄葛古道的老林深处，阳光透过叶隙洒落。涂姨对她和连哲、马广兴痛心说：“由于叛徒刘泉的出卖，我们的五位同志被捕了。”大家都痛恨叛徒，都说：“涂姨好危险！”涂姨也后怕：“是危险，可为了组织免受更大的损失，只能冒这个险。”他们出老林往江边码头走，涂姨叫他们分散过江，对她关切地说：“你刚才也好危险。”她说：“多亏了连哲。”涂姨说：“连哲自小就眼尖心灵，啊，代明同志临时有任务，他让你跟我联系……”

古镇有“小重庆”之称，有嘉陵江、清水溪、凤凰溪流过，站在歌乐山上看，活像条隐龙，古镇早先就叫龙隐镇。后来因了瓷器，那个江氏家族来镇上开办了碗厂，生产瓷碗瓷盘瓷杯，是古镇瓷器业的开山鼻祖，古镇叫磁器口了。

磁器口的游人多，歌乐山的树子多。

江竹君擦抹汗水拎包登山，她身后跟着也拎包的连哲和马广兴。包里装的是她设法弄到的藏在磁器口常麻花店的电台、零件和资料,都是组织急需的。常麻花店的老板是跟她单线联系的自己人。登山过林,他们走到那棵老黄葛树前。涂姨和两个助手从林间出来,接过拎包。涂姨叮嘱:“安全为要,你们赶紧离开。”带领两个助手钻进密林。江竹君、连哲、马广兴穿过密林下山。

三

江竹君没想到自己会嫁给他。

冬天的日子,代明交给她一个任务:“出于安全考虑,市委委员彭咏梧同志需要掩护,在重庆安个家。事情急迫,市委反复物色,决定把这个任务交给你。”她惊诧。代明说是假夫妻,让她给彭咏梧做“妻子”兼助手。

很简陋的住房,她紧张、羞涩。彭咏梧说:“江竹君同志,我们这个‘家’,是市委的秘密机关和地下党员的学习辅导中心,你的任务是通信联络。”他铺好大床,放了女式睡衣:“你睡大床。”他抱了男式睡衣,拉过布帘,睡木沙发。“彭咏梧同志,我睡沙发吧。”她隔着布帘说。疲惫的他已打起鼾。她和衣而卧。半夜里,有人敲门,不是暗号。警惕的彭咏梧起身收布帘塞进衣柜,背对她低声说:“快穿上睡衣。”她赶紧穿上女式睡衣。他示意她去开门。她慢慢走到门口,打哈欠:“啥事啊,这大半夜的?”门外人说:“奉命搜查!”她竭力镇定,开了门。特务组长安邦贵等三个特务持枪进来,四处搜查。她见穿男式睡衣的彭咏梧在大床上装睡,她换下的衣裤与他的衣裤胡乱扔在床尾。“耶,你们硬是无法无天呀,夜半三更私闯民居,又没有搜查证,我要去告你们!”她怒喊。安邦贵心虚,招呼两个特务出门,带上房门。她过去插上门闩,心扑扑跳,幸好他准备了男女睡衣!

一对假夫妻,就这样警惕地住在一间屋子里。

彭咏梧与地下党员开会她把风,按他的指示她秘密联络传送情报。那天开会,传来望风的同志打碎花瓶的声音,彭咏梧叫大家赶紧从后门撤离。同志们撤离完,她关死后门。彭咏梧持枪越窗而出,对她说:“关窗,看家。”她关死窗户。没多久,传来一声枪响,跟着是“哔哔叭叭”的枪声。她好担心,出门锁门,循着枪声跑过去。跑到叉巷口,见彭咏梧边射击边跑来,子弹“嗖嗖”从他身边飞过。咏梧同志!她心里喊,拉他进侧巷,跑到一民居门口,掏钥匙开门,推他进屋,关死屋门:“这是谭弟的家,他们一家人回乡下去了,放心。”他锁眉:“你咋跟来了?”她说:“我不放心你。”他盯她:“无组织无纪律,下不为例！”“嗯，是你先开的枪？”她问。他点头：“有两个同志被安邦贵带的人跟踪了。”你冒死引开特务，好危险啊！”她说。她由衷佩叹他舍身救战友。

患难与共，假夫妻伴出了真感情，组织上批准他俩结婚。

她难产生下云儿，请求医生为她做了绝育手术。她心想，咏梧，别怪我，我都26岁了，这次是难产，保不准还会难产。

《挺进报》传递胜利消息，她和连哲、马广兴冒险分发完《挺进报》，在洪崖门会合。夏阳抚照城头，独有的一门生锈的铁炮仰天默立，像是在诉说历史。明朝那戴鼎在重庆修了十七座城门，九开八闭，洪崖门是闭门之一，有城楼没有城门，纯粹用于军事目的。有这门大炮在，就能控制老长的一段江面，这沧白路以前就叫炮台街。据说，当年这大炮是用来防备张献忠攻城的，可张献忠是从通远门攻进重庆的。

“哇，从这里看好美！”她在城墙边往下看。

连哲、马广兴顺她的目光看。

崖下的瀑水被阳光弄得五色迷离。瀑水下，是飞檐翘角的临镇江寺、热闹的纸盐河街。顺坡搭建的吊脚楼层叠错落。绿荫掩映，鸽群飞舞。密布的吊脚楼伸出有许多竹竿，晾晒有许多衣物。这些吊脚楼里住的多是水上人和棒棒。纸盐河街的洗衣妇多，每天天不亮，街上就充满了皂角和肥皂的气味。

连哲说：“我小时候调皮，父亲打我，我就跑出门游荡，在纸盐河街的街边过夜。那次，我差点被水浪卷走了。”她问：“下河洗澡？”连哲点头：“那是经常的。那次，我在纸盐河街的屋檐下睡得好死，水浪来了都不晓得。你知道的，嘉陵江年年涨水，水大了，纸盐河街就要被淹。要不是涂姨找来，我肯定被水浪卷走了。我妈找不到我，就去找涂姨，涂姨晓得我爱去的地方。涂姨那次揪了我的耳朵。”她说：“涂姨这人好，救了你一命。”马广兴接话：“我和连哲都一直把她当成亲姨，她也把我们当成亲侄儿。”连哲说：“家父是船老板，我大爸是船上的舵手，马广兴的父亲是船工。那天，我和马广兴在纸盐河街耍晚了，我们就去我大爸家住，不想大爸一家人都撑船下涪陵了。我俩就在大爸家的屋檐下睡着了，涂姨也揪了马广兴的耳朵。”她嘻嘻笑：“你两个有意思。”连哲目光凝重：“我父亲、大爸，还有马广兴的父亲都被日本飞机炸死了。我母亲在那天的日历上写了‘血仇’二字。”马广兴说：“那天是1943年的8月23号。那天之后，日本飞机就没来轰炸过重庆市区了。”她愤怒：“日本鬼子无差别轰炸重庆五年多，炸死我无辜民众上万，血仇，不忘血仇……”

四

秋老虎的太阳酷烈，烈焰引燃大江，天地山水一派炫目的黄红。江潮扑向江岸，击打停靠万县码头的大小船只。西装革履的连哲持公文包下了民生公司的“民生”轮，掏蓝花格手帕擦汗，登陡峭的码头石梯，七弯八拐走进小街。小街杂乱，各式摊铺摆到了商铺外。他到一家小餐馆匆匆吃了午饭，到“万县客栈”住下，仰躺到床上歇息。

是涂姨让他来万县的。

昨天下午，涂姨带领他和江竹君、马广兴到南山老林里练射击。他的枪法最好，涂姨夸他。他得意：“我从小就喜欢枪，我要到前线去跟敌人拼杀！”江竹君、马广兴都附和。涂姨说：“在敌后也是拼杀，是严酷的拼杀。”涂姨给他们讲形势，说刘邓大军强渡黄河等胜利消息。他振奋，看山下的长江流水吟诵：“大江歌罢掉头东，邃密群科济世穷。面壁十年图破壁，难酬蹈海亦英雄。”这是周恩来同志写的诗。肚子饿了，涂姨带他们去江边的摊摊店吃饭。摊主端来甑子饭、水豆花、泡咸菜。都说安逸。摊主出摊棚去采折耳根给他们提味。江竹君也诗兴大发：“有田有地吾为主，无法无天是为民。重庆有官皆墨吏，延安无土不黄金。炸桥挖路为团结，夺地争城是斗争。遍地哀鸿满城血，无非一念救苍生。”他击掌，这是毛主席来重庆谈判时写的诗。涂姨点头，诗中的“有田有地”指解放区。“吾为主”意谓保存解放区，解放区的人民就能当家作主。“无法无天”指人民的武装。“是为民”指为人民的利益。马广兴说：“救苍生，我辈当努力。”吃完饭，三个年轻人跑到江湾处蹚水。江竹君喊：“我们的战斗，我们的青春！”马广兴喊：“我们的共产主义！”连哲喊：“我们的热血，我们的爱情！”江竹君笑：“连哲，会有姑娘爱上你的。”他遗憾盯她：“我的爱已经远去。”

江水悠悠。

他提议大家去他家喝茶。

嘉陵江边一栋白墙黑瓦的小屋，家具古色古香，挂有全家福相片。他招呼大家坐到八仙大桌边。他母亲热情倒茶，他接过茶壶：“妈，儿子来。”马广兴说：“连哲可是出了名的孝子。”他笑道：“百善孝为先嘛。”涂姨和马广兴母亲都认识，他给母亲介绍了初次来家的江竹君。母亲看江竹君：“多好的女子。”江竹君礼貌说：“伯母好。”马广兴说，老师好，老师上国语课给我们讲岳飞的故事。他就学母亲讲故事，岳母先在儿子岳飞的背上写了“精忠报国”四个字，之后用绣花一针一针刺绣，刺绣完，岳母又在字上涂了醋墨，这四个字就永远留在了岳飞的背上。母亲快慰地笑。大家都笑。喝茶的涂姨低声对他说：“连哲，你去万县送份情报。”一番叮嘱。

“笃，笃笃笃……”

有人敲门。

仰躺床上的他细听敲门声，起身下床，警惕地开门。

一个中年男人闪身进来，关死屋门，说：“大河长江。”

他说：“小河嘉陵江。”

对上接头暗号，两人握手，相互称呼“同志”。他从公文包里取出情报交给中年男人。中年男人看完情报，高声说：“终于获得这份情报了！”

“嘭！”

屋门被撞开。

几个人闯入，将他摁倒。中年男人退到这些人身后。他大悟，恨盯中年男人：“你这个可耻的叛徒！”

五

“涂哑巴冷酒馆”一大早就来了食客，是江竹君和马广兴。涂姨去了川东组织武装斗争，他俩给涂哑巴送来米面、煤炭。涂哑巴只知道姐姐外出办事去了，咿咿哇哇感谢，端来水煮花生、卤豆腐干、咸菜和稀饭。江竹君对涂哑巴比画，来两份双碗。涂哑巴比画，早上也喝酒？她点头。涂哑巴比画，双碗可是每碗四两酒！她比画，就两份双碗。涂哑巴乐颠颠打来两份双碗酒。她举酒碗跟马广兴碰碗，大口喝酒。马广兴喝酒：“这老酒安逸。”她吃菜，大口喝酒，面带酒色：“打入敌人内部的同志传来消息，代明被捕了。”马广兴酒到嘴边停住。她痛心地说：“代明没经受住敌人的拷打诱惑，投敌叛变了。”马广兴吃惊：“他可是上级，他说为共产主义奋斗要经得住任何考验的。”她严肃着脸：“信仰不是口头说说的，得付诸实际行动，他被敌人打败了，被他自己打败了。形势很严峻，我们要继续战斗。随着川东农村工作的发展，重庆地下党派了一批同志去支援，我也要去，明天出发。”马广兴说：“能不能晚一天？”她说：“任务急，明天必须出发。”马广兴着实遗憾，不久前，他跟女友孟玲去枇杷山公园赏春花，说孟玲比花好看，要亲她，被她伸手挡住，说还没到时候。

离开“涂哑巴冷酒馆”后，她和马广兴路过“抗战胜利纪功碑”。晨阳从远处的南山露出脸来。“你跟孟玲明天结婚啊。”她说。马广兴点头：“是孟玲父母定的婚期。”从上衣兜里掏出张照片给她。是马广兴与孟玲的合影照，孟玲扎两条小辫，清秀可人。“嗯，这姑娘不错！”她将照片还给马广兴。马广兴将照片放入衣兜：“她是纱厂的女工，思想进步，我们的婚礼就在纱厂办。”她点头：“祝贺你们！”马广兴看碑：“抗战胜利了，没平和几天，内战又起。”她也看碑：“这碑会迎来人民解放的……”

安邦贵、代明等特务跟来。

马广兴看见，拉了她走。较场坝的人多车多岔路多，马广兴拉她挤进人群。特务们追来，他俩飞跑。特务组长安邦贵喊：“江竹君、马广兴，你们跑不掉，抓活的！”她俩跑进窄街，马广兴将他与孟玲的合影照片交给她：“你有重任，快跑，我掩护你，别管我！”推她进侧巷，他掏枪回身射击，前面那特务的右臂中弹。安邦贵举枪射击，马广兴中弹倒地。特务们上前，安邦贵扪马广兴嘴鼻：“没气了。”搜身，失望。代明说：“收尸吧。”安邦贵说：“得赶快离开这里，免得惹来麻烦的记者。”招呼特务们离开。

乘船来到万县，穿旗袍的江竹君拎包朝街上的“万县杏林药铺”走。离渝前，她和纱厂地下党负责人全德在南山老林含泪掩埋了马广兴的遗体，将他留下的照片交给了泪水蒙面的孟玲。她的两个同学同志，马广兴为掩护她英勇牺牲了，心里好痛；连哲被捕入狱受尽磨难英勇不屈，由衷佩叹。药铺大门的两厢挂有“日照杏林千枝竞秀，春来药苑百草争荣”的木刻楹联。她走进药铺，对柜台里的女店员说：“无味辛甜苦咸酸。”女店员回话：“甘和补中急能缓。”她递过处方：“抓这些药。”女店员看药方抓药，示意她进里屋。

里屋光线暗淡。老田为她倒茶：“一路辛苦了。”她坐下喝茶：“我年轻，没事，老田同志，你是下川东党组织的负责人，请安排我的工作。”老田坐下，犹豫说：“江竹君同志，你要坚强。”说了彭咏梧被捕英勇牺牲之事。

她眼前发黑，天旋地转，泪水往肚子里咽，我的咏梧……

老田极力宽慰她。她要求在老彭倒下的地方工作。老田点头：“为掩护工作，你暂时在万县育苗小学任教。”她说：“我想去川东游击队。”老田说：“你有机会去的。”

给孩子们上课她高兴，农夫插秧，插了一行，再插一行；农夫灌水，灌了一回，再灌一回；农夫除草，除去野草，好长新苗。小学生们跟了大声念。放学时，谭弟在学校门口等她，他来万县办事，来看望她。她请谭弟去街上吃万县有名的老土鸡。一盘热腾腾的老土鸡和两碟凉菜上桌，谭弟喜欢吃，说云儿乖，说他姐姐带得下细。她的两眼发潮，谭幺姐这人好，好想云儿。

六

涂姨被捕了，是叛徒代明出卖被捕的。

特务头目韦长官拷问她，把你知道的讲了就没事儿了。涂姨说：“我是共产党员，其他的，你们别想让我开口。”她蔑视在场的代明。代明避开涂姨的目光。安邦贵怒打涂姨，直打到她晕死。韦长官摇头：“她死不开口就没有价值了，毙了这个土匪头子吧。”对代明说，“你送她上路。”代明慌乱：“我……”韦长官说：“这是命令，也是考验你对党国的忠诚度，她虽说是土匪头子，还是要秘密枪杀。”

代明与两个特务押解涂姨到渣滓洞后山的岩坡前。月色朦胧，悄无声息。代明验明正身：“涂嘉英。”涂姨回过身：“我是涂嘉英。”月光照着她布满鞭痕的脸，她怒视代明：“开枪吧。”代明举枪，得让她一枪毙命，少些痛苦。举枪的手发抖，竭力镇定，“叭！”子弹飞出枪口，射进她的胸膛。两个特务上前查看，一个特务说：“土匪头子涂嘉英已经毙命。”代明没敢上前。赶来搭救的全德、孟玲等地下党员听见枪声，在丛林里看见其情景，悲愤不已。孟玲经全德介绍已经入党，发誓要继承马广兴的遗志，为未婚夫和涂姨报仇。

七

万县“临江茶楼”里人多杂乱。炎炎夏日，穿薄西服的、穿短袖衣裤的、袒胸露臂的茶客众多。风扇嘎吱吱转，蒲扇、纸扇摇晃。挂有楹联：“楼外是不尽长江水，非道子一支笔画不来；胸中有几千年历史，凭卢仝七碗茶引起也。”

穿浅蓝色短袖旗袍的江竹君拎包进来，摇着纸扇。

说书人拍惊堂木：“长江水奔腾，好个万县城，上连大重庆，神女峰醉人，老土鸡味鲜，三生石惊魂……”

茶客们鼓掌叫好。

她见穿灰色短袖对襟衫的老田坐在临窗的茶桌喝茶、嗑瓜子，扇着一把老大的蒲扇。走过去坐下。茶倌跟来：“来了一枝花，喝碗清香茶。”右手提锃亮的紫铜长嘴壶，左手夹茶船、茶碗、茶盖，“叮当”，茶船到位。而后，茶倌将装有茶叶的茶碗放入茶船，紫铜壶如赤龙吐水，茶叶在沸水里翻腾。茶碗冲满，桌上滴水不漏，茶倌盖上茶盖，说：“慢喝。”走开了。

她由衷笑：“哈，绝了，绝技！”老田点头：“高手在民间。”他四处看，“组织上安排你去万县法院收费处做雇员,怎么样?”江竹君喝茶:“成天就是收钱开单据。唉,打官司的人多,说诉讼费太高。有的抱怨说,打官司找门路要给钱,找律师要给钱,找法官要给金条,是吃人的衙门。”老田问:“你怎么回答?她说:“我没有答话,心里同情他们。”老田喝茶:“你在法院做事,是地下工作很好的掩护,不动声色是对的,保全自己,才能更好地战斗。”她点头。

老田低声说:“现在的法院,确实是吃人的衙门。”

她说:“得要改变,变成人民的法院。”从拎包里取出张《中央日报》给他,密件在报纸里。

老田佯装看报,看密件:“黎明前的黑暗,敌人正疯狂逮捕我们的同志……”

万县法院收费处站有排队缴费的人。江竹君为一位戴眼镜的商人办理收费业务。眼镜商人交钱:“想不想听个故事?”她收钱:“你讲。”眼镜商人说:“古时候,有个官员牙疼,怎么也治不好。医生对他说,里面有条很大的虫子,像蚕子一样,得把这条虫子捉出来才可以治好。那牙疼的官员问医生,怎么这条虫子有那么大?医生说,是你一直在衙门里吃大的呀。”她点钱。眼镜商人说:“古时候那衙门是官府办的,官府里的贪官多、胃口大,贪吃贪占老百姓的钱财,早晚有一天要被惩处!啊,你有小孩吧,得给娃儿们说,要注意口腔卫生,不然的话,牙齿里也要长虫,牙齿就会痛。”她点头:“小孩子是得要注意口腔卫生。”开单据,心里说,政府腐败,官员贪得无厌,民不聊生,即将诞生的人民政权会扫除这一切的。

下班前,她在法院食堂吃了晚饭,回到偏街的十来平米的住屋,取出藏在老旧衣柜衣服堆里的资料翻阅,来自不同渠道的胜利消息令她振奋。“笃,笃笃,笃……”响起约定的叩门声。她还是警惕地开门,来人是孟玲。她关死屋门,拎藤壳水瓶倒开水泡茶。孟玲喝茶,哭诉了涂姨被叛徒代明出卖牺牲之事。她落泪:“纵死侠骨香,不惭世上英,涂嘉英同志为革命流尽了最后的一滴血,她是我们的楷模。还有你的未婚夫马广兴同志,也是我们的楷模。”

孟玲的泪水断线。

“他们未竟的事业我们来完成。”她说,“西进的解放军势如破竹,华蓥山等武装起义相继爆发,给敌人以威慑……”

八

有人敲门,她警惕地开门。门外无人,门槛下有张字条。她关死屋门,拾起字条看:“邹娃打扫清洁,有走客来。”她划火柴烧了字条,穿短袖旗袍拎包,出门,锁门。

万县街口有特务、警察、军警巡查,她拎包上了路边的滑竿,两个挑夫抬了滑竿走。行至临江公路的弯拐处时,有辆军车驶过,副驾驶室窗口探着特务组长安邦贵的脸,她心里骂,狗特务!对前面的挑夫说:“麻烦能不能快一点儿,我多付钱。”挑夫说:“要得。”加快了步子。

过哨卡了,站着几个持枪的军警。警官阻拦,停下!滑竿上的她掏出法院的工作证给他。警官看工作证:“真的假的?”她反问:“你说呢?”警官放行。到临坡的马路边时,她叫停,拎包下滑竿,付钱给前面的挑夫。挑夫数钱,硬还是多给呢。情况紧急,她走坡丛小路,从拎包里取出农妇衣服换上,将拎包塞进蓝布包里,快步走,得赶在敌人之前。她赶到临乡场街市的“又来客栈”,进了邹定的住屋,叫他马上离开。他俩出客栈时,那辆军车开来,赶场天,人多挡道。副驾驶室的安邦贵喝叫:“让开,让开!”她拉了提行李的邹定挤进人群,去了场口的树林里。“邹定同志,你必须马上转移去重庆。”她说。邹定犹豫:“江姐,我还有好多工作没有做完。”她说:“你余下的事我会安排人做的,你还好年轻,要做的事多。”

他俩赶到万县码头石梯边小面摊吃面条,码头小面,麻辣爽口。烈日如火。上下梯坎的衣襟褴褛的路人、苦力、滑竿、轿子不断。付钱时她问:“涨价了?”光头老板叹气:“没得法,物价一天一个涨,小面也得涨点价。”送邹定上船时,她说:“轮船上二副是我们的人,你就叫他表哥。邹定,积极工作,坚持革命。”邹定点头:“江姐,你要注意安全。”

万县码头的石梯像天梯一般,提蓝布包的她挥汗登梯,走至街上,云层厚了,发现有人尾随。快步挤进人群,拐进“万县杏林药铺”,对女店员低声说:“有尾巴。”女店员带她去到后屋,打开窗户,说:“外面是树林。”她越窗跳下,钻进树林。回到住屋后,她又看一家三口的照片,思念落泪。

九

1948年6月14日中午,江竹君在万县法院食堂吃完午饭,出法院大门,得找个可靠的地下交通员，尽快给百里外龙驹坝的地委领导送信，告知这几天重庆、万县的气氛都不大对，要特别警惕。

出法院大门后，她走上马路，见马路对面有个人，她看清楚是代明。安邦贵走来。这个坏蛋，枪杀了我的好同学、好战友马广兴！

“江竹君！”安邦贵喊。

几个特务围上来，代明尾随。

她怒道：“光天化日之下，你们想干什么？”

安邦贵说：“江小姐，对不起，我们行辕的左组长正四处找你，请你动步去一趟。”

她恨盯代明：“你走错路了！”

安邦贵说：“你们朋友见面了，可以好生谈谈。”

她鄙视代明：“没有骨头的软蛋！”

特务们推她走。

江水悠悠，青山延绵，轮船“突突”逆水上行。

戴手铐的江竹君倚船舱的窗口外望，江水撞击船舷，传来纤夫的号子声：“……苦日子终有尽头，拉船的人要成亲。”这号子连哲喊唱过，连哲，我的好同学好同志，我们在狱中见，胜利即将到来，好日子就要来了。

渣滓洞监狱高墙铁网。

狱警押解江竹君等同志出牢房，江竹君看牢房铁窗里含泪目送她的连哲。连哲，此刻和放风时我们只能相视问候，你，你们要是能够越狱，一定要交给党组织，这是狱中革命志士们生命最后一刻向党总结的八条意见！环视高墙外的青山，涂姨、马广兴等同志们，你们先走了一步，我来了……

大江东流。

解放军攻占重庆，“人民解放纪念碑”雄立。重庆解放前夕，被捕的江竹君化名江竹筠，献出了年轻宝贵的生命，牺牲时年仅29岁，离重庆解放只差16天。她和她的战友们为之奋斗的新中国诞生了。

一波三折

一

1944年10月5日，民生公司总经理卢作孚飞抵印度加尔各答机场。

汽车驶过港口，看见了海轮，看见了印度洋。卢作孚的心扑扑跳，大江大海，他对其情有独钟！加尔各答地处恒河三角洲，濒临孟加拉湾，是印度东海岸最大的海港。

"作孚，你一看见水和船眼神就放亮！"坐在卢作孚身边的长他十岁的好友范旭东说，一口湖南话。卢作孚呵呵笑："当然，我这一生跟水和船是结下不解之缘了，就如同你明俊兄跟化学结下不解之缘一样！"范旭东道："你大概想把民生公司的轮船也开到这里来吧？"此话正中卢作孚下怀："这个嘛，倒不是不可能的。"

战争形势发展很快，胜利在即，为安排战后世界经济、政治秩序，一些重要的国际会议开始陆续举行。其中之一就是于下个月10日至17日在美国纽约召开的国际通商会议。此是一个民间会议，却是一个重要会议。国民政府选派了卢作孚、张公权、陈光甫、范旭东、李铭诸五位著名的工商金融巨子作为代表出席会议。

卢作孚并非只是为了出席这次国际会议，还有一个重要目的，就是参观美国的工厂，特别是要看看那里的造船厂。民生公司以一只"民生"小轮艰难起家，行驶于嘉陵江、长江，居然闯过长江三峡进入大江下游驶入上海港，现在，想进入大海了！为此，他振奋不已、盼待不已，也担心会遇到比长江险滩更加难以逾越的障碍！

10月17日，卢作孚飞抵美国，随行的有民生公司业务经理童少生和翻译孙恩三。童少生是以秘书名义随同前往的。

二

这会场富丽堂皇，聚光灯照射着讲台上西装革履的卢作孚。西装是黑色的，将白衬衣和暗花领带显得突出，朝右梳的头发光洁而显平实。他面对的是台下肤色不同、穿着各异、来自42个国家的与会代表。会场静得出奇，他听得见自己的呼吸声。他那跳动的心翻江倒海，战争与和平、重建与发展、民生与维权……这些来自战争和社会实践过程中萌生已久的想法如鲠在喉，他要一吐为快。他用自己国家的语言侃侃而谈，翻译孙恩三站在他身边，用他那文学式的流利英语传达出卢作孚的真知灼见。

"……那是一桩惨淡经营的事业。民生实业公司创建之初，正是长江上游航业十分萧条，任何公司都感到无法撑持的时候，而不是在航业有利的时候。然而，它却发展壮大起来，在抗击日寇的比英国敦刻尔克大撤退还早一年半的宜昌大撤退中，立下了赫赫战功！……"

卢作孚这逆境中的奋斗、商业之慧眼、将不可能变成可能的发言，感染了与会者。

"……这个地区最惊人的是它的水力。一个可能修建比美国著名的田纳西水利枢纽大好几倍的世界上最大的水电站的地址，最近已经在我刚才提到的宜昌附近找到了。将来修建的水坝，可以把水面提高160米，可以产生足够的水力，发电150万瓦。其中一半的电力即足以解决总人口约为两亿、直径为1000英里地区的用电问题；另外一半电力可用来生产成百万吨化肥，除满足中国需要外，尚可大量出口……三点主张：一是中国在二战中遭受最为深重的经济损失，尤以沿海地区为甚，因此请求国际组织以物资和技术帮助中国恢复沿海和内河航运；二是防止军国主义复活，建议战后严格限制德、日的航运能力；三是为帮助各国发展经济，建议消除各种国际航运障碍……"

台下听众的眼目齐刷刷盯着他，黑色或白色的脸上露出惊奇、钦佩。

"我们所进行的事业的困难是巨大的！我们只能迎着江河的险恶、大海的风暴往前走，我们是能够拨云雾而见太阳的！非常感谢大家！"卢作孚结束了发言。

全场静默。

"哗——"响起了长久的掌声。

卢作孚步下讲台，激动而振奋，也感到沉重。是的，自己此时出国确实是艰难重重。出国前，北碚各单位在中国西部科学院为他举行的欢送会上，复旦大学校长章友三致词说："今天是中秋佳节，今晨还可见一轮皓月悬在太空。可惜现在云层太厚太密了，不能观赏，正象征着卢先生此时出国去艰难重重。我们希望卢先生能够'拨云雾而见青天'。"章友三校长欢送词的结束语，使卢作孚深感此行的路途并非坦途，任重而道远。他没有想到的是，这艰难重重将会在他回国之后越加艰难重重，甚而陷入绝境。

三

出租汽车行驶在多伦多大街上，车上坐着卢作孚、童少生和孙恩三。在美国参加完国际通商会议后，他们来到了加拿大。才只是晚秋时节，这里已胜过重庆隆冬之严寒。这是最繁华的扬格大道街区，人来车往。

孙恩三笑道："这是个多元文化城市。这里不仅有浓郁的意大利风味，也有欧洲人与北美人审美观念的碰撞，还显示出东方人的时尚偏好对北美文化的冲击。"卢作孚点头："包容是有利于吸收多元文化的。要说包容，重庆也是座包容的城市。早先的湖广填四川大移民，现今的抗战大内迁，都是有利于吸收多元文化的。"童少生说："这倒是。"卢作孚说："不过，与这里相比，重庆尚还缺乏跟世界的广泛交往。咳，战争使重庆损失惨重，我们必须抓紧战后建设。"

参加完国际会议后，卢作孚即带领童少生、孙恩三在美国各地造船厂实地考察，感到美国造船价格昂贵，才决定转赴加拿大考察。他们刚去考察了蒙特利尔的造船厂，明显感到价格低于美国，且质量并不差。

有群漂亮女人从车窗外走过。

孙恩三手指车窗外："看，在这里，你可以充分感受形形色色美丽女人给你带来的惬意。"他呵呵笑。

三人都笑。

卢作孚笑说："恩三呐，要说美女，我们重庆的美女怕是不逊色于这里吧？"

童少生抢话道："当然，山水皆佳的重庆城，孕育了如云的美女，督邮街一带，十步之内必有佳人。"

大家齐笑，说到家乡之事，都格外高兴。出租汽车驶进中国城，华人开的商店、餐馆一家挨一家，四周都是华人。孙恩三让司机在一家写有繁体字"龙"的中国餐馆门口停下，这是幢融合有中国和北美建筑特色的紫红墙矮楼。童少生付了车费，三人下车。凛冽的寒风使三个人都裹紧大衣，快步进入餐馆。说粤语的胖老板娘笑迎，领他们进到挂有"长江"字牌的包厢里。这使卢作孚感到亲切，在这遥远加拿大的中国餐馆里，也看见了母亲河的字样！他们要在这里宴请加拿大驻华大使欧德伦先生。欧德伦到重庆北碚参观过，对卢作孚主持建设如花园般的北碚赞叹有加，对卢作孚来加订造轮船给予了全力相助。因其是麻烦人家相助办事，卢作孚一定要宴请他。

包厢壁炉的炭火熊熊，三个人脱下大衣，老板娘接过挂到衣架上。欧德伦大使准时前来，边打招呼边脱大衣。

吃着丰美的中国菜，喝着中国的茅台酒，欧德伦连连惊叹"OK"叫好，用他那不标准却熟悉的中国话说："Mr. Lu，对多伦多印象怎么样？""OK！"卢作孚抿一小口酒，"多伦多市是安大略省的首府，是加拿大的第一大城市。Toronto这名字的意思是place of meeting，就是'聚集之地'的意思。"欧德伦吃牛肉，笑道："卢先生果然名不虚传，英语挺棒，用你们中国的话说，把我们这里了解得'一清二楚'！""No，我对贵国只是初浅的了解，还得请您多多指教。"卢作孚真诚道。

饭毕，老板娘泡了龙井茶来，大家喝茶摆谈。

卢作孚等人经过多处考察比较，多次奔波，最终决定先与加拿大的台维斯公司和圣劳伦斯公司签订造船协议。

日头偏西了，在圣劳伦斯公司的最后一轮谈判还在进行。夜深了，双方都感疲乏，依然未得结果。

圣劳伦斯公司的总经理用手掐发涨的头，摇头埋怨。孙恩三翻译道："卢先生，他说你很麻烦，不注重个人的利益，总是在价格上跟他过不去。"卢作孚让孙恩三翻译说："你才麻烦，四舍五入是常理，却总盯在这个小账上。"最终是圣劳伦斯公司的总经理熬不住了："OK！"双方友好签约。对方还开了冒气泡的香槟酒，双方碰杯祝贺。

回到住处后，卢作孚、童少生、孙恩三聚到一起，哈哈大笑。"坚持就是胜利。"童少生说，"总算是把这购船协议签订了！"卢作孚道："总造价1500万加元，我们的压力不小！"又笑，"比起美国公司的价格还是划算。"孙恩三道："现在的事情是跟哪三家银行签订借款协议了。"

拿钱来赚钱的银行的会议室就是气派，宽大敞亮，长条的华贵谈判桌前，一边坐的是中国民生公司代表卢作孚和其秘书童少生、翻译孙恩三；另外一边坐的是加拿大帝国、多伦多和自治领三家银行的代表。此次谈判的焦点不是价格，而是其借款的份额和利率，也还是你来我往的拉锯战。

卢作孚的坚韧令对方大为恼火，以至于舞手跺足喊叫；卢作孚的果断又令对方措手不及，以至于不敢相信这就谈成了。

最终结果是，购船所需1500万加元，民生公司自筹15%现金，即225万加元；三家加拿大银行共向民生公司借款85%，即1275万加元。年息为3%，自1951年开始，分十年偿还。

双方盛笑握手，却未能签约。加拿大的三家银行提出，必须双方国家的政府担保，方可签约。

四

斯蒂庞克老牙轿车沿国府路朝重庆学田湾方向驶去。卢作孚、童少生坐在车上，他们去面见行政院长宋子文。

卢作孚心情振奋，只要国民政府担保，加拿大这笔划算的订单就拿下了。自去年10月他去美国出席国际通商会议后，一直为这订单奔忙，直到今年4月下旬才完成了在加拿大借款造船的全部工作，依然经印度回国。5月1日回到重庆后，他就立即赶来向宋子文汇报。这张订单确实是时机，机不可失，时不再来！他想象着宋子文的笑脸，想象着他立即提笔签字，想象着拿到的盖有官印的国民政府的担保书，满面堆笑。

"卢先生，你很高兴！"童少生问。"高兴，当然高兴！"卢作孚看车窗外众多的汽车和行人，"少生，你看，这临近抗战胜利的重庆，市面热闹了许多。"童少生说："倒是。日本飞机从三八年二月连续轰炸重庆到四三年八月，却并没有炸毁这座城市，反而使之成为名扬世界的英雄之城了。"卢作孚点头："可恶的小日本就要彻底完蛋啰！"

斯蒂庞克老牙轿车停到国民政府大楼前的地坝里。司机小徐下车拉开后车门，卢作孚、童少生下车，迈步登石梯。坐落在学田湾这国民政府大楼，前临马路，后靠山坡，有老高的石梯坎。大门有三道，中间一道略高。三道大门的门柱均是内撑杉杆，外钉木板，加以洋灰做成。门首有四道岗棚，由宪兵守卫。宪兵检查证件后放行。

卢作孚、童少生攀登石梯朝主楼走。修建在高大石基上的主楼为中国古典木质结构建筑，额枋施中国传统彩画，高敞的门前立有两个碑亭墩柱，显得严肃。52岁的卢作孚依旧健步如飞，快步登上石梯，进了政府大楼。童少生加快步子跟上。本来约好，卢作孚是去行政院面见宋子文的，临出发前，接到宋子文秘书的电话，说宋院长到国民政府开会去了。政府担保事关重大且时间紧迫，卢作孚就和童少生驱车来到国民政府找宋子文。打听后得知，宋子文根本没有来国民政府开会。卢作孚纳闷，有种不祥，难道他在躲避我？不会吧，也许是他有其他不好言明的事情？

少生，走，我们直接去行政院找他！卢作孚说，快步迈下石梯。

童少生紧步跟上。

斯蒂庞克老牙轿车朝曾家岩方向行驶，在天主教会那栋黑砖墙的楼房前停住，行政院就设在这栋楼房里。卢作孚的估计没有错，宋子文果然在办公室。正接电话的宋子文秘书没能挡住疾步走来的卢作孚和童少生，眼睁睁见他二人进了里间的宋子文办公室。宋子文办公室朱红木墙木质地板，倒还敞亮。黑光漆亮的办公桌上摆满文书资料和两台电话机，显示出主人之繁忙。白色沙发椅、讲究的窗帘和盆花，显露出西式洋味儿。

卢作孚、童少生进来时，坐在牛皮高椅上西装革履的戴茶色边框眼镜的宋子文立起身来："啊，欢迎我们的卢总经理凯旋！"

"宋院长，打扰你了。"卢作孚想问，你为啥子躲我？又忍住了，办成正事要紧。况且，这些官场上人自有应对办法，可以把事情推到秘书身上。现在，我堵住你了，未必然你还有借口躲？

"嘿，看侬说的，作孚老兄，你这个大名人请都请不来，快请坐！"大鼻子大嘴的宋子文小卢作孚一岁，祖籍海南的他出生于上海。

童少生谨慎地坐到卢作孚身边。

宋子文秘书笑着端了茶水来放到茶几上，出门去。

卢作孚向宋子文介绍童少生："这是我公司的业务经理童少生。"

宋子文笑："晓得，我晓得。好像是三八年吧，我派胡筠庄去找过童经理。"他坐到卢作孚对面的沙发上，端起茶杯喝茶。

宋子文这么一说，卢作孚心里有股阴霾。三八年夏秋之交，国民政府由武汉撤退到重庆。孔宋集团对在长江上游居于举足轻重地位的民生公司更加眼红，施展了一系列手段控制，大有不达目的不罢休之势。宋子文派了他的亲信胡筠庄找到童少生，流露出想向民生公司投资和安插宋系人员的打算。童少生向卢作孚汇报后，卢作孚让其婉言谢绝了。宋子文此时提到此事，莫不是还记恨在心？又想，人家是在我介绍童少生时随口说的，自己多虑了。

卢作孚便也喝茶，将参加国际会议的情况做了汇报。说了赴美国和加拿大考察订购船舶的事情。

宋子文含笑听，不插话，待卢作孚说完后，说："好，你们的选择不错！"

卢作孚笑了，觉得自己方才不该东想西想，人家毕竟是国家的行政院长，是会从大局出发处理问题的。就又绘声绘色将艰苦谈判的过程和最终取得的理想结果说了。

"不错,你们民生公司发展了,对国家是有利的,祝贺你们购船成功!"宋子文说,站起身来,看怀表,有送客之意。

童少生急了,正题还没有说呢,直朝卢作孚使眼色。

宋子文秘书走进来:"院长,你约的客人到会议室了。"

宋子文歉意道:"咳,事情总是这么多。作孚呀,侬辛苦了,改日我做东,为侬接风。"摊手送客。

卢作孚埋怨自己了,为啥子不一口气把话说完呢?是自己想探探他的虚实啊。其实,他是有思想准备的,晓得可能会遇到麻烦。不过,人家还没有拒绝,是你自己没有把主要问题说出来。不行,此事是绝对拖不得的!他那不达目的不罢休的倔劲上来了,起身立在宋子文跟前,笑道:"宋院长,我晓得你事情多,忙,可是,我还得耽误你一下!"宋子文笑:"作孚呀,侬不要一口一个宋院长的,就叫我子文。说吧,还有什么事情?"

卢作孚拉了他坐下:"子文,我今天来,一是向你汇报;二呢,是关于我们在加拿大借款购船需要政府担保的事情。"将来龙去脉说了。

宋子文听罢,笑得僵硬。他其实是知道卢作孚来意的,他一直关注着民生公司,对于卢作孚参加国际会议后去订造船舶之事,他的亲信早就向他汇报了,也知道他们没有政府担保是做不成这单生意的。这样的话,是符合他那竭力控制最终吃掉民生公司的决策的。他没有正面回答卢作孚,绕话道:"作孚,我听说,侬利用在加拿大谈判的间隙又去了美国?"

卢作孚点头,心想,他其实啥子都晓得,是的,谈判是需要时间的,我就利用这时间去美国底特律,参观了克莱斯勒汽车公司,还参观了福特汽车公司、美国钢铁公司、芝加哥大学和芝加哥博物馆。发现宋子文是在绕开正题,他转了话:"子文,宋院长,你还没有回答我刚才的请求呢。"

宋子文呷茶水,避开卢作孚那透着倔劲的目光,矜持道:"作孚呀,侬是为造船的钱的事情啊。咳,你们为啥一定要向加拿大借款呢?"

卢作孚道:"我刚才已经讲了种种理由。"

宋子文点头:"这件事情呢,我看这样办。现在,政府正在跟美国人谈判一笔数额很大的借款,等这笔借款一到手,我可以拨一部分外汇给你们在国外造船,你们就不必向加拿大借款了。"他又看怀表,起身道,"就这样吧,作孚。侬看,我约的客人到了,不能让人家等得太久。"他与卢作孚和童少生握别,出门去了。

宋子文秘书客气地送客:"请!"

卢作孚摇头长叹，心想，自己的预想是对的，宋子文是不会放弃打压民生公司的。

五

“民生”轮逆水行驶在嘉陵江上。五月天，好是闷热，彤云密布，暴雨将来。“民生”轮后面紧跟着招商局的“恒吉”轮。这一前一后两艘轮船，如同在竞技场上比赛，相互使出浑身解数，都想争得领头的位置。这两艘轮船并非在进行一场友谊比赛，而是在进行一场你死我活的商场拼斗。

卢作孚立在“民生”轮船头，他身边站着民生公司业务经理童少生和郑秘书。卢作孚从宋子文那里回到民生公司总经理室后，很气愤，宋子文是铁了心要打压民生公司。官办的轮船公司成事不足，败事有余，在宋子文的支持下，其总经理徐学禹一直跟民生公司作对。本来，公司与公司间的竞争是无可非议的，正常的竞争是有利于双方发展的。可对方却靠有官方支持而搞恶性竞争。那些国外空运来的援华物资，要经宜宾、泸州转运重庆，官方则只让他们独家运输，不给民生公司；还故意挑选设施完备的“恒吉”轮等船舶，同民生公司的轮船在狭窄的嘉陵江上展开重庆至北碚航线的运输争夺；更可恶的是，他们的轮船常常加足马力抢道，企图制造事件，置民生公司于死地。卢作孚气冲脑门，带领了童少生、郑秘书来“民生”轮跟船，他要亲眼看看招商局的轮船如何耍霸道。

“民生”轮自重庆港出发后，“恒吉”轮如同影子一般始终紧随，有几次差点儿超过去。因为抽调了当年掌舵运回“民生”轮又领航“生存”轮勇闯乌江、经验丰富的向吉云来任船长兼领江，“恒吉”轮才始终未能超过。

郑秘书回看隐约可见的“恒吉”轮，怒道：“哼，莫想超过我改建过的‘民生’轮！”对卢作孚说，“卢先生，我早看清楚了，孔宋集团是只晓得发国难财的，他们是一心要置我民生公司于死地。”童少生道：“是呢。那个孔祥熙，是个不错的经济学家，却不正经做事，搞歪门邪道。”郑秘书点头：“在抗战中，他借其任行政院长、副院长兼财长之机，捞了不少钱。抗战进入相持阶段后，他更是中饱私囊发国难财，成了巨富。”卢作孚哀叹：“唉，有这样腐败的政府，这样腐败的官员，何谈其国家昌盛？何谈其国家担保？”

风大了，亮起闪电，响起雷声。接着，电闪雷鸣，暴雨倾盆，分不清哪是雨水哪是江水。“看，龟儿子‘恒吉’轮撵上来了！”眼尖的郑秘书说。卢作孚朝后看，“恒吉”轮已紧紧咬住了“民生”轮的船尾。

卢作孚大步流星走进驾驶舱，朝船长向吉云喊叫："向吉云，你啷个搞的，别个要超过你了！"向吉云说："我们的轮船老旧，尽管改建了，跟'恒吉'轮比，马力还是显得不足！"卢作孚火了："向吉云，向船长，你绝对不能落后！"他心里也明白，这机器的马力可不是人力可以代替的，却不愿意服输。

马力足的"恒吉"轮擦了"民生"轮的右船舷驶来。

精瘦的向吉云火了："耶，想撞船嗦，来嘛，老子不得怕你！"话是这么说，还是喊，"左舵，左舵！"

两艘轮船还是挨了一下，卢作孚清楚，"民生"轮是撞不赢"恒吉"轮的，气急了的他喝道："撞，撞沉它！"

郑秘书晓得他是说气话："向船长，你各自指挥，卢先生规定了的，船上一应诸事是你船长说了算！"

向吉云爱船如命，况且这"民生"轮是他和卢先生等人冒死从上海开回来的公司的第一艘轮船，自然不愿意被撞沉。再者，他在龚滩镇娶的婆娘又为他生了个白胖的儿子，他还舍不得婆娘和娃儿呢。就强压怒火，依旧沉着指挥，避免两船相撞。"恒吉"轮"突突"超上前去，还"呜呜"鸣笛示威。气得卢作孚在舱内来回走动，心里也责怪自己不该这样鲁莽指挥。

是一场过路的雷暴雨，风雨过后，白虹贯日。

憋了口闷气的向吉云经验老到，指挥"民生"轮紧紧咬住"恒吉"轮，他晓得马上要过前面那道滩口了，待"恒吉"轮减速轮欲绕道冲滩时，果断指挥"民生"轮超了上去。这段水路他太熟悉不过了。

"民生"轮超过"恒吉"轮时，卢作孚正往船舱走，看见"恒吉"轮落到后面，咧嘴嘿嘿笑："向吉云，你娃要得！"

六

斯蒂庞克老牙轿车绕着重庆市中心的"精神堡垒"缓行，街上的行人、车辆好多。今年8月15日，日本帝国主义宣布无条件投降，这座耸立于市中心的、四年前建成的、喻意中华民族抵御外辱的"精神堡垒"四周就围满了欢庆气氛。成千上万的人潮涌到这里来，庆祝抗日战争的伟大胜利，通宵达旦游行，到处是狂欢，到处是泪水。

时值金秋十月，人流拥塞。

拥塞的人流中，不少是背井离乡的外地人，他们在准备或是等待返回家乡，有的人则是直接前往朝天门码头赶船去的。

坐在斯蒂庞克老牙轿车后座的卢作孚感叹:“十四年,从历史角度看很短很短,而对于经受战争苦难的中国人民来说,就太长了!”坐在副驾驶座的郑秘书回头道:“就是,中国人民付出的牺牲太惨重了!”卢作孚点头,想到了抗日战争中民生公司牺牲的烈士,街上的这些人里,不少人失去了亲人,不少人是从日寇的铁蹄下逃出来的,他们的苦难深重。郑秘书道:“七年前,人们是被迫大撤退;现在,人们是盼望早些回家。我们公司的运输压力好大。”

郑秘书这么说,卢作孚就心潮翻滚。迫切的使命感和难以承受的困难使他眉头紧皱,眼前的困难和压力并不小于宜昌大撤退。如何满足这么多历尽战争苦难的人们的愿望,成了卢作孚面临的首要任务。

斯蒂庞克老牙轿车驶离“精神堡垒”,朝国府路开去。

郑秘书见卢作孚用手掐太阳穴,晓得卢先生心中的忧虑和愤懑。胜利到来时,卢先生也和大家一样充满了激情和喜悦,还拉着他们一起上街游行、欢庆。而他又和大家不一样,当大家尽情欢庆时,他早已在办公室加班加点工作,加紧制定恢复长江航运的工作计划了。郑秘书最清楚,在那些天里,卢先生的办公室窗外欢声震天,办公室里却通宵灯光齐明。会议一个接一个,人们来去匆匆。卢先生日夜忙着分配人员、调遣船只、下达命令,电报、文件雪片般送来、发出。未雨绸缪,整个复员运输工作在人们还没有来得及想到时,卢先生就已经在全盘谋划了。而郑秘书未有察觉的是,卢作孚心中还有一种难以言说的痛。原本与民生公司合资、合作的内迁工厂战后返乡,不能不调回大量的人才、设备和资金,这对于已遭受重创的民生公司而言,不亚于“釜底抽薪”。但卢作孚胸中岂止一个民生公司,“加速实现国家现代化,赶超世界先进国家”的理想,不容他有丝毫的犹豫和懈怠。民生公司全体职工早已行动起来,所有的轮船都驶发长江。

“卢先生,头又痛了?”郑秘书关切问。

“有点发胀,莫关系。”卢作孚摆手说。

郑秘书明白,卢先生是在为心有余而力不足忧愁。是啊,这次的复员运输任务绝不比战时的撤退容易。二三百万人和上千个单位急待东下,而经过战争损失的民生公司的运力已经锐减。在这有限的运力中,又被国民政府强征了一部分主要船舶去作差运,剩下的轮船要运送这么多人员、单位非常困难。还有迫在眉睫的事情,公司必须立即抽调大批管理和技术人员东下,以保证长江航运尽快恢复。尽快开通海上航线,既可拓展民生公司航运事业,也可弥补当前的江运损失。

车到曾家岩那栋黑砖墙的楼房前了。卢作孚、郑秘书下车,朝门口走。

几个人走出门来，为首的是招商局的总经理徐学禹。卢作孚看见，不动声色中流露出一丝鄙意。抗战胜利后，国民政府从日寇手中接收了一大批敌伪船只，美国“善后救济总署”也拨给了一大批美军剩余舰艇。所有这些船舶，不管民生公司承担的复员运输任务有多么繁重、紧急，却没有一艘拨给民生公司，以赔偿其在战争中的损失、增加其运力，而是全部交给了招商局。使这个只有十几艘轮船很少为大后方运输做贡献的官办航运企业，顷刻间便拥有了江、海轮船三十余万吨，一跃而居民生公司之上，具有了压倒优势。

徐学禹看见卢作孚，得意地笑，迎上来：“啊，我们的卢总经理来了！”伸出手。

卢作孚没有与他握手：“哪个，徐总又来找宋院长讨船了？”

春风得意的徐学禹不置可否地笑。

郑秘书道：“徐总行啊，算是暴发户呢。”

徐学禹说：“你们凭一只小船起家，才是暴发户呢。”

卢作孚道：“是的，我们是靠一艘小小的‘民生’轮起家的，我们是靠自己的双手勤奋起家的。”

“佩服。”徐学禹拍手，“不过，我们也是在用双手做事情啊！”

“对头，你们是在‘做事情’。”郑秘书揶揄道，“当前复员运输任务这么重，你们做的是啥子事情？你们招商局的轮船多了、轮船大了，其航运已经由长江中上游转向了下游和沿海，却把你们留在长江中上游的船只、趸驳、码头全都租给了其他轮船公司，让其跟任务繁重的民生公司竞争，是在削弱民生公司的力量呢。”

徐学禹笑道：“商业竞争嘛。”

卢作孚说：“对，商业必须有竞争，应该是公平的竞争。”

徐学禹答：“当然。”

郑秘书道：“不公平呢，上海运往长江中上游的货物全部由你们招商局总揽，为啥子只分配给其他公司而不给民生公司，迫使我们公司开往上海的轮船常常空船返回重庆。”

徐学禹看郑秘书：“民生公司有实力呀。”

“实力，是的，我们是有些实力。可我们为抗战做出了巨大的牺牲，损失很重，你应该是晓得的。”卢作孚说。

徐学禹笑：“确实是。”

郑秘书道：“徐总，当民生公司被迫将运费降低到八五折时，你们哪个又降低到了八折。”

徐学禹摊手道："很简单，还是商业竞争，商场如战场。"

郑秘书很是不平："徐总，你们做的事情也太过分了。你们有官方的支持，腰包鼓了，就用高薪从民生公司挖人，挖走了我们公司一部分船长、大副、轮机长等高级船员，他们可都是民生公司抗战时期保留下来的人才！"

徐学禹盯郑秘书："郑秘书，我知道你是能人，可你应该明白，这也是竞争，公平的竞争，是人才的公平竞争……"

徐学禹口若悬河说着，郑秘书眼冒金星。这哪是公平竞争？抗战运输中，他们无甚贡献，而民生公司运送的出川抗战部队和人员达270多万人、武器弹药达30多万吨。可是，抗战胜利后的今日他们倒成了暴发户。现在，又挖走民生公司的骨干，目的再明白不过，就是要给民生公司当前繁重的复员运输工作和未来海运事业的发展制造困难，这是卑劣的打压行径，是不择手段的恶意竞争。郑秘书清楚，仅凭徐学禹是不可能压垮民生公司的，一心想要压垮民生公司的人在徐学禹的身后。欲言，卢作孚伸手止住，向徐学禹道别。卢作孚走过徐学禹身边时，见他身后有个人好面熟，那人却转过脸走开了。卢作孚摇头叹息，他认出了此人，是他的一员爱将，是民生公司培养的首批驾引人员。

卢作孚、郑秘书径直走进宋子文的办公室。这一次的交谈充满了火药味儿。

"是的，是快要有半年了，可我早跟侬说过，不用向加拿大政府借款买船！"宋子文激动地挥手道，"至于理由，我早已经说过！"卢作孚也激动："请宋院长不要断然拒绝我们的请求，否则是不利于我国航运业发展的！"宋子文问："你来就为这件事情？"卢作孚说："这是件迫在眉睫的事情！当然，也还有其他事情。我公司承担的政府差运和复员运输的任务太重，经济上有严重困难，我们一直在竭尽全力运送成千上万的人返乡，可你们为啥子拒绝我们要求调整价格的请求？"宋子文脸涨血红："这是行政院有关部门定的。""可你是行政院长！"卢作孚说，"现在的票价、运价很低，而燃料、钢材的价格却急剧上涨，我们承担差运的船舶收入甚微，再不调整运价，无异于置民营船运公司于死地。宋院长，我有话明说了，你这是在限制我民营公司而不遗余力地支持官办的招商局！"宋子文的脸色不好看："作孚，侬也是当官的，怎么这么说？"卢作孚道："不错，为了抗日大局，我当过官，可我现在是个老百姓，你应该听听我这个老百姓的呼声……"他把战后拨船给民生公司很少以及官办招商局的诸多恶意竞争做法一气说了。

宋子文听后，心里窃喜，却说："没有拨给你们船只是因为你们公司的实力强，至于那个徐学禹，我找他说说，也不要把事情做得太过分了。”

郑秘书忍不住插话：“宋院长，还有人通过招商局发话，说是只许我们公司参加长江航运，不许我们进入沿海。”

宋子文明知故问：“啊，有这事儿？”

卢作孚道：“说话的人自可以说，我做事的人自可以做！”眸仁里闪出锐不可当的气势。

宋子文心里发怵，有道是，冲出峡江方成龙，这个早已冲出峡江的卢作孚，莫非真要冲出长江把民生公司的轮船驶入大海去？他无法否定自己的这个想法，又绝对不情愿看到这样的情况出现。哼，这个政府担保是万不能为他公司做的，他铁定了心。身为政府要员的他还是得讲究风度，为了缓和气氛，他笑说：“作孚啊，侬别生气了，我还得祝贺侬呢，几天前，也就是10月10日，侬以在抗战期间尤其是宜昌大撤退期间著有勋绩，又获得了国民政府的胜利勋章，这可是侬获得的第三枚勋章啰！”

卢作孚晓得他是在拉开话题，却执拗地要把事情办成，说：“抗击日寇，保卫祖国，我国人应倾心尽力，作孚不过是做了应做之事。现在，赶走了敌人，我国人都应为国家富强出力，所以，我再次请求宋院长，快些办理我公司在加拿大购买轮船的担保……”

宋子文秘书匆匆走进来：“宋院长，到会人员齐了，你必须得去主持议会了！”

宋子文摇头：“作孚呀，对不起啊。我看这样，关于运价的事情，我再跟有关部门打打招呼。唉，说起来我是行政院长，可也还是身不由己，不是什么事情我说了都算数的。”摊手送客。

七

1946年秋，卢作孚偕童少生和已经大学毕业进入民生公司工作的长子卢国维，驱车行驶在加拿大渥太华的大街上。秋天的这里已是寒气逼人。

卢作孚裹紧大衣，对坐在身边的童少生打趣道：“少生，你这个纽约百老汇233号3802室的主人，啷个样？”童少生笑：“一个字，难，千头万绪。”四个月前的6月3日，民生公司驻美国纽约办事处正式成立，卢作孚主持了成立仪式，任命童少生为该办事处主任。

“万事开头难嘛。”卢作孚说。

童少生点头：“卢先生，借款协议这次可以签约了吧？”

卢作孚道:“假如没有更特殊的情况出现,应该是可以签约了。”唉,加拿大帝国、多伦多、自治领三家银行,多次来电来函催促其尽快办好中国政府担保,可宋子文不急,他那心思在自己的利益上,一心想的是整垮民生公司,政府又腐败,一直不理会担保之事。

卢国维道:“他们这一拖,致使本来是很有利的购船合同拖到了现在。”

童少生说:“去年10月,著名化学工业家范旭东先生病逝,去世前,也对国民政府迟迟不予他在美国签订的1600万美元的贷款担保而耿耿于怀。社会上就纷纷传言,他是因此而气死的。还说,卢作孚也快气死了。”

卢作孚说:“我确实生气,却是气不死的。”

童少生道:“卢先生发展民族航运业的决心是坚决的,用坚决的行动回答了这些官僚政客,将民生公司的轮船驶进了大海,开辟了‘民众’轮自上海直达祖国宝岛台湾的航线。”

“我们还要开得更远。”卢作孚说,“我们是急需要轮船,需要更多更大的轮船,这协议是必须要签的。”

“国民政府迁回南京后,宋子文不再担任行政院长了,由张群接任,事情才办得快了些。”童少生说。

卢作孚道:“交通部长张公权也出了力,这借款担保的事情才算落实。”

说话间,汽车开到了渥太华政府大厦前。卢作孚一行下车,步入大厦。签约仪式肃穆,卢作孚一行与加拿大帝国、多伦多、自治领三家银行的首席代表对坐。中国驻加拿大大使刘师舜代表中国政府向加拿大政府签字担保,协议书上落了1946年10月30日的日期。这一天是有纪念意义的。卢作孚长舒口气,至此,全部贷款手续终告完成。

卢作孚办事效率极高,赓即在加拿大魁北克成立了民生公司办事处。接着便是与圣劳伦斯、台维斯公司签订造船合同。

友好的气氛,严峻的谈判。圣劳伦斯公司老总首先摊牌,资本主义国家的这位商业大亨开门见山说到钱字:“整整拖了一年半,原因在于贵国。不仅是加拿大,还有美国的物价都受到战后通货膨胀的影响,已经上涨了许多。”卢作孚道:“你们想要抬价?”心里明白,民生公司得要付出惨重的代价。台维斯公司老总摊手:“十分遗憾,贵公司借到的1275万加元,以现在的实际购买力计算,已经降低了20%。”圣劳伦斯公司老总面露真诚、遗憾之意,“我们并不想抬价,如果贵国政府一年半前就担保的话。”台维斯公司老总也面露真诚、遗憾之意:“贷款的数目是不好改变的,轮船的数量和马力是可以商榷的。”

资本主义国家的公司老总就是精于计算，卢作孚也计算过。是的，要想原价购买原来谈判的船只和马力是不可能的，能够争取的是尽可能得到最好的结果。

“你们的成本太高。”卢作孚看着文本说。

“我们比美国低很多。”台维斯公司老总说。

“你们的人力支出太高。”卢作孚说。

“是的，比起贵国的人力支出来说，确实高，可这是加拿大，我们也没有办法。圣劳伦斯公司老总喝冰水，就如同贵国人喜欢喝开水，我们喜欢喝冰水一样。”

还是得要自力更生才行，要在国内造船，造江轮、海轮！卢作孚想，不仅人力可以大大降低，还可以减少一笔不小的运费。

“应该签约了吧。”台维斯公司老总耐不住了。

卢作孚拿起签字笔来，又放下。两个加拿大公司的老总都耸肩摇头。“对了，关于柴油机的事情还得谈谈。”卢作孚说，“我们参观过美国的多家造船厂，发现他们制造的柴油机比你们的优良，价格低，重量轻，配件大量生产，随时随地都可以买到。而贵国的柴油机却很难买到，且价格昂贵。所以，我们希望你们能够改用美国制造的柴油机。”台维斯公司老总激动地说：“我反对，我们是不使用美国柴油机的，我们是加拿大的造船厂而不是美国的造船厂！”“你们不是倡导国际合作吗？”卢作孚说，“使用价廉物美的美国柴油机并不增加你们的成本，也有利于为我们用户节约一笔外汇，你们为什么不同意？看两位加拿大公司的老总，就如同我们选择购买你们加拿大价廉物美的轮船，而没有选择购买价格高昂的美国轮船一样。”

“这……”圣劳伦斯公司老总语塞。

台维斯公司老总用手掐额头。

这场谈判是漫长的，如同在市场购物的讨价还价，双方的首席谈判者和助手们都努力，你来我往“厮杀”，逼得各方都不得不让步。这不同语言的激烈交锋终还是达成了共识。签约、握手、举杯。卢作孚脸上露笑，心里还是隐隐作痛，因为拖了一年半，民生公司蒙受了完全可以避免的巨大损失。

回到饭店住屋，人们为谈判的成功而高兴，为这样的成功而愤懑。

“本来可以建造12艘轮船的钱，现在只能建造9艘了。”童少生叹曰，好生遗憾。又笑，“后年夏秋可以造出6艘中型客轮，大后年可以造出3艘大型客轮，有了这些轮船的营运，我们就可以有能力建造更多的轮船。”

卢作孚点头：“这9艘轮船以‘门’字号命名如何，我民生公司已经走出国门了。”“要得，走出国门，长我国人志气！”卢国维说。卢作孚看童少生。童少生点头：“卢先生，还是你来取名，民生公司的所有船名都是你亲自取名的。”

卢作孚在屋里走动：“3艘大型客轮呢，分别叫‘虎门’‘玉门’和‘雁门’。”卢国维拍手称好：“虎门炮台，玉门和雁门关，好，有历史意义。”卢作孚说：“那6艘中型客轮呢，分别叫‘荆门’‘夔门’‘石门’‘剑门’‘龙门’和‘祈门’。”童少生想，嗯，我觉得可以，都是长江流域的地名。卢作孚如同给儿女们取名字般笑道：“国维，把轮船的设计图打开，我再看看。”卢国维赶忙摊开9艘轮船的设计图。

卢作孚看设计图，这9艘轮船的设计都新颖，吃水线以上的船体结构，还有船上设备，都是铝合金制造，就可以减轻船体的重量。房间布置也舒适，充分考虑了乘客的需要。

童少生说，卢先生提的要求他们都设计上了。

卢作孚看图，眉头紧锁。

八

次日，卢作孚率童少生、卢国维匆匆飞去美国纽约，去到承担船舶设计的罗德斯公司，找其公司的老板和设计人员提意见。

“根据我的经验，你们这船体设计有问题。”卢作孚说。负责设计的工程师不解：“我们可是经过周密设计的。”卢作孚指着图纸：“你们设计这轮船，在我国长江的激流里全速行驶，船头是有可能下倾的。这不仅影响航速，还有沉没的危险！”美国工程师固执道：“这样的事情是不会发生的！”盯着卢作孚，“对不起，卢先生，用你们中国人的话说，你这是在纸上谈兵。”“那好，就不纸上谈兵，你们马上进行模拟试验。”卢作孚也固执道。

模拟试验那天，卢作孚一行早早赶到，罗德斯公司老板和设计人员已经做好试验准备。老大的模型水流中，模型轮船全速行驶，没有船头下倾发生。

“怎么样，卢先生？”美国工程师问，他对自己的设计很是满意。

卢作孚摇头：“不怎么样，我还没有看到急流。你去过中国的长江没有？”

美国工程师说：“那是一条伟大的江，我会去的。”

卢作孚道：“是的，那是一条伟大的江，是一条桀骜不驯的大江。有许多险滩，最大流速达到每秒4.28米，最大流量达到每秒92 600立方米。”

“啊，这样！”美国工程师对卢作孚肃然起敬，“卢先生，我佩服你的水文学识，好吧，就再加大流速试试。”他心里发虚。

模型水流湍急，模型轮船全速行驶。罗德斯公司老板和设计人员都悬着心。卢作孚希望模型轮船能够驶过急流,也希望自己的判断无误。

"啊!"美国工程师大叫。模型轮船的船头猛然下倾。

"卢先生,我们立即重新设计。"罗德斯公司老板说。

"对,我认输。"美国工程师说,"卢先生,你是对的!"

卢作孚笑道:"确实不能纸上谈兵。"心里喊,好悬呀,幸亏仔细看了图纸,幸亏立马赶来,否则是会要出现重大失误的!

卢作孚一行回到纽约百老汇233号3802室民生公司驻纽约的办事处,童少生忙碌起来,他是这里的主人。他为卢作孚冲了热咖啡,让助手端来点心。啊,都是西式的吃食呢!卢作孚笑笑,感到心口发闷,用手扪脉搏。"入乡随俗,我也得适应嘛。"童少生笑说,看见卢作孚扪脉搏,"你不舒服?"他晓得,劳累后的他常发脉搏间歇病。

卢作孚此时心口闷痛,脉搏有停顿情况,难受得说不出话。卢国维了解父亲的病情,见父亲的额头渗出细汗粒,晓得他发病了,着急不已。童少生立即打了电话,他认识一位华人私人医师。很快,那位华人医师就赶来。凭经验,他判断是心绞痛,立即让卢作孚平卧到沙发上,服了白药片,又为卢作孚听心脏查血压。

服药后,卢作孚缓解过来,对华人医师道谢:"谢谢,谢你了!"

华人医师说:"你得要注意休息,千万不要过于劳累。"

卢作孚就这德性,他晓得自己有"脉搏间歇病",又认为并不影响自己的工作,休息一会儿,吃点药就好了。在纽约的这些天里,他分别带领纽约办事处的人员、民生公司来美国的业务、技术人员四处考察,一个大的行动也许又要开始。

汽车行驶在纽约曼哈顿岛上,西侧是连接大西洋的哈得孙河。卢作孚看车窗外的哈得孙河,内河航运是重要的,可出来一看,发现这个世界大得很,水运的市场潜力最大的莫过于海洋。汽车停到岸边,卢作孚一行下车观景。来自大西洋的秋风掀动着人们的衣襟,远处,那自由女神像仿佛在向他们招手。卢作孚看着:"美国是个包容性强的国家,这女神像其实不是美国人造的。像的钢架是设计巴黎铁塔的埃菲尔所设计,雕像是由法国雕刻家维雷勃杜克设计,并且是在巴黎完成的。是法国政府作为庆祝美国独立100周年的礼物赠送给美国的。"他看大家,"这些天,你们跟我四处参观,了解情况,有啥子收获?"

童少生笑:"卢先生是不是有啥子新的想法了?"

卢作孚点头:"我确实有新想法。你们发现没有,这第二次世界大战结束不久的美国,战时使用的一大批军用的剩余物资需要处理,包括一些军用船舶。我打听了,价格相当便宜,在国内是没法买到的。”

卢国维茅塞顿开:“啊,对,这些船舶完全可以改做民用!”

卢作孚点头:“走,上车!”

一个好点子可以带来好的效益,一个金点子可以带来大的转机。卢作孚又一个事关民生公司前程的浩大行动开始了。他们废寝忘餐奔走于美国处理战后物资的有关部门,开展了一个又一个漫长艰苦的谈判。功夫不负有心人,卢作孚这新的想法竟然变成了现实。

新年前夕之夜,纽约百老汇233号3802室民生公司驻纽约的办事处内灯火通明,室内放有鲜花和彩灯闪烁的圣诞树,壁炉的火焰熊熊。条形会议桌前坐有民生公司在纽约的要员,公司老总卢作孚主持召开迎新会。

“大家都没有想到吧,我也没有想到啊!”卢作孚呵呵笑,“我民生公司仅仅花了两三百万美元,就购买了5艘巨型坦克登陆艇、1艘大型油轮、4艘中型登陆艇,还有尚未建造完成的10艘驳船。”童少生补充说:“加拿大那3艘扫雷艇的生意也最终谈妥了。”“好!”卢作孚道,“这样呢,我们就会有远洋轮船了。翻开笔记本,我初步想了,这些船舶,就在美国和加拿大改建,5艘巨型坦克登陆艇改建成三千吨级的‘远’字号货轮,可以考虑‘怀远’‘宁远’‘定远’等名称,主要在我国沿海行驶;那艘大型油轮改建为‘太湖’号海轮;3艘扫雷艇改建为‘生’字号拖轮,可取名‘生哲’‘生辉’等名称。”

童少生凑过来看卢作孚的笔记本,呵呵笑:“你的这个小笔记本,可是民生公司前景的大图啊!”

卢作孚笑:“我还跟国内‘金城银行’的头头商量了,合作成立‘太平洋轮船公司’,在美国购买3艘海轮。分别叫‘黄海’‘东海’‘南海’轮。”从公文包里拿出几份重庆总公司发来的电报,“今天是抗日战争胜利后第二年的最后一天了,我想跟大家说些好消息,听不?”

大家鼓掌,都说要听。

卢作孚看着电报,说:“继今年8月28日‘民众’轮从上海首航台湾基隆后,一个半月前的10月31日,也就是我们与加拿大那三家银行签订购船借款合同的第二天,‘民众’轮又由基隆航行天津,开辟了北洋航线。12月17日,我民生公司基隆、香港和天津办事处成立,12月16日,广州办事处也成立了!”

这次迎新会开得热烈,人们都格外振奋,民生公司再次破浪远航。

生死不离

武鸣刚做完一台大手术，吃了盒饭，仰躺到主任办公室的沙发上，浑身舒坦。他一直有午休的习惯。他刚躺下又坐起，看手机，再过半个多小时就要上班了。他立即去到街上的花市，左挑右选不知道买啥花好。卖花人说："你买盆栽花还是束花?"他答："我不买栽盆花。"卖花人说："你如果是看望病人就别买盆栽花，以免病人误会为久病成根。"武鸣笑："你还会说。"

卖花人说："看望病人宜送兰花、水仙、马蹄莲，有利于病人怡情养性。拜访德高望重的老者宜送兰花，兰花品质高洁，是'花中君子'。新店开张公司开业宜送月季、红黄菊，花期长花朵繁茂，寓意'兴旺发达，财源茂盛'。"武鸣摇头，没有他想买的。卖花人说："祝贺新婚宜用郁金香、香雪兰、非洲菊、天堂鸟，如是给新娘子的捧花可以加几枝满天星，显得华丽脱俗。看望亲朋宜送吉祥草，象征幸福吉祥。朋友远行宜送剑兰、红掌，寓意一路顺风，前程似锦。"还是没有他想买的，武鸣说。卖花人说，热恋中的男女一般送玫瑰、百合，雅洁、芳香、瑰丽，是爱情的象征。说到点儿上了，他买了束百合花。

今天是护士节，这时候给章晓婕送花最是时候。他看过排班表，知道她值下午班，惯常是在她那单身职工宿舍午休。章晓婕天生丽质，是他们科的护士，25岁了还在挑选男友。他呢，已过而立之年，当了外科副主任，至今还没有谈成女友。科里的护士长说他挑剔。他声言自己确实要找个漂亮称心的女友。护士长说，科里老主任带的几十个研究生，找机会做媒都做不成，个个都有对象了，有的还没毕业就结婚了。护士长把矛头指向章晓婕："你呢，就一小护士，咋还没有男友？你挑嘛。"盯他，"你们两个挑嘛，我看你两个麻烦。"章晓婕听了不以为然。他听了窃喜，说："护士长，我两个老大难，你就不会撮合一下。"护士长嘿嘿笑："我试试。"章晓婕留给他一个不置可否的笑。

想起她这笑，武鸣就心情复杂。他应该说是年轻有为了，可章晓婕一直对他时冷时热若即若离。他听说章晓婕早些年耍过男朋友，又听说吹了。现今的年轻女孩嘛，哪个没耍过男朋友，这没啥。综合分析，他认为她还没有新的男朋友。护士长对他说："你当科里头头的，可以指挥章晓婕干活儿，却不能指挥她嫁给你，你得要进攻。”是的，进攻，找机会进攻，这时候就是天赐良机。

手捧百合花的他快步走到章晓婕的宿舍门口，敲门。门开了，不是章晓婕是护士长。护士长睡眼惺忪地盯着他：“你来干啥?”看见他手捧的鲜花，明白得很，闪身让他进门。二人就站在书桌前说话。护士长说：“我晓得你是给晓婕送花。”他笑：“护士节了嘛。”护士长乜斜着他：“咋就不给我送。”他说：“送，马上就去买。”护士长哼声笑：“不巧得很，晓婕要补休假了。”他好遗憾，寻见一个花瓶，盛了水，将百合花插进花瓶里，放到书桌上。

护士长看表，穿工作服：“走吧，还有两分钟就上班了。”武鸣转身走，看见书桌在动：“护士长你好厉害，你那工作服的衣角把桌子都扇动了。”护士长说：“你当我是白发魔女呀。”武鸣才发现脚下的地砖在动：“怎么这地也在动?”护士长说：“是啊，是在动。”书桌上插了百合花的花瓶倒了，水洒了一桌。武鸣一悸，会不会是地震？赶紧关闭电源，扶起花瓶，“护士长，走，快走！”他拉了护士长出门。

二人奔出门，路过医院的院坝，院坝里已站满了人。有几个在推床上输液的病人，医生、护士护在病人身边。他撒腿往病房大楼跑。护士长喊住他：“你要去13楼的病房？你这时候不能去，救不了病人反搭上你自己！”他停住步子，看见病房大楼连接门诊楼的电缆线在晃动，担心着科室的病人和工作人员，一时六神无主。院坝的大门正对大街，满街都是人，还有穿婚纱礼服的新人。倒还没有堵塞交通，车流滚滚。人们议论纷纷，不知所措。情况太突然，没有可靠的信息。正好，一个朋友打来电话问候平安。他说：“没有事儿。”发现手机上有来电提示，赶紧回电话，不通，又与那朋友通话，也不通了。

情况不明，人们都情况不明。就这么大个院坝，四周都是病房楼，房子真要塌下来谁也跑不掉。更多的人朝院坝涌来，更急。武鸣急中生智，想起自己开车时常听的交通广播电台，撒腿朝大门外跑，他的私车停在马路对面那车库里。焦急等待红灯的他和四周的人都置身于高楼环抱中，武鸣突感人的渺小，一旦地动房塌，全都无路可逃。他等不得了，闯红灯奔进车库。车开出车库后，听见广播了，说是四川汶川县发生了7.8级地震，重庆是余震，这才舒了口气。满街都是人都是车，汽车的行进速度极其缓慢。车窗外是诸多不明情况的人，还有外宾。武鸣就打开车窗，用英文用中文对那些紧张、焦灼的人说：“别紧张，是离我们重庆几百公里外的汶川发生了地震。”人们就不住地问，他则不厌其烦地答。他想起那个年代有的沿街行驶的广播汽车，咳，这时候要有辆沿街广播的汽车就好了，可以早些安定人心。他又担心起章晓婕。

医院周围是单行道，武鸣终于把车开回医院，花了近一个小时。他赶到外科时，大家在看电视新闻。都好紧张，互致平安，担心着震中地区人们的安全。武鸣问护士长："章晓婕来科室没有？"护士长也担心，回答说："没有来。"武鸣的心七上八下。

科主任去海南三亚开会去了，明天回来，他得带领下级医师、医学生查病房，挨个儿检诊病人，挨个儿给予宽慰。查完病房，他抽空看电视的连续报道，这次是特大地震，损失惨重！参加过抗洪救灾的他清楚，这次的灾情远比洪灾大，伤亡肯定惨重。值班护士来喊他接电话，电话通知他马上去院里开会。市卫生局紧急通知，医院立即组织医疗队奔赴灾区，各医院都抽调了人，市卫生局局长总负责。医院组织的医疗队由分管院长带队，主要抽调外科人员。武鸣在抽调人员之列。院长、书记做动员，巴渝一家亲，前年重庆大旱，四川放水救渝，现今四川大灾，我们奔赴灾区救援责无旁贷！

医疗队当晚出发。等候时，他做了台急诊手术。是重庆市梁平县医院送来的一名多处骨折的学生。就是武鸣感到地砖动的那会儿，该县文化镇中心小学的教学楼和综合楼垮塌了，5名学生遇难。啊，汶川的地震也危及重庆市了。武鸣做完手术，推受伤学生回到病房，下了医嘱。抽空给章晓婕打电话，还是不通。护士长走来，送给他一台收音机，说："你用得上。"还说，"章晓婕不会有事儿的。"

武鸣随医疗队直奔成都附近的灾区，赶到时已是清晨。沿途，垮塌的房屋、废墟里伸出的手脚、搭建的帐篷、来去匆匆的人们、解放军和武警部队。救护车驶过一所学校，开得缓慢，透过车窗，武鸣看见那学校操场上躺着许多孩子的尸体，有的尸体腹部隆起，看来是遭到重击后腹腔内大出血。

手术室在临时搭建的光线暗淡的简陋帐篷里，不断送来糊满鲜血粉尘的伤员，其状惨不忍睹。这附近的汉旺镇与震中的汶川县只有一山之隔，相距三十来公里，是重灾区。武鸣为一个学生做手术，眼圈发潮。惨，他头部淌血、双下肢骨折，还有内伤，呻吟着呼唤妈妈。他妈妈是学校的老师，还埋在废墟里，还有200多名学生埋在废墟里，解放军和武警战士正在全力抢救幸存者。武鸣的感动发自内心，潜力发挥得淋漓尽致。终于为这个十二三岁的男孩做完手术时，他那鼻头发酸。又一个伤员送上手术台，武鸣又洗手穿手术衣站到手术台上。伤员太多，他有生以来第一次遇到这么多且伤情复杂的伤员。

手术直做到深夜。外科医师经得站，武鸣做断肢再植手术站过近20小时。他没有上过战场，在电影电视里见过，杀红了眼的军人誓死不下战场。

他此时也在战斗，与死神厮杀，他没有想过下手术台。他还是被换了下来，队长命令他下来。他只得走下手术台。他说，这是特殊时刻，只要有伤员就不应该离开岗位。心里也有个小算盘，去年抗洪救灾，他很拼命，但因为名额有限而没有得到市里的先进，一直耿耿于怀，这次他一定要争取获奖。他听说了，部队首长对向汶川地震中心徒步开进的指战员说，不管是将军还是士兵，谁走进去给谁立功。比起冒着生命危险徒步开进震中的解放军来，自己算不得啥，救治病人本来就是自己的职责。进到医疗队住的帐篷，他吃了两盒方便面，躺到地铺上呼呼入睡。不多久，护士来拍醒他，说送来了一个重度失血性休克的老人。他腾地起身，外科大夫的他知道其严重性。老人面无血色，血压降到零，呼吸、心跳微弱。站到手术台上的他活像是战地将军，大声喝叫加升压药，瞪眼喝叫递止血钳，朝台下的巡回护士喊："加快输血，用手捋，我叫你快捋！"巡回护士就用双手捋输血胶管。武鸣的目光在老人剖开的腹腔内搜寻，查找出血的大小血管，快速止血。但他的努力是徒劳的，老人的呼吸、心跳停止了。他赶紧做人工呼吸、心脏按摩，均无济于事。武鸣没能战胜带走这位老人的死神。

武鸣直面了死神。

第二天，急送来一名中国的国际抢险队队员，他多次出国参加过国际抢险救助，这次，在余震中抢救了7名幸存者，废墟垮塌被砸成重伤，有3处开放性骨折，必须做严格的无菌手术，否则，引起感染会危及生命。武鸣听说已经发现有气性坏疽病者。医疗队队长一时难以决断。附近医院那院长说他们医院病房5楼有层流室。队长当机立断，决定在层流室做手术，由武鸣主刀。武鸣听收音机得知，许多国家都要派抢险队、医疗队来。这名中国国际抢险队员被推往层流室时，那医院手术室的一个护士怕了，哭道："死也不进层流室。"余震不断，死神不认你是伤者还是医务人员，瞬间便可将你带走。武鸣也怕，走动的脚步迟缓。那院长发火了，拉了那护士走，说："我跟你一起进去，我就站在你身边！"医疗队长招呼武鸣快走，说："我护在你身边。"武鸣加快步子走进层流室。人的害怕来自于余震，更来自于自身。院长、队长的话和行动感动了他，他沉稳下来，对那个害怕的护士和蔼道："由我们医疗队的护士洗手上台，你熟悉这里的情况，就在台下巡回，啊。"那护士镇定下来。武鸣做手术时，成了这屋里的中心人物，大家都绝对听他的招呼。他想，要是章晓婕在场就好了。

群情给了武鸣力量，群情镇住了死神，手术出奇地快且顺利。当晚，他在日记本上写下七个字："我与死神对了话。"夜里，他梦见章晓婕为他输液，一针见血，说："扎疼你了吧。"扑来袭人的气息。睡在他旁边的一个医师翻身，碰醒了他，他好遗憾，打断了他这美梦。上个月，他夜里发胆绞痛急诊住院，疼得满头大汗满床滚，章晓婕值夜班，一针见血为他输液，守护了他大半夜。

章晓婕跟了解放军队伍走，在山城出生长大的她是不怕爬坡上坎的，可此时此刻的她边走边落泪，太恐怖太危险了，她是走在通往汶川的没有路的路上。解放军冒死朝汶川徒步急行军。山崩地裂阻断了公路，只能绕道走崎岖危险的山路，山路也多处被泥石流掩埋了，解放军就边走边开路。开先，她是独自朝汶川县走的，害怕极了，可她还是朝里面走，她一定要去汶川。她遇见了去汶川的解放军队伍，有女兵。一个女兵对她说："你回去，你一个女孩咋能进去。"她说："你不也是女孩。"女兵说："我是当兵的。"她说："我是护士，跟你们进去也许帮得上忙。"女兵说："那也不行。"她紧跟女兵走，对女兵请求，那女兵心软了。一路上遇了不少余震、泥石流，有股力量趋使她一定要去汶川。在都江堰市时，她参加了抢救，为伤员包扎、打针、喂食，为埋在废墟里的幸存者输液，还抬了尸体。身为护士的她是不怕尸体的，工作性质决定她必须面对尸体，她为不少病故者擦洗过身体。而这次，她惊骇悲痛不已，鲜活的成百上千的人啊，顷刻间便被砸得肢体分裂、血污满面，更令人心疼的是那些花季年华的伤亡学生。也有欣慰，那是她看见听见又救出了一个幸存者的时候。

陈家福，你会没有事儿的，即便你有不测也会被救出来的。

陈家福是她男友，在重庆读的大专，他俩就是那时候好上的。陈家福身材模样都说得过去，特黑。那一次，护校同学聚会，跟她很铁的一个女同学带了男友来，陈家福跟了她同学那男友来。吃喝之后唱歌，陈家福的歌喉不错，邀请她跳舞。之后，陈家福时常借故来找她，后来，跟她很铁的那个女同学对她说："晓婕，陈家福喜欢你，他老实本分，唯一就是胆小。胆小好，免得惹是生非。"她听了一笑了之。再后来，陈家福多次给她打电话并当面向她求婚，主动说了他个人和家庭的情况。她动了心，为他那股执着劲。她独自哭过，难道自己的白马王子就是他？陈家福是汶川人，毕业后分配回家乡福田大坝工作。他俩都想了好多办法，要把他调到重庆，却一直没能调走，时间长了，两人的关系就时冷时热。武鸣呢，是个优秀男人，年龄稍偏大些。陈家福来电话了，说五月的天气好，叫她去汶川玩。说他认识了来汶川旅游的重庆一个县的局长，答应帮他调到他们县去，这样，离重庆就近了，以后再想办法往重庆城区调。心情烦乱的她想，得去看看他了，就向护士长要了三天补休假，直奔汶川。

章晓婕这次是生死之旅。

中午的太阳很好,章晓婕乘坐的长途客车沿川西的山道行驶,青葱满目。坐在前排的她想,经了这些年的绿化,山川确实美了。汽车驶入一个山洞,光线陡然发暗。章晓婕合上眼打盹。突然,汽车猛烈晃动,一车的人都惊叫。章晓婕闪开眼,见司机猛踩油门,汽车发怒般吼叫,冲出山洞。冲出山洞的汽车还是摇晃,大山也在摇晃。“轰”的一声响,章晓婕闻声后望,那山洞已被滚石掩埋了。紧张的司机继续驱车前行,终于脱离险境。一车的人都感谢司机的当机立断,都互道平安。

经了生死险历,经了都江堰的救灾,章晓婕平添了勇气。很幸运,她遇见了进汶川的部队。她对那女兵说,就是死也要进汶川去,说是去寻找她男友。那女兵感动,给带队的首长说了情。半道上,进退不得,首长只好默许。章晓婕跟了部队走,身子不舒服,一路上解手就麻烦,例假又来了,泪水在眼眶里打转。

章晓婕随部队到汶川后,要赶往福田大坝,可道路不通进不去,很多需要抢救的人,就参加到救援队伍里。解放军的直升机冒险开进来,空降下第一支解放军医疗队,章晓婕要求参加医疗队工作。是来自重庆家乡军医大学的医疗队,自然欢迎这位来自重庆的外科护士。医疗队进来的人不多,设备奇缺,伤员众多,一片忙乱。章晓婕也不知道自己会有这么大能耐,日夜参战。解放军医疗队的人来得多了,设备多起来,有了帐篷手术室、帐篷病房、帐篷超声室等等,章晓婕被分配到帐篷病房工作。给伤员喂饭、送药、打针、输液、按摩,这些都是她的拿手活儿。她受到了军医、护士的夸赞。她随时打听着去大坝的路通了与否,时时牵挂着陈家福。这天,她为一个做完清创手术的伤员包扎伤口,得知他是从福田大坝来的,就打问道路情况。那伤员说,路不通,他是带伤拼命逃出来的。她问:“你认识一个叫陈家福的不?”那伤员说:“陈家福啊,认得。”

听了那伤员的讲述,她泪水涟涟。

地震后,所有的电力都中断了。逃跑出来的技术人员陈家福心惊胆战,地震的余威还在,大地抖动、山石滚落。跑着,他突然住步,对身边的三个工人说,不行,我们得回去开闸放水。三个工人中就有这个伤员,都没说二话,跟了陈家福回跑。四人奔回大坝,发动了柴油发电机,“突突轰轰”,分不清是余震落下的滚石声响还是发电机的轰鸣,陈家福开启了一个泄洪闸,招呼说:“跑,快跑!”四人飞跑逃生。跑出几公里后,陈家福又止住步子:“不行,还得回去再开一个泄洪闸！”反身回跑，三个工人跟了回跑。四人冒死跑回大坝，再次发动柴油发电机，开启了又一个泄洪闸，再次飞逃。那伤员说，要是不开闸放水的话，汶川县城会有灭顶之灾，成都等下游城市会有洪水威胁。余震不断，他们跑散了，他也不知道陈家福在哪里。

那伤员劝她不要去大坝，说现在报告的是8级地震。她还是去了，跟县里的工作人员一起去的，没有见到陈家福，也没有打听到他的下落。

解放军从地上、水上、空中冒死进入汶川，传出来震中汶川县灾区的信息，有8个乡镇被夷为平地，伤亡十分惨重，得争分夺秒抢救幸存者，急需要医疗队进去。年轻的外科专家武鸣被统一调派乘直升机进到汶川，开拔到了附近一个乡镇。他才感到，先前的忙碌艰苦根本不值一提，也发现自己的潜力很大。医疗队旁边就是一堆废墟，解放军、武警和当地群众正在全力抢救幸存者，不少群众焦急地守候，盼待亲人获救。武鸣把力量使在手术刀上。抬上手术台的这个伤员主要是骨折，伤口已化脓。帐篷手术室内的温度近40度，必须尽快手术。从福田大坝护送她来的人说，这女子勇敢，在废墟上疯狂地用手刨用嘴喊，拉都拉不下来。她竟然冒着余震钻到废墟里去救人，垮塌的预制板砸伤了她。武鸣做手术，心里咯噔一下，这伤员活像是她。仔细看，是她！她还在昏迷之中。武鸣的两眼热了，心扑扑跳。啊，晓婕，你怎么会跑到这里来了，这里可是生死之地！又想，晓婕勇敢，一定是冒死前来救灾的。是啊，好多的人都冒死前来救灾了。这儿的条件只能是止血、清创、包扎、简易固定、保持体液平衡。还好，她没有内伤，生命体征平稳。他细心地为她做完手术，为她擦洗去脸上的粉尘。看着她那苍白的面容，他心好痛，想到插在她宿舍花瓶里的那束雅洁的百合花。

忙碌的疲惫不堪的武鸣终于插空子来帐篷病房看望章晓婕时，她已经醒了，手肘上输着液体，脸上有了些许红润。她惊诧竟然在这里遇见了武鸣。武鸣充血的两眼流露出感动、关切、疼爱。强忍伤口疼痛的她软软地躺在被单里，不等武鸣发问就断断续续说了原委，她的话音从没有过地柔和。武鸣听着，男儿泪在眼眶里打转。传进来扩音器播放的《生死不离》的歌声：“生死不离/你的梦落在哪里/想着生活继续/天空失去美丽/你却等待明天站起/无论你在哪里/我都要找到你……”

桂阿姨

一

我们朝江新村嘉陵幼儿园坐落在嘉陵江边的半山崖上。这儿属市郊，是一个很幽静的地方。园子被一人多高的围墙包绕着，墙脚长满了灌木，墙头上爬着牵牛花。园中有一幢小洋房子，房子很陈旧了，但也完好。房前有块三合土坝子，坝子里有跷跷板、梭梭板和秋千。坝子右边是一块像绿毡子一样的草坪，孩子们最爱在上面打滚、嬉戏。在园子后边有一块平齐屋顶的高地，长着几棵石榴树，树下有一幢里外两间的小平房，那便是我们的家。站在我们家的屋檐下便可以看到嘉陵江。这幢小洋房原来是晶晶家的。他爸爸是资本家，解放那一年街道组办幼儿园时主动捐出来的。园子里面还有几条弯弯曲曲的小路，小路汇集到一条较大的三合土路后一直通向大门。大门面江而开，门外是一条不宽的碎石子路盘山而上。碎石子路临江的一面有一棵黄葛树，树下是陡立的三百梯。梯道两旁长满了夹竹桃，梯道连接着下面那条沿江伸延的公路。公路下面便是嘉陵江了。嘉陵江水很美。江水捧在手里是透明的，放到江中却碧绿碧绿的。我很觉奇怪。妈妈说："傻孩子，山青水便绿嘛！"可不是，江两岸的山全是青青的。

我的妈妈凌艳华是这个幼儿园的阿姨，她身材纤弱，扎两个翘辫，两颊上常年都有两朵好看的红晕。妈妈说，这是"风心病"的病态红润。我的妈妈很爱说话，说话时表情丰富，又爱笑，笑起来很甜。我喜爱妈妈，但说心里话，我更喜爱一直和我们住在一起的桂阿姨。这不是因为妈妈待我不好，而是我同妈妈相处的时间太短，同桂阿姨相处的时间太长。同时，也还有许多小事情，使我从小就偏爱桂阿姨。

比如说吧，我每天晚上都是跟桂阿姨一块儿睡的，妈妈不让我同她睡，说是她夜间常咳嗽，怕吵醒我。又比如说吧，妈妈绘声绘色地给我们这些幼儿园大班的孩子讲了泥鳅可以预测气象变化的科学知识。可晚饭后，当我嘟着嘴要妈妈给我捉一条泥鳅时，她却犯难了。她偏着头，两手一摊："哎呀，建明，你看妈妈这个样子，爬一次三百梯都要歇三歇，不行呀！来，我给你画一条吧！”

妈妈说着，用粉笔在小黑板上画了两道弯线，前端封圆，后端留尖：“嘻嘻，你看，小泥鳅捉来了，给你！”

我盯着黑板，撇着小嘴：“哼，画的，是假的……”

桂阿姨来了。她梳着两条乌黑的发辫，穿着贴身的蓝色上装，白色的衬衣领子翻露出来。下身穿一条浅灰色布裤，脚上穿着打有白结的球鞋。这是她很喜爱的一身打扮。

她朝妈妈笑笑，拉我出门去，牵我走下三百梯，终于找到了一块水田。水田白晃晃的，还没有插秧。她把两条长辫盘到头上，脱去鞋袜，高高地挽起裤腿，三两步便跨进水田地里。田水淹过了她的膝头。

桂阿姨两眼在水田中搜寻着，她看见稀泥里有个指拇粗的洞口，便用一根指头顺洞口摸进去。“扑扑”一条泥鳅从洞口的另一边窜了出来。桂阿姨跟着它撵，在水田里扑腾，弄了满身泥水。终于，泥鳅让她逮着了。当她背着我迈上了三百梯，站在那棵黄葛树下歇气的时候，星星都出来了。

桂阿姨名叫桂素芸，是我妈妈初中时最要好的同学。她俩都是共青团员，这嘉陵幼儿园是她俩初中毕业后，在老居委主任的支持下办起来的。说起来，她和我妈妈还真有点同命相怜。大概是1940年吧，她的爸爸、妈妈都被闷死在防空洞里，她只好跟着舅舅过。而我妈妈也是父母早逝，一直跟着唯一的亲人、摆烟摊的孃孃过。像妈妈敬重孃孃一样，桂阿姨也很敬重她的舅舅。

第二天，我把放在玻璃瓶子里的这条泥鳅拿到大班里，牛儿、晶晶、三胖娃一帮小伙伴全都来看，大家高兴极了。这条泥鳅真灵，每逢下雨前，它便不停地翻动到水面上来透气。它真是我们幼儿园里的天气预报员哩！我从心底里喜欢桂阿姨。

二

在我们大班里有一个大眼睛小姑娘。她比我小半岁，身子很单薄，一根独辫在屁股后一甩一甩的。易伯伯常刮她的鼻子说：“大眼睛姑娘，小心嘉陵江的风把你刮飞起来呵！”她听着，大而亮的眼一闪，两片薄薄的嘴唇翕动开了，说起话来像放机关枪：“刮飞起来才好耶，我成嫦娥仙姑了，飞到月亮婆婆那儿去……”易伯伯是个自告奋勇来幼儿园当炊事员兼会计的老革命，他的左腿负过伤，走路一瘸一瘸的。他听了这话笑得前仰后合。

大眼睛姑娘叫温英,爸爸妈妈都在外省工作,每日送她来幼儿园的是她叔叔。我可喜欢她叔叔了。这位温叔叔高挑的个儿,也有温英那么一双大眼睛。他爱穿中山装,衣裤总是笔挺笔挺的。温英说,他在城里一家很大的银行里工作,是坐办公室的。每次,他领着温英来,总是要把她交到桂阿姨手里,笑着说些感谢话。因为我常常依在桂阿姨身边,每每得到他的赏赐,一根棒棒糖,或是一个糖人儿,但是,没有桂阿姨的许可,我是不会接的。

我们屋后的石榴花开了。这天是星期天,我同桂阿姨在树下玩。一群五颜六色的鸟儿叽喳鸣叫飞来,落在树枝上,它们扭动着头,扑打着翅,也在听桂阿姨讲故事哩!“扑!”突然,所有的鸟儿都惊飞走了。我扭过头去,原来温叔叔来了。

温叔叔穿着一新,满脸甜蜜的笑容,我扑到他怀里:“温叔叔,你怎么来了?”

“我来请你们桂阿姨看电影去。”

这时,我发现桂阿姨的脸红了,比石榴花还红。

桂阿姨没有拒绝温叔叔的邀请,但又担心着我那心脏病发了的妈妈。那会儿,妈妈的婶婶已经去世,一切都是桂阿姨照料。妈妈出来了,拉我过去,朝温叔叔和桂阿姨甜甜地笑着:“素芸,快去吧,吃了老易熬的中药,我今天好多了。”

“走,建明,同阿姨一块儿去!”桂阿姨拉我出门来。去看电影,别提我心里有多高兴了,可是我看见温叔叔的眉头跳了跳,眼里掠过一丝不快。

电影可好看了,是在城里的大电影院看的。彩色影片——《海底动物》。

桂阿姨抱着我,温叔叔坐在桂阿姨左边。温叔叔懂得真多,他不停地在桂阿姨耳边唧唧细语,讲解那些有趣的海底动物。桂阿姨呢,一声不吭,腼腆地盯着银幕,两眼在放映光柱的银辉下熠熠闪亮。

从那以后,我不知同桂阿姨与温叔叔看过多少次电影,转过多少次公园。我发现桂阿姨同温叔叔越来越亲密了。每次温叔叔走时,她总要送很远很远,直到温叔叔让她回来,她才往回走。

有一天,温叔叔已走出去老远了,桂阿姨还站在临江边那棵黄葛树下目送着。妈妈领我走出幼儿园大门来看见,同桂阿姨好一阵说笑。

“素芸,该吃糖了吧!”

桂阿姨听着,脸红红的。我以为桂阿姨身上有糖,嚷着要吃,引得她们都笑起来。

自那以后,桂阿姨变得更快活了。逢到休息时间,她就坐在石榴树下绣起花枕套来，经常自个儿发笑。

“桂阿姨，你笑什么呀？”有一天，我打了一阵陀螺，悄悄来到她身后，“是温叔叔又要来吧？明天是星期天哩。”

桂阿姨抬起眼来，把我拉到她跟前：“不，温叔叔明天不来，他让我们去他家吃饭。建明，跟阿姨一起去好吗？”

“当然好，啊，明天要去温叔叔家啰！”我高兴得跳起来。

桂阿姨拿起那块要绣完的枕套指给我看：“建明，认得这是什么花吗？”

“认得，是石榴花。”

桂阿姨点头：“对，这是海榴。”

“海榴！”我想到了大海，“是长在海里的石榴树开的花吗？”

“不，这是石榴花中的一种，它还有个名字叫……”

“叫什么呀？”

“叫并蒂榴……”

第二天，穿得很好看的桂阿姨和妈妈把我也打扮起来，给我穿了件海军服，还戴上了海军帽。桂阿姨把我左看右看，说我真漂亮，神气极了。

晶晶来了，他家离这儿不远，星期天常来找我玩。

“建明，今天我们怎么耍呢？”晶晶兴冲冲地问。阳光照在他脸上，红红的。

“我们打‘官司’吧。”我挺着胸，望望自己这一身新衣，了不起地站在他面前。

我俩互相穿上了“官司草”，用力拉起来。

“一二一，齐使力，输家是小鸡……”

这两棵草遇上对手了，我同晶晶用力拉着，却老拉不断。晶晶一心想把我打败。他两腿蹬直，双手紧拉草茎，身子向后仰。我也用两手抓住草茎，侧身向后使劲。

“扑！”我的“官司草”断了。晶晶仰倒，他“哇”的一声哭了。我过去一看，糟了，晶晶的后脑勺出血了。

桂阿姨和妈妈闻声赶来。桂阿姨心疼极了，抱起晶晶，急匆匆往联合诊所跑去。我也跟着去了。诊所离我们这儿很远，桂阿姨抱着晶晶急走，晶晶不住地哭。到了诊所上了药，回来的路上，桂阿姨把我好一顿数落。

我们把晶晶送回家，桂阿姨又跟他妈妈讲了一阵话。然后拉着我气喘吁吁跑回幼儿园，从家里拿出一个大红纸包。我猜想，那一定是准备送给温叔叔的礼品。我们刚走到大门口，温叔叔来了。他抬起手腕，指点着表说：“看，看！都一点过了。”

桂阿姨很感抱歉，解释说：“晶晶那孩子……”

“孩子，孩子，又是孩子，今天是星期天！满桌酒席都等凉了，好几个亲戚今天都是专程来的……”温叔叔发火了，说了一大通。

桂阿姨听着生气了，胸脯一起一伏。她拉过我，转身往回走。

自那以后，桂阿姨好多天不理温叔叔，还在妈妈跟前哭过。后来，温叔叔上门道了歉，妈妈又在一旁劝慰，才又和好了。

可是，有一天，我恨温叔叔了，也恨起桂阿姨来。

那天傍晚，小朋友都走了，我没处耍，一个人悄悄摸出门去。一抬头，发现桂阿姨和温叔叔并排坐在黄葛树下。

我蹑手蹑脚走过去，想吓唬他们。阵阵江风吹来了他们的谈话声：

“……素芸，我爸爸多方努力才办好的，银行让你在半月内去报到。”

“我……总舍不得孩子们，一想到要离开建明，要离开这些孩子……”

“孩子，孩子！你呀，老是提起孩子！这工作婆婆妈妈的有多烦人。素芸，听我的，去城里坐办公室，我们一块儿上下班，多好！”

“你……唉，好吧……”

夕阳落到山后去了，天空变得阴沉沉的。我没能全听懂他们的谈话，但我听懂了温叔叔要带桂阿姨走，桂阿姨也愿意走了。我喜欢桂阿姨，一天也离不开。可是，她就要跟温叔叔走了。我恨恨地盯了他们一眼，一扭身，“噔噔噔”跑了。

晚上，我向妈妈告了桂阿姨的状。妈妈听了只是笑。我一气，独自上床睡了。夜里，我做起噩梦来。梦见大风卷走了睡在身边的桂阿姨。我惊惧地去拉，没有拉到。“桂阿姨！……”我抽泣着惊醒了。醒来，我才发现桂阿姨不在床上，她坐在妈妈床边。妈妈一阵咳喘，断续地说：“素芸……你应该去银行，不过，别忘了孩子们，别忘了建明。这孩子可喜欢你了……常常来幼儿园看看……”我听着，眼一热，涌出泪来，又一赌气，蒙上被子睡了。

我万万没想到，就在那天后半夜，我的妈妈突然一阵剧咳，吐了许多带粉红色的泡泡痰，竟与世长辞了（长大后我才知道，那是急性左心衰竭）。死时，她只有二十五岁，我伏在妈妈身上痛哭，我的小伙伴们也都围在妈妈身边哭泣。就连易伯伯的胡茬子上也挂满了泪珠。桂阿姨哭得成了个泪人。

那时候，我们幼儿园的后山上是一片乱坟堆。妈妈就埋在那儿。我常常跑到妈妈的坟边去，学着大人摘几朵小花放在妈妈坟头。桂阿姨来了，拉我回去吃饭，我挣脱开手不理她。直到她喊来易伯伯，用他那有力的手把我搂抱回去。

这天早上,我又跑到妈妈坟头去。我看见坟头上已放了一束雪白的野花。桂阿姨立在坟前,她默默地掉着泪水。温叔叔也在那儿。我悄悄地躲到一棵树身后,冷冷地看着他们。

温叔叔紧锁双眉,显得焦躁,他在等待着桂阿姨回答什么。桂阿姨抬起头来,泪光闪闪望着他,嘴唇一阵嚅动,却没有声音。

"你倒是回答呀!"温叔叔忍不住了,"道理给你说过多少遍了。你走后,他们会另外找人的。至于建明,我们怎么能带呢?我们完全可以把他交给政府,人民政府是会照顾好孤儿的……"

"不……"像是被谁抽了一鞭,桂阿姨身子一抖,叫喊起来,"不!我不能离开这儿,我不能离开孩子们,不能离开建明!……"她声调软下来,泪眼蒙眬望着温叔叔,近乎于乞求,"我……希望你能理解我、原谅我,我需要得到你的支持……"

"够了!"温叔叔白净的脸涨得血红。他扯断了妈妈坟边的一棵长长的丝茅草,迸出了两个字,"再见!"呼地转过身子走了。

桂阿姨惊呆了,怔怔地望着他的背影,两手攥着胸襟。直到温叔叔的身影消失在山弯弯里,她才哭出声来。

我心里蓦然发热,两眼蒙上泪水。我离开树身,走过去。

"桂阿姨……"我就像突然变成了大人,"桂阿姨,你走吧,跟温叔叔走吧。我会找人民政府的,我会来看你们的……"

"啊!……建明,我的建明!"桂阿姨把我搂抱在怀里,紧贴着我,泪水顺着我的面颊往下流,"孩子,我的孩子!……阿姨不走,不走……阿姨永远和你在一起,永远……"

"桂阿姨!……"我伤心地呜咽起来。

山岗上刮着风。呼呼的风,卷拂着那些参差不齐的松树、云杉、杨槐,卷拂着坟头坟边那些弯腰的茅草叶,卷拂着我这发自幼小心灵的呼唤声……

三

桂阿姨没有离开我,没有离开嘉陵幼儿园。她待我更亲更好,她实际上就是我的妈妈,但我一直没有改口称呼她"妈妈"。

我们幼儿园大门外那条碎石子路上面不远处有座古庙。每逢周末下午,我们几个小伙伴便都早早做完作业,互相打着哑语,邀约去庙里看和尚念经。

“我叔叔说过，当和尚不能结婚，没有孩子。”有一次，看着看着，温英突然很神秘地说。“乱说，人家凌阿姨也没有结过婚，咋个又有了建明？”牛儿不信。“谁说凌阿姨没有结婚？”温英一甩独辫，瞪着两只大眼睛。“我婆婆说的！”牛儿的婆婆是老主任。这下子温英开不起腔了。三胖娃凑了过来，神态认真而关切：“呃，是呀，建明哥哥，怎么从来没看见你爸爸，他在哪儿呀？……”我听着，心扑扑跳，耳根子发热，眉头皱紧了。是呵，温英、三胖娃、牛儿，他们有爸爸，可我的爸爸呢？他在哪儿？妈妈，你怎么从来不告诉我？直到你死也没有告诉我呵……“嗯，建明哥哥，你快说呀？”“去！”我照胖三娃那伸来的头狠狠一掌，推了他个仰面朝天，他那头撞到了树身上，“哇”地哭了。我没有理他，呼地立起身来跑了。

我跑到妈妈坟头，呜呜哇哇地哭，哭得真伤心：“妈妈，我的妈妈，我的爸爸在哪儿，在哪儿……呜呜……”

妈妈的坟头全绿了。回答我的是山岗子上的风，是妈妈坟上那在山风中不住摇头的草。

三胖娃头上撞起了包，那包可大了，右眼睑也肿了。她妈妈气极了，领他来找桂阿姨告状。他妈妈本来就凶，人们背地里都叫她母老虎，这会儿又占着理。她站到桂阿姨跟前，泼天杀地地叫骂，说我有娘养无娘教，让她逮着非打断我双腿！要不是易伯伯在场，她真会打人的。

我从妈妈坟头回来，看见了这一切，不敢进屋。直到人们统统散去，才悄悄走近门口，只见桂阿姨一手托腮坐在桌前，盯着桌上的一碗面条出神。

“桂阿姨。”我胆怯地叫了一声。

桂阿姨抬起头来，一脸血红，一向透着温柔气息的眉间布满了怨气（我还是第一次见她这么动怒）。她走过来，将我按在床上，照我的屁股上狠狠打了几掌。没想到，她那柔弱的手竟那么有力气，我咧嘴哭出声来。

夜里，桂阿姨睡在我身边，她又心疼我了。

“建明，为什么你要打人呢？你都快戴红领巾了呵……”

我听着，没回答，心里憋着气，憋着委屈，我那颤抖的心在千声万遍地呼喊妈妈，也在呼喊那我从来不知道在哪儿的爸爸。

“建明。”桂阿姨伸手为我抹着眼泪，“阿姨把你打痛了吧，孩子，阿姨不想打你哟，可是……孩子，你记恨阿姨了吧……”

我听着，眼里漾起热泪，终于，我坐起身来。孩童那颗纯真无邪、无比自尊的心驱使我问道：“桂阿姨，他们说我妈妈没结过婚，还问我爸爸在哪儿。桂阿姨，告诉我，我妈妈结过婚的吧，我也同他们一样，也有爸爸吧，是吗？”

"啊,你……"桂阿姨身子一颤,眼里闪着惊惧,嘴唇微微哆嗦,像是要说什么。

"是吗,桂阿姨?"我闪着泪花,"我有妈妈,也有爸爸?"

"啊,是,是的……"她像是言不由衷,两眼湿漉漉的,"你有的,有妈妈、爸爸的,同所有的孩子一样,有的……"

"真的!"我高兴了,一抹泪眼笑了,"桂阿姨,快告诉我,我爸爸在哪儿?像温英的爸爸在老远的外省工作吗?他什么时候回来?"桂阿姨知道一切的,她是妈妈的老同学,她从小把我带大。

桂阿姨好一阵都没有回答我。她那双惊疑的目光躲避着我,盯着屋外左侧的那扇窗户。"是的,老远……"她喃喃地说,声音柔和极了,像是要告诉我一件什么神秘的事情,"建明,看见月亮下面的那条山脊了吗?"

"看见了。"我不解地点头。

"那叫'舟山',关于这山有一段神奇有趣的故事。建明,想听吗?"

故事,当然想听了,桂阿姨讲的故事,总是那么好听。古今中外的她都讲。什么撒谎的孩子被狼吃了呀,什么小蝌蚪找妈妈呀。还有那离开了土地就失去了力量的大力士安泰俄斯,神通广大的孙悟空,精忠报国的岳飞,英雄刘胡兰、董存瑞、黄继光……她常常抚揉着我那一头蓬发,或是坐在黄葛树下,或是引我去到嘉陵江边……

这会儿,她要给我讲舟山的故事了。嗯,这一定是关于我爸爸的故事了!

"讲吧,桂阿姨!"我扬起泪迹未干的脸,依在桂阿姨肩头上。

"……在很久以前,我们这儿还是一片汪洋大海哩。有一天,一艘巨大的龙船开来了。船身金亮,龙旗招展,船上装满了天下最珍贵的奇珠异宝。忽然,海上刮起了大风,吹来团团乌云,卷起阵阵恶浪。高高的浪头把龙船托上半空,又猛摔下去,大龙船翻了。后来,太阳惩罚了大海,晒干了海水。那沉底的龙船不见了,剩下一座像翻扣的龙船般的山。人们给它取了个名字叫舟山。有人说,船上那白胡子老舵手没有死,他就住在舟山上那个开了半个洞口的山洞里。他握有打开舟山的金钥匙。多少年来,人们都在找寻这握金钥匙的白胡子老人,想打开舟山取宝,却始终没有如愿……"

我听得入神了,好奇极了。那山白天看得很清楚,细想起来就像一个倒扣的船哩。前不久,我们学校组织爬山活动,我也去爬过那山,山的一端有座塔,可不就是那船尾的舵!我忘掉了自己刚才的提问,全部身心都扑到那神奇的舟山上去了。

四

桂阿姨的故事，在我心中燃起一股强烈的欲望。我要去找那白胡子老爷爷，找到金钥匙，去看看舟山里有些什么宝藏。

这天，我从橱柜里拿了几个冷馒头，塞进书包，带上那已掉了几块漆的水壶，悄悄出发到舟山去了。

太阳一直伴随着我，当它跃到我头顶上时，我已顺着一条蜿蜒的青石板路爬到山顶上的宝塔前。

俯瞰山下，好美！

远处有一小团绿荫，我认定那就是嘉陵幼儿园了。

“桂阿姨！”我竟情不自禁地向那绿荫呼唤起来。

“桂——阿——姨……”

山川大地回应着。我还从来没有感到自己这样有力量过。我紧了紧腰带，掏出冷馒头，一边啃，一边小跑着朝前面的丛林奔去。

“嗖！”脚下窜出一只灰色的野兔，我撒腿追去，追一阵，那机灵的野兔没影了，好可惜。突然，我眼前一亮，呵，就在那一片荆棘下面，在我脚下这条小路的尽头，有一个开着半边门的山洞。

那洞内黑幽幽、阴森林的，我很害怕。可是，那白胡子老爷爷，那里面的宝藏吸引着我，仍然一步一探朝里走。走不多远，呀，洞里有亮光！我憋着大气，身子贴着洞壁，不敢朝里走了。那亮光灭了，一个白影晃动着过来，呵，真有个白胡子老爷爷！

我又喜又怕，闭紧了眼睛朝那白影喊：“白胡子老爷爷，我是建明，是来找你的！”

“哈哈哈哈！”一阵爽朗的大笑声中，我被洞中出来那人举了起来，抱出洞外。我定睛一看，是一个身材高大的叔叔。他身穿灰白色工作服，头戴白色太阳帽，背着个背囊。黝黑的四方脸上，一双大眼里闪着炽热友好的光焰。他把我放下来，将手中的几块岩石放入身后的背囊中，摁亮电筒扫了扫我的脸，说：“你叫建明，怎么不去上学？”

“今天是星期天。”

“呵，”他点点头，“小家伙，是来找握金钥匙的人吧？”

“对，是的。”我神态认真地答道，“你呢？”

“我？”叔叔笑着，“现在不是，过去嘛，像你这么大时，一天来过三趟。”

原来他也来找过白胡子老人！我快活起来。很快，我们成了好朋友。他姓朱，叫朱海，他邀我去他那儿野餐。翻过一个山梁，便看见一顶帐篷。原来，他是地质勘探队的。

夜幕不知什么时候降临的。我坐在叔叔们中间，第一次吃着这干柴枝煮熟的野餐，忘怀了一切。

吃罢饭，叔叔们围坐在篝火旁唱起歌来。朱海叔叔拉起了手风琴。忽闪的红焰映衬着朱海叔叔的笑脸。玩够了，那些叔叔说笑着进帐篷休息，朱海叔叔要我和他合铺睡，还说明天一早送我回去。

就在这时，前面的山脊上亮起几道手电光。电光急速闪动，越来越近，不一会儿便到了我们近前。最前面的是桂阿姨，她泪光闪闪扑到我眼前，搂抱过我："建明，你……把阿姨的心都急碎了……"

"嘻，这娃娃，吃豹子胆了……"闪烁的篝火红光中，老主任、易伯伯和三胖娃他妈妈出现在眼前。

那扬言要打断我腿的胖女人，走过来直揉我的头："这就好了，找到了……我的乖乖，这就好了……"

当桂阿姨他们知道了我这一天的活动，知道我受到了朱海叔叔他们的款待时，才化忧为乐了。

"谢谢你，谢谢，朱海同志！"桂阿姨连声道谢，握着朱海叔叔的手在颤抖。

我高兴极了，对桂阿姨说，朱海叔叔真行，他有打开舟山的钥匙。还说桂阿姨讲的故事不对，朱海叔叔讲的才是真的。周围的人们听着，都笑了。

临别时，我舍不得朱海叔叔，不想走了。直到朱海叔叔答应一定来看我，我才恋恋不舍地离开。

五

朱海叔叔果真来了，是石榴树开着火红的花的时候来的。

那会儿，嘉陵幼儿园正在扩建。朝江新村的工厂多了，住户多了，孩子也多了，幼儿园再不扩大不能满足需要了。老居委主任向政府打了报告，这所民办幼儿园被批准公办，并决定再盖一幢楼房。

那天是星期天，其他阿姨和孩子们都回家去了，施工队的叔叔们也没来。桂阿姨领我去做义务劳动，砌围墙。桂阿姨说，好孩子要热爱劳动。但她没有让我递砖，怕砸了我的脚。当我正出神地望着她砌砖的时候，一块青砖越过我头顶递了上去。

“啊……是朱海同志,你来了!”桂阿姨红着脸跳下凳子。

我这才仰头看清,铁塔般的朱海叔叔正哈腰站在我身后。我双腿一跃,伸手吊住他脖颈:“哈,朱海叔叔,你真守信用!”

朱海叔叔今天穿了一身新衣。崭新的白色太阳帽,天蓝色的运动衫,咖啡色的短裤。一张黝黑、和善的脸上容光焕发。他任我在他身上捣蛋,咧嘴直笑。

朱海叔叔抱我进到屋里。桂阿姨已穿上了一件不常穿的大翻领白衬衣。她忙不迭地招呼朱叔叔坐,为他冲茶水。

“朱叔叔,你骗人,给我金钥匙,给我……”我缠着朱叔叔,挥起小拳照朱海叔叔那宽阔的前胸直捶打。

“建明,别闹了,人家朱叔叔是客哩。”桂阿姨招呼着过来拉我。

“建明,看!”朱叔叔从衣兜里掏出一把玩具手枪来。

呵,驳壳手枪!我伸手接过枪,一蹦老高,转身冲出门去。

“叭叭叭!……”我一路瞄着,跑着,找小伙伴玩去了。

等我回到屋里,他们已经吃了午饭。朱海叔叔站起身来准备走了。我缠着不让他走,两手紧紧攥住他的衣角不放。

朱海叔叔俯下身来,用胡茬在我脸上轻轻一扎,对我说,他今后会常来的。

朱叔叔说话算话,他几乎每个星期天都来玩。他常同桂阿姨领着我去郊外画画,去公园溜冰,进城去看电影。这使我不由得又想到了当初的温叔叔。那会儿,温叔叔也是这样。但也有不同,比如,朱叔叔就不怕我提问,不论他同桂阿姨在讲啥,只要我问,他都会给我解答。

一天,我放学回来,不见桂阿姨。易伯伯说,她去江边洗衣服了。我放下书包,去到江边。河湾处,我见桂阿姨同朱海叔叔蹲在江边拧衣服,嘉陵江水倒映着他俩的身影。我看着,不觉想起了看过的什么电影,真有意思。

我跑过去帮忙,嬉弄着江水。从桂阿姨手中接过朱海叔叔的另一件拧干的衣服时,我禁不住凑到桂阿姨耳边:“桂阿姨,朱海叔叔真好,你喜欢他吗?”没想到我这一问,桂阿姨的脸透红透红,嗔怪道:“傻孩子,说傻话……”

朱海叔叔听了,过来抱起我,把我悬在空中打转。绿色的江岸,闪烁的江水在我四周旋动,我咯咯咯笑着,喊:“朱叔叔,这河湾处的水安逸极了,我们游泳吧!”朱海叔叔朗声笑:“不行呀,别看朱叔叔会溜冰会绘画,却是个旱鸭子哩……”

时间过得真快,转眼到了冬天,新盖的那幢楼房完工了。幼儿园又新来了几位阿姨。幼儿园的小朋友也增多了。

嘉陵幼儿园转为公立了，还正式举行了仪式。会场设在三合土坝子里。一百二十多名孩子和他们的家长都来了。朝江新村的老居委会主任主持会议，宣布由桂阿姨任嘉陵幼儿园园长。会场里响起了久久的热烈掌声。

那天晚上，桂阿姨很晚才回来。我已经上床睡觉了。桂阿姨俯在我身边，直吻我的脸："建明，你知道桂阿姨今天有多高兴？"

"知道，你当园长了！"

"是的，建明，桂阿姨当园长了，身上的担子更重了……"说着，她笑起来，那神态像个天真快乐、无忧无虑的孩子，"建明，你知道吗，阿姨入党了。"

"真的，"我仰坐起来，"你是共产党员了，像刘胡兰阿姨那样的共产党员？"

桂阿姨振奋地望着我，点着头，眼里跳动着火苗："是易伯伯和老主任介绍我加入党的……"

我忽地感到一股湿漉漉的东西顺着桂阿姨的脸流下来："桂阿姨，你哭了？"

桂阿姨点着头："是的，孩子，阿姨哭了，阿姨太高兴了！是高兴得哭呢……"她思索着，"建明，你的朱海叔叔说得对呀，我们要把一切献给党……"

桂阿姨喃喃自语，我不全明白她说的意思，但我觉得桂阿姨和朱海叔叔都是天底下最好的人。不久前的一个星期天，我在小屋里睡午觉，醒来时，听见隔壁屋里桂阿姨同朱海叔叔的谈话。"朱海，我想问一句话，你喜欢建明吗？""喜欢。""是心里话？""是。""你能像待自己的孩子那样待他一辈子？""能。""朱海，你真好……"我听着，不知怎的，竟感到小鼻子头发酸了。

那天，我心里是怀抱着一团蜜入睡的。半夜，一阵敲门声把我惊醒了。桂阿姨去开了门，进来的是朱海叔叔。朱海叔叔关上门，坐到桌前。他那络腮胡子好久没刮了，人显得老了许多。他脸上没有往常那种笑，一双深沉的眼睛紧紧盯着桂阿姨。就连他伸手接过桂阿姨递来的热茶时也没有挪开过。不知怎的，我竟没有像往常那样，欢呼着扑到朱海叔叔的怀里，只是眨着眼睛盯着他。

"这么晚了，是路过这儿？"桂阿姨扣着衣襟，坐到朱海叔叔身边，"朱海，告诉你，我也入党了！"

"啊！……"朱海叔叔的嘴唇一阵哆嗦，捧着茶杯的手在抖动，他低头"嚯嚯"地呷着热茶，"好，素芸，太好了！……你，真为你高兴！"

桂阿姨将头倚靠到朱海叔叔那宽大的肩头上："朱海，今后你这个老党员得多指点着些，呵。”

朱海叔叔没有说话，一个劲地喝茶。

桂阿姨话音细柔极了：“朱海，现在我可以答复你了，就定在明年吧，明年石榴花开的时候，我们结婚。我们到城里去照张相，让建明跟我们一块照。好吗？……嗯，你怎么不说话，难道不同意？”

“哦，不……是，是的，跟孩子一起照……”朱海叔叔猛呷了口茶，那茶水一定泡得太浓、太苦，他咽下那茶水时，眉眼都蹙到一起了。

“呵，朱海，你今天怎么了？”桂阿姨摇动着朱海叔叔的肩头。

朱海叔叔放下茶杯，长长吁了口气，他望着桂阿姨，眼里流露出无限的痛苦和内疚：“素芸，我们相识也不算短了，我想问你一句话。你……信得过我吗？”

桂阿姨惊疑地瞪大了眼：“什么，朱海，你怎么会这样问，难道你还不了解我，我怎么会不信任你！”

朱海叔叔听着，嘴唇哆嗦着，他伸出大手按着桂阿姨肩头，双目凝视着她。好一会儿后，他才松开了手，说道：“素芸，我今天是来向你告别的。我……要离开这儿了……”

“哦？”桂阿姨急切地问，“去哪儿，去多久？”

“去很远的地方，也许，再也不会回来了……”朱海叔叔的话音很低沉，他在犹豫着什么，终于，他说，“素芸，我……分到了外地，不知道什么时候才能回来。”

“啊！”像霹雳击顶，桂阿姨双手攥住朱海叔叔胸襟推搡，“你，朱海……为什么？啊，天哪！”

我睡在床上，心里像突然捅进一把刀子。这是真的，不是梦。我的心怦怦直跳，大气也不敢出，怔怔地望着朱海叔叔和桂阿姨。

朱海叔叔任桂阿姨推搡，他脸上痛苦极了，他一定有许多话要说，可他没有说。灯光下，我见他那双眼里闪动着泪花，可那泪水始终没有淌出来。他缓缓地立起身，拂开桂阿姨的双手，朝我走过来。不知怎的，我赶紧闭上了双眼。我感觉到了朱海叔叔那熟悉的气息，我的额头触到了他那扎得人痒痒的胡茬子……

朱海叔叔要走了。

“朱海！”桂阿姨几乎是吼叫着扑了上去，“朱海，你……这就走？”

朱海叔叔止住步，回过身来：“天快亮了，我得赶回去……素芸，请相信我。”他说得很平静，是一字一句从心窝里蹦出来的话。

桂阿姨终于信任地点了点头:“朱海,我相信你！我等你,石榴花开的时候……”她啜泣着,说不下去了。

朱海叔叔将桂阿姨紧紧地搂抱在怀中。我哭了,无声地哭了,泪水打湿了枕头。我第一次感受到人世间除了有着无尽的美好,也有着令人伤恸的烦恼。

六

石榴花开了七次,又谢了七次,朱海叔叔仍没有回来。我真后悔,那天晚上连喊也没有喊他一声,告别话也没说一句。

这七年间,桂阿姨除了关心幼儿园的孩子,就是关心石榴花开了没有。“建明,你眼尖,看见石榴花绽蕾了吗?”这天,她又问了。“没有,昨天我才告诉过你哩!”我笑着提醒她。

有时,桂阿姨急了,碰见易伯伯也问:“老易呀,今年是怎么了,石榴花还不开,都四月份了。”“你呀,心真急,这是新历四月哩,石榴花再早也得农历四月才开呀。”易伯伯笑着回答,一双慈祥的眼里流露出同情。

夜里,我常常发现桂阿姨两手托腮坐在桌前,怔怔地望着窗外。我知道,她在想朱海叔叔,她在盼着他。我心中也蒙上一层说不出的阴霾,我也在盼望朱海叔叔早日回来啊!

就在石榴花第七次谢尽的一天傍晚,我拿画板坐在那棵白杨树下画嘉陵江上的行船。

“建明,建明!”一阵灼热的气息从我身后扑来,“建明,你知道吗,你的朱海叔叔要回来了!”

“啊!”我扔了画笔,反身望着桂阿姨,“真的,什么时候回来?”

桂阿姨扬了扬手中的信纸:“明年,明年石榴花开的时候！明年石榴花开的时候回来。他说那是个吉期……”

这一年里,我比桂阿姨还性急,扳着指头天天掐算。石榴花蕾终于绽开了,桂阿姨脸上也绽开了笑。

石榴花开始一朵一朵凋谢了,桂阿姨那快活的脸上浮起了愁云……

石榴花谢尽了,桂阿姨眼中盈满了泪。朱海叔叔没有回来,可头一封信上还说回来的日期不变呢!

夏天来临了,桂阿姨那曾经兴奋得红润润的面庞苍白了,明显地瘦削了。渴盼、思念,忐忑不安的担忧搅痛她的心。她只有暗暗流泪,她把更多的时间，更大的精力都用到了孩子们身上。同孩子们在一起，她可以减轻烦恼，得到慰藉……

一个星期天的早晨，我起床推开了门。一阵柔和的江风扑面吹来，江对岸的山峦后飘着几缕淡淡的薄云，一群五颜六色的鸟儿在屋后的树杈间跳上跳下。

这时，传来一阵重重的脚步声。我回头看见从幼儿园大门方向走过来一个人。身背背包，上身穿着一件洗得发白的蓝运动衫，魁伟的身躯把运动衫撑得紧紧的。他蹙眉上下打量着我，目光灼灼。猛地，他伸出粗大有力的手，按住我的双肩上。

“建明，我是朱海呀！”他朗声大笑起来，“小家伙，长这么高了！”

人长大起来，变得认生了。我没有像小时候那样扑到他身上，去吊他的脖颈，用脸蛋去挨他那把人扎得痒痒的胡茬子。我只觉得心里涌上一股热流，一股酸涩。朱海叔叔，你可回来了，我和桂阿姨就想你盼你哟……

“朱叔叔……”只喊了一句，我便哽住了。

我帮朱叔叔把包放到屋里，让他先坐一会儿，我立即去喊桂阿姨。她正在后山打太极拳。朱海叔叔止住我，他要同我一起去。

我们匆匆爬上后山。山岗上，针叶松掩映的小路间，桂阿姨正舒展着肢体，深深地吮吸着空气。我张嘴要喊，却被朱海叔叔伸来的大手捂住了嘴。朱海叔叔凝望着桂阿姨，一双大眼湿漉漉的。

桂阿姨抬起头来了。是蓦然抬起的。她惊诧地闪动着眼，久久地端详着朱海叔叔，嘴唇微微抖动。

“朱海，你……怎么才回来？”

“一些扫尾工作，耽误了些日子……”

“哦……是这样，我真怕……”

七

朱海叔叔又回到了原来的地质队工作。逢星期天便来我们家。时令已到盛暑，桂阿姨那颗心也如同火一般热。她完全变了，青春又回到了她身上。

“建明，你看阿姨年轻吗？”

“年轻，真年轻，就像幼儿园的吴阿姨那样！”我说得很认真，是内心话。

她听着，莞尔一笑：“傻孩子，阿姨都三十一岁了，人家吴阿姨才十九哩。”

桂阿姨比先前更忙了，除了幼儿园的大小事宜外，她花了不少心神来重新布置我们的住房。那间大屋子里换了张新买的双人床，还添了书柜、条桌，摆了两张雪白的藤条座椅。屋子当间挂着毛主席像。床单是米黄色印花的，被面是绛红色缎面的。那间小屋也重新做了摆设。小床上铺了张白底蓝花格新床单，添了张小书桌，墙上贴有“好好学习，天天向上”的彩色画。桂阿姨告诉我，这间屋子是我住的(其实，我已经住在这儿了)。

喜期临近了。朱海叔叔他们组织上照顾他，提前给了他假。

那几天，朱海叔叔天天来我们家，晚上回地质队去住。他同桂阿姨商量定了，等这个星期天，我们不上课，三人一起到城里最大的相馆照相去。嘿，去最大的相馆照相，这是多么令人惬意的事！

人们的心热到了极点，盛夏的天也热到了极点。我们这群嘉陵江边长大的少年自有其消暑的好办法。下午放学回来，去到嘉陵江边那河湾处，往那清凉的江水里一泡，再美不过了。

唉，人啊，常常会在无意中做出一件他终生遗憾而又没法弥补的错事！要是时间的车轮能够倒转回去的话，我当时宁愿让太阳烤化也决不会在那天去下河游泳的。

可是，我们去了，是一路小跑着去到江边的。我们把书包放到沙滩上，脱去衣服，“扑通！扑通！扑通！”蹦进水里。

河湾处的水很平静。我在清凉的江水里自由自在地扭动身子，还把头埋在水里。极缓的流水中，我看见那河底的细沙间的鹅卵石在水波的折射下闪动，像一颗颗明珠。时而还可见到一只惊慌失措的游鱼，它在我肋下乱窜，我连忙用力一夹，那鱼尾巴两摆，在我肋下一窜，便逃之夭夭了。

“建明，你游到哪儿去啦?”

当我从水中亮出头来时，听到了温英厉声的呵斥，我踩着水，一抹脸上水珠，朝她敬了个礼:“报告，我在这儿!”她一点儿不笑，立在岸边朝我瞪眼。

我得意地向她做了个鬼脸，伸展肢体在水里来了个鹞子翻身，平躺在水面上仰游。温顺的嘉陵江水托举着我，它那浪涛如手掌抚揉着我，欢跃的浪花在我胸间涌动……

蓦然间，我看见嘉陵江边那条沿江公路上走着两个人。那是桂阿姨和朱海叔叔。他俩肩挨着肩，手里提着包。我知道，他们又进城买了什么回来。前两天，他们就进城买了个漂亮的土漆相框、大红的八磅水瓶、精巧的玻璃茶杯。还为我买了高尔基的《母亲》，奥斯特洛夫斯基的《钢铁是怎样炼成的》和吴运铎的《把一切献给党》。

看着，我呼地跃动身子，想立即游上岸去，看看他们又买了什么好东西回来。可就在我扭动身子这一霎间,突然右小腿一阵疼痛,像有条虫子在里面窜搅,我伸手去揉捏,却越发痛得钻心……我失去了重心,右足像是被一只魔掌抓住了,提不起,动不得,我的身子在往下沉。刚才还是那么温顺的江水,此时像发了疯。它淹没了我的肩头,掐住了我的脖颈,并且毫不留情地往我的嘴里、鼻孔里钻。我憋不住了,咽下了一口水,又咽下了第二口水……我心急害怕起来,拼命蹿出水面……“哇——”我刚喊出声来,那涌来的浪头又把我按入水中……完了,桂阿姨说过的,热极了下水脚会抽筋的……

我断续看见,温英、牛儿、三胖娃在江边大声呼救,温英急得哭了起来。我还看见朱海叔叔、桂阿姨一前一后从那条直通江边的公路上奔下来。朱海叔叔朝我扑来,尽管他身材那么高大,可滔滔江水已淹到他的双肩。他站在大地上是那么稳实,而在这水中却立足不稳,左右摇晃。他朝我伸过一只手来,我竭力想去抓住,可是,那仿佛坠了千斤石头的右脚拽着我,那翻腾的水浪撞击着我,我往水里沉落,朝江心漂去……就在这时,一个人从水里把我顶出水面,一双大手用力将我一推,在一片水花中,桂阿姨伸过手来拉住了我。

我得救了。可是,我那可亲可敬的朱海叔叔却被江水吞噬了……傍晚,人们才在嘉陵江下游捞到他的遗体。

朱海叔叔的遗体平放在江边。暮色中的嘉陵江水沉寂地悠悠下泻,梦幻般地流淌,阵阵江涛拍打沙岸,发出沉重的叹息……当桂阿姨被老主任、易伯伯一群人搀扶、簇拥着来到朱叔叔遗体前,看见他那浑身透湿的僵硬身躯、没有血色的面庞时,“啊!”地叫出声来。她挣脱人们,扑到朱海身上失声痛哭:“朱海,我的朱——海啊! ……你不能死,不该死呀……朱海,我的朱海……”

这撕裂人心的凄厉哭诉在暮色苍茫的嘉陵江上回荡,里面包含着那么巨大的痛苦和无尽的哀怨。

温英、三胖娃、牛儿、晶晶、易伯伯和晶晶妈妈都来了,他们一个个都哭成了泪人。

八

窗外黑沉沉的,竹丛在夜风中瑟瑟抖动,仿佛在哼着一支揪人心肺的悲歌,屋内那盏悬吊的电灯,像一只晶莹闪烁的泪眼。

朱海叔叔去了,他那高大的身躯、憨实的笑容连同他那朗朗笑声在无情的水与火中,化为大气,化为尘埃,永远消失掉了。连同我们的一张合影相也没能留下。从火葬场回来的晚上,我低声地呜咽着,搓揉肿得像桃似的眼睑。

要是死神能带走我去换取朱海叔叔复生的话，我甘愿自己心脏立即破碎，可是……我负疚万分，转身轻步走到门后，拿过一根鸡毛掸子来，双手捧到桂阿姨跟前，嗫嚅地说："桂阿姨，你……惩罚我吧，狠狠地打我吧，打吧，都怪我……"

打下来吧，桂阿姨，狠狠地打吧，我应该受到最严厉的惩罚！我的过失太大，太大……桂阿姨的手在抖动，她的全身都在痉挛，那鸡毛掸子挥了下来。

重重的一下，掸子落到我肩头上。再打吧！桂阿姨，再重些、重些！我不哭，不哭的……我心里在说，泪水却像断线的珠子，扑簌簌落下来。

"孩子，我的孩子！"她扔去鸡毛掸子，把我搂在身前，泪水滴落在我的脸上。

我双膝一软，跪下了："妈妈，我的妈妈！……"我抱着桂阿姨的双腿，泪光闪闪地望着她，发出了我那内心深处的呼唤。

妈妈，这脱离母体开始学说话的幼儿第一句本能的呼唤声，我今天才向她——抚育了我十五载的桂阿姨呼唤出来。

两张脸紧贴着，两颗心在一起跳荡，两双眼睛在一起流泪。流吧，泪水——这人类所有痛苦与欢乐的珍珠……

这天晚上，桂阿姨——我的妈妈又给我讲故事了，讲的是我。

"……那是嘉陵幼儿园刚办起来不久的一个早晨，那天早晨有着薄雾，嘉陵江对岸的一切都笼罩在雾气里。我起床后，穿了件白衬衫，去后山那片针叶松林里打太极拳。突然，我听到前面传来一阵'嗯哇，嗯哇'的婴儿啼哭声。循声走去，雾气里，我看见路边草丛中那棵树墩上，放着一个用蓝布包裹得严严实实的小襁褓。我搂抱起孩子，用自己的胸怀温暖他。孩子不哭了，一双水灵灵的眼睛忽闪着，小嘴巴不停地嚅动，腮边挂着一溜泪痕。是谁那么狠心，抛弃了这么一个可爱的孩子？我纳闷着，忽听得一阵响动，还有低低的隐泣声。我连忙四下张望，看见一个独辫子女人的身影在林间一闪便消失在雾气里。我马上抱着孩子撵过去，不停地喊：'大姐，等一等，等一等……'回答我的是周围的团团雾气，是周围山林传来的回声。我寻遍了后山，喊哑了嗓门，可是，再没有见到那独辫女人……

"我一连几天去后山转，等待那可能会回心转意的女人，可是，我失望了。人世间本来是充满了爱的，而有人却割舍这爱！没有希望了，送交政府吧。我对老同学凌艳华说。

"'为什么要送走呢？'她笑着，两手一摊，红红的面颊上漾起两个甜甜的酒窝，她的两眼却是潮润的，'孩子归我吧，我来养，今后我就是他的妈妈。'她说着，从我手里接过孩子，用手指捣捣孩子的小脸蛋，扬起一双清亮的眼睛，‘你嘛，就是他的桂阿姨……’我看着她，无言以对。我得同意她的意见，我不能刺伤她那病态的心。她曾经噙着泪水对我说过：‘不是我看不起那小伙，实在是我的心脏病太重。一个人可以承受的苦难为什么还要无端地去加给另一个人呢。我就同孩子们相处一辈子吧……嘻嘻……’她说着，还发笑。她天性爱笑。我同情老同学，点头赞同了：‘好吧，孩子归你。可是有个条件，不许你太操劳，我帮你带。’她眨眼点头。

“‘你当妈妈了，给孩子取个名字吧，当阿姨的好喊呀！’我笑着说。

“‘就叫建明吧。’她不假思索地回答，‘建设明天的人呀，嘻嘻……’那会儿的人们，总是那么向往明天……”

听完桂素芸妈妈的讲述，我的心被极大地震动了。“妈妈，我的妈妈！……”我依在她的肩头上，痛哭连声地喊着，直到声嘶力竭。

九

从那以后，我同妈妈相依为命，风雨同舟，直到今天。今天，我已是一个三十三岁的立业之人了，是个为人们解除病痛的医生了。我有了妻子，有了一个娇滴滴的四岁的小女儿。可是，我的妈妈，她依然独身。是她天性喜欢孤独？不，不是的。是孩子，是机遇，是人世间的美与丑、善与恶，是大自然和政治的风风雨雨，也许还有那不能忘怀的爱……

妈妈渐渐老了，但她仍在孩子们中间，她永远是一个不倦的园丁。嘉陵幼儿园内的花木重新培植了，入托的幼儿超过了一百五十名，达到了建国以来的最高水平。在这些幼儿中，也有我们这些当年被妈妈保育过的孩子的孩子。

在这些年里，我作为独生子女未下农村。在妈妈的督促下刻苦学习，考上了医学院，以优异成绩留在了一个市属医院工作。

我长大成人了。爱，悄悄来到了我身边。世界上的事情就是这样，同样是爱，对于有的人是那么苛刻，而对有的人又太慷慨了。我十分称心如意地同出落得一表人才的温英结了婚。她是同牛儿一起下农村的。后来，牛儿参军去了南海舰队，她不久也考上中专回城来了。毕业后，她分配在一个工厂工作。我们有了自己的女儿，有了一个幸福美满的小家庭。

十

我们一直和妈妈住在一起，我们这四口之家的生活是美满、和睦、幸福而宁静的。

盛暑季节，天热极了。晚上，我穿件背心埋头灯下攻读，翻阅着一本刚出不久的心脏内科杂志。我那当技术员的妻子已和女儿在席床上沉沉入睡。妈妈来了。她步子很轻很轻。她走到我身边，为我摇着蒲扇（我怕电扇会吹凉小女儿，总是在她入睡后便关掉了）。徐徐的凉风吹来，驱走了我身上的燥热，我感激地抬起头来，朝妈妈笑笑，便又钻进书中去了。妈妈站在我身边，没有说话，也没有离开，她继续为我打扇。我过意不去，回过头来，发现妈妈正怔怔地望着我，脸上挂着浅浅的笑，那笑里分明还有着一种难言的复杂感情。妈妈老了，脸上布满了河流汊支般的沟道，腮帮上的肉也松弛了，两鬓杂白。那摇着蒲扇的长长的手指指骨分明，皱巴巴的。

我怜惜起妈妈来："妈妈，早些休息吧，我就睡了。"

妈妈没有答话，一双皱折的眼睛仍然盯着我："建明，到屋外同妈妈乘会儿凉吧，好吗？"

"嗯。"这是妈妈的请求，我欣然同意。尽管我那心还被书中关于人心功能的新见解吸引着。

我们到后山上一块石块上坐下。这儿能看到整个幼儿园，看到嘉陵江。月亮就要圆了，很大很亮。月色中，绿荫密布的幼儿园已经沉沉入睡。唯有孩子们的寝室里还亮着微弱的灯光，透过挂有纱帘的窗户可以看见当班的吴阿姨的身影。嘉陵江上，点点灯火在江面上游移，夜航船比过去多了。江对岸那黝黑的山坳间亮着一片新建工厂的灯光。望着眼前的一切，我感慨万千。在这里，我同妈妈甘苦与共，生活了三十余载，这便是生我育我的故乡。

"建明……"妈妈说话了，她的话声带着微微的颤抖，"你……想妈妈吗？"

"想！"我由衷地说，笑望着妈妈。那眼还在说，妈妈，你永远在儿子心中，就像这故乡的山和水。

妈妈抽了口气，月色下，我见她脸上掠过一丝惊疑，又浮现出一丝慰藉。她望着我，一双眼睛除了温柔、慈祥，还带着一种痛苦和坚毅："孩子，妈妈要告诉你一件事，你就要见到你的亲生妈妈了。"

"什么，妈妈，你说什么！"

"你的妈妈，那生下你来的妈妈，她就要来看你了。"

如同一声沉雷，我震惊呆了。

妈妈的话说得清楚而平静，平静得像嘉陵江那河湾里的水。可我的心里却翻腾着一个大海！从我知道自己有过一个生母到现在已经好多年了，我何尝没有思念过自己的生母，她毕竟是十月怀胎，经受过巨大的阵痛才把我降生到人世的，我是她身上掉下的一团肉呀！可我不理解，她为什么要抛弃我？我常常联想到自己的女儿，不要说让我去抛弃她，就是她妈妈生气时打她一下我也心痛的。要是能见她一面就好了，那样，我至少可以解开一直深藏在心底的这个谜。

一个念头在我心中萌动、滋生，我想要找找我那生母。我把这念头偷偷告诉了温英，她听了两眼发湿："……那就给报社写封信吧，兴许会找到的。"妻子的话，使我下了决心，我提笔写了封寻母信。可信写好了却迟迟没有发出去，我想到把毕生精力都给了我的这位妈妈，于心不忍，将那封信放到了抽屉里。有一天，我下夜班，回到家里。见正在抹桌子的妈妈立在我那书桌前，抽屉已经打开，那封信正展开在桌面上。妈妈见我来了，默默地将那封信叠起来。我心里一阵灼痛，难过极了，怎么这么粗心，让妈妈看见了这封信，她心里会多么难受。

"妈妈！"我走过去，拿过那信来，将它撕得粉碎，"妈妈，你生儿子气了吧？妈妈，我真不该……原谅我吧，妈妈，我只不过想了解一下她的情况。妈妈，相信我，你永远是我的妈妈，谁也不能取代……"

妈妈听着，深深地吸了口气，点点头，表示理解，然后用布满皱纹的手揉着两只红红的老眼走出屋去……这事一晃两年了，我们谁也没有再提起过。此刻，妈妈又把它搅了出来，说我的生母要来了！

对于这意外的消息，我既惊讶、高兴，又不安、内疚。这对于她，这个为了孩子做出巨大牺牲的至高无上的女性——我的桂素芸妈妈，该是何等的严酷。她再不能失去了，再不能失去伴随自己安度晚年的唯一依靠了，她再不能经受那老人们最害怕的打击了。

"不，不！"我近于吼叫，扑到妈妈跟前，"妈妈！你就是我唯一的亲生的妈妈，我不要，不见任何其他的什么人……"我的两眼被热乎乎的泪水蒙住了。

妈妈抚着我的肩头，她那显得苍老的声音发哽发嘶："孩子，你应该见，应该见见那生下你的妈妈，应该了解一个女人的心，一个做母亲的老人的心……"说着，她用瑟瑟抖动的手掏出一封拆开的信来给我，"看看吧，这是你生母写的。"

就着明亮的月光，我取出信页缓缓地展开阅看：

尊敬的报社编辑同志：

我是长江边一个叫石宝寨里的乡村妇女，我不识字，这封信是我的丈夫、大队会计许平山写的。

我们寨子古称“小蓬莱”。可是在过去，我们这“小蓬莱”也是苦不堪言。1948年，我妈一场大病，耗尽了一家薄产，结果却人财两空。妈妈死了，爸爸一筹莫展，领上十七岁的我和两个弟弟搭船来山城投亲，谁知那家亲戚已经搬迁，没有寻着。我家四口只好流落街头。蒙一路人好心，荐去一大户人家帮工，预支了些盘缠，先送爸爸父子三人回了故里。我拼死拼命干活，切望早日还清工债，挣得盘缠回乡。哪知那家主妇狼毒刁钻，硬诬我偷了她的金戒指，将人往死里乱打，还要我补工退赔。我受不了，逃跑出来，病倒在码头上。一个挑扁担的好人收留了我。我们结婚了。没想到好人命短，他不久即害痨病去世了。

解放大军进城前夕，我临产了，生下一个男娃。我月子里便去帮人洗衣服，做零工。拖着奶娃，我没法回家去见爸爸、弟弟。只给他们去了信，说我一切都好。

可是，这时又发生了另外一件事。许平山找来了。许平山跟我是青梅竹马一起长大的。两屋的老人打过亲家。爸爸信上说，他父子三人回去后，多亏了许平山一家照料，让我一定同专程来接我的许平山回家，把喜事办了。

写信先生帮我念完了信，我哭得伤心哟！许平山为人忠厚，他曾经对我说过，天下女人都不要，唯独要我……天！他要是晓得我已有了娃儿，会气成啥样啊。我左思右想没得法，泪哭干了又涌出来。悔恨、羞愧、痛苦绞断了肝肠。我终究是个乡间女子。不，我让魔鬼迷了心！我该死，竟黑起心要抛弃我那亲生骨肉。

老天爷，你惩罚我吧，天打五雷轰也不为过！就在平山来城的那天早上，我拿蓝布把娃儿严严实实裹好，抱到嘉陵江边的一个僻静的松树林子里。我把娃儿放到树墩上，望了又望，亲了又亲，直是对儿说：“儿呵，莫哭莫哭，你恨妈吧，恨妈没有良心，妈没得法哟。儿啊，妈给你祝福，盼你落到个好人家……”我一遍遍说，不知说了多少遍，掉了多少泪。我听见了脚步声，一横心，紧忙躲到旁边不远处一棵树身后。我偷偷看见跑过来的是个细眉秀眼穿白衬衣的姑娘，她疼爱地抱起了娃儿。我见这姑娘一副善相，心头稍稍宽慰，最后看了娃儿一眼，转身跑了。我听见了那姑娘的呼唤声，泪如雨下，心头像有千把刀在戳，脚越发跑得快了。

我回到石宝寨，同平山结了婚，生了三儿三女。可这多年来，我心里时时不得安宁，肚里装着一包苦水。

现今，我算是儿孙满堂了。这两年，我们石宝寨也富了。我家里的生活也越来越好。可是，日子过得越舒坦，我这心便越不安，越发思念我那苦命的儿来，不晓得他现在何方，过得好否？想着，我便落泪。平山以为我病了，请来先生诊脉。先生怎么医得好我的心病。人老了，倍想后人，我也再不想瞒着平山，便一盘子一碗全端出来。平山听了也落了泪，直怨我为啥不早说。他立马提笔写了这封信。他说，这几年报上登广告，好些亲人都团圆了。

编辑同志，我这封信写得长了些，可是，我还怕说不清呵！我渴望你们能设法帮我找到当年那位善心姑娘，找到我的娃儿。如能找到，我不敢有其他奢望，只求能见儿子一面，便也死而瞑目了。

就写这些吧，不知道说清楚没有，这是我一个做母亲的忏悔，一个年过半百的垂暮老人的心声。

千拜万托了！

盼早复。地址见信皮。

……

看完信，我两眼模糊，深深地感动了。但我的感动并非于此。我折好信，见妈妈凝望着山岩下，凝望着幼儿园大门外那月色中的黄葛树。黄葛树那巨伞般的枝叶在江风中索索抖动，妈妈那心也一定在颤抖！报社编辑找上门来了。不用说，他们被这封信打动了，他们一定为那位老人说了许多动情的话，他们一定由衷地希望这不幸失散的母子团聚，他们完全可能会动员妈妈表态，让我去“蓬莱仙境”探母……可他们又怎能理解这个真正母亲的心呵！站在我的立场上，此时此刻用我这心的天平来衡量，重心是在我的桂素芸妈妈这边的。是呵，妈妈，你对我的恩情太重太重，我今生一世也还不清。

“妈妈……”我望着老人，话音尽力平和，“是报社编辑来找你了？……妈妈，你放心，我永远在你身边……”

妈妈回转过脸来，月色扑面，格外苍白：“建明，报社编辑没来找我。信是你的叔叔，就是温叔叔交给我的。”

"温叔叔？……是他！"对于温英的这位叔叔，我过去喜欢过。但后来，我，还有温英对他印象都不好。除了我俩结婚时，碍于礼节邀请过他外，平时我们很少往来。

"是他。"妈妈点着头。

"四天前，他来了，是在幼儿园办公室找到我的。他还是一身讲究的衣着，说话彬彬有礼。不过人显老了，坐在凳子上身子佝偻，额头那光光的发丝夹杂了比我还多的白发。一见面，我们都显得有点拘谨，不过，这感觉很快便逝去了。他爱人不是在报社当编辑么，这件事就是他爱人告诉他的。他看了这封信，他断定这封信中所寻的孩子就是你。他告诉我，这些年来，尽管我们没什么往来，但对我的一切仍然很关心。他很同情我，还说，他很内疚……最后，他问我准备怎么办。

"晚上，我彻底失眠了！给不给这位老人回信呢？告不告诉她孩子在这儿呢？我欲哭无声，整整一个通宵，不能抉择。不过，我毕竟理解一个做母亲的女人的心。这三十多年来，她那颗思念孩子的心也并不比我这为孩子担惊受怕的心好受。

"清晨，我终于摆脱了那梦魇般的心境，头脑清醒起来。我没有等你回来，便提笔给那位心急如火的老人回了信。我告诉她，你在这儿，已有了家室，一切都好，欢迎她来……"

听完妈妈的讲述，我泣不成声。

十一

早晨，伴着绚丽朝霞来临了。

我独自坐在石板上，想感受一下嘉陵江上的清风，平定一下自己那烦乱的心绪。我看见妻子和女儿走出屋子。温英穿着时兴的米黄色上衣，小女儿穿淡绿色连衣裙，式样新颖，翩翩欲飞。

看着她们母女俩的身影，我心里酸楚灼热。这娇姑娘，这幸福而年轻的妈妈，从家里去幼儿班教室不过几步路，妈妈也要迎送。这难分难舍、幸福甜蜜的母女情！妻子和女儿走到幼儿园院坝中了，我看见了妈妈，她迎着孩子走过去，抱起了小孙女。

妈妈将孙女抱在怀中朝幼儿园大门走去，步履显得蹒跚。妈妈哟，此刻，唯有儿子最知道你的心境，你心里翻腾着大海的波澜。

我低下头来，看见脚下我们那房前屋后的石榴树。啊，树枝上结满了沉甸甸的果实，已经是收获时节了。

“桂——奶——奶——早！”

“桂——奶——奶——好！”

……

我正想着，一片童声传来，像山涧里欢快的溪水。我循声看去：晨曦中，妈妈已走到了幼儿园大门前，步履显得稳实多了。那些入托来的孩子正争先恐后向她问好。啊，那里面还有多少熟悉的面孔！他们是这幼儿园当年的小朋友，而今已是送自己孩子来幼儿园的爸爸、妈妈了。

不久前，由于温英的提议，我们在鹅岭公园的双江亭上召集了一个别有风趣的小小同学会，参加者都是上过嘉陵幼儿园的当年的小朋友。其中有牛儿、晶晶、三胖娃、小海娃和“百灵鸟”。牛儿在海军部队已提干当了舰长，正回来探亲。想不到的是，他同那娇媚的“百灵鸟”结了婚。晶晶在大巴山区扎了根，同一个农家姑娘结了婚，生下了两个孩子。现在，他已调回城三年，在一个商店当营业员，同来自山乡的妻子过着恩爱而未能团聚的牛郎织女般的生活。最幸运的是小海娃，他大学毕了业，还考上了研究生，分配在设计院工作。三胖娃在一个工厂当工人，每月都是拿的甲等奖。

欢聚一堂时，我们互致问候，感叹人生，都感到我们长大了，成才了……议论最多的是幼儿园时期的阿姨们。而每一个人都由衷地赞叹着那把自己的一生都献给了孩子们的桂阿姨，我的妈妈！

晶晶感触颇深，说：“人们都常常容易记住自己中小学时期的老师，而忘记了幼儿时期的阿姨，忘记了那些捏制坯胎的人。我可是一辈子也忘不了！”

“百灵鸟”连声赞叹，大加发挥：“花果是可爱的，而培育花果的园丁更可爱……”她的妹妹就在嘉陵幼儿园当阿姨哩！

此刻，牛儿、晶晶、三胖娃都各自拉着自己的孩子站在妈妈跟前。他们也同孩子们一道，满怀深情地呼唤着自己的启蒙阿姨：

“桂奶奶早！”

“桂奶奶好！”

这声音仿佛一首亲切感人的乐曲，回荡在嘉陵江上。

大山的回鸣

一

列车翻越秦岭的时候，大地已经沉沉入睡。电动机车头前那雪亮的巨大光柱劈斩开夜幕，在莽莽山坳间缓缓穿行。

卧铺车厢里已熄灯，只有一排脚灯懒懒地散发出一团团微弱的光亮。枕着军大衣的赵敏半靠在下铺上，身子随列车晃动，全然不能入睡。

谁能想到呢，十六年后的今天，她又再次踏上了这段旅程。而且，将要比当年走得更远。列车“轰隆，轰隆”行驶，赵敏的内心极不平静。她的心早已越过秦岭越过水隔山阻的旅途，飞向那块曾经给予过她欢乐、痛苦、惆怅，并无数次勾起她无限眷念和向往的地方。她索性打开记忆的闸门，让思绪奔流到十六年前，奔流到她的青春年代……

二

1968年，赵敏千里迢迢地从北京来到四川。

四川好，四川是天府之国，是战略大后方，到四川当兵千载难逢，人家都说赵敏交了好运。可赵敏比谁都清楚，四川不过是她回北京的中转站。那年头，当兵吃香，不少干部子女都走了这条路。爸爸说，这样下去锻炼锻炼好。

新来乍到，印象不错。坐落在川西坝子上的这驻军医院绿树成荫，还有条不宽的小溪从院中流过。隔墙便是鼎鼎有名的佛教圣地宝光寺，穿过县城有杨升庵的故居桂湖。

新兵集训后，赵敏万没想到自己竟被分到食堂当火头兵。每天五点起床上班，烧火、淘米、洗菜、拉车，累得腰酸腿痛，夜里躺在床上直哼哼。那天晚上，她捶打着酸痛的腰背给妈妈写信。她在信上向妈妈撒娇、诉苦，说她非常想妈妈爸爸。末了，却又加上，妈妈，你可决不要给我寄东西来，也别写信来托军区的这个那个。她心里明白，要想早点儿回北京，就得在这里好好干。

临别前，妈妈嘱咐过，好好干，争取早日入党、提干，而后就设法调回北京。

门开了，贾素兰和水箐回来了。科室里的晚学习结束了。

“小赵，又在给北京写信，想妈妈了？”贾素兰边说边从床下拿出脸盆，招呼水箐出门去打水。

她俩都是内科护士，都比赵敏大三岁。因为伙房的女战士宿舍住满了，赵管理员插空子将赵敏安排住进了这干部宿舍。贾素兰并不满意却用笑脸欢迎了她。水箐三天难说两句话，见着时总是眨着两只明亮而湿润的眼睛笑笑，谁知她心里想的啥。她俩都是军区卫校护士班六五年毕业的同班同学，算得上有点资历的老兵。

贾素兰和水箐端水进来了。水箐反身插死了房门。两人在屋里擦洗起来，屋内溢满水汽、皂味。这使赵敏很容易联想起北京家里那雪白明洁的浴室来。她起身推开了面前的窗户，窗外那一树桂花的清香扑鼻而来。

“嗯，好香！”贾素兰擦洗，水声哗哗响，“小赵，我们四川好不好，窗前就是桂花树……”

贾素兰的话匣一开便没个完，赵敏截住她：“嗯，四川好，四川好，人驾辕马拉套，牛穿草鞋人光脚。”这是和赵敏一块儿从北京来的被分配到洗衣班气得大骂过赵管理员的乔颖编的。赵敏觉得挺有味儿。

赵敏的话音未完，贾素兰便捧腹大笑，连轻易不出声的水箐也吃吃地笑。

晚上躺到床上，贾素兰还在笑。赵敏盯她一眼，心想，这农村姑娘真有意思，啥时都这么快乐，听说她年年都是先进。

“睡觉吧，看笑死你哩。”赵敏说。

贾素兰越发笑，蓦地，坐起身来，诡秘地说：“呃，小赵，水箐，给你们说个新闻。”

“什么呀！”赵敏喃喃道，实在是困了。

“告诉你们，那上海姑娘伤心得哭了哩，嘻嘻，她给人家写情书，人家不干……”

上海姑娘是不久前才从上海分来的护士，模样儿俊俏，服饰入时，在这个小医院多少有点惹眼。赵敏对此还有些不服气，难道北京姑娘就比不上上海丫头？这会儿贾素兰提到这事，她顿时来了兴趣。

“她给谁写信呀？”她急于想要知道这个敢于藐视上海姑娘的人。

“石仲林，前年从军医大学毕业分来的，内科军医，得行得很。”贾素兰说得特别有劲，声音都异样了，“工人出身，共产党员，今年二十六岁……”她像是查过别人档案。

石仲林，赵敏一下记住了这个名字。

这天，她休班，懒得上街去，便在屋里看了半天小说。到肚子咕噜起来，她才穿上部队发的裙子去食堂吃饭。她喜欢沿着院里那条小溪走，顺小溪可以绕到伙房去。小溪的水很清亮，潺潺流淌，像哼着一支美妙的歌……“当啷！”一声响，脚下绊着了什么，她低头一看，糟了，把一个盛有肉菜的盘子踢翻了。这才发现她已走到溪边那棵高大的桉树下，一帮男兵正蹲在树下吃饭。她歉意地俯身拾起盘子，对盘子的主人说：“对不起，我给你重打一份来。”转身便朝伙房走。

这时，贾素兰不知从哪儿跟了过来，对赵敏耳语：“这盘子的主人就是石仲林。”

“真的！”赵敏一伸舌头。

她从伙房打来一盘肉菜，递给石仲林，仔细打量他。

他高个头，圆盘脸，五官端正，军容严整，穿一身洗得发白的军装，从军帽到解放鞋全是白的。他身上有军人的憨实质朴，透露出年轻人的帅劲，只是肤色稍显深些。女俊一身孝，男俊一身糙，这反倒增添了男子汉的英俊。难怪，连那上海姑娘也倾心了。赵敏蓦地回忆起来，刚到医院报到的那个星期天，她们一帮北京女兵去宝光寺摸“福”字，一个也没有摸到。而这时，过来一帮男军官，其中一个一下就摸到了，这人就是石仲林。可不，看他天庭饱满、耳垂显大，一副福相哩……

“噢，多少菜票？”他伸手接过菜，红脸说，“谢谢了。”话声是平调，显慢，更显逗人。

“不消啰，赔你的！”赵敏学四川腔，调皮一笑，扭身走，身后传来那帮人的哄笑。她扭头瞅了一眼，石仲林正在搓他那军帽，神情尴尬。

三

路，没完没了的路。山，没完没了的山。“嗡……”没完没了的单调而沉闷的汽车轰鸣声。

赵敏和军区后勤宣传队的二十多名队员挤坐在一辆解放牌军车的车厢里，浑身软软的，懒得睁开眼睛。她头靠在身边人的肩头上，身子随着汽车的颠簸摇晃。小时候看过电影《昆仑山上一棵草》，她觉得自己此时完全像那个坐在汽车里的姑娘，她为自己的盲目决定有些后悔起来。

前不久，也就是她的军龄刚足一年零一个月时，那胖胖的三八式干部秦院长宣读了命令，任命她为外科护士。听完命令，她长舒口气，功夫不负有心人，短短一年时间，她和乔颖都提了干，她在外科，乔颖在供应室，都入了党。

下科室了，军干服穿上了，应该考虑如何回北京了。她给妈妈写信谈到了这个问题，并让她快寄些北京奶糖来。她那细白的手腕上戴上了手表，这表从北京来时捎上了的，一直压在箱子里。护士长显得惊讶："哟，小赵这表还带日历！"她抿嘴笑，觉得是不是太突出了，可又一想，怕啥，当护士，工作需要。

就在她暗里活动调回北京时，已调到政治处当干事的贾素兰告诉了她一个意外的消息。

"小赵，军区后勤部方干事来电话，点名你和水箐参加进藏宣传队。我们主任说，这是个光荣而艰巨的政治任务，必须去，让我先向你俩通个气。"

赵敏一跳老高："太好了，太好了！"她本来就爱好文艺，加之进藏对她特别富有吸引力：雪山、草原、藏歌、踢踏舞，浪漫神秘。她当即同意，立即给妈妈去信，回京暂缓，女儿将要去走你和爸爸曾经走过的路。

宣传队匆匆集中，紧张排练，四月上旬便出发。四至八月是山里的黄金季节，必须赶在八月大雪封山前返回内地。任务是为川藏公路沿线的大小兵站巡回演出，自新都桥兵站分岔，从南线进去，到达终点昌都后，再从北线返回。

她开初的心情还兴奋。一马平川的川西坝子、雾气朦胧的雨城雅安、一面碧绿一面光秃的二郎山、滔滔大渡河、驰名中外的泸定铁索桥……都使人赏心悦目，惊叹不已。然而，这兴奋的心绪没维持多久便被那海拔4200米的折多山、变幻无常的恶劣气候、没完没了的悬崖陡坡和公路边的汽车残骸冲淡了。

宣传队几乎是每天爬一座大山，到了一个兵站稍事休息，晚上便要演出。演出场地几乎都是饭堂。观众呢，大站不过几十个人，而小站，台上人反比台下人多。当然，观众是热情的，无论哪个节目，那一张张黝黑粗糙的脸上都挂满了笑，巴掌拍得山响。也难怪，这些兵常年住在山里，周围几十里不见人烟，除了听收音机里的新闻和少得可怜的千篇一律的文娱节目外，什么也看不见，宣传队这台节目对他们自然是满目生辉，况且还有这么一帮俊俏女兵。但赵敏，却越来越受不了了。

汽车盘山而上，目的地是理塘兵站。宣传队朱队长说，理塘是世界上海拔最高的城市，可这提不起赵敏的情绪，她烦闷死了，一身都不舒服。她将毛皮大衣裹了裹，蜷缩身子，往身边人的身上挤靠，似乎要舒服一些。

她靠着的这人是石仲林。他可真有能耐，无论车开多久，身子总是坐得笔挺挺的，两手紧护跟前那平放在道具箱上的大提琴。赵敏简直没想到，他身上居然也有文艺细胞，会拉大提琴。

他是特地从下部队去的医疗队里抽调来的。医疗队长不放，几经周折，秦院长亲自发电报才把他调了来。

"喂，赵敏，到理塘了。"石仲林动动肩头。

赵敏懒懒地抬起头来，朝车厢外望。嗬，这哪是她想象中的高山险城，分明是另一番景致的川西平原，就仿佛置身于一个巨大的飞机场中。四周是一望无垠的草原，平展的公路便是飞机的跑道。天际边白亮亮的，烘托出绵亘不断的奇丽雪峰，闪烁着宝石般晶莹的光辉。草原上有马群，一群野鹿飞驰。就在马群右方可以看见一座不大的小城，房屋多是石头垒砌成的。也有两座较高的建筑，那是百货公司和新华书店。

汽车没有开向县城，又朝前走了十多里，停在了白墙黑瓦院的理塘兵站门前。同其他兵站一样，兵站的干部战士们如同紧急演练一般，飞快地抬出大锣大鼓，欢呼声锣鼓声响遍四野。

住下后，赵敏第一件事便是躺卧到划分给女队员住的宿舍的通铺上。她伸展开肢体，长舒口气，此时是天底下最舒适奇妙的享受。

"小赵，快，这里有温泉！"大邹活像一阵风扑进门来，胖胖的脸上挂着惊喜，"队长说，兵站为我们做了安排，吃了饭就去洗温泉澡！"

有温泉，赵敏饭也顾不上多吃，高原上气压低，煮的面条总是夹生，她也不想多吃。

这高山温泉很简陋，几堵板墙隔出几个池子，池子老大。宣传队全队八个女的，一池子全泡下了。泉水很清，温度也高，同内地的温泉没有两样。

她们忙不迭脱去衣服，"扑通，扑通"跃进水里。一时间，冒着团团热气的池中充满了笑闹声。赵敏把整个身子浸泡在水里，她觉得比北京家里的浴池舒适多了。唉，进山这十多天来，坐车一身泥，演出一身汗，早想痛痛快快洗个澡了。大邹挨了过来，她个头同赵敏一般高，却丰满壮实。赵敏常常笑她那腰围像水桶。这个来自野战医院的护士完全没有舞蹈演员特有的身姿，却有编排舞蹈的特殊本领，宣传队的舞蹈几乎都是她编排的。她凑到赵敏耳边说："小赵，你晓得不，听说这温泉水是圣水。早先，当地人是不常来的，他们一年只来洗一次，洗去身上的污垢，求得万事吉祥如意。"

赵敏咯咯笑："那多可惜，这么好的水，要我呀，每天来洗一次。"

"才美死你哩！"大邹也笑。

一旁的水箐也抿嘴笑。

“呀!”大邹像突然发现了新大陆,“小赵,你咋这儿长颗痣,你会肩挑背磨苦一世的!”

赵敏左肩头上有颗黑痣,听大邹说起,她又想到那次摸“福”字。是的,没福,要不咋会跑到四川来当兵,瞧人家向莹多有福气,去了北大读书。

这个澡洗得痛快。女队员们都一个个穿衣服出去了,赵敏仍不想离开,还硬拉水箐与她做伴。直到水箐再三催促,她才恋恋不舍地走出水池。她全身热烘烘的,血管都扩张了,肤色透红透红,冒着热气。她突然觉得身边的水箐、身后的水池、四周的墙壁也透红透红,旋转起来,越来越快。她眼前一黑,便什么都不知道了……

她醒来的时候,躺卧在温泉池边的长条凳上。当她扭转头来时,心里一悸,差点叫出声来。石仲林正蹲在她身边,一只手按着她的脉搏。她羞红了脸,因为她这副样子太难堪了,只穿了部队发的衬衣衬裤。她心里怦怦跳,好一阵,才平息。她明白自己刚才发生了什么事情,她知道石仲林是宣传队里唯一水平不错的内科军医。

水箐进来了,端来杯热气腾腾的糖水,见赵敏醒来,高兴极了,忙过来喂她糖水,连声说:“这就好了,这就好了! 石……石医生说,你是吃得太少,又被热水泡太久,虚脱了。”

大邹也进来,一边帮赵敏穿外衣,一边数落:“你呀,太娇气,太挑食,我才不管哩,什么生面熟食,塞饱肚子算事……”这阵,赵敏发现石仲林已经出去了。

晚上,赵敏照样参加了演出,朱队长着实把她夸奖一番。刚要卸装,兵站门口又响起了锣鼓声。原来,城里的居民听说来了宣传队,特来热情相邀。朱队长当即决定加演一场,向县城进发。

广袤的高山旷野里,行进着一支二十多人的队伍;墨蓝寂寥的夜空下,燃烧着一串火的明珠。

约摸走出七八里路,赵敏感到心悸乏力、头冒虚汗,减慢了步子。走在一旁的水箐看出来,搀扶她喊:“队长,小赵坚持不住了,脸都白了!”

朱队长忙叫石仲林过来照看。

队伍不能停歇,继续前进,不一会儿,那串火的明珠便消逝在茫茫夜色中。

赵敏感到头晕目眩,瘫坐在地上不想动弹。石仲林从她手中接过火把,扪她脉搏:“怎么样?”忽闪的火光中,映衬着他那张关切的脸,“你的节目多,太累了。”

“没啥，”赵敏强颜笑，用手绢擦去额上细汗，“走吧，去赶上队伍。”她欲撑起身，却力不从心。

石仲林看着她，把火把交给她，也不说什么，将她背到身上，迈步前行。赵敏心里发热，脸上害臊，却没有力量往下挣扎。她尽力将手中的火把前伸，为他照亮前路，无力的头耷拉在他那汗透了的散发着体温的背上。

这儿到县城不过四五里路，却是那么漫长。赵敏手中火把的光焰弱了，终于爆燃两下，灭了。夜的帷幔很快便填补了火把光焰方才照亮的那一小块空间，将赵敏和石仲林两人包裹。赵敏看不见周围的一切，觉得自己坠入了空荡荡的幽谷，飘入了墨黑色的海水里。呼呼，唏唏，哗哗……有什么在鸣响？在驰骋？又像有什么庞然大物从身后袭来……赵敏一阵心悸，紧紧地搂抱住石仲林。

“赵敏，你冷吗？”石仲林将她的身子朝上掂了掂，脚下的步子没停。

石仲林这一问，使赵敏镇定下来。不怕，有他哩！她感觉出来了，是山野的风轻轻吹过，大概是远方的鹿群在急驰，是浓厚的夜在深缓呼吸。她自嘲一笑，浑身软软地伏在石仲林那宽阔的后背上。她感觉到他那双有力的手将自己的双腿搂抱得更紧，脚下的步子迈动得更快，发自胸膛的粗大的呼吸声更急。她不由得一阵娇羞，一阵感激，一阵说不出的异样之情……

四

璀璨的朝霞为耀眼的终年依附在嶙峋峰顶的银铠甲镶上金边，太阳仿佛一个含羞的少女在雪峰间悄悄露出脸来，阳光犹如一笔浓醇的珠红点落宣纸，向四周浸润。

去掉了顶篷的解放牌军车缓缓地在雪峰的谷地爬行，晨间那清新的空气伴着山风扑面而过。赵敏靠坐在车上，饱览巍峨雪山风貌。这雪山，它时而像可亲的长者，时而像暴躁的力士。而此刻，当宣传队从北线返回，离开道孚兵站向八美兵站进发的时候，它又多像一个温柔多情的白雪姑娘。

赵敏偷偷瞅了一眼身旁的石仲林。同往常一样，他那标准军人的身躯端坐着，双手紧护着他那宝贝大提琴。翻毛大衣领衬着他那透着高原人特有红晕的面庞，使肤色更加黝黑。她不禁想起了曾经见过的一座军人石雕像，那位把一腔热情都倾注到这雕像上的艺术家为人们塑造了一个多么英武的军人形象。自从理塘那高原之夜后，赵敏总爱不由自主地端详石仲林。她不知道此时自己的心中是一种什么样的感情。看着，她身不由己地回忆起她和他相处的一些事儿。

那是在一座扁馒头状的山峦上。那山没有积雪，没有树，有的只是爬满山头的枯黄小草。淡淡日光透过薄薄云层洒落山上，一派金辉。

她独自爬上山头，扔下皮大衣，坐到草地上，好奇地观赏这近乎枯萎的小草。朱队长说过，这草是金贵的牦牛饲料。她真不相信，凭这干瘪的小草能哺育出那膘肥乳旺、肉味鲜美的牦牛来。她随手从衣兜里掏出昨晚生篝火时朱队长扔给她的一包火柴，好奇心驱使她划燃火柴去点那小草。这干瘪的小草一点便燃，开始，是一股淡淡的火苗，听得见"吱吱"的火苗声。山上吹着风，那火苗随风势朝一个方向燃烧。她想起爸爸给弟弟理发来，真够意思！那火苗就像一把理发推子，不一会儿便推出一块秃地来。她索性趴在地上，两手支着下巴颏，观赏着这火的"推剪"。

山风依然在吹，风助火长，在一片"吱吱"声中，火势向四周蔓延。那贴着地皮的一层火苗在阳光折射下迸发出赤橙黄绿的异彩，真像北京城那五光十色的焰火……

"嘭嘭嘭！……"身后传来一阵重重的脚步声响。

石仲林不知从哪儿跑了过来。他没有穿皮大衣，手里拿着个硬皮小本和一支铅笔。他呼呼地喘着气，扔去手中本子，拾起赵敏那件皮大衣穿到身上，就地向火苗滚去。此时，那火已燃开一丈见方，发出"吱吱喳喳"的爆鸣声。他从火的这端滚向那端，又从那端滚回来……那火，终于被他压灭。

他悻悻地站起来，怒目冷对，狠狠地盯着她。她也蹙紧眉头，却又"扑哧"笑了。他站在那儿，鼻头和面颊被熏黑了，穿着她那件连膝头也没遮住的女式皮大衣。

他没有笑："你真会胡闹！你看前面……哼，你这北京……"

他话没说完，脱下大衣扔给她，俯身去拾地上的小本。赵敏这才看见那翻开了的纸页上绘有雪山的素描画。

石仲林没有再理赵敏，咚咚咚走了。

赵敏还没有见他这么动怒过。哼，北京……无非是北京高干兵嘛！又怎么啦，偏见。她心里忿忿然，盯着他走远的背影。当她回过身来，举目前望时，心里一震，这才后怕起来。这山的一端连着一片大山林！要是引起了山林大火……她深深地自责起来。

晚上，演完节目卸装时，她讨好地为石仲林端去一盆热水，还把自己的香皂也送了去。可石仲林当没看见似的，扭身到水箐那儿去了。水箐刚向脸上打了肥皂，见他过来，把肥皂递给了他。他笑着接过肥皂，头埋到盆里，呼噜噜洗起来。

赵敏看着，胸脯一起一伏，气得直想哭……

而那一次，她却真的为他哭了。

那是翻过东达山去左贡兵站的路上。一路上，细雨霏霏。当车行至一个连接两个山包的下行弯道处时停住了。这段路又窄又陡，两边不靠山，前面是万丈悬崖，路面就像抹过一层油似的，很滑。司机班长对朱队长说，为了保证队员们安全，全部下车步行过去，由他一人驾车驶过这段路。朱队长点头赞同。

当队员们诅咒着这泥路走到下面那个山包回望时，见朱队长正打着手势指挥汽车缓缓下行。车轮如稍一打偏便有车毁人亡的危险，大家都为司机班长捏了一把汗。眼看车就要驶过那段险道了，人们开始松下气来。"啊！"就在这时，大邹惊呼起来。只见汽车前轮忽然向左边打滑过去。朱队长在车前狠命向右打着手势，车身却向左倾斜了。顷刻间，便要出现人们在途中见到过的翻车悲剧……这时，只见车身后突地闪出一个人来，那是石仲林，赵敏一眼便认了出来。他猛然向后车轮前扑过去，一双穿着翻毛皮鞋的脚露在外面。赵敏攥紧胸襟叫出声来，她看见后车轮朝他压去。车身抖了一下，停住了。她的心往下一沉：完了，石仲林……顿时不顾一切奔了上去。

全队同志也都奔了上去。

赵敏奔到车前，俯身去抱石仲林的双腿，她这时候心中想的全是石仲林，只有石仲林。她是一个外科护士，一定要救他，想尽一切办法救他。可他那双腿死沉沉的，赵敏心里发凉，两眼发热，泪珠子止不住扑地涌出眼眶。就在这时，石仲林的身子动了，动得很慢，像是怕车再往下滑似的。他终于从车底下退出身子，他成了个泥人。望着眼前的赵敏、朱队长和队员们，他笑了，露出一口雪白的牙。

"没事了，那石头顶稳了。"他舒了口气。话音微微发颤，看得出，他也够紧张的。原来，他一直抱着块石头跟在车尾，在这紧急时刻把石头垫到了后车轮上。

朱队长不住地拍石仲林肩头，又去驾驶室和司机班长握手："你们，好样的！我要为你们请功！你们不是黄继光，可这场合，也够考验人的……"

赵敏的心也感到阵阵发热，发烫。老实说，她平时在电影、小说、报纸、广播里见过、听过这类壮举，可却没去想它。或者认为那不过是作家编的，记者吹的。可此时此刻她却亲眼看见了。雨水滴落在她的脸上顺面颊流淌，有她涌出的泪水。水箐在她身边，她那眼里浸满了泪水。

“哐哐，哐哐哐……”欢迎的锣鼓声打断了赵敏的遐思。汽车停在了八美兵站的地坝里。

八美兵站，坐落在雄峰俯视下的谷地上，这是个只管饭不管住宿的小站，站里除了十来个干部战士外，四周阒无人迹。使人感到单调、空旷、孤寂。赵敏很是同情这些常年驻在这荒原高山上的干部战士，他们以高原为家，还风趣地说已在这儿选好了坟地。

午睡起来到下午化装前是自由活动时间。赵敏信步朝那几棵桉树走去。有几个战士正说笑着在树下松土施肥，那认真劲不亚于在培植一株株名贵花木。也难怪，在这光秃秃的荒原上难得有这几点绿。

赵敏数了数，一共八棵树，长得疏密有致，几乎在同一直线上。它们不像驻军医院的桉树那样尽力蓬展开枝干，而是竞赛般伸展着苗条颀长的身躯，高高地指向蓝天。枝端上，凝着几团白云。山风吹过，枝叶儿抖动，仿佛在低语。

赵敏看见石仲林坐在远处的一堆石块上，手里捧着画板。他不时瞄瞄这几棵树，握油彩画笔的手在画板上点动。那个矮而粗壮的兵站站长像一截树墩似的杵在他身边。

赵敏走过去看，八棵树跃然纸面，它们舒展着袅娜的身姿，翩翩欲飞，远处的雪峰若隐若现。这哪是八棵树，分明是八个美丽的天仙！在那个口号满天飞的年代，能欣赏到这样一幅清新淡雅的山林油画，真使人心旷神怡。她由衷地赞叹，没想到这个憨厚得近于笨拙的人竟有如此的画技和丰富的想象力！

“耶，石仲林，看你不出来，有两刷子嘛！”赵敏学着四川话，“这哪是八棵树，分明是八美图嘛！”

石仲林没有答话，站长接了话，他是个地道的川东人，说一口标准的家乡话：“你同志讲得对头，这硬是张八美图。早先，这山头上就没得一丁点绿，后来飞下来八个仙女，就变成了这八棵树。要不然，我们这里怎么叫八美兵站！”

赵敏听着，仿佛有些理解这些高原战士了。

石仲林的“八美图”画好了。宣传队员们传看，赞口不绝。末了，却被兵站站长一把夺去。他集合起全站人员，郑重其事地把这幅画挂在学习室的墙上，战士们激动鼓掌。宣传队员们也鼓掌。

石仲林对朱队长说：“队长，我们是不是排个八美舞？”

“对呀！”朱队长击掌，“我们完全应该通过各种形式来歌颂战士们热爱高原一草一木的崇高情操。”

“队长，马上就排，我动作都想好了！”大邹凑过来。这位天才的舞蹈组长边说边洒脱地做了几个优美的舞姿。

“八美舞”排练得非常快，第二天晚上便在八美兵站演出了。在优雅、抒情、节奏明快的乐曲声中，宣传队的八个姑娘服装艳丽、舞姿翩跹。那扮演高原战士的男队员，动作舒展、大方、热烈，穿插在“八美”之间，充满了高原战士的乐观、诙谐，引得观看的干部战士们笑声不绝。队员们跳得带劲，赵敏瞄见石仲林立在乐队后面，他收下琴弓，正用指头弹着琴弦。平时，赵敏总感觉他是做无用功，他一路保养提琴，每晚弹奏得冒汗，可谁听得见他那低音呢。而这时她听见了，那低沉的音域雄浑的大提琴声，响在乐曲的后半拍上，落在她的舞步上，振在她的心弦上。

场内静极了。

乐队加快了节奏，八个姑娘踏步跳动。“踢踢踏，踢踢踏……”整齐而响亮的踢踏舞步声响彻场内，仿佛一支剽悍的马队在草原上驰骋。排在队首的赵敏轻扬手臂，点动双脚，变换了队形。排在队尾的水箐过来与她伴舞。水箐抿嘴微微笑着，轻盈而柔软的动作如她本人一样优美。这是八美舞中最精彩的一段，赵敏心里犹如流淌着一条欢乐的小河，她发现乐队后面的石仲林不时迅疾地瞄了她一眼，又低下头去。她心中的小河泛起了浪花，脚下的步子点动得更加轻松欢快。

“哗——”场内响起了战士们起劲的掌声。

演出结束卸装的时候，赵敏挤过人丛跑到石仲林跟前：“拿来！”摊出还带着红油彩的手。

“拿什么？”石仲林正在收拾大提琴，不解地盯着她。

“快拿出你那个画本来！”赵敏挂着浅笑，命令似的说。

石仲林搓军帽，迟疑着从衣兜内掏出画本。

赵敏夺过画本，急不可耐翻动纸页。果然不出所料，最后一页上，炭铅画笔描绘了舞姿绰约的她。画面上的她身材更显颀长，青春的脸上一双眼睛熠熠生辉，睫毛夸张而富有神韵，穿着藏靴的脚像要弹飞起来……她不禁暗叹，这是我吗？是，这是我，这是他笔下的我，他心中的我：“我要这张画，能给我吗？”她将画捂到胸口，盯他，眼里燃着团火。

“你要是看得起，当然可以。”他有点局促，避开她那灼人的目光。又想起什么，要过那画来，用炭铅笔在画角上写：看八美舞有感，绘于川藏路上，惠赠赵敏同志存留,石仲林。

五

川西坝子的金秋时节到来了。

天空湛蓝,显得清新快活。驻军医院小溪边那棵挂着一身金叶儿的桉树,像一个能窥视一切人间奥秘的机敏而多情的老人,俯视着它脚下的两个姑娘。

“……真的,你也喜欢这棵树?”赵敏说。

水箐点头。

她俩相视,由衷一笑。同住一个寝室,又有一段高原生活的相处,她俩成了一对形影不离的好朋友。水箐比赵敏矮半个头,长相一般,但两眼明亮。这姑娘好静不好动,手头上的针线活很行。在宣传队时,那帮男队员可会抓差了。“水箐,你看我这袜子破洞了……”“水箐,帮个忙,补补我这膝头盖的破口吧……”“水箐,你看我这二胡套子,穿底啦……”水箐听着,一一接过,不显山不露水,静静地动作麻利地缀补好了送还给他们。“水箐,也是你哩,要是那帮懒鬼来找我,我非把那臭袜子、破裤子扔得远远的。”赵敏为水箐鸣不平。水箐听了只是笑,眨动着她那明亮而湿润的眼睛。后来,赵敏听说了她的过去,才真正理解了她。

水箐早些年也是很开朗的,她有着极好的歌喉,又会跳舞,品行一贯好。从小学到初中都是学校的文娱骨干、三好学生。难怪,那年军区卫校去招生时,第一个便选中了她。入伍后,她当过五好学员、优秀护士,被树为过标兵……六五年,军区举行万人诗歌演唱大会。在北校场那巨大的练兵场里,她镇静自如地站在露天舞台上,用她那婉转动人的歌喉,热情奔放的歌声,博得了全场观众经久不息的掌声,军区领导发给她演出一等奖。那时候,她是一个无忧无虑、幸福天真的百灵鸟。后来,她家庭突生变故,犹如静水里掀起的波澜,自然波及了她。

她开始沉默了,忧郁在她那明亮的眼里蒙上一层薄雾。她这次之所以能参加宣传队,是因为她有能用藏汉两种语言歌唱的特长,方干事坚持要她,秦院长点了头。

从宣传队回来,水箐的心情比先前好了许多。有时,她轻轻地哼起那些充满高原情趣的歌:“……捧上青稞酒,献上酥油茶,送给亲人金珠玛……”嗓音脆悠悠,荡得人心里暖融融、乐滋滋的。

也许是赵敏感情太奔放反倒更喜欢水箐的柔静，也许是她太自骄反倒更内疚于水箐的宽容，因而更同情她的不幸。她尊重水箐，亲近她，关心护卫她，对她几乎无话不说。

“水箐，你有二十五岁了吧？”

水箐点了点头。

“好像你们那批同学里，除了你以外都结婚了吧？”

“不，还有贾干事。”

“哦，对，还有贾素兰，呃，我说水箐，你也该找个男朋友了。我看宣传队那帮小伙子对你都不错。”

“这，我……”水箐垂下眼帘，不吱声了。

赵敏望着她，后悔起来。在部队，像她这样的人，找对象难哩。

“你呢，你大概有朋友了吧，一定在北京吧？”水箐反问。

“我吗？”赵敏狡黠一笑，“可以说有，也可以说没有。”

水箐不解地眨动着眼睛。

赵敏咯咯笑：“实话对你说吧，我心里已经有了！”

水箐舒眉笑了，目光里流露出祝愿之意。

水箐就是这样的姑娘，她有着年轻姑娘共有的那种敏感和好奇，却又将这些感情存留心底。她从不多事，从不去打探那些在她看来是属于别人隐私和秘密的事情。可是，水箐，你知道吗？此刻，站在这棵引人遥想的桉树下，站在自己的好朋友面前，赵敏多么希望你追问下去，她多想把自己内心的想法倾吐出来呵。让这树，让水箐为她分享一点，让水箐为她参谋参谋。可是，面对这真诚正直而又文静寡言的姑娘，她没有说出来。她拉水箐朝收发室走去，她在期待着一封北京的来信。

收发室门口围了人，赵敏往信架上一瞥，一下便发现那封盼望的信。她挤开身前的人去取了信。这信厚厚的，她心里怦怦跳，她为自己这大胆而浪漫的求爱方式而震惊，也为向莹的“够朋友”而欢悦。她把信交给了身后的水箐。

“给，你们内科人的信。”

水箐接过信：“石仲林，噢，他在北京还有熟人？”

赵敏推了她一把，调皮地说：“九百六十万平方公里的国土，七亿人，谁在远方没个三朋六友。走吧，水箐，看来我是没有信来了。我那爸爸妈妈呀，早把他们远方的女儿忘了……”

这一天总算熬过去了。赵敏没有问水箐把信捎给石仲林没有。她相信她会很快给他的。这天夜里，赵敏激动不安，但又自信而不后悔。她所追求的人是理想的。无论是外貌，性格、品行、才能、爱好，还有家庭出身。当然，他并不是她曾经朦胧描绘过的具有北方气质的男子；也不是她父母的哪一位老战友的后代。也许这便是曾经动摇过她的决心的不理想之处。不过，她也为自己终于抛开了那些虚无的幻想，冲破了世俗观念的勇气而自赏自慰。爱情的烈焰灼痛了她的心房，她向自己的犹豫怯懦和清高屈服了。果敢、热烈而谦卑地向他写了情书。然而，在投信的方式上却仍然蕴含着清高，采取了只有她赵敏才想得出来的方式。

她给石仲林写了信，并随信装入了石仲林为她画的那幅素描，那是他心上的她。她封严这封信后，在信皮上写上了他的收信地址，落上了她在北京的地址，贴上一角的邮票和航空标签。而后，将这封信寄给了在北大读书的好友向莹。叫她接信后及时将这封信投到邮箱里去。向莹这白脸盘的“小眼镜”够朋友！她一定是立即便投寄了这封信的。想着，赵敏的脸燥热，她清楚地记得信中的每一句话……

仲林：

你一定不会想到吧，我这位北京姑娘给你写了这封信。

在你的心目中，我一定是个幼稚、任性、娇气十足、办事轻率的、不懂事的姑娘吧（当然，也许你完全没有这样的感觉）。看，我竟用这样的方式给你写信。是的，我向你坦率地承认，也许是我的天性，或许是我处的生活环境造就了我这样的性格。我希望你能够理解我谅解我。我以为，这样更可以表白我这来自遥远北方的姑娘真挚的心。

仲林，我不得不向你承认，我为你那正直的人品、忠厚的为人、生活的情趣所征服了。并不是一见倾心。真的，我曾经嘲笑过那位上海姑娘；我开初对你不过是一般的友好感情。那是一种好奇的、友善的、纯真而快乐的感情。没有，仿佛也不可能会有其他任何的杂念。就像圣洁潮润的大地上冒出的一棵嫩白的幼芽那么坦荡纯洁。可是，我现在终于发现，那出土的幼芽一开始便蕴藏有我的爱。这爱的幼芽在我终生难忘的高原异域的山道上，在那和煦而又狂暴的山风中得到了滋生。她朦胧地，但却是真实地在我心中滋长，并使我产生了一股追求的力量。

我为这追求惊骇而又高兴，我深信这追求值得。

仲林，你大概不会像对待那位上海姑娘那样拒绝这追求吧？不，凭我的直觉，你不会！

随信寄来你为我画的这幅素描画。这画，连同这画上的姑娘一并给你了。

原谅我的幼稚和莽撞吧，心是真诚的。

等待你的答复。

本院外科　赵敏

1969年秋

她设想着石仲林是如何拆看这封信的，他一定也会像自己一样心怦怦直跳，他会感到突然，猝不及防。而当他再次反复咀嚼这封信后，他便会陷入一种激动，继而会陷入一种冷静的思索和抉择……赵敏躺在床上，辗转难眠，反反复复设想着这个憨实傻气而又英武可爱的石仲林会如何向她回复。

石仲林的回复是迅速的。早饭后，水箐跟上来同赵敏并肩而行。转告她说石仲林想同她谈谈，让她傍晚七点钟到小溪边那棵桉树下会面。她听了故作镇定地淡然一笑，心却要跳出胸膛。她真佩服石仲林托忠厚的水箐来传话，真想马上把这一切告诉水箐。但是且慢，在这种微妙时刻还是暂时缓一缓吧。

秋天的夜，来得早了。还不到七点，夜幕已经悄悄罩上枝头。赵敏本是想晚两分钟去的，却反倒提前去了。溪水潺潺流淌，偶尔传来蛙鸣。她在桉树下踯躅，不时抬腕看表，埋怨那指针走得太慢。

他来了，七点整。

他走到她跟前，高出她半个头。夜色给他的面庞镶上一道暗灰色的亮边。看不清他的面色，准是透红的。他的胸脯起伏着，听得见呼吸声。

周围的一切真静，溪流声和蛙鸣也听不见了。

六

赵敏不知道自己是走着还是跑着回寝室的。心里难受极了，她大口呼吸，这滋味有生以来头一回。她哭了吗？不，她可不是那上海姑娘。她只是感到鼻头酸得不行。

她软软地靠在床栏上。

水箐上夜班去了。贾素兰还没有回来，她一向都在加班，忙什么干部复员的事情。屋内空荡寂静，那盏15瓦的灯泡积灰太厚，光线暗淡，周围起着一团雾气。敞开的屋窗外，那棵桂树在夜风中摇曳，抖动着一身树叶儿，像是在私语暗笑。赵敏忿然起身过去关死了窗扇。

真不该去到那棵树下，碰了这么个钉子，这钉子戳在她心上。

“赵敏同志，”石仲林鼓了好大劲才说出话来，手里捏着她寄给他的那封厚厚的信，“你的信我看了，你是个很好的人。我实在没有想到，我，从心里感谢你这么信任我。只是，只是这事，赵敏，”他的话音发颤，吐着粗大的热气，“我们做个永远相好的战友、同志吧。请你不要见怪我，我……”

她没有听完他的话，耳边嗡嗡作响，脑袋欲要爆炸，她明白了他的意思。拒绝！装模作样地拒绝。她失悔、羞愤、激怒，伸手夺过他手中那封信，转身走了。她听见了他低低的喊声，没有回头。她的自尊心受到了莫大损伤，心里发痛。理塘月夜那初恋的萌动，川藏公路上朝夕相处那无数使人怀念的日日夜夜，还有八美兵站那拨动情愫的八美树、八美舞。这一切早已深深地烙印在她心中。可现在，她不得不把它忘掉，统统忘掉。一溜湿漉漉、热呼呼的东西贴着她的面颊落下来。她抽出那信页和那幅画来，苦涩一笑，将那信撕碎，欲撕那画……

“笃，笃笃……”传来叩门声。

她忙将碎纸屑和那画放入衣兜，抹去泪痕。是谁？水箐和贾素兰都有钥匙，会自己开门的。是石仲林？他来向我解释，来宽慰我？她心里一阵酸痛。还有什么好说的？门既然被你关死，就不要再敲。她这样想着，却身不由己地走到门边，打开了门。

门外是贾素兰，她一手拎着个八磅的竹壳旧水瓶，一手端着杯热气袅袅的茶水。她走进屋里，没话找话地打着哈哈：“咳，运气！你在屋里。我忘带钥匙了，要不然，还得去科里找你们哩。嘿，今晚锅炉房这水算是烧开了！呃，赵敏，你的预言没有错，上办公室才半年，我真有点像‘三水干部’了……”

她不停地说着，在枕头底下翻寻什么。

赵敏没有答话，懒懒地躺到床上，仰望着天花板，嗓眼里像塞了一团棉花。

“喂，赵敏。”贾素兰话总没个完，“知道吗，石仲林打了报告，要结婚了……”

赵敏一震，坐起身来。原来这样，他有对象了。唉！真是昏头了，怎么这么莽撞去向他表露态度呢？而且，今晚也该听完人家的话。她觉得自己太失礼了，太对不起石仲林了，又有一种说不出的妒意和羡慕。

“贾干事，他那位是谁，很不错吧？”赵敏觉得自己的声音都有点变样了。

贾素兰拉她坐到身边，压低嗓门，带着惋惜和遗憾：“不错？哼！此人你比我更了解，就是水箐。”

水箐？赵敏大吃一惊。如果说是其他姑娘，或者是她根本不认识的姑娘，她心里还想得过去。可水箐，想不到啊，这个貌不出众、沉默寡言的姑娘居然捷足先登了，居然夺得了石仲林的爱，她心里生出了一股难言的醋意。

“贾干事，这是真的？”

“当然真的。结婚报告已送上去半月了，今天我在主任那儿看到的。怎么，他俩相好，你在宣传队都没有看出来？他们肯定是在宣传队好上的。”

宣传队？是呵，一帮青年男女，特别又是够了谈恋爱条件的青年干部们，成天生活、演出在一起，是容易产生感情的。自己的感情不就是如此产生的么！可是水箐，她确实没有想到也没有发现什么同石仲林接触更密切之处呀？哦，想起来，大邹曾对自己说过，水箐帮那些男队员上袜底，就数给石仲林的那一双针细线密。她当时嗤之一笑，对大邹说，石仲林个头高脚力重，是得上结实些。现在想起来，水箐要比自己有心计得多。而自己……她想着，心速急骤起来，理智为感情所征服了。

“对的，他俩是在宣传队好的。”赵敏撇撇嘴，发泄着对水箐的忌妒、不满，“卸装时两人都在一个盆里洗脸，不害臊。”

“真的呀！”贾素兰瞪大了眼，对于这位农村姑娘来说，这简直是不可思议的事情，“啧啧啧，这个水箐，看她不出来耶，唉，石仲林也糊涂啊……”

“笃，笃笃……”敲门声响。

贾素兰收住话，起身去开门。

七

那天晚上来敲门的是乔颖，她来告诉赵敏一个消息，说调她俩回北京的调令已经下来，给压在秦院长那儿了。

她们北京来的一帮女兵全都调走了，就剩下赵敏和乔颖了。从宣传队回来不久，乔颖曾问过她想不想回北京。赵敏告诉她说，不想走了，想要在这地方待一辈子。乔颖听了，直戳她的鼻梁骨：“你呀，要在这边待一辈子我就不姓乔。”看来，乔颖的话应验了。现在，赵敏巴不得早一天离开这鬼地方。听了乔颖转达的话，她连声感谢妈妈。妈妈没有忘记她远方的女儿，竟不露声色地把调动的事活动好了。

赵敏迫不及待去找秦院长。秦院长还未听她说完话便发作起来："搞什么名堂，一个个跑这儿来镀上层金抬腿就走，我这儿是茶房是客店呐！这四川就那么苦？你们这些个娃娃，叫我说呀，都该去西藏锻炼锻炼！不错，你那调令我压了，不放，就不放，看谁把我这院长撤了……"他发了一通火，又软下劲来，恨铁不成钢地说，"我说赵敏，你就不能争点气，想靠娘老子过一辈子？"

挨了一顿骂，赵敏悻悻地走出院长办公室，不知咋搞的，竟又顺着院办公楼前那条草木葳蕤的三合土小路走去，走一阵，才发现这条路通向内科。

老实说，她很喜欢走这条路。从宣传队回来后，走得更勤了。名义上去找水箐，其实是去看石仲林。"石大夫，忙呀，嗬，这字写得好秀气，像女孩写的。""是赵敏，稀客耶，请坐。""啥稀客，昨天才来过。""嘿嘿，有事么？""有事才兴来呀？我来看看同上高原的战友呀，不像你个大医生，宣传队才散几天，就把人家给忘了。""赵敏，嘴真厉害。坐，坐一会儿。""坐，我才没工夫哩，我找水箐来借空气针的。"那时候，每每对上这样几句话，心里总要留下一股温馨的暖意。

才不多久，好像也是这样一个晚霞烧天的傍晚，在这条小路上，赵敏碰到了石仲林。

"赵敏，散步呀？"他主动打招呼，侧着身子要擦过去。

赵敏不高兴了，心里直怨。这人，见女同志就躲，谁把你吞了不成？也不看看这是个多么宁静而美好的傍晚。她站到路中："干吗这么急呀，今天星期六哩。呃，你哪天抽空教我绘画呀！"

"哦，对！"石仲林停下步，抱歉地说，"看我这记性，你不提醒我又忘了。我给你装订了个素描画本，放身上几天了，总忘了给你。"说着，掏出本子来给赵敏。

赵敏接过一看，扑哧笑了，这是一本记满英语单词的小本。石仲林看见，忙掏出另一个本来换了回去。

"嘿，拿错了。"

赵敏接过素描本，心里一阵感激，这老实人，真认真，我只不过说句玩笑话。她望着他，话音柔和极了："谢谢你……"

夕照下，石仲林穿一身发白的军装，笑盈盈的。赵敏怦然心动，忍不住要把那句想了很久的话吐出来，可话到嘴边又忍住了："石仲林，还记得我们离开八美兵站去康定路上说过的话吗？"

那次，赵敏由衷赞美了八美兵站的干部战士们，敬佩他们那种扎根高原一辈子的决心，同时也为他们的青春流逝在荒山雪岭上而惋惜。她直言不讳地对身边的石仲林说，她宁愿去内地乡村修一辈子地球，也不愿来这山里当兵。石仲林听了说:“恐怕你在四川也不会多待。”“你说得对，我当时是没有安心在四川的，不过现在，我想留在这儿了。”赵敏回答。

“当真?”石仲林不信，“医院里的北京兵可都在一个个调走。”

“当真。”赵敏点头，“她们都在调走，可我想留在这儿。我喜欢这个军医院，喜欢这里的人。”一双炽热的眼睛望着他。

石仲林被眼前这个高挑美丽、率直热情的姑娘打动了，眼里跳动着火苗，敬佩、赞赏:“赵敏，你的想法太好了，我说嘛，你们不会全走的。”

赵敏粲然一笑，心底那句话又飘上喉头……

“哦!”石仲林猛想起了什么，抬腕看表，歉意地说，“赵敏，我明天再教你绘画，现在我还有点事，再见。”

他沿小路拐了弯，顺着那条小溪走，小溪的远处可以看见那棵桉树的树梢……

“赵敏。散步呀?”传来熟悉的问话声，打断了赵敏的遐思。

见鬼! 在这种时候，又在这条路上碰见了他。赵敏一肚子委屈、气愤:“谁有心思散步，我去秦院长那儿，谈我调回北京的事。”

“噢，你也要走?”

“要走，调令下来了。”

从道理上讲，男婚女嫁，恋爱自由，石仲林同水箐好，她没有理由去为难人家。然而，贾素兰昨天透露的那个消息却搅动她的心。贾素兰讲，在水箐还未从宣传队回来时，院里已经研究过她的复员问题了。这次复员，根据上级的指示，使部队“纯而又纯”。对于水箐的走，几经讨论，难以保住。而偏偏在这时，石仲林却同她打了结婚报告。为这，政治处主任找石仲林郑重其事地谈话，让他好好考虑，一个军队干部、共产党员，这可是个大是大非的原则问题。希望他从政治着眼，从党性出发，收回结婚报告，解除与水箐的恋爱关系。可石仲林在这一点上却那么牛劲，那么缺乏阶级立场，依然坚持要同水箐结婚。

“唉，院里已经安排石仲林去上海进修，他根红苗正，很有前途，想不到绊倒在这个门槛下……”贾素兰深为石仲林叹惜，也在怪水箐，“水箐，她害了一个多么好的人……”

赵敏了解了这一切，既气愤水箐，也气愤石仲林。水箐原来是这么个不明事理、自私自利的人。石仲林也鬼迷心窍，太缺乏政治头脑，太傻了，居然在涉及一生的重大问题上感情冲动，头脑发热……

“赵敏,你真要走?”石仲林有些失望。

“要走。”赵敏斩钉截铁回答,心里却异常难过,要是石仲林能回心转意的话,她又何至于如此。

“赵敏,还是留下来吧,知道院里同志都说些啥?”石仲林诚恳地说。

说啥,无非是“小姐兵”之类的话嘛。赵敏心中陡然生起一股无名火:“说吧,愿咋说咋说去,就这样了!”

“赵敏,听我说句话好吗?我真希望你能做个榜样,留下来,一个人在哪里都可以做一番事业……”

赵敏看他,心里又感谢又埋怨。这一刻,她真想对他说,我听你的,我什么都听你的。可是,你理解我的心么?你能为我的留下做出于你于我甚至于水箐都会有利的牺牲么?

“留下来吧,”石仲林眼里流露出信赖与期待,“这是我和水箐的希望。”

水箐?赵敏的心陡然一沉,他心中只有水箐,哼声说:“谢谢,再见!”便转身走了。

八

浩渺的川江流水托举“东方红”轮向下游驶去。两岸青山连绵,峭壁千仞。“呼哗,呼哗……”浪涛拍打船舷,发出沉闷的声响。

赵敏倚在船栏边,裹紧衣服,晚秋时节的江风使人感到寒意。虽说踏上了绕道返京的归途,借此可以观赏一下三峡的风光,但她的心情却并不轻松。

秦院长的发火和执拗终究无济于事,他是个军人,上面的电话催促之后,他只得服从,默默地开了绿灯。一接到调令,赵敏当即打点行李启程。在这里,哪怕多待一天,她也感到难于忍受。

就在她同石仲林在那条小路上相逢后的一天深夜,她顺小溪去食堂打夜班饭,快拢那棵桉树时,听到啜泣声。她驻足静听,心速加快。

“……仲林,听我一句话吧,把报告要回来。我配不上你。”

“水箐……”

“我早说过,你不该爱我,是我害了你……”

“水箐,你呀,就是太软弱。我们相好两年了,你还不了解我,我们的爱是真诚的,无可非议。我过去、现在、将来都不后悔……”

“我可是后悔死了。其实,赵敏是个多么好的姑娘,你应该同她好,你们各方面都般配。贾干事给我说了,我要复员的。回父母那儿去我没有意见,我永远记得你这个好人。我……”

“水箐，别那样说，等组织一批准，我们就结婚，我们永远在一起……”

夜色朦胧，溪边那棵桉树佝偻身躯在夜风中摇曳，发着低低的叹息。赵敏不愿再听下去，转身绕开走了。她脑子发涨，心隐痛，既埋怨石仲林的不理智又敬佩他的真情；既嫉妒水箐又为自己错怪水箐而内疚。她开始同情石仲林和水箐了，也开始为自己的自私、狭隘而羞愧。

“呜——”江轮发出一声长鸣，四周传来悠长的回声。

赵敏举目远望，江面变得窄了，两岸群峰耸立，闻名于世的“巫山十二峰”展现眼前。迎面一座山峰，高峻奇丽，形似一位婀娜多姿的仙女。望着这神态安详、目光专注的神女峰，赵敏不禁想到了高原上的八美树，舞台上的八美舞，素描画上神采飞扬的自己，想到留给她这一切美好记忆的石仲林，也想到了水箐。

水箐被确定复员了，石仲林和她一起走。

石仲林不能收回那份结婚报告，自然也得跟着一起复员。因为石仲林家里没有人了，他俩决定复员去水箐家。

“噢，去水箐家?”

听乔颖一说，赵敏惊讶得瞪大了眼睛。

她简直不敢相信这会是真的。一来，水箐有那样一个家庭；二来，水箐的家在川藏高原上康定城。这个康定城，赵敏小时候曾很向往。妈妈、爸爸去过那儿，妈妈常爱哼那支康定情歌：

跑马溜溜的山上，一朵溜溜的云哟，
端端溜溜的照在，康定溜溜的城哟，
月亮弯弯，康定溜溜的城哟！
……

那支歌一度在赵敏心中描绘出一个美妙神奇的高原城市，但那次宣传队进山，才使她真正领略了它的“风采”。

康定是一座斜躺在几座大山脚下的藏汉杂居的小城，湍急的大渡河水绕城流过。房屋低矮，街道狭小，北京城随便划个角落也比它繁华得多。这里风沙特大，刮得人脸上生痛。宣传队在那儿休整了一天。那天，她们一帮女队员邀约去大渡河边洗衣服。去时，阳光明丽，照得远处的跑马山金灿灿的。行至半途，起风了，刚刚还对她们微笑的天空变了脸，风势大作，黄沙扑面，团团浓重的黑云遮天蔽日，狂风呼啸，飞卷的沙粒碎石劈脸砸来，仿佛一个巨人拿着一把巨帚清扫苍穹。她们吓呆了，尖叫着涌到路边一棵大树下，紧紧抱成一团。天骤然黑了，看不见四周的一切。赵敏从未有过这样的惊骇，双手紧箍在大邹腰间，她相信这风暴会把人卷飞起来。风暴过去后，她们一个个都成了泥人。大邹的额头还让碎石砸了个青包，气得赌咒发誓说，下辈子再不上高原。

谁知道，水箐的家就在那儿。而现在，她又要回到那里去，还带去了石仲林。他们要翻过那令人心悸的进山屏障二郎山，在那气候变幻无常的康定长期生活。

赵敏由衷同情起他们。她想向他们说点什么，却又不知说啥。她向妈妈爸爸在军区的战友打电话，托他们快点设法让她离开。她得一走了之，不然，感情上的负担太重。

这天，她拿到了车票，正赶着收拾东西，水箐回寝室来了。

水箐手里提着个鼓鼓囊囊的军用挂包，略显踌躇地坐在她对面，欲言又止，用她那圆润的手局促地摆弄军用挂包，像是要把那上面的皱褶和内心的不安抹平。她望着坐在眼前的这位善良不幸的“情敌”，心里说不出是啥滋味。她看见水箐手中那挂包角上露出来塑料袋包装的糖果，心口一阵紧缩。水箐是来送喜糖的，也真难为她，两手摆弄挂包又不知怎么开口。

屋内一片沉寂，窗外那棵桂树也滞凝不动。

一阵熟悉的脚步声，石仲林走进屋来。他少有地穿了崭新的军装，军装是草绿色斜纹布的，在灯光下闪闪发光。他坐到水箐身边，望赵敏说：“赵敏，听说你明天就走？”

石仲林的到来，赵敏那心怦怦跳，她蹙眉瞥他一眼，点点头，摆弄她那修长的手指。

“你要是晚走一天就好了，我同水箐明晚举行婚礼，很希望你能参加。”石仲林别绪萦怀，眉宇间透着真诚和期待。

晚走一天吧，参加他们的婚礼，毕竟是相处一场的战友。赵敏难以做出这决定。她承认自己孤傲清高，承认自己的心胸并不那么开阔。

“我，”她怅然一笑，“票都买了。”

“就是，我们才听赵管理员说起。”水箐面颊绯红，从军用挂包里拿出两袋糖来，“这是我们的喜糖。”

赵敏看包装便知道这是她最爱吃的奶糖，她不能拒绝这真诚的心意，接过糖，两眼竟有些湿润。喜糖收下了，总得回赠点什么。送几张样板戏的彩画？没多大意思；送个八磅的大红铁壳水瓶？可这么晚了，上哪去买，再说，街上连五磅的竹壳水瓶也没卖的。赵敏想着，看见枕下石仲林为她装订的那个素描本，眼睛一亮，对，就把那些油彩画笔送给他吧。那是她为了向石仲林学绘画特地买来的，不论自己学画是真心还是借口，那笔是买了，大大小小不同型号的画笔买了整整一打。当听石仲林说得先从素描画学起时，她才偷偷把这些笔收了起来。

这样想着，赵敏起身打开皮箱翻寻，拖出床下的纸箱乱摸，找到那些画笔。她用手擦了擦，将那亮铮铮的十二支油画笔递给石仲林。

"给，一时也没啥子送的，投其所好，表点心意，莫要见笑哦。"她故作风趣，学四川腔，"祝你们幸福美满、白头偕老。"

石仲林接过画笔，一阵高兴，从衣兜内又抓出大把糖来，往赵敏手中塞："赵敏，吃糖，吃！"

"吃吧，赵敏。"水箐也笑着说。

赵敏剥一颗糖放进嘴里，糖汁蜜甜，但咽到喉头时却酸溜溜的："真没有想到，你们要进山去，那儿够苦的。"她冲口说出了心里的担心。

没想到，她脱口而出的一句话，却深深地刺痛了水箐那颗脆弱的心，顿时，水箐眼里涌满了泪水。这话也触动了石仲林，他点点头，说："是比内地苦，不过有水箐的父母和弟弟在那儿，慢慢会习惯的。是不是，水箐？"掏出大手帕递给水箐，"擦擦……"

"呜，呜呜！""东方红"轮再次发出高亢的长鸣，震得人耳际嗡嗡作响。船舷边的人更多，乘客们已倾舱而出。

船过峡谷，水缓江阔。赵敏这才感到心情一阵轻松。顺江而下，到武汉转乘火车北上，便可回到离别两载的家了。

九

那一年，出夔门经武汉返回北京后，她调到北京城郊一个驻军医院工作。不久，被推荐上了大学。两年后，她以优异成绩回到驻军医院任外科军医。她的业务虽说很有长进，然而在个人问题上却毫无起色。在医大读书时，她决意不考虑这事。毕业后，赌气钻研业务，她成了外科一把不错的"刀子"，以至于那烫卷发的胖乎乎的韦军医一见她便大着嗓门喊叫："小赵，你行，年轻有为，好好干！"就连那很有才华的蒲军医也一反过去的冷眼而对她另眼相看。

她越发勤奋,遗憾早年那白白溜走了的青春时光,否则她会掌握更多的知识。她一头扎进知识的宝库,竭力挽回那失去的光阴。她每天查病房、做手术、写论文、参加院内外一切可以参加的学术活动,看书到深夜,只嫌时间太少。

然而,她也发现,仅仅依靠学习工作来填充自己的生活是不行的,那些她想要挤走、想要磨灭的过去的记忆,依然库存在她脑海深处。记忆这怪物力量强大,记忆的清泉淙淙流淌,她耳际总会响起一股遥远而亲切的回声,把她带入一种异样的境界。

可怜天下父母心。赵敏的母亲却早对女儿在个人问题上的矜持和拖延不满了。她和赵敏的那些叔叔阿姨忙碌起为她张罗找对象。不知有好多次,赵敏被连哄带拉地带到一个男人面前。这些人,有的仪貌堂堂,有的文静谦卑,有的盛气凌人。而她,却总以淡淡的一笑回之。

是自傲?是卑微?还是玩世不恭?赵敏常常扪心自问。而这时,那逝去的记忆便又会浮现在她眼前:遥远的川西坝子,明丽的川藏高原,令人快乐而又惊惧的康定山风,长满山坡的爬地小草,透着炫目阳光的八美树……这一切又都联系着石仲林,当然也有水箐。于是,她便会陷入一种无穷的思念、深沉的遐思,一种难言的痛苦和无名的惆怅油然而生。岁月流逝,她的青春也在流逝。有时,她会产生一阵恼人的心悸。呵,自己是一个三十七岁的老姑娘了。她常常独自捧起桌上的小相框,反复端详石仲林为她勾勒的那幅幸存的素描画。画中那姑娘热情奔放,舞姿翩翩,像展翅欲飞的燕、甩鬃扬蹄的马。望着这画,她会激动得流下泪来。

“赵敏,又在想你那石仲林?”一天,已经做了孩子母亲的好友向莹来家玩,关切逗趣地问,“呃,他到底长得像个啥模样,拿张照片来看看。”

她听着,欣慰遗憾,她还没有一张石仲林的单人照片,翻开影集本,指着宣传队在卡集拉雪山上的一张合影给她看。

“喏,就是他,像个老藏胞。”

向莹的眼镜片快杵拢在那照片上。

这是一张用135相机拍摄的小照片。雪山脚下,宣传队的二十多名队员和五六个藏族游牧民挤坐在一块儿。右边前排第四个是赵敏,她敞穿着白色翻毛领皮大衣,一只穿着大头皮鞋的脚前蹬着,坐在雪地上,像个白雪公主。她身后的人便是石仲林,他肩披大衣,头戴皮帽站着,脸上笑微微的,身后衬着那座雪峰。

“啊,好帅!赵敏,要我呀,他就是去到珠穆朗玛峰顶上,我也飞到他身边去。”

向莹虽然是开玩笑，却扰乱了赵敏的心。她给还在部队的贾素兰写了信，信很长，先是寒暄问候，后是回忆当年，再后是介绍自己的近况，最后才似乎无心地向老战友打听石仲林、水箐的情况。很快，她收到了贾素兰的回信，用很大篇幅说了石仲林和水箐转业后的情况。

石仲林和水箐到康定后，因为水箐的家庭问题，日子过得颇为艰难。石仲林是条汉子，主动申请跟水箐到偏远的麻风村工作。在那里，他们真诚的情感、高超的医术赢得了人们的爱戴。石仲林在医学上有了大的进展，前不久，他的学术论著经专家审定，认为很有价值，正在联系出版。他和水箐生了一儿一女。大的九岁，小的七岁，目前都在州里读书，住在婆婆家。现在州里医院正在给他们落实政策。只是，水箐已经看不到这一天了，由于长期的营养不良和操劳，她的肝硬化病得不到妥善调养，已在前年溘然辞世……

啊！水箐死了。赵敏捧着信的手颤抖。一个多么纯洁善良的姑娘呵，想不到十多年前你请我吃喜糖那天晚上竟是我们的诀别之夜。水箐，我的战友，你怎么不等见上我一面就这样去了呢？赵敏回忆起水箐的种种好处，鼻头发酸，止不住的泪水涌出眼眶。她又想到了石仲林，这么多年来，他是怎么生活过来的？水箐的死对他无疑是一个沉重的打击，他承受得住吗？现在，他上有老，下有小，还要搞科研，日子够艰苦的。在那荒山雪岭，他孤单吗？痛苦吗？还会像以前那样快乐而自信吗？不行，无论如何我得去看看他，对他，我有这个责任。一想到这些，赵敏真恨不得像向莹说的，立即插翅飞到他身边。

世间万事，就有这么巧。就在赵敏准备给石仲林写信的时候，她所在的医院动员进藏了。这是总部统一安排的。要求条件是1946年1月以后出生的，也就是38岁以下的身体健康的军医骨干，经组织调派者，必须去。她们外科分了一个名额，是去西藏昌都。这是硬指标，必须完成。

“这名额我要了，我去！”

在外科教导员召开的动员表态会上，赵敏明确表态。

对于八十年代部队的这次进藏动员，人们各有其复杂的思想和态度。而赵敏的态度是明确的。昌都是她当年去过、深深怀念的地方，那里有股强大的力量在召唤着她。该不会是一时的感情冲动吧？一个声音在问她。不，不是！另一个声音回答。这声音来自她的胸膛，带着山的共鸣。

人们对赵敏的表态抱以惊诧、愕然、不解和怀疑，而赵敏却自有一种兴奋、渴盼和忐忑不安的希冀。

医院领导很快批准了她的要求。从科室、医院、分部层层表彰她,号召学习赵敏同志这种不畏艰苦、志在四方、甘为加强边疆建设勇献青春的崇高思想。

在家里,正准备动身去南海守岛部队了解后勤工作的父亲以一个老军人的果断、热忱,坚定地支持了女儿的这一重大决定。而伤感的妈妈哭肿了双眼。

赵敏匆匆打点行装,登上了南行的特快列车。这一次,她要去追回失落的青春和理想,她要再次给茕茕孑立的石仲林带去真诚的信赖和温馨的爱。她没有给石仲林写信,希望能意外地出现在他面前……

十

“呜——”

列车发出高亢的长鸣,车速加快了。

曙色染窗。车窗外那变得稀疏的山的脊梁上露出一道亮光,山腰间游荡着紫蓝色的雾气。渐渐地,山脊后喷射出橘红色的光焰,天上的云团清晰了,镶上了耀眼的彩边。大山越发稀落,变得遥远了。赵敏起身打开车窗,迎面扑来晨风,怡人胸膈,使人一振。

川西平原在望。

源

一

秦福根空肚子饮下的烈酒翻涌上来，辣喉辣心辣肝。头晕晕的，耳际有遥远朦胧诱人的声响。狼吞虎咽了几大口菜，又擎了酒瓶咕嘟嘟喝。他独自饮下半瓶古山老酒之后，一身的血液都在燃烧。

好大好大的太阳把云朵、雾气全烤干了，天空呈现一派炽烈的黄红色。公路边那辆马车的中杠骡子倒了桩，鼻子嘴里喷吐热气、喷吐白泡沫。袒胸露腿的赶车人挥汗如雨，急得嗷嗷叫。驾驶国产南京牌NJ—130型货车的秦福根被这辆马车挡了道。毒烈的太阳欲将大地引燃。全身汗透的秦福根很想用汽车的铁脑壳去撞开那辆马车，他龟儿舅子地骂着下车，汗水立即湿了地皮。他边骂边去帮那马车夫扶起那匹骡子，又推又吆喝总算让出了汽车道。马车夫卸下鞍具牵了骡子去路边的溪沟饮水。他骂骂咧咧地发动车，见马车上搭车的那个十七八岁的女子跃下车来，站到路中间朝他挥手。这女子短发齐耳，穿一身汗湿透了、没有领章的军装，佩袖章。

“师傅，我有急事，麻烦让我搭个车。”

“滚！”

秦福根火气上来，开车照那女子冲去，那女子跃开。

车翻古山，日到中穹。驾驶室内如盖严的蒸笼，闷热得让人喘不过气。汽车如那骡子一般喷喘粗气，“昂昂”轰鸣。终于不鸣响了。刹住车，下车，打开车头盖，顶烈日检修。好热，他脱了背心，脊背与太阳对视，汗油在背上炸鸣。七月的太阳终于斜歪到古山西头，依旧把不减的热力罩住天地，汗如雨下。汽车终于启动。那个不屈不挠一步一步走来的小女子仰躺到公路中间，如同一片晒蔫了的树叶子。秦福根的心也蔫软了，喝叫那女子上车。上来一个全身汗水湿透的女人。车开了，在古山险道上盘旋。

“师傅，谢了！”女子露齿笑。

“你个小女子，一个人跑出来干啥子？”他鼦声鼦气地说。

"长征去北京。"女子陡然精神。

"那就各人一步一步走。"

"是要走去的,本来和他们一起走的,我妈妈不许。人家都先走了几天了,我悄悄说服了三爸,才乘他的马车去撵。不想,他那骡子倒在了那溪沟边,三爸说骡子怕是发绞肠痧了。我就各人走,也许能撵上他们。"

"你从哪里来?"他态度和悦了些。

"从古山县,我是古山县人,叫继红。"女子说。

"方向不对,古山县就在前面,你却往东走,红军当年是从川西走的。"

"路是人闯出来的,条条路都通北京!"

"屎,去试试。那边的山跟天挨在一起,鹰雀也飞不过去。"

汽车又抛锚,他又修。秦福根扑在车头盖内修车,继红就挨在他身边帮他递工具,柔臂碰挨他赤裸的臂膀。大热天身边有一个火烫的女人,他感到莫名的惬意。接工具时,盯人家那细白的手,看见她右前臂临肘弯处有块雀蛋大的红胎记。有一刻,那红胎记触到了他黝黑的面颊,他感到一团异样的火烫。星月推走太阳时,汽车驶下古山,过七板桥,停在古山老槐树旁的地坝里。进了外婆开的"古山槐饭店",店小二早摆上了酒菜。七十多岁精神矍铄的外婆见外孙秦福根领了个白嫩的小女子来,笑得包不住缺牙的嘴。老人膝下无儿只一女,视外孙娃如心肝宝贝。又饿又累的两个年轻人狼吞虎咽,大半瓶古山老酒被喝得一干二净。

酒足饭饱,秦福根起身去休息,路过一张餐桌时,被桌上的一局残棋吸引住。他问外婆,才知是擦黑时几个过路的汽车夫饭毕后,借了店里的象棋对弈。只一盘,杀了老久,忽觉天色已晚,几人才拍屁股走。他们边走边说,黑棋必死无疑。他就来了劲,站到黑方谋思棋局,偏要扭黑方为胜。

"唉,黑棋难赢。"

听言,秦福根火爆爆地抬头,看见是继红在说。

"你会下? 来,黑子非胜不可!"

继红盯棋盘,也不答话,走了"炮八平四"。秦福根"卒五平六"。她略思片刻,走了"车二进五"。他才发觉这女子棋道老辣,谋思良久,走了"马二退四"。二人你来我往厮杀,他渐感招架吃力,她却轻松地哼起歌来:"樱桃好吃树难栽,不下苦功花不开,幸福不会从天降,社会主义等不来。"又唱"金瓶似的小山"、"南飞的大雁",歌哼得悠扬动听,一支接一支。她还挽袖扎臂,右肘下那红胎记好惹人眼。他为赢不了一个小女子而羞恼,愣眉大喝:"将!"走了"车五平六"。她咬嘴唇笑,走了"帅四平五"。他额头缀汗,走了"将六进一"。

她笑出声，走了“兵六平五”。黑子死。

“你耶，多走了一步。”

“你如走‘车五平五’就对啰，最后我只好‘车四平一’，丢兵，不就握手言和了。”她双手叉腰。

这女子好狂，讲宽慰话也只说和而不言输，他恼羞成怒，转身到原先母亲住的屋里四仰八叉睡了。一觉醒来，他浑身热汗淋淋，听见窗外有“哗哗”的水声，才想起该去冲个澡。他赤脚端了脸盆往屋后的古天井走。惯常，住店的都是男人，都在那里赤条条冲澡。

他边走边脱去窑裤，正欲从井里打水，眼神呆了。泻入古天井的一柱如水的月光照着的竟是一个正在向头上身上淋水的女子。她那黝黑的短发在月色下发出醉人的幽光，一身的肌肤雪白水滑。这图景他想象过多次了。他觉得自己进入了外婆和妈妈对自己讲过的仙女洗澡的仙景里。他心扑扑跳，欲蹦出胸膛，双腿被磁石粘牢，身子燥热酥软。那女子冲洗得酣畅痛快。她转过身打水：“啊！”她看见了他，叫一声便没了声息。她胸脯大幅起落，两手护着羞处，一双羞涩惊恐的眼睛愣盯着他。双方僵持，各自用惊奇如火的目光扫视对方都充满青春气的胴体。他认出这女子是继红。莽莽古山的大山石铺的青石板地做床，扑朔迷离的月辉做帐，这忘掉了一切的“亚当”“夏娃”享受着品尝禁果的人间奇乐。

呵，这古朴绝妙醉人的古老天井！

秦福根和继红在这古天井里初试儿女情时，并不晓得当年他母亲也是在这儿与父亲初吻过，他发现了她肘窝下的红胎记。多少年了，这胎记深烙在他脑海里。他当时没有去想事情如何开始如何结果。只感到自己与她融为一体，自己已不复存在……重重的皮带抽打，狠狠的拳头猛击，喧嚣的喝骂，使他重又回到现实世界。与继红相约过的先走的也住在这店子里的一群同伴，发现了这对卑劣无耻的男女。踢，踢毁那万恶之源。脚，狠狠地重重地踢在他的下身处。

秦福根万般痛苦地呻吟，双手紧护下身，身子痉挛着。此是梦耶非梦耶？这事发生在那个年代的半夜，只有继红的那些同伴和他的外婆知道，因为他是汽车工人，那些人没有深究。第二天天不亮，那群人和继红就都走了。外婆老泪纵横，为他包敷了外伤。他再三乞求外婆不要把这事告诉他的父母，脾气暴躁的父亲会把他揍死。外婆自然答应。第三天，他驾车走了。之后，他老觉得下身不对劲，偷偷去了县里、成都和重庆的大小医院诊治。时日长了，久病成医，他终于明白他那部件毁坏了。这就是说，他秦福根如同古时候的太监一般，让人阉割了，再也不能生儿育女。他恨那个硬要搭车的女子，恨古山老槐树下那座饭店，恨那方古天井。从此，他再不去那店。直到外婆去世，他也只在临丘县屋后的西山顶上面朝古山方向跪拜致哀。他再也不靠近女人，女人是祸水，是罪过之源。更谈不上娶婆娘了，自露天机不说，还害了别人。也是车队司机的父亲一直不理解他的行为，暗自垂泪。母亲终还是听他外婆讲了那方古天井里发生的事情，却至死也不知道他那下身的致命伤。母亲就自责起自己原先在那方古天井里做过的错事、犯下的罪孽，让儿子遭了如此报应。他那一夜之欢的事情只对老朋友雷憨人说过，却不曾说时间、地点。他那断根伤的苦果儿只有他自己吞咽。

老天有眼，绝了他的后却在拉姆雪峰下送给他一个儿子。这是他秦福根不幸中之大幸。这大幸中也有遗憾和伤感，现在，儿子秦雪娃进雪山去了，去寻找他的生母去了。

这夜里，他睡不着。雪娃虽不是他的亲生儿子，却也是从奶娃时便一把屎一把尿带大的。他没有开车去过雪山，那山道很是险恶。想到那山道，他便想到了四十多年前的那次进山，那在拉姆雪峰下的奇遇。

拉姆雪峰是永不磨灭的。

他驾驶的跃进牌货车终于翻上山去。公路平直，视野开阔。鲜亮的太阳映红凝冻的云团、广袤的草地和牦牛群。茫茫草地上看不见一个人。这红蒙蒙的高原大世界里只有他一个人驾驶着货车在飞驰。高远的天空、雄浑的大地、车夫、汽车、牦牛，构成一幅奇妙的画面。渐渐地，他眼前唯一的活物牦牛也看不见了。他被新奇振奋填满的心又涌上孤独，那没完没了的令人疲乏的单调的汽车轰鸣声在耳边又清晰了。他后悔不该接受这次进山任务。他觉得，自己的精神和肉体都要耗竭在这一座接一座的大山道上。那途中见到的撞坏的翻倒的汽车残骸和伤亡者的情景在他眼前又清晰了，他又埋怨起死命叫他接受这次光荣的进山任务的父亲来。是父亲那威严坚决的眼神、话语和自己的好奇心将他驱使到了这会令他心悸一世的穷山恶路上来。他真希望这跃进牌汽车长出两只翅膀来，展翅飞到目的地又飞回临丘县。他把油门加到极限，依旧感到车速太慢。突地，眼前拔地一峰迎面扑来。昨晚夜宿时听说过，这山顶平地上有一座雄奇的拉姆雪峰。

但见这峰身披积雪的轻纱，沐浴暖暖的阳光，反射出柔和的粉红色光晕。她迎风而立，宁静、慈祥、端庄，似一位风姿绰约温善多情的仙女。五月的天气了，竟还有这般绵软清丽的积雪。他怦然心动，一扫孤寂苦怨心绪，驱车雪峰脚下，跃下车去，一头扎进冷而不寒的积雪里。有生以来，他第一次看见如此雄伟的雪峰。他在雪里翻滚，提起穿毛皮鞋的重重的脚往雪峰爬，直到力竭时扑倒在雪堆里，喘吁着用手用嘴去抚揉亲吻积雪。这雪，将他的手指变成红萝卜，将他的嘴唇变得紫红。他仰躺成“人”字，大口喷吐热气，阳光和积雪的反光把热气调配成七彩。透过七彩，他看见了迷蒙缥缈的紫云中的峰顶，似一位美丽、清秀、典雅的仙女在颔首俯视他。而他正躺卧在她软柔的怀抱里。他胸中的心弦发颤，如此美艳的享受只有在这荒远的大雪山里才能遇见。人呐，没有来过这大山里真白活一世了。他平息下呼吸，一动不动。他要在这雪山仙女的怀抱里小憩，消除疲劳，养精蓄锐。他合上眼帘，眼前一派暖柔的粉色。

“嗯哇，嗯哇……”

猎猎的山风送来似有似无的婴孩的啼哭声。哈，雪山仙女，你难道也是一位慈爱的母亲么？他笑，幻听着那“嗯哇”声。突地，他仰坐起来，屏息凝神听。真的是婴孩的啼哭声，哭得急切、凄厉。他翻滚下雪峰，迈重步循声走。果然，在公路绕雪峰脚的拐弯处，军毛大衣裹着个婴儿，露出的小脸蛋儿通红，小嘴巴一张一合。“嗯哇，嗯——哇……”小嘴唇青紫，近乎憋气。呵，是见魔还是遇仙了？他疾步扑到婴儿跟前，惊骇而又心疼地将婴儿搂抱怀里。这小肉团儿剧烈地抖动，山崩地裂般急啼。小嘴唇满圆张着，小脸蛋憋得血红，欲吐腹中巨大的悲怨却又半晌无声。他心里撕拉般痛，双目灼热。见婴儿颈边有张字条，展开看，是印有最高指示“下定决心，不怕牺牲，排除万难，去争取胜利”的笔记本的扉页，上书：“再三拜托过路的司机大哥了，恳请您一定要收留并精心抚育这个刚出世的婴儿，让他成为革命的接班人。具有光荣革命历史意义的大雪山感谢您，拉姆雪峰会永远记住您的。”

没有落姓名。他惊诧、愕然，又细看字条。蓝色的钢笔墨迹浓淡不匀，笔势狂躁，看得出留条人的心的战栗。这一定是孩子的母亲写的，她一定是有什么难言的苦衷。他抬眼四寻。山里的天，就像小孩的脸，说变就变。太阳被浓云罩住，四野茫茫，山风急猛。风暴来了。他紧搂孩子回到驾驶室，赶紧发动了汽车。汽车顶风疾驶，车的吼鸣盖过婴儿的哭声。车绕过雪峰时，他留恋地侧目看。那雪峰不是温柔的仙女了，她变了脸，搅和着漫天风雪，似一头发怒的狮子。车开出约莫半个小时，越来越厚重的狂放不羁的风雪罩严天空，大地骤然黑暗。他只好停下车来。约莫一刻钟之后，天骤然亮开。日上中穹，周天澄澈，满世界一片壮丽的辉煌。他探出头回脸遥望，拉姆雪峰又恢复了她美丽温善多情的仙姿，久久地充满寄托地望着他。这孩子，就叫他秦雪娃吧。他满心滚热。

雪娃一直以为他是他生父,他终于还是将实情告诉了雪娃。他并不情愿讲,是雪娃逼着他讲。雪娃早就问过他自己的妈妈是谁,他总是胡编搪塞。然而,雪娃从人们口中知道,父亲从来就没结过婚。与人开玩笑或是吵嘴时,有人会说他是从野婆娘的胯下钻出来的。“爸,你说,你到底有过野女人没有?”雪娃怒着眼问。“滚你妈的!”他骂。雪娃两眼瞪圆:“其实,你年轻那阵,真有个把野女人又啷个了? 我只是想知道我妈在哪里。”“你生在雪山上,雪山就是你妈,你是从雪堆里蹦出来的!”两团火焰在他眸子里噼啪作响。他脱口说了这话之后,就觉得雪娃早已成人,没有必要瞒他了。就一口气把根根底底全说了。说出之后,他心里彻底痛快,也好担心,眸子发湿:“雪娃,这件事,你自己知道就行,可千万别对你爷爷说,他一直把你当亲孙儿待的。你要像完全不知道这事儿一样,像往日一样亲他巴他,他年岁大了,伤不得感情。”儿子点头,眼里噙泪。

秦福根打了个仰坐,下床。不开灯,一根接一根抽烟,让空调的风口对着自己吹。他又当爸又当妈拉扯大雪娃不容易,可儿子进那有可能丢掉性命的大雪山去了。他是铁了心不许雪娃学开车的,开车风险大。他和老父亲开了一辈子车,大事故没出过,小风险常有。父亲跟队长耍蛮横,过了退休年龄不退,说是要交方向盘子得等他蹬腿的那一天。结果,父亲老眼昏花,让车头啃了树干,得亏那棵树,否则,车翻下悬岩他早命归黄泉了。父亲这才愧颜地退下来。自己也碾死过一条黄狗,狗皮子让轮胎打滑,车冲进路边的水田地里。汽车夫的命是系在车胎上的,不晓得哪一天就会让阎王爷收了去。而雪娃却蛮横无比非要学开汽车,处处护着孙娃的父亲就掷出石头般硬的话:“我孙儿要开车就让他开,有我秦家的种。”

他明白,雪娃这次闹着要进山去的目的。虽然有自己四十多年的养育之恩,可是儿子还是要去追寻自己的血缘至亲。啊,血脉,他想到自己想到老父亲,心里滴血。不由得,痛恨起早已淡忘了的那方古天井,痛恨起那光怪陆离的月色和那将他引向绝望深渊的女人的胴体。

二

骤然而至的漫天飞雪瞬时便银白了世界。驾驶东风大力神货车向拉姆雪峰驶去的秦雪娃有股亢奋劲。这雪像白色的火焰。他不觉冷寒,全身的血液如发动机内的汽油“突突”爆燃。脚下加力,汽车吼鸣着在大山道上爬行。

父亲告诉他，“拉姆”是藏语“仙女”的意思。他想象着拉姆雪峰的丰姿，想象着母亲的音容。来到这个世界四十多个年头了，他从未见到过给了他血肉之躯的生母。

飞雪如它来一般骤然停了，天就亮开。秦雪娃看见了车窗外白云团下悠闲的牦牛，活像内地的水牛披了笋衣。公路伸直，四周平坦。牦牛闲散地啃着爬地草，想不到这海拔数千米的高山上竟还有如此宽展的平地，那牦牛啃那近乎枯槁的草竟长出一身膘肉。

真神奇的高原！

秦雪娃没有父亲说的那高山反应，驱汽车疾驶。蓦地，他双目一亮，陡然紧张。晨阳如火，笼罩一峰，满峰积雪呈耀眼的琥珀色。父亲说，拉姆雪峰的积雪从峰巅漫到峰脚，终年不化。是拉姆雪峰了。雪峰亭亭玉立，真如一位肃穆温善的仙女。汽车向雪峰驶去。更近了的太阳变成一团胭脂，变成一团殷红的血。父亲说，他是在这雪峰脚下降生的。温柔的山风扑进车窗，亲吻他的面庞，满目雪峰投射来金子般的光束。拉姆雪峰覆盖的不是千年积雪，是浸透了从母亲身上流淌出来的鲜血。他浑身滚热，心弦震颤，驱车向雪峰驶去。

东风大力神货车驶拢拉姆雪峰脚下。冒顶的太阳燃烧着雪峰，炉火般的光焰向四周浸漫，变得柔和绮丽。漫向峰脚的积雪间可见点点雪莲，宝石般发亮。秦雪娃情不自禁，如父亲当年那样奔向雪山，扑到积雪里，仰躺过来，如躺在母亲的怀抱里。他从小便没有享受到过母爱，此时尽情地享受，热泪在眼眶里转。他仰坐起来，看雪山脚下公路的拐弯处，那儿有一团红焰。狂跑过去，见是一朵盛开的被血红的阳光抚照的雪莲花。他心弦震颤。母亲，你生下了我又为啥要抛弃我？你现在哪里？他举目四看，茫茫荒野，苍苍环宇，天地交合处依稀可见牦牛。他心撞胸壁，有牦牛就有放牧人，合掌向天边吆喝：

“噢嗬嗬——……”

“噢嗬嗬——……”

没有人应，天地把他的声音撞回来。这仿佛超越了时空的悠远回声令他心悸心痛。啊，妈妈，儿子去哪儿寻你……

“哒哒哒……”

由远而近的马蹄声中，一个三十多岁的剽悍的藏族游牧汉子策马而来，滚鞍下马：“喂，师傅，一块钢板换一根牦牛尾巴，划算得很，干不干？”带川味儿的普通话。他盯着喘吁的牧民汉子。一块钢板可以打好多把锋利的藏刀，换好多的钱，他的生意经不错。他掏出张五十元的人民币：“换不？”汉子摇头：“不换啰。”他浑身上下摸，掏出个气体打火机，迎着山风捏燃，火苗呼呼喷吐，不灭。汉子接过打火机，试了试：“干！”汉子把打火机放入怀中，交过纯白色的一根牦牛尾巴。

秦雪娃抚这柔软、硬实的牦牛尾巴，想要，却说：“我不要，打火机送给你，交个朋友，你叫啥名字？”“叫边巴，就是汉语星期六的意思。”“这么说，你是星期六生的？”边巴点头：“拉索。”“哈，我也是星期六生的，叫秦雪娃，就出生在这拉姆雪峰脚下。”边巴笑：“生在这里？讲笑话，会冻死的。”他认真说：“真的，可是我不知道我母亲是谁，你能帮我不？”他将自己的身世说了。边巴不笑了，庄重严肃：“我一时帮不了你，我帮你打听。”二人交了朋友，相互留了地址。边巴翻身上马，“呃呃”喝叫，马儿箭一般向天地交合处驰去。

货运任务在身，秦雪娃把泪洒在拉姆雪峰脚下，难舍地发动汽车。他没能驶离拉姆雪峰，汽车轰鸣时，拉姆雪峰怒号了，搅昏搅黑了天地，倾下厚密的鹅毛大雪。他关死车门车窗，裹紧毛皮大衣，惊骇地当了一夜“山大王”。离开时，他心头一热，是这母亲般的雪山舍不得我走呢。

古山县的春天不如临丘县来得那么快，钻进秦雪娃驾驶室的山风依旧料峭。车行莽莽古山道，秦雪娃看见，凝冻枝头的冰凌在融化，针叶林下燃起绿色的火苗。货车盘旋下山，朝临丘县驶去。白昼变得长了，下午出车的他，到达临丘县时，夕阳才刚在西山埋下脸去。在县车队停好车后，他抬步往家走。路过“大世界歌厅”，歌厅的霓虹灯已经闪亮，门前围了圈人。挤上去看，是个亮着半边臂膀的藏族汉子在叫卖麝香等山药。

秦雪娃看着，喊：“边巴，你是边巴！”边巴也看清了他：“哈哈，雪娃兄，你回来了，我正好找你。”说着，边巴收拾地摊，打包，驮在身边的嘉陵牌摩托车上，推车跟了秦雪娃走。到家后，秦雪娃要向爷爷介绍边巴。边巴说：“不用了。我下午阵就来过了，已认识了。”就摆上酒菜，二人在外屋吃喝。爷爷各人到里屋去看电视。

“呃，边巴，我们说话声音小点，你对我爷爷说过我去山里找母亲的事没有？”他担心地问。“还没有，我说你是我在山里相遇的好朋友。”边巴说，一边喝酒，啃卤鸭子，“我边巴做生意赚了钱，不骑马骑摩托车了，我要骑车周游。日本有个冒险家风间辰二，骑车去过南极和北极。”他问：“你路费够不，不够，我给你添些。”边巴说：“够，我卖牦牛、山药赚了钱，又带了这些货真价实的山药，边走边卖。按你留的地址，先过来看看你。”他笑：“谢谢啊。”

"说谢就见外了，我给你带了消息来，是从尼玛大妈那里打听得的。她讲，当年是有个女人在拉姆雪峰下生了个男孩，那女人发高烧住过她家帐篷，叫继红。"

他听了，热血沸腾，又泄劲，当年叫继红的人太多，怎么去找？就问："边巴，你有没有问尼玛大妈，她是啥地方口音？有啥特征？"

"问了，尼玛大妈说，她是四川口音，人生得白净，盘子脸。"

他一阵高兴，母亲就是四川古山县人，至于人白净，盘子脸，这样的人也多。

"呃，雪娃兄，我说，你为啥不在报纸上登个寻母启事？"

"开先我不想登，是怕伤了爷爷的感情。后来偷偷登过，登的一张全国性报纸。心想，爷爷不识字，不会晓得。可没有回音。我就在想，要吗，是她有什么难处，不愿意认我这个儿子，要吗，就是没有看见那启事，再就是……"他不往下说了，心里哀哀的。

"雪娃兄，"边巴喝口酒，"听我边巴一句话，你要寻到你母亲，就还得再登，这次你就登省报。要不然，就在省电视台打广告，电视是家家户户都要看的，连播几天。"

"不行，不能打电视广告，我爷爷天天都看电视。他老人家一直不知道我找母亲这事儿，他要看了会伤心的。他已经发过一次脑溢血，住了一个多月医院才好转。不过，倒是可以在省报上登一登。"

"你就一直瞒着你爷爷？"

"嗯。"

"如是你找到了你妈妈呢？"

"也瞒着，我爷爷对我太好了。让他老人家一辈子也不为这事儿遗憾。"

"嗯，对，你这也是以心报心。"

晚上，两人同睡一张床上，又摆谈了许久。次日一早，边巴一定要走，他也要出车，就没强留。他开车领边巴去加油站加足了摩托车的汽油，一定要为他付汽油钱。又把家里的两瓶1573泸州老窖酒给了他，让他路上吃。又叮嘱，只能是晚上歇店时喝酒。边巴应承。

三

青湖畔的野桃花绽蕾，古山老槐树绿叶密布时，迟来的爱情收获了。都年过六旬的雷憨人与"古山槐饭店"的女老板姚雯丽喜结伉俪。新郎新娘挨席桌敬酒。秦福根与儿子秦雪娃坐一桌,眼羡地看笑着的新娘子。他发誓不跑“古山槐饭店”那条路的车,只在雷憨人家见过姚雯丽一次,没啥特别印象。不想,这女人今夜好惹眼。他心里涌起对雷憨人的嫉妒和对自己的悲哀。雷憨人来敬酒,两人喝了个底朝天。新娘子姚雯丽向他敬酒,她那半露前臂的右手伸过来,为他斟了满碗,端到他跟前。

“秦师,你是憨人的挚友,敬你!”

有团红在他眼前晃动,是她前臂肘弯处那雀蛋大的红胎记,说话是古山县口音。他那紧锁的记忆长河的闸门陡然开启。他死盯着满面酒色的新娘子,仰脖子喝干碗中烈酒。

新郎新娘又到别桌去敬酒。

他自斟了满碗酒,费劲地想,这烦杂的人世少不得有碰巧之事。心难平静,饮下的烈酒朝上翻涌,辣肝辣肺辣喉。头晕乎乎的,耳际有遥远朦胧诱人的声响。狠吃了几大口菜,端了古山老酒咕嘟嘟喝,全身血液燃烧。那好大好大的太阳,那倒桩的骡子,那仰躺的如同一片晒蔫了叶子的女子,那女人肘弯处的红胎记,那诱人恼人的残局棋,那古树古店古天井,那梦幻般的女人胴体,那他人生中至极的美好至极的痛苦的月夜又浮现眼前。

秦福根酩酊大醉。

结婚后,雷憨人当倒插门女婿,把家安在“古山槐饭店”,布置了三室两厅的住房。退休不跑车了,空闲时间多。老婆忙里偷闲陪他下象棋。雷憨人的棋道老辣,同秦福根在茶馆里下棋多是平手,却下不赢老婆。有一盘,他剩马兵士,老婆剩马卒。心想,这回我不赢你也和了你。哪知老婆来了个“马卒巧胜马兵士”,气得他大骂。老婆就让他,他又觉丢面子,说不下了。就找报纸看。雷憨人看报专拣几处看,一是看连载小说,从中求乐;二是看奇闻轶事,饭后茶余开心;三呢,是看头版新闻。

姚雯丽不喜欢看报,店堂里放有大彩电,安有闭路电视,中央省里地区县里以至凤凰卫视都收看得到。雷憨人对她说:“现今不像早些年,各种报刊讲的都一样,现今信息爆炸,电视、网页、微博、报刊的新信息多。报纸天天来,可以反复看,仔细推敲。你当老板娘的是商家,不随时了解形势掌握行情咋行,如今不是那口号喊得越响越吃香的年代,如今是市场经济,得注意市场,注意政策。”

她觉得憨人其实不憨,于是翻阅报纸。今天,憨人出门转悠去了,店里也清闲,她就趿着拖鞋,斜靠在沙发上看报。看到中缝处的征婚启事,就想,这些人把征婚条件提那么高，人家会干？看着，一条消息吸引震撼了她，是前些天省报中缝处的一则寻母启事：

普天之下，谁个母亲不爱儿子，谁个儿子不思母亲。可是，在这大千世界里生长了四十多个年头的儿子却至今没有见着生母。那年，他母亲继红在拉姆雪峰脚下生下了他，留下了一张字条："再三地拜托过路的司机大哥了……"

看着，她两眼迷蒙，泪水如注，心里发痛，继红是她当年自己取的名字。那年，在这"古山槐饭店"的古天井里发生的那她早已淡忘的事情又在她的脑海里清晰。那个欲仙般的梦魇月夜后的黎明，她跟那群人长征，真诚地百折不挠地按当年红军走的路线走。东去江西出发，经湖南、广西、贵州回川，再西进北上。他们决心比红军走得更远，走到延安后再走去北京。过贵州时，她发现肚腹丰满起来，对同行的人说了，她悄悄去医院检查，怀孕了。想打已不能打，否则会引产下个活婴。她惊骇不已，大哭。同伴们就鼓励她下定决心，不怕牺牲，排除万难，去争取胜利。这事儿全是那个汽车夫的错，她是受害者，孩子无罪，怀下去，为革命生下一个接班人。她也心疼腹中的婴孩，就怀下去。那些人劝她先回家去。她不干，一则是，不达长城非好汉的共同誓言的精神力量支撑着她；二呢，回去会遭家人和亲朋嘲骂。她就走。人的能耐大，居然翻过二郎山过了泸定桥，到拉姆雪峰脚下时，裤管里淌血。就在同伴的围护下早产下婴儿，是个男婴。她依旧坚持要往前走，可怎么养活这个早产儿？有人说，当年就有女红军把初生的婴儿留在长征路上，革命成功后又来寻回。也只好如此。可是，这儿荒无人烟，留给谁？她气愤起那个连名字也没问过的汽车夫来，那汽车的牌号也没注意。想到汽车夫，她两眼一亮，就掏出笔记本写了字条，撕下，放在用自己的军棉大衣包裹的婴儿的颈边。待遥遥听见汽车声时，就将婴儿放在雪峰下的公路边。他们都躲在远处的雪堆后，遥望见那位好心的汽车夫抱走了婴孩。她才想起该看清汽车牌号，却不想来了风暴，他们就搂抱成一团。待风暴过后，那汽车和婴孩都没了踪影。她放声悲嚎。坚强的同伴们陪她落泪。她边哭边向汽车消逝的方向遥谢，向她的儿子祝福。一行人又往前行。她受冻发烧了，就在尼玛大姐的帐篷里养了两天病。尼玛大姐采来山药给她吃，用牦牛皮给她御寒。她和她的同伴们都没有走完长征路。离开尼玛大姐帐篷，没走多远，遇了大雪封山。大家决定，先回去休整之后再来，就拦了辆军车返回。她再没有去走长征路，在父母的催促下嫁了人。后来,她男人病故,留下个不到半岁的女儿。改革开放后,她做起了裁制衣服的生意,竟赚了不少的钱,还买下了“古山槐饭店”经营。

读完这则启事,她泪水不断,心扑扑跳。她万没想到,这则启事上的联系人竟然是她老公雷憨人。雷憨人手舞足蹈进门来,叨念着川戏词:“高高山上一团花,黑老子的铁疙瘩;高高山上一盘蛇,十人见了九人截……”

“憨人,你个背时的!”她搂抱男人哭,酸心热肚笑,“山不转水转,咋个就转回来了啊……”

姚雯丽独自一人寻到秦福根家时,房门开着,只有秦福根一人在家,他斜躺在沙发上闭目听歌。他身边那袖珍录放机播放着《红太阳——毛泽东颂歌新节奏联唱》的歌。这些亲切熟悉的她先前爱唱的歌,经了当代歌星联唱,有板有眼有滋有味引人遐思。她止住了步子。秦福根的手有节奏地拍动。李玲玉唱“太阳最红,毛主席最亲”,范琳琳唱“雪山上升起哟红太阳”,孙国庆唱“只觉得心里而热呼呼”,屠洪刚唱“樱桃好吃树难栽……”

她轻步走到秦福根身前,颤声唤:“秦师。”

秦福根正沉浸在“幸福不会从天降……”的歌声里,沉浸在遥远、痛苦、幸福的回忆里。听见这梦呓般的呼唤,他睁眼看,见是姚雯丽立在跟前:“啊,姚老板娘来了,坐,坐。”为她拉过椅子,推过大茶缸,“喝茶,憨人呢?”

她目视秦福根,已是个泪人。

他不解:“憨人欺负你了?”

“秦师,你看。”她抖动手,递过那张报纸,指点中缝处。

他取出老花眼镜戴上,费力看一阵,明白了这是儿子雪娃登的,却不明白姚雯丽为何重视这则启事:“是我儿子登的,我也一直想要找寻到他的亲生母亲。”

“那么,是你在拉姆雪峰下收养了他?”她的泪珠断了线。

“是呢,四十多年啰!”他两眼迷蒙,“那年,我开车路过那里,见娃儿好可怜的。”

“娃儿身上那张字条还在不?”

“在,我交给雪娃了。找不着生母,看看母亲留下的字迹也好。”

“啊,恩人,好人!”她“扑通”下跪,“我……”抽噎半天,“我就是那个狠心抛弃娃儿的当年叫继红的人。姚雯丽是我的本名……”说着,就额头触地“砰砰”向他叩响头。

他呆愣,心里雪崩:“啥,你,你是继红?”啊,世事竟会如此,那个婚礼上,他见到她那胎记，以为不过是巧合，不想，她真是那个继红。更不可思议的是，她竟然声称是雪娃的生母。啊，这是怎么回事？难道……

“你别这样，快起来，起来慢慢说。”他两眼发潮，“你，结婚好早……”

“哎呀，恩人，我也不避讳你了。”一心要认自己亲生儿子的姚雯丽一气说，“我那阵才十七八岁，懵懵懂懂糊里糊涂在‘古山槐饭店’那方古天井里，同一个不知姓名的汽车夫就瞎做了那件事情，不想就怀下了雪娃。那时人年轻，有股疯劲，非去走长征路，就在雪山下生了这娃儿……”

又一股烈浪扑面，秦福根那心狠撞胸壁，热流上涌。原来，秦雪娃竟然是自己的亲生儿子，她竟然是娃儿的生母！是说哩，人些都说他三代人好像，是像呢。看着对他感恩不已、泪水涟涟的她，真想立马搂抱这个自己初恋的女人，发泄自己这四十多年来憋在心里、身上那股排山倒海的劲儿，向她倾诉一切。倾诉在那方古天井里她给予他至极的美好，倾诉那之后自己的可悲遭遇，倾诉这么多年来他又当爸又当妈拉扯大雪娃的不易，倾诉自己早逝的母亲的万般遗憾，倾诉为断了血脉而泪往肚里咽的老父亲的苦愁。现在，儿子寻到了亲妈，自己寻到了初恋的女人，父亲有了血脉后代，这真是我秦家不幸中之大幸啊！可他没有扑上去，没有说这些。从她的神情看，她没认出自己，她已经与父亲把兄弟的后代、自己的好友雷憨人结了婚，相处美满。为什么要去说那些呢？那一夜之欢的感情不会引发出她的真情的，留下的只能是遗恨和痛苦。罢了，自己种的苦果只有自己吞咽。好在苦心抚养的雪娃是自己的亲生骨肉，也为她养育成才了雪娃，自己于心得安了。她视自己如恩人，这就不错了。那当年之事只当作一场梦罢了。

“姚老板娘，你不要伤心了，你母子重逢是天大的喜庆事，我秦福根盼的也就是这一天，等雪娃出车回来，我就领他来认你这个亲妈！”他说。

“好人，恩人……”她双手抱拳作揖。

秦福根终还是泪水夺眶，老泪“叭嗒”滴落到地上。

四

拉姆雪峰前的大山道上，爬行着一辆甲壳虫般的东风大力神货车。秦雪娃再次驾驶汽车运货进山，驾驶舱里坐有他生母姚雯丽和“养父”秦福根。

是秦福根领了秦雪娃去“古山槐饭店”认生母的。当年的“古山槐饭店”那马店平屋已经是座阔气的三层楼房了。姚雯丽看了雪娃保留多年的她当年在雪山上亲笔写的字条，搂抱了儿子憾哭。将儿子看了又看，说不尽的自责话伤心话疼爱话。秦福根一泓泪水盈盈欲滴。雷憨人潮热了眼，好了好了，母子团圆，大喜！那方古天井还在，秦福根独自去打了井水洗脸洗头，洗去风尘和泪水。自那，姚雯丽待秦福根特别好，说他同雷憨人如同亲兄弟一般，又是她儿子的养父，就是一家人。无论假日年节，都要让雪娃开车带他来“古山槐饭店”喝两杯。酒后，雷憨人找他下象棋，定要赢他。姚雯丽总是帮他这一方。呃，不能和，“低卒必胜孤帅”，这样走。“将”走闲着，把“卒”走到“将”的同线上，逼他那“帅”离开中路，把“将”占中线，“卒”占中心，“帅”则无路可走，俯首就擒。“哎呀，老婆子，你咋帮别个的忙。”雷憨人急红了眼。

汽车吼鸣。秦雪娃换挡、加油，汽车翻上山头，车速加快。公路平直，视野开阔。久违了，拉姆雪峰。灼大的夏日在峰巅燃烧，燃不尽的积雪迸射出夺目的光焰。拉姆雪峰依旧如当年般年轻、温善、多情。她敞露胸怀笑迎他们。秦雪娃将油门加到最大。雪山仙女迎来，她身后的太阳投射来道道光环。

秦福根仍觉得车速太慢，汽车直驶得一佛出世，二佛涅槃方驶到那雪峰脚下。车刚停稳，他便迫不及待下车，一头扎进积雪堆里，提起穿毛皮鞋的重重的脚往雪峰爬，直到力竭。累了，仰躺，喷吐热气。热气里透出七彩，七彩里看见了雪山仙女的笑脸。他那心灼热、酸痛，胸膛发颤。

“嗯哇，嗯哇……”

他又听见了那孩啼声，又听见了孩子母亲的呻吟，那么惊心，那么动情。

回头者

一

古镇河街茶馆光线昏暗，显得慵懒。茶客们喝茶摆龙门阵，说市井奇闻，讲官场秘事，上至清朝皇帝倒台，下至小寡妇偷人，消息真真假假，茶客们乐此不疲。此时说得多的是日本人会不会打来重庆，有说会打来，有说绝对打不来，蜀道是难于上青天的……手执长嘴壶的茶倌唱着迎客："来了贵客两个，里面雅间请坐！"接着，茶倌领少校军官宁孝原和工程师赵宇生坐了临河的雅座，窗外可见冬日变瘦的濑溪河水。

两人喝茶抽烟说话。

是宁孝原请赵宇生喝茶。前年5月1号，决定修"精神堡垒"那宣誓会上，他举的火把将赵宇生的衣服烧了个洞，说是要请他喝茶赔礼的，第二天随部队开赴前线了。"大学生军官勇上前线打小日本，好！"赵宇生喝茶，"今天才晓得你的大名，你就是宁孝原，我认识你父亲宁道兴，大富商。"宁孝原说："他以前是我父亲。"赵宇生蹙眉："此话咋说？"宁孝原说因与倪红结婚跟父亲彻底闹翻了，就领倪红来万灵镇姑妈家办婚礼，完婚后赶回前线。"搞清楚了，是说你死都不愿意跟我女儿赵雯见面，原来是你已经有相好的了。"赵宇生说了他父亲找他提亲之事。宁孝原歉意："还不晓得是你的女儿，实在是对不起了。"赵宇生吞云吐雾："这不怪你，其实也不怪你父亲，长辈总是有长辈的想法。""赵工，宁道兴他骚扰你了。""呃，话不能这么说，一家女百家提嘛。你呢，也不要跟你父亲斗气了，你是晚辈……"

宁孝原少了兴致，打算告辞。

"爸，总算找到你了！"一个女子喘吁吁走来，端起赵宇生跟前的盖碗茶就喝。

屋子亮了。

宁孝原的眼睛直了。

都说是重庆姑娘身材高挑，皮肤白皙，面容俊俏，腿杆结实，说话清脆如碰瓷，这女子是全都有了。长身玉立的她眉不描而黛，粉不施而白，穿雪青色西服戴藏蓝色鸭舌帽蹬褐色皮靴，一身男装打扮，唯额前若有若无的“满天星”刘海透露出女人的娇俏。

“这女子，也不见有客人。”赵宇生对宁孝原介绍，“这就是我女儿赵雯，一天到晚野得很，说是回老家耍两天，耍得不想回了。”又给女儿介绍，“这位是我们老乡宁孝原，打日本鬼子上过战场的。”

赵雯坐下，对宁孝原肃然起敬，取下鸭舌帽，一头秀发如瀑水跌落。精灵的茶倌端了盖碗茶来。宁孝原坐那条凳仿佛有磁，将他抬动的屁股吸引回去。赵雯，没想到父亲要他去相亲的女子就是眼前的她，真是少见的美人儿，她要是和其他哪个男人结婚，对他可是太残酷了。

“宁军官上过前线，快讲讲打日本鬼子的事情。”赵雯急切说。

提到打日本鬼子，宁孝原就面容严肃，那是枪炮对枪炮刺刀对刺刀的殊死搏斗。肉搏战中，他刺倒了一个日军大佐和三个日军士兵，自己身中十一刀，满身是血。他刺倒的其中一个日本兵不过十八九岁，奄奄一息了，一双眼睛还死盯着他，扣动三八大盖扳机射穿他的小腹。勤务兵曹钢蛋奔过来，他那本来就鼓的眼珠欲冒出眼眶，朝那日本兵狠刺，嘶声哭唤：“营长，营长……”连拖带拉救他下火线，躲过连番的子弹炮弹，背他走数十里路到野战医院。军医接收救治了他，曹钢蛋朝醒来的他挺胸并腿敬礼：“营长，你好生养息，我回战场杀敌去，去给你报仇！”曹钢蛋哇哇地哭，转身跑走。他获得了国民政府一等二级勋章，曹钢蛋至今生死不明。他讲了曹钢蛋冒死救他，讲了日本鬼子丧尽天良的残忍，讲了装备极差却以血肉之躯抗击日寇的川军，讲了张自忠将军的英勇壮烈牺牲……

赵雯听得泪水蒙面，赵宇生抹了老眼。

二

吊脚茅屋里躺着宁孝原和倪红。月光钻进竹篾门窗的缝隙，怀疑地扫在宁孝原酒红的脸上。见到赵雯后，他警惕了，不能让倪红怀上娃儿。

倪红亲吻他：“孝原，你走了我咋办？”

“我留给你的钱够用一阵了。”

“不稀罕！”

“钱呢，不是万能，没得钱做啥都不能。要不，你用这些钱做个小生意？”

“我去宁公馆，就去当用人。”

“我爸爸不会让你去的。咳，去哪里呢?”宁孝原在问自己，是他让倪红丢掉了做宁公馆的丫头活路的，是他发誓娶她又变心意的，他那魂又让赵雯勾走了。他没在老家办婚礼，说是思来想去还是觉得父母同意后再办为好，倪红说也是。回重庆后，他下决心去找赵雯，赵工告诉了他家的住址。不想，在街上遇见了毛庚朋友袁哲弘和柳成，三个人在路边店喝酒到深夜，去找赵雯太晚了，就挥笔写了封信，用冷干饭粘牢信皮，托袁哲弘尽快交到赵雯手里。

倪红盯他：“孝原，你这一走，莫要带个女人回来。”

宁孝原说：“我是去打仗。”

“你就一辈子打仗一辈子在外面，要是哪天你……”倪红抚摸他身上的道道伤疤落泪。

宁孝原捏她肩头肉，心想，他要活着回来，回来娶赵雯。倪红他也要娶，说服她委屈做二房。倪红温柔，其实脾气也犟，倘若说不通，他只有忍痛割爱。赵雯太美了，她也许看不上自己，那也要追，死皮赖脸追。母亲当年就看不上父亲，父亲就是死皮赖脸追到母亲的。

竹篾门窗的缝隙钻进来晨光，宁孝原从枕头边的军上衣口袋里掏出瑞士小三针怀表看，起身穿衣蹬裤：“时间要到了!”倪红起身披上棉大衣，打了三个鸡蛋，“哆哆哆”用筷子捣碎，倒水瓶的开水泡，加了白糖。她忙完转身时，宁孝原已军容严整地拎皮箱开了竹篾屋门。

“孝原，喝了蛋花汤再走!”

宁孝原捧倪红的脸狠亲，她手中的蛋花汤洒了一地。

“I’ll miss you.”

他说了句英语，反身出门，拎皮箱飞步下石梯，离约好的出发时间不到半小时了，他得赶到小什字柳成住的空军招待所，乘军车去广阳坝机场。

三

重庆较场坝百子巷的篾货多，卖各式撮箕、扫把、蒸笼、斗笠等篾货的店铺、摊子不少。冬天了，肩挑背扛篾货的下力人还袒胸露臂。中校军官袁哲弘提了红纸包裹的礼品走，有妇人看他指指点点，有姑娘盯他。他视而不见。追他的女人多，他不急，等待母亲说的有缘的女人。他父亲死得早，母亲是嘉陵小学的国文老师，“礼义廉耻、精忠报国”是母亲自小便教他的为人之道。

他衣兜里揣着封信，按照其写的门牌号码寻到了赵宇生工程师的家。是栋临街口的白墙瓦屋，二十来平方大小，室内家具老旧。赵宇生听袁哲弘自我介绍后，收下他送的礼品，请他坐，拆开礼品包，是精美的西洋糖果："这个宁孝原也是客气，还送礼。"

袁哲弘笑道："赵工，就您一个人在家？"西洋糖果其实是他买的，嘴说是宁孝原送的，初次到别人家，总不能空手。

"老婆子到菜市场买菜去了，女儿星期天也不着家。"

袁哲弘伸手摸了摸衣兜里的那封信。

前晚喝酒，宁孝原托他要尽快把这封信交到赵雯手里。他说："你老弟有倪红了，还脚踩两只船。"宁孝原说："长官里妻妾成群的多，杨森军长就娶了好多个婆娘，十二金钗呢。"柳成捂嘴笑。宁孝原拍柳成肩头："黑娃子柳成，你是没有见过赵雯，她可是世间少有的美人儿。"对袁哲弘，"哲弘兄，我跟你说，是我父亲提亲，她父亲答应了的。"他又拱手，"朋友之托重如山，你老兄绝对不能水我！"他三个毛庚朋友都喝高了，说小时候的兄弟情谊，说抗战的铁血拼杀。宁孝原说："老子明天就回鄂西战场打倭寇！"柳成说："明天中午，我驾机运送军用物资去鄂西前线。"宁孝原说："我搭你飞机去。"

"来，请喝茶。"赵宇生端茶水给袁哲弘。

袁哲弘喝茶："嗯，好茶。"

门口人影闪动，赵雯风风火火进屋，端起赵宇生跟前的茶水就喝："还渴了。"

赵宇生乜斜着女儿："这女子，也不看有客人。"对袁哲弘，"这是我女儿赵雯。"对女儿介绍袁哲弘。

赵雯笑，盯得袁哲弘怔住，两眼蓦然水湿："啊，是你，大恩人，谢谢您，谢谢您救了我妈妈的命！"

袁哲弘一时想不起来。

赵雯急切说："今年6月5号，日机大轰炸，上千人闷死在了较场坝那大隧道里……"

袁哲弘想起来，那天，躲轰炸的他护着个昏迷的老妇人挤坐在大隧道的洞口。爆炸声终于停了，洞门开了。敌机轮番轰炸了六个多小时。他背了奄奄一息的老妇人去宽仁医院急诊室，让医生护士抢救。急匆匆进来个姑娘，看清楚老妇人后，扑到急救床前哭泣："妈，我和爸爸满城找你，幸好啊，幸好我找到这里来……"打吊针的护士对她说："是这个军官送老人家来的。"她对他千恩万谢。看到老人的女儿来了，他放下心来，又累又饿、冒虚汗的他赶紧去找吃食。

赵雯母亲买菜回来了。恩人登门，母女俩蒸饭炒菜煮老腊肉热情招待。

赵宇生开了陈年茅台酒。四个人围了圆桌吃饭喝酒。赵宇生一定要重金酬谢，他绝对不收。赵宇生说："铭感五内，大恩不言谢，欢迎你常来坐坐！"

赵雯送他出门。

这是转交信的机会。

他伸手摸衣兜，却没有立即取出那信，他在犹豫。都说搞特工的人心硬，他还是心软。"呃，朋友之托重如山，你老兄绝对不能水我！"孝原是这么说的，他还是要讲信义。他把信交给了赵雯。

四

独立团长宁孝原率部参加的高家岭战斗没有枪炮声，敌我双方扭成一团，白刃格斗。参谋长蔡安平和死里逃生归队任了警卫排长的曹钢蛋恶脸将杀红了眼的他拉回掩体，警卫排的士兵将他摁住。满面烟尘的他瞠目喝叫："放开，你们放开，老子不虚小日本鬼子！"战前，他写了三封遗书，一封给父母，一封给赵雯，一封给倪红。三营长方坤拎了滴血的砍刀跑来："团长，日军逃了！"蔡安平看手表心惊："这场肉搏战打了三个多小时。"宁孝原推开身边的士兵，提刀出掩体，阵前层层叠叠躺满了双方的尸体，残存有敌方催泪瓦斯的余气。他挥刀怒骂："小日本鬼子，我日死你先人……"

宁孝原是奉命率部赶来增援陆军第十八军的。他去面见该军第十一师师长胡琏时，料理完自己后事的胡琏将军刚沐浴更衣穿上新军装："宁团长，宁老弟，你们来得好，走，去凤凰山！"太阳当顶，凤凰山头设了香案。留下绝死遗书的胡琏将军面对香案焚香跪拜："列祖列宗苍天在上……"宁孝原也焚香跪拜："列祖列宗大河小河……"拜毕，胡琏面对师部人员攥拳宣誓："生为军人，死为军魂。后人视今，亦犹今人之视昔，吾何惴焉！今贼来犯，决予痛歼，力尽，以身殉之。然吾坚信苍苍者天必佑忠诚，吾人于血战之际胜利即在握。此誓。大中华民国三十二年五月二十七日正午。"宁孝原热血沸腾。敌人过不了石牌就进不了川。

宁孝原挥刀怒骂时，空中响起隆隆的飞机声。蔡安平喝叫他卧倒。他没有动，看天。飞来密密麻麻的战机："哈，我们和盟军的战机来了！美国SB轰炸机，法国地瓦丁战机，苏伊16战机，霸道！"蔡安平搂他肩头看天："我们的空军是精锐尽出了……"

日军的数十架战机迎来，激烈的空战，双方有战机被击伤击落。我方机群向宜昌方向飞去，敌机紧随。

“好，对的，去捶日军的指挥部！……”

宁孝原脖筋鼓胀指天吼叫。

五

火炉城市也有阴凉处，重庆南岸的“黄葛古道”就阴凉。

穿军衬衫的袁哲弘与穿乳白色短袖连衣裙的赵雯沿古道漫步。是他约赵雯来这曾经走过入缅作战的抗日远征军官兵的古道游玩避暑的。他把宁孝原的那封信转交给赵雯后就后悔了，这家伙脚踩两只船他可以不闻不问，而对于赵雯他不能不问。赵雯这性格，倘若她知道他已经睡了倪红，还会答应嫁给他？可美女爱英雄，她如果不计较呢？他陷入了情感的痛苦深渊。既已经心动，就不能也没法放弃，一家女百家提，孝原就这么说过。他提了水果去赵工家，赵工说了，欢迎他常去坐坐。就只赵雯在家，她好热情，围上围腰做午饭。甑子饭，青椒肉丝、蚂蚁上树、莲花白、菠菜汤，万灵古酒。“来，喝酒，我们老家的酒，好喝。”赵雯举杯。他心淌热流，喝酒，张嘴欲言。“嘻嘻，那个宁孝原，写信酸不溜丢的。”“他就那性格。”“他那字龙飞凤舞张扬跋扈，活像要跳出信纸来。”“他从小写字就鬼画桃符。”“他这人呢，看起吊儿郎当的，不想还是个大英雄。”“是，他打仗勇敢。”女人崇拜英雄，却并非都是爱，他想。“呃，你俩是毛庚朋友，问你个事情，听说他有个相好叫倪红？”“他……”他犹豫。看来，她已经知道孝原与倪红的事了，实说呢，对不起朋友，不实说呢，心里憋屈。这时候，赵雯的父母回来了，见他来家好高兴。赵雯添了碗筷，她父母一起坐下吃饭。饭桌上，说起了物价飞涨的事情。饭后，赵雯说报社有事，让父母好生接待他，她先走一步。宁孝原给他说过，赵雯是《渝城晚报》的记者，记者总是很忙。赵雯走时，挥手跟他说拜拜，留给他甜笑。这笑印在他的心底。

他下决心要向她求爱时，奉命去前线完成一桩秘密任务，他是昨天返渝的，今天就迫不及待约了赵雯来这古道。

“呃，你咋不戴胸章？”赵雯问。

“啊，没戴。”他说。

“你们这些军统的人，戴了那胸章，看电影、坐公共汽车都不要钱。”

“我没有用过，那样做要受处分。”

“你们就有人戴上胸章招摇撞骗。”

“有这样的人，不好。”

“嘻嘻，你还守规矩。谢你了，袁中校，谢谢你带我来这古道，得了凉爽，长了见识！”赵雯咯咯笑，登石梯，衣裙飘摆。

赵雯的衣裙闻得到香气。

对不起了，孝原老弟，你我现在是拳击场上的对手，我是不会打让手的。

六

宁孝原是踩着秋天的脚步回渝的，重庆的晚秋倒冷不热。阴云天，他没有穿军服，穿的麦尔登中山装，这粗纺呢面料的服装平整挺实有弹性，使高个头的敦实的他越发挺拔。

他挺胸走过市区。

几个月前，汉奸窦世达那颗不讲信义的冷枪子弹钻了他的胸膛，方坤、曹钢蛋冒死把他从两军对峙的战地间拖回来。为他取出那颗三八大盖子弹的军医官说，子弹再偏一点儿就会穿了心脏。集团军冯治安总司令严厉训斥了他。他的脸拖得老长：“卑职错了，听凭司令处罚。”冯司令乜斜着他：“撤你的职脱你的军装都是轻的！”他心里打怵。冯司令喝茶：“你呢，战地单独约见窦世达，是想利用老乡的关系去策反他，动机还是好的，这次暂且饶了你。宁孝原听令，我命令你回老家去疗伤，军医说，是你吵闹着出院的。”确实是他闹着出院的，可他觉得伤口已无大碍，莫非是冯司令要把他赶出战斗部队？他拍胸脯说：“报告司令，卑职的伤已经全好了，卑职要继续在前线跟您战斗！”冯司令凑到他耳边说了句话。他便眉开眼笑：“谢谢司令关爱！”冯司令给他说的是奖励他半个月假期，回老家去看望太太。他还没有太太，倪红只算是相好。集团军总部有个高官的女儿一心要嫁给他，他不情愿又不想得罪那高官，就编话说他在老家已经有了结发夫人。他倒是急于返渝与他日思夜想的心上人赵雯会面。他让哲弘老弟转交给赵雯的信起了作用，赵雯与他保持了书信来往。

“No matter whether the ending is perfect or not, you cannot disappear from my world.”

他给赵雯写的是英文信，意思是“我的世界不允许你消失，不管结局是否完美”，落名 Xiaoyuan Ning。信址写的中文：第三十三集团军总部转独立团宁孝原团长收。确实是有显摆之意。在前线盼待赵雯来信的他度日如年，不想，他很快收到了从集团军总部转来的她的回信，也是英文：

“You will have it if it belongs to you, whereas you don't kvetch for it if it doesn't appear in your life."

意思是:“命里有时终须有,命里无时莫强求。”他初看失望,细看兴奋,人家并无拒绝之意。之后,两人开始了书信往来,都中英文夹杂。他称呼她赵小姐,她称呼他宁团长。参谋长蔡安平那金丝眼镜镜片后的眼睛眯成一条缝,转给他信时说:“这女人的字行云流水,落笔如云烟。”他说:“安平兄,你咋知道是女人?”蔡安平反问:“难道是男人?”他笑:“参谋长火眼金睛。”蔡安平说:“字如其人,古墨轻磨满几香,砚池新浴灿生光,这字婉转如婀娜窈窕之美人儿,春风拂面繁花来也。”他便哈哈大笑。

他与赵雯往来的书信,开先是相互问候,赵雯很关心前线的战局,说她是记者,希望他利用战斗间隙写信细说。他都照办,军队的机密没有说。赵雯的信里也关心前线官兵的安危,特地叮嘱他这个大英雄千万要注意保护自己,莫做无谓牺牲。他感动,急不可耐地直奔主题向她求婚,信发出后,两个月不见回信。那天,蔡安平到他的营帐来,要他拿酒喝。他说心情不好,不想喝。蔡安平就从上衣兜里取出封信来,他伸手去夺,蔡安平将信放入衣兜。他赶紧寻出瓶茅台酒,叫曹钢蛋买来卤菜。酒菜下肚,蔡安平才掏出信给他。熟悉的字体,他没有拆信,让这幸福或是痛苦的时刻来得慢些。

晚上,他躺倒行军床上看信,心跳剧烈。信不长,看信后,他既无幸福感亦无痛苦感。这封信写的中文,称呼从宁团长改为了宁兄:

“宁兄勋鉴:出差回来,见到你的来信。欣赏你的直言不讳,军人的性格。我说过,我崇拜你这个大英雄,真的。有个疑问,我晓得你有个倪红,她应该是个好姑娘。有个问题,我们能活到战争结束吗?书不尽意。秋祺。赵雯。1943年中秋日。”

她称呼我宁兄,亲近了;勋鉴,这是对有功绩者的称谓,老子是有功,却少了些温情,用爱鉴是苛求她了,倘用惠鉴就好;纸包不住火,倪红的事情她知道了,自己本就要给她说的;战火岁月,谁也不知能否活到战争结束,她问的是大实话;她回信的日期正逢中秋月圆时,吉利之日呢!他掏出泥鳅般的黑壳金星钢笔回信,抬头写的赵雯惠鉴,说了打日本鬼子打皇协军的事情,投其所好。之后,开门见山回答赵雯对倪红的疑问,半点也不隐瞒;对于她提的问题,他挥笔写了“吉人自有天相,我相信我俩都能活到战争结束”,落名孝原。写完,他也不改,即刻寄出。他收到了赵雯的回信,说他这人还老实,说她愿意跟老实人交往,盼他早日凯旋。

天意呢,他收到她这回信没多久,冯司令就给了他回重庆的机会,真是瞌睡了来个枕头,马上就可以见到心爱的赵雯了!

七

夜雨绵绵,“心心咖啡店”外的马路如同抹了层油。汽车、马拉车、黄包车穿街而过。行色匆忙或是缓步的路人、情侣撑着花色不同的雨伞,如同一朵朵移动的蘑菇。路灯与霓虹灯的灯火交融,把白天难看的好看的人和景物弄得迷蒙弄得美妙。

山城不夜。

宁孝原跟了那女人出咖啡店,心撞胸壁,这长发飘逸的女人像是赵雯。他去百子巷找她,屋门上了锁,心想晚些再去,到咖啡店吃点心喝咖啡抽烟打发时间,抽第二根烟时,见这女人出门,赶紧埋单跟去。进出咖啡店的人多,她出咖啡店后就不见了人影。他站在细雨里四望,犹豫地往百子巷走,赵雯该回家了。他希望又不希望那女人是赵雯,他分明看见那女人身后跟着个西装革履的男人,看背影是袁哲弘,出咖啡店后,两人都不见了踪影。难道兄弟伙哲弘要横刀夺爱?

他走过“精神堡垒”,人流熙攘。这木质的堡垒被日机轰炸震垮了,竖了根旗杆替代,灯光照射的旗杆孤立在雨夜里。他心生不祥,还生出恐惧,如同大战前夕那难耐的恐惧。袁哲弘、赵雯,孤男寡女,难免不会碰出火花。自己挖坑自己埋呢,我让哲弘这家伙转交的那封求爱信,莫非会葬送了自己的爱?他掏出根香烟,用铜壳打火机点燃狠抽。

“妹在山岩看江流,哥去前线打日寇。要采野花早些说,移情别恋难回头。‘情人’牌香烟!”一个挂香烟匣子的卖烟女喊唱着走过,声音高了,“全民抗战,不忘国耻,还我河山!‘金字塔’牌香烟! 大刀向鬼子头上砍去!‘老刀’牌香烟……”

宁孝原热血涌动,这卖烟女要得,迎上去:“都有些啥牌子的烟?”

卖烟女如数家珍:“有‘玉堂春’、‘老虾’、‘三姐妹’、‘哈德门’、‘勇士’,由随先生您挑。”

“买两包‘情人’烟。”宁孝原说,付钱时怔住,眼前这卖烟女是倪红! 倪红认出他来,泪珠子断线,拿了手中的“情人”牌香烟照他的脸狠击,呜哇号啕:“宁孝原,你个该死的,你个挨千刀的……”

路人围观。

宁孝原不说话,搂她出人群,搂她朝临大河长江的“中山公园”走,搂她下坡上坡,鼻酸眼热。倪红开先又“板”又叫,后来只是哭。他二人走到那吊脚屋前，倪红抹泪水开门进门，划火柴点燃菜油灯。

宁孝原进屋关门："倪红，你哪个去街上卖烟，我给你的那些钱够……"

"够啥子，物价飞涨暴涨，我不精打细算不细水长流不卖烟，我吃河风呀！"倪红捶打宁孝原，"你个陈世美，吃起碗头盯着锅头，一去就没得了音信……"

宁孝原闷声不语，抱了倪红扔到绷子床上，人弹起老高。

豆火晃动。

宁孝原晃动，不想督邮街那碑垮了，碑木头灰浆做的，经不得震动。"没有垮"，倪红喊叫，"都还是喊'精神堡垒'。""是是，没有垮，还是精神。"宁孝原使出浑身解数，狠亲倪红，"倪红，你骂得对，我该骂……"没有不透风的墙，她是晓得他跟赵雯的事情了。

倪红泪流满面："我问你，你临走前说那外国话，是啥意思？"

"'I'll miss you.'我说我会想念你的。"

"你没有想，没想！"

"想还是想了的……"宁孝原心里装着的是赵雯，实话实说，他本来就不打算一直对倪红隐瞒，"我要娶她，她本来就是我的，我爸爸叫我去相亲的人就是她，是因为有了你我才没有去，可老天让我在万灵镇老家遇见了她。倪红，这事情有前因后果，你得原谅我。我跟你说，如是她答应跟我，我还是要娶你，只是得委屈你做小。"

"屁话，不可能！是你自己要了我的，我只跟你一个人，打死我我也不做小！"

"唉……"宁孝原沉重叹气，急了些，得慢慢来，转话说，"倪红，你卖烟喊唱的全民抗战，大刀向鬼子头上砍去。唱得好！"

"你晓得的，我妈妈爸爸都是被日本飞机炸死的，我恨死了日本鬼子！"倪红泪眼汪汪，"莫以为你是英雄就了不起，人家也有英雄追。"下床取钥匙开衣柜抽屉，取出个黄绸包裹的东西，塞给宁孝原，"各人看。"

宁孝原打开黄绸，里面是个精致的小木盒，打开小木盒，里面是枚空军勋章。

"哪个的？"

"黑娃子柳成的。"

"没听他说过。"

"别个不表功。你跟赵女子通信的事我都晓得，黑娃子说的。"

"他咋晓得？"

“你兄弟伙袁哲弘给他说的。”

宁孝原明白了，哲弘这家伙卖了他，不想柳成也钻到倪红的屋里来了。

“柳成是上个月来的，叫我帮他保管这勋章。”

“他搞你了？”

“人家不干。”

宁孝原晓得倪红的心在他身上，而自己的心却去了赵雯那里。倪红说她去广阳坝机场找柳成打听过他的消息。后来，柳成来城里找过她，说他当大队长了，击伤了一架日机，那日机在宜昌降落时完蛋了，他的飞机也中了弹，还是平安回来，得了这勋章。

“他娃要得。”

“黑娃子说，他还参加了石牌保卫战。”

“啊，他也去了！”

“他说，他开的飞机咬住了一架日本飞机，那日机狡猾，鹞子翻身来打他，他立即开火，没有打到。那敌机跑，他追，就得到命令返航，说是他们的油料得要保证飞回重庆。我问你，柳成他是不是英雄？”

“是，绝对是！”

“比你得行！”

“是，比我得行。我参加了石牌保卫战的，是看见开来好多我方的战机，不想柳成也在天上。”

“啊，你也参加了！”倪红搂紧宁孝原，“你两个都命大，都得行。”

宁孝原拍倪红肩头：“我跟你说过，我命大。”佩叹柳成的勇敢，也埋怨柳成，“这个黑娃子也是，不该把我们兄弟间的事情跟你说，也是居心不良。”

“你们男人都居心不良！人家柳成比你老实，他想挨我，见我不情愿，就没有挨。他说开飞机过市区，看见我在卖烟。”

“他乱说，那咋看得见？”

“他是恁么说的。”

“他是心里有你。”宁孝原捏倪红肩头肉，“倪红，若是赵雯答应跟我，你又整死都不愿意做小的话，那，你就跟了柳成算了，他对你倒是真心的。”

倪红狠踹他一脚。

灯油欲尽，豆火跳动。屋里的土灶、水缸、铁锅、水瓶、洋瓷盆、桌凳、衣柜、藤箱在灯影里晃动。熟悉的物件、身边的女人，引得宁孝原心口痛。豆火灭了，屋里漆黑，宁孝原打起鼾声。

八

雨后大晴，宁孝原起了个大早，离开倪红那吊脚屋时，倪红还在睡梦里。他没有去赵工家，直接来了《渝城晚报》社，在报社门口踯躅。重庆的晚秋，一出太阳就热，他脱下麦尔登中山装挽在手里，露出母亲为他找出来的军衬衫，显得洒脱。赵雯来了，穿乳白色短袖连衣裙，拎女士牛皮手提包，蹬带襻的圆口布鞋。她走得急，发丝飘摆，在想什么，与他擦肩而过。他叫住她。她回身看，满面惊喜："哇，好帅，你等等，我去告个假。"她匆匆去匆匆回。他二人边走边说，走进一家茶馆里。

茶座临窗，可俯视小河嘉陵江。晨阳亲吻江水，金波跳跃，宁孝原的心也跳。她一见面就说他好帅，他好惬意。

赵雯在笔记本上记录："呃，你单刀赴会敌酋这事儿，莫给其他记者说啊，我要独家报道。"

宁孝原点头："行，不给其他记者说。"看她，"你，昨天晚上，跟袁哲弘在一起吧？"

"是在一起，他请我喝咖啡，他还请我吃过小洞天。"赵雯说，抽动鼻子，"嗯，咋恁大的醋味？"

宁孝原晓得她说的意思："我鼻子不好，闻不到。"

赵雯捂嘴笑，正色说："我晓得了，这醋味是从有个人的心里面冒出来的。嘻嘻。"

"赵雯，你是晓得我的心的。"宁孝原诚恳地说，他是军人性格，说话单刀直入，"你本该就是我的，是老天爷赏给我的，全都怪我，我信上都给你说清楚了的。"

"我说过，你还是老实，否则我是不会跟你交往的。"赵雯盯他，目光犀利，"你说，你昨晚上是不是在倪红的屋里？"

"我，是在她屋里……"宁孝原只好实话实说，"真的，我回来没有去找她，我真的是去你家，万不想遇见了她。"

赵雯说："我见到过倪红，袁哲弘指给我看的，她在街上卖烟，不错的姑娘。"

"她是不错，比起你就差了。"宁孝原心火升腾，狗日的哲弘，竟然出卖他，是诚心要夺他之爱，欲张口骂又忍住，先试探一下赵雯是否喜欢袁哲弘，"我都说的老实话，你也说老实话，袁哲弘是不是在追你？"

“是，他在黄葛古道向我求婚。”赵雯实话实说，“他说一家女百家提，他有这个权利。”

“你答应他了？”

“没有。”

“那就好！”宁孝原悬着的石头落地，提劲打靶，“哲弘是不错，可我比他强，老子们是真刀真枪跟日本鬼子拼杀……”

“没漱口呀？”

“习惯了，嘿嘿！”来而不往非礼也，宁孝原想，你袁哲弘敢横刀夺爱，我就跟你拼个鱼死网破，挑拨说，“都晓得的，军统的人水深，你要提防他。”

“我提防他做啥，我又没有对他承诺什么。”赵雯笑说。宁孝原确实是男子汉是大英雄，却有个倪红；袁哲弘虽没在前线跟日本鬼子面对面拼杀，也是在战斗，他跟她说了，他去前线执行秘密任务是冒死去劝降老乡窦世达，这是得要有过人的胆气的，“呃，你不会马上回前线吧？”

“我也算是回来疗伤吧，还要住两三天。”宁孝原说。

赵雯盯他：“疗伤，咳，你的勋章来得可真不容易。”

“全靠玩命。”宁孝原说。

“大实话。”赵雯说，看手表，“我请的是一个小时的假，超时了，我得回报社去，找时间我请你去‘沙利文’吃饭。”

九

假期是包括往返时间的，军人的宁孝原不得超假，明天必须动身返回部队。

昨天，他匆匆回了趟荣昌县万灵镇老家。母亲跟他说，赵妈被日本飞机炸死了。母亲在那天的日历上写了“血仇”二字，那天是今年的8月23号。那天之后，日本飞机就没来炸过重庆了。他去了从小把他带大的赵妈的坟头焚香烧纸跪拜，去看望了姑妈。古镇正集会献金，镇长在台上呼吁大家爱国献金。今年是抗日战争最艰苦之际，冯玉祥将军发起了爱国献金运动，自贡市的盐工们捐的钱就购买了两架战机，其中一架命名为“盐工号”。这里不是自贡市，是乡野小镇，没有人响应，镇长拱手呼吁，还是没有人响应。穿军装的他站不住了，欲举手说话，他姑妈上台去了：“我响应，我献金300万元。”对身后的管家说，“你跟镇长交涉。”人们惊叹，一阵议论。他身边有人说：“你宁家是大户，我等小户人家哪里拿得出这些钱。”

“诸位静一静!”姑妈的声音高了,“我兄长家的那个老妈子赵妈,我们万灵镇的人,她是个孤儿,好勤快多老实个人,不久之前,被背时砍脑壳的日本人炸死了,肠子都炸出来了……”声音哽咽,“在场的多数都是移民后代,大家拿出点移民的互助互爱的精神来!”扑通下跪,“我老婆子跪求诸位了,跪求诸位爱国献金! 他日本狗强盗莫要以为我们好欺负,我们众人合力出钱,买好多的飞机大炮,轰走日本鬼子……”

台下人感动了,一阵骚动,有人举手喊话了,有喊献6000元的,有喊献3万元的,有喊献8万元的……他拉了身边的二掌柜登台,扶起姑妈,大声说:“我是移民后代,我献出我名下的‘宁家旅馆’!”对镇长拱手,“具体事宜让二掌柜跟您交涉。”二掌柜愁了脸。父亲为促他经商,把爷爷留下这旅馆转到了他的名下。这旅馆是老祖宗宁徙修的客栈,爷爷扩建为了镇上最大的旅馆。宁孝原不愿意管这些破事儿,让他一个远房亲做二掌柜负责管理。

不虚此行,他对姑妈刮目相看,由衷佩叹。

来重庆湖广会馆的路上,他把回老家献金之事一五一十对赵雯说了,还说了老祖宗宁徙艰苦置业发家的事情。他觉得该给她说,她将来会是宁家的儿媳妇的。当然,也有显摆之意。赵雯听了好感动:“你这人看起吊儿郎当的,其实很有正义感,你那旅馆可是价值不菲。”他得意:“爱国献金,匹夫有责。”

“呃,咋想起领我来这里吃饭?”赵雯问。

“我家与这里有缘。”宁孝原说,“修建这会馆的出资大户是移民先祖宁徙。”

“这样啊,是有缘。”

会馆门前的坝子被生意人、卖艺人、游人弄得喧嚣热闹。坝子四围的黄葛树秋叶飘落。他俩挤过人群进会馆,戏园子里看戏的人好多。宁孝原领赵雯登老高的石阶,朝依山修建的挑檐连廊楼阁走。楼阁里有宴请的包房和住宿的客房。老掌柜领他俩进了一间古色古香的包房喝酒吃菜,传来川戏唱词:“我好比开玉笼飞出鸾凤,又好比扭金锁走脱蛟龙。论二人都算得人才出众,张家女更要算女中英雄。谁不想燕新婚朝夕与共,怕误入温柔乡遗恨无穷……”

宁孝原说:“这戏叫《鸳鸯绦》,是公子李玉在唱,意思就是我的想法,我的世界不允许你消失,你只能是我的。”

赵雯乜斜着他:“你把你那英文信的话改了,你原本说的是不管结局是否完美。”

“改了，绝对要改，那是扯淡的屁话。”

“又说怪话，一个读书人，嘴巴脏。”

“嘿嘿，不说怪话。”宁孝原举杯，“来来来，美酒伴佳人，我两个难得如此相会，今晚喝他妈个一醉方休。”

赵雯冷眼盯他。

“呃，你不是要深入采访我么。”宁孝原掏出包“勇士牌”香烟，点烟抽。

“对，难得遇到你这个从前线回来的大英雄。”赵雯从牛皮手提小包里取出笔记本和钢笔，“说你打鬼子的事情，越详细越好，我要做连续报道。”她扇打喷来的烟云。

“付费不？”

“报社会支付的。”

宁孝原哑笑：“算了，你我是啥关系，不要报酬。不过呢，我倒有个条件。”

“啥条件？”

“你要喝酒。”

赵雯喝口酒：“我不是一直在喝么。”

“我是说，我讲到要紧之处，你得要喝满杯，喝了我才往下说。”

“装怪。”

“我陪你喝，你喝一杯，我喝两杯。”

“好嘛。”

说到亲历的打仗之事，宁孝原口若悬河唾星四溅，越说越亢奋越激动越愤怒，说到他刀劈日本鬼子时打住。赵雯发急，端起酒杯喝干：“往下说！”宁孝原陪她喝干两杯酒，抹嘴往下说。他经历的打仗的事情太多，说不完，一到要紧处就打住，赵雯就喝酒，他就陪她喝酒。家乡这老酒好喝，喝多了也上头。赵雯开始不停地记录，后来就写不动了，再后来头越发重，扑倒在餐桌上。

天全黑了。

宁孝原搂抱赵雯去客房，将她放到雕花大床上，脱下她的皮鞋：“我的宝贝贵妃醉酒了！”他龇牙笑。在屋里迎候的老掌柜捂嘴巴笑，道了声晚安，出门带死了屋门。这房间老大，吊灯妩媚。芙蓉帐幔轻薄如蝉翼，大红床单被褥枕套绣有花草和鸳鸯戏水图。预谋好了的，跟他父子俩都熟的老掌柜为他安排的是会馆最好的房间。八仙桌上的两碗盖碗龙井茶是泡好了的，他端茶碗先闻其香，再食其味，遗憾没能与赵雯对饮。他坏笑，你的目的不是与她对饮是要搞她，机会只有今晚了。他已买了船票，行李已放到朝天门码头那“民生”轮上了，明天一早开船。

他占有倪红时没有想这么多，对于赵雯就用心，如同攻打一座难啃的山头，硬攻不行，得要智取。他担心过后果，怕因一时的快乐而永远失去孤傲的她。母亲当年也孤傲，父亲就是在这里强占她把生米煮成了熟饭，还不是相亲相爱走了过来。老掌柜那时候还是少掌柜。理由绝对是充分的，首要是我喜欢她，再呢，两家的老人都首肯了的。赵雯，你莫要怪我，只怪你把我的心掏去了，我是绝对不会让哲弘那个不讲信誉的家伙把你夺走的。

一碗甘醇的龙井茶喝完，他狠抽了根味重的“勇士牌”香烟，使劲掐灭烟头。天热，没有为她盖铺盖，酣睡的她如同一朵睡莲。急切的他压到她身上，她睁开了醉眼，他慌张说：“不想你还挺重。”她说要回家，他就叫了辆车送她回百子巷。

十

宁孝原屁股中枪不是逃跑，是遭了日军的突袭。山田联队被新四军黎江旅全歼，疯狂报复黎江旅的是日伪皇协军的第二师，其中就有窦世达的第三团。情况紧急，新四军黎江旅长请求国军方坤团长支援，方坤向师参谋长的他请示咋办，他反问老乡方坤：“你说咋办？”方坤说：“人家新四军支援过我们，我们得去。”他想请示师长又没有去，师长不会同意。就想，新四军黎江旅能打，我方坤的一团也能打，双方配合，吃不了对方也让其重创，仗打赢了就啥都好说。毛庚朋友黎江大哥的事情得办，还可趁机抓住汉奸窦世达，以报他暗藏杀机打他黑枪之仇。

他同意了，还亲自指挥战斗。

他与方坤率领一团赶去苏北洪泽湖畔的战场时，皇协军正与黎江旅激战。他让方坤指挥部队猛攻皇协军侧翼。皇协军遭到国军攻击，立即分兵抵抗。战斗激烈。皇协军顶不住了，节节败退。国军与新四军呐喊追击。战场情况瞬息万变，不想他部身后突遭日军袭击，他屁股就挨了日军的流弹。败退的皇协军调头反击，他们腹背受敌，损失不小。新四军的民兵赶来，日军撤出了战斗。后来得知，日军南边吃紧，这是支派去增援南边的日军部队，是路过这里投入战斗的。皇协军不过是日军的马前卒、替死鬼，路过的日军本就无心恋战，又不明新四军民兵的情况，就撤出战斗赶去南边了。日军撤走后，皇协军也跑了。

他遗憾没有抓住窦世达。

师长到军医院他的病床前大发雷霆怒骂，说是要毙了他。他没有申辩，苦着张脸，屁股上的伤口好痛。他和方坤受到了严惩，他被降职为一团的团长，方坤降职为一团的副团长，因为他俩抗战有功，才这样从轻发落。方坤那次说，他再往上就是少将啰。他真想当少将，见到赵雯会好体面。不想美梦破裂，降职还降衔，眼看到手的少将除脱了，反而从上校降为了中校，方坤从中校降为了少校。

伤口疼痛难忍，躺在石膏床上动弹不得，他委屈沮丧郁闷窝火。

重庆劳军团的人来军医院慰劳伤员了，带了鲜花、水果来。领首的是冯玉祥将军："宁孝原，我知道你，我们的抗日英雄。"他听过冯将军的抗日讲演："报告冯将军，我……"冯将军伸手止住："事情紧急，你当机立断支援友军，没有错。"他心淌热流："谢谢冯将军！"冯将军说："我得谢谢你，你不仅是前线的抗日英雄，也是大后方的献金楷模。我在《渝城晚报》上看到那个记者赵雯写的文章了，你跟你姑妈在万灵镇老家豪气献金的事儿了不起……"哦，冯将军也看到赵雯夸他的文章了。"宁孝原，你是第三次负伤了，你是身前身后都有伤呢……"冯将军说他身后有伤，他心里咯噔一下，得郑重申明他不是逃兵，脸涨血红："报告冯将军，卑职不是……"冯将军笑："你没有不是，你杀敌有功，辛苦了。到后方去吧，既可以疗伤也可以工作。""报告冯将军，日寇还没有赶走……""对的，日寇还没有赶走，前方后方都可抗日，你的任务还重。我已经给你上司说了，调你当我的副官，兼任全国慰劳总会办公室副主任，协助我这个会长做些事儿。""冯将军，我……""你是军人，军令如山。好生养伤，出院后即刻来我'抗倭庐'报到。"说完笑笑，起身走了。

他心头一时矛盾起来。

降职降衔他只有认了，他怕的是不让他在前线杀敌。"小日本侵我国土杀我同胞，不灭倭寇誓不还乡。"这话他多次对属下官兵说过。抗战出川那年，他跟川军一起同声诵读过司令长官刘湘的遗嘱："抗战到底，始终不渝，即敌军一日不退出国境，川军则一日誓不还乡！"可冯将军说前方后方都可抗日，说军令如山。看来，出院后是不得不回大后方重庆了。咳，也罢，回去吧，就可以见到赵雯，见到倪红了。

十一

"沙利文西餐厅"生意不错。炎炎夏日，赵雯请人在这里吃西餐，跟她对坐的是穿西装的袁哲弘。她心里埋怨自己，说了请宁孝原吃沙利文的，倒请了袁哲弘。今年春天，她与宁孝原在“抗倭庐”附近的磁器口会面，他请她吃了毛血旺，她又说了要请他吃沙利文。两人说东道西，说到抗战胜利在望都振奋。而他提到他俩的婚事时，她就说急啥子嘛，就转了话题。他一副无可奈何的可怜相。

“赵雯，我跟你说，重庆这‘沙利文西餐厅’跟北平那‘莫斯科餐厅’一样的有名气……”

赵雯听着，想到跟宁孝原说到的抗战胜利在望：“呃，袁哲弘，你跟我说到过的那个缪斌，现在咋样了？”

袁哲弘就警惕地四瞅，压低声：“一个多月前，缪斌收到了国民政府‘停止关于所谓和平撤兵谈判’的电报，他的活动就此告终。”

赵雯愤然：“硬是，小日本的败局已定，还去搞媾和！”

袁哲弘叹道：“委员长也有他的想法。你晓得的，前年十一月，美国总统罗斯福、英国首相丘吉尔、我国民政府蒋主席在开罗开会，发表了《开罗宣言》，提出美英中三国联合向小日本作最后的反攻。战争胜利后，把我国的东北、台湾和澎湖列岛归还我国。可是今年二月，美英苏三国头头在雅尔塔举行对日最后作战的会议，却没有请蒋主席参加。蒋主席担心美英苏三国会出卖我国的利益，担心日本与三国进行保留汪伪政府有条件的投降谈判。”

“不可能啊。”

“难得说。再有，国民政府离华北、东北远，而延安离华北、东北近。谁先控制日占区，谁就有可能控制整个中国。蒋主席担心日本崩溃后中共难以控制，想让日本在保留一定实力的情况下投降。”

“就让你们戴老板密办这事儿？”

“戴老板啥事儿都听蒋主席的，那个缪斌跟国民政府关系甚密，他去做对日媾和的事情合适。”

“他是叛徒。”

“是。他在黄埔军校担任过教官，出任过江苏省政府委员兼民政厅的厅长，因贪污渎职去职，投靠了日本人。汪精卫在南京另立伪政府后，他出任伪政府立法院的副院长。后来，见战事对日不利，他就又跟何应钦、戴笠接头。”

“哼，见风使舵。他这汉奸去跟主子媾和，谈的条件必定于主子有利。”

“我方强调的条件是，日本从我国全面撤军，解散南京汪伪政府，取消满洲国国号。缪斌狡猾，要戴老板提供保证，戴老板向蒋主席请示后，蒋主席给了他一个手令。”

“啥手令？”

"'特派缪斌为代表同日本政府协商和谈'。"

"卖国和谈!"赵雯说,"哦,明白了,留条路。是说呢,大小报纸,包括《新华日报》,时常有破获来自上海、南京、武汉沦陷区的汉奸案件的报道,却没见一个真正的汉奸落网。你们的监狱不是常闹人满之患么,其实,关押的多是中共的人和民主人士。"

"消息真真假假。"

"你步步高升到少将了,保密呀。"

"小小区长。"

"军统局渝特区的区长,厉害。"

"为党国尽些薄力。啊,还忘了祝贺你,祝贺你荣升晚报社会部主任!"

"小小主任,呃,你咋晓得?"

"你的事情我都特别关心。你听英国BBC的英文新闻播报,就及时报道了反法西斯和抗日战争的最新战果,得到了上司的青睐。"

"你个密探,间谍。我跟你说,有条消息我抢先报道后,其他报纸都没有出来,主编问我到底听清楚没有,我还担心了。第二天,各大报纸这消息出来了,我才松口气。"赵雯捂嘴笑,想到日特间谍,"哲弘,你说你为党国尽些薄力,你是尽了大力的,没得点儿建树,你能够坐到这个位置?听说,刺杀日特第一女间谍南造云子,你就有头功。"

"你咋晓得?"

"我是记者,眼观六路耳听八方。凭你这发问,就证明你是参加了的。"

袁哲弘不置可否笑。

他确实参与了刺杀南造云子的行动。南造云子生于上海,其父南造次郎是老牌间谍。她精通骑射,能歌善舞,勾引了一批国军的高官,窃取了不少重要的军事情报。上海吴淞司令部给国防部的扩建炮台的报告就被她窃取了,日军进攻上海时很快就将其要塞摧毁。军统局多次派人暗杀她,她都躲过了。她对同伙说,这些支那特工根本不是我日本特工的对手。上前年4月的那个晚上,穿旗袍戴墨镜的她驾车去百乐门咖啡厅见要客,下车后将车钥匙交给门童,朝咖啡厅的旋转门走。"南造云子!"有人轻声喊。她下意识回头,立感上当,迅速向旋转门冲。"叭,叭叭……"几声枪响,她应声倒地,33岁的日本王牌女谍魂飞咖啡厅前。那个轻声喊她的人是袁哲弘,朝她射去了第一颗子弹,击中她胸膛。

赵雯说:"佩服你,南造云子就该杀!"

"是该杀!"袁哲弘说。心想,你宁孝原总在赵雯跟前夸赞自己,我做的事情是不能讲的，可消息灵通的赵雯还是晓得了，我袁哲弘也是抗日的英雄，是无名英雄。他大口灌香槟，拍打脑门：“咳，这香槟酒喝多了也打头。赵雯，也是你我才说了这些，你可千万要保密啊，绝对不能上报纸！”

赵雯乜斜着他：“我是细娃儿呀，不懂事呀。”

袁哲弘挠头笑，喝酒，香槟酒如蜜汁下肚，是赵雯请他来吃沙利文的：“赵雯，你还要考验我？”

赵雯点头：“终身大事，马虎不得，当然要考验。”

十二

宁孝原与赵雯路过“精神堡垒”。春风拂面，人流熙攘，来看这无碑之“碑”的民众和军人不少，还有洋人。赵雯围了“精神堡垒”那旗杆走：“这碑要重建了，名称改为‘抗战胜利纪功碑’。”宁孝原点头：“听说了。”赵雯说：“我爸爸参加了纪功碑修建方案设计的。”他说：“重庆人不惧日寇的狂轰滥炸，积极支援前方，展现了中华民族不惧强敌自强不息的精神，展现了崇勇尚武的巴人的阳刚图腾，他设计的碑体是一个直立的柱子，形同……”“形同啥？”宁孝原问。

赵雯脸上飞红。

“晓得了，就是……就是雄起的那个。好，霸道！听我爸爸说了，你爸爸是留洋过法国的，他这设计好，我举双手赞成。”

“也不晓得会不会采用。”

“会，一定会！这的确体现了我重庆人越炸越强的精神，建好后，我要来碑前祭奠牺牲的战友。”

“绝对应该。”赵雯看他，“你不会对碑再发一次誓言吧？”

宁孝原挠头，他给赵雯说过他对碑发誓之事：“是，我对碑发誓要娶倪红，又违背誓言，还不是因为你。”

“猪八戒吃西瓜，你倒打一钉耙。”赵雯说。

宁孝原严肃脸，大声说：“我就是要对碑再发一次誓言，我宁孝原爱赵雯，发誓跟赵雯恩恩爱爱过一辈子！”

“你小声点儿，这么多的人，啥恩恩爱爱的。其实，倪红很不错的……”

两人说着，到了较场坝。赵雯没有往百子巷走，走到林荫里。宁孝原的心情大爽，赵雯不急着回家，是想要跟他多说说话呢。

赵雯看他笑：“饿了吧，去我家吃午饭。”

宁孝原的脸晴朗,看表:“啊,时间才快耶,快11点了,我今天是没得这口福了,赵雯,我得先去办事情,下次一定去你家吃饭,去拜望伯父伯母。”

赵雯撇嘴:“扯谎嘛,快到吃午饭的时间了,你办啥事情?你们这些个军官,成天大吃大喝的,晓得,一定是哪个请你去吃席。”

宁孝原挠头笑:“啥事儿都瞒不过你,我是去吃席。”掏出纸烟抽。

“是哪个请你?”

“对你我就实话说了,我老上司冯治安司令来重庆了,他今天中午请友人吃饭,也叫了我。”

“冯治安,三十三集团军的总司令啊,他调来重庆了?”

“他来述职,从武汉坐客机来,风大,飞机在铜梁机场降落。接到他的电话后,我开车去铜梁接的他,他住罗田湾空军招待所。”

“哦,那你快些去。”赵雯说,“你老上司来了,不定又把你调回战斗部队。”

“我是一直想回作战部队的,可我是个降职又降衔的落难人。”

“祸福相依,你老上司也许会让你官复原职。”

“那倒好。可‘抗倭庐’的冯将军说,你回作战部队去干啥,去打谁?”

“剿共呀。”

宁孝原拉她到背静处:“日本正式宣布投降的当天,委员长就叫冯司令率部去清剿花园和安陆一带的新四军。”喷吐烟云。

“打内战?”赵雯扇打他喷出的烟云。

“是。冯治安司令密令七十七军的何基沣军长,游而不击,打空枪,放空炮,写假战报向上交差。”

“他这是抗命。”

“他是要保存实力。他亲率总部人马大摇大摆从马良坪东进,路过的南漳城早已是一片瓦砾。他后来去了汉水东岸宜城县的方家集,去祭奠张自忠将军。”

“张自忠将军了不起!”

“大英雄!”

“你也是英雄。”

“我算个小英雄。冯司令叫下属避免和八路军、新四军打仗,他下属何基沣、张克侠等人,想成立以冯司令为首的反对内战的反战大同盟。”

“成立没有?”

“没搞成。”

“嘴巴,嘴巴!”

“呵，又忘了。后来因意见不一，冯司令又不表态，事情落空。咳，日本鬼子赶走了又打内战，自己人杀自己人。”

“那你就别去部队了，人家还舍不得你走呃。”

“哈，你舍不得我走！”宁孝原激动，灭了烟头，搂赵雯肩头，“冯治安司令是说让我回集团军去的，可你这么一说，天王老子叫我去我也不去了。”

赵雯抚开他的手：“呃，这是公共场所哈，你吃席的时间快到了，去吧，快些去！”

十三

冬天的“沙利文西餐厅”，喝下午茶的客人多。打领结戴白手套的男招待恭立赵雯跟前。

赵雯看菜单点菜，向对坐的宁孝原说：“我了愿，请你吃‘沙利文’，也为从前线回渝的你接风。”

“道谢啰。”宁孝原笑着说。

他是不情愿上前线打内战的，可冯玉祥将军去美国了，以“特派考察水利专使”名义去的，同时被强令退役。他清楚，冯将军是被剥夺了本来就是虚名的军权。赵雯说过，二位冯将军都喜欢他，确实，冯治安司令召他回旧部了。他犹豫不决，舍不得离开赵雯，就待在冯玉祥将军那“抗倭庐”里处理遗留的事情。不久前，冯治安司令再次急电召他，任命他为第三“绥靖”区少将副参谋长，还安排军机来渝接他。他不好违抗老上司的命令，就上了前线。小老乡曹钢蛋当了他的少校副官。

这次，他是奉何基沣副司令的命令乘坐军用飞机来渝点验一批军火的。何副司令亲笔写了信叫他去找李承干厂长。传闻李承干是共党，他问了何副司令，何副司令答非所问，严令他速办，三日内务必乘军机返回前线，还有重要任务。他是昨天飞来重庆的，立即去了在山洞里的21兵工厂。李厂长立马办理，说日机连番无差别轰炸，重庆的兵工厂多数建在山洞里，当地住民也不知道。

“有黄油鸡卷、火腿沙拉、鲜烩大虾、双色牛排、奶汁烤鳜鱼、罐焖牛肉、炸猪排、烤鸡，你想吃啥？”

“随便。”宁孝原说。

“吃随便呀，人家这里没得。”赵雯露齿笑，点了火腿沙拉、双色牛排。

酒菜上桌，两人喝啤酒吃菜摆谈。

"……啊,你们何基沣副司令还夸赞共党!"赵雯吃惊,"他莫非就是共党?"她面挂酒色。

宁孝原也面挂酒色,摇头说:"不晓得是不是,他倒是信任我,我从营长直接提任独立团团长,就是他力荐的。他跟我们几个说得来的兄弟伙说话随便,那天喝酒,他说,我是国民党的军官,认为只要文官不爱钱,武官不怕死,人人廉洁奉公,国家就会富强起来。其实不然,我看呐,共产党才是中国的希望。"

赵雯瞪大眼睛:"他这么说?你们集团军的冯治安司令怕是要治他。"

"冯司令没有治他,他还去何副司令家里听共党的广播。我后来晓得了,张克侠是共党,冯司令也知道,他还知道一些部下是共党,却不过问。"

"冯司令怕也是共党?"

"他倒不是。"

"你呢?"

"跟你说过,我无党无派。"宁孝原的酒劲上来,拉了赵雯细长的手指捏揉。

"你个武夫,轻一点,捏痛人家了。"赵雯也上了酒劲,"你们都身在曹营心在汉。"

"这年月,多个心眼没得错。"宁孝原打酒嗝,捏揉赵雯的手,"赵雯,我明天就要回部队去了,答应我,嫁给我。"

赵雯任由他捏手:"孝原,再等等,等这场战争结束,好不好?"

"好不好都是你说了算。唉,这场内战不晓得好久打得完。也倒是,打完仗再说,万一我死在战场上呢……"

"不许说死,不许你死!"赵雯说。

宁孝原感动:"老子命大,死不了……"

他俩走出"沙利文西餐厅"已是入夜,两人去看完工了的"抗战胜利纪功碑"。冬日的白天短,街上的路灯亮了,商铺、餐馆、地摊的霓虹灯、窗灯、汽灯闪烁,不时有亮灯的汽车驶过。红灯绿焰照射的高碑雄立夜空。路人显得更美了,赵雯越发靓丽。宁孝原伸臂搂了她走。她说:"呃,这可是在大街上。"他就收回手:"我想把你吃了。"赵雯抿嘴笑:"你还没有吃饱呀。"

十四

十一月初的贾汪,已是寒气袭人,黄昏时刻,更是冷寒,军营里笼罩着令人焦灼不安的紧张气氛。这里离徐州不远，有京杭大运河、潘安湖等水网交织，实乃好地方。抗战胜利后，没有几天平静日子，又狼烟四起。

披军大衣的宁孝原在总部分给他的土墙民房里来回走动，大口吸烟。坐在方桌前的穿蓝布长衫的黎江埋头大茶缸嚯嚯喝茶。是他的副官曹钢蛋领黎江和穿民服的方坤来他住屋的。他才知道方坤经黎江介绍已入了共党。黎江脱军装下地方了，做啥事儿没说。他俩都没带枪，来说服他起义。他明白了，曹钢蛋怕是也被赤化了。明天就是11月8号起义日了，他还在犹豫。

“方坤，钢蛋，你两个出去一下，我跟孝原说说话。”黎江说。

曹钢蛋说：“要得，去弄点酒菜来。”与方坤出门，带过屋门。

“挨我坐，莫小气，拿根烟来。”黎江说。

宁孝原拉木凳坐到黎江身边，递给他一根烟，为他点燃，自己又燃上根烟。

“老子晓得，你娃是怕死。”黎江激他说。

宁孝原就亮出伤疤：“黎哥，你看看这些伤疤，我会怕死？”他面红筋涨。

黎江乜斜着他：“那你还犹豫啥？”

“这，何基沣副司令会听你们的？”

“他听不听是他，你归你……”

黎江现在是隐秘战线中共中央社会部机要局副局长，是知道何基沣是于1939年就秘密加入了中国共产党的为数极少的人，恩来同志对他说过，何基沣的事情是党的秘密，也许永远是党的秘密。明天的起义，何基沣同志是在执行党交给他的任务，是他期待已久的光荣使命。就是何基沣同志让他来做宁孝原的工作的，让他下最后的决心。

“我，咳，我父亲是大资本家。”宁孝原说，狠劲抽烟。

“我就晓得机关在这里，我跟你说，我党的一些高级将领就是大资本家大地主出身的，有的高层人士本身就是资本家。出身不由人，立场在自己，你只要真心起义，真心跟随共产党闹革命，你就是我们的同志……”

天黑了，宁孝原起身拉燃电灯。

黎江继续说着。

宁孝原心动，点了头，想到毛庚朋友柳成：“黎哥，黑娃子柳成，他走了。”听倪红说，他才知道，柳成也是共产党员。

黎江已从内线得知，柳成是被袁哲弘抓捕枪杀的：“这个仇一定要报，不仅是为柳成同志，还为千千万万为人民解放事业牺牲的烈士们，他们为之奋斗的事业我等要继承……”

屋门被“砰”地推开，一个穿国军上尉军服的女军官持枪进来：“都不许动！”

宁孝原呵斥：“胆大，你个小小上尉竟敢闯老子的住屋！”

女军官举枪步步逼近：“宁孝原，我们见过，在重庆军统局那花园公馆。”

宁孝原想起来，那时候她佩戴的少尉军衔：“哼，你不过是显示你是军统的人，是军统派你来的。”

女军官点头：“你说对了，实话跟你说，是你那毛庚朋友袁哲弘派我来暗中监视你的，你们刚才的话我都听见了，都举起手来，跟我走！”

“算你狠。”宁孝原说。好汉不吃眼前亏，他得保护黎江大哥，“老子跟你走，要打要杀随你的便，你不能伤害我老乡！”

女军官说：“你以为可能吗，一个是党国的叛逆，一个是共党的奸细。”

宁孝原欲掏枪，黎江下意识掏枪却没有带枪。

女军官的枪口直对他俩脑门：“谁动我打死谁！”身后有响动，她眼目的余光看见有人朝她举枪，飞速转身射击。

举枪进来的曹钢蛋应枪声倒地，左手拎的酒菜洒了一地。宁孝原惨叫，掏出手枪。女军官早已调转枪口。两支枪口相对。“叭！”枪声响，子弹穿过女军官的后脑，她栽倒在地。是猫腰进来的方坤取了曹钢蛋的枪射击的。

宁孝原过去扪曹钢蛋的口鼻，已经没有了气息，胸前鲜血流淌：“钢蛋，我的小老乡……”他心疼如裂。我的钢蛋，你打日本鬼子没有死，却死在了军统的人手里，我要为你报仇！妈耶，老子不反更待何时！

黎江为曹钢蛋合上未闭的眼帘。

方坤落泪：“曹钢蛋同志……”

宁孝原掏手帕盖住曹钢蛋发白的脸。方坤叫他曹钢蛋同志，他是中共的人了。啊，我咋个面对他在渝的老父亲！

一身戎装的何基沣副司令进门来，他身后跟着副官和一群武装士兵。

宁孝原起身敬礼：“报告何副司令，我把她击毙了。”他不知道何副司令是中共的秘密党员，指着黎江和方坤说，“他两个是我老乡，来看望我的，这个女军统，她一进门就朝我举枪，还竟然把我的副官曹钢蛋打死了……”

何基沣听宁孝原说时，眼目的余光看黎江，黎江朝他点首。他心中有数了，宁孝原是下决心参加起义了。盯女军官的尸体摇头：“死得不值。”到曹钢蛋的遗体前脱帽致哀，屋里人都脱帽致哀。

致哀毕，何基沣对身边的副官说：“你带几个人把这里处理一下，曹钢蛋要厚葬。”

“是！”副官答。

“宁孝原！”何基沣喝道。

“在！”宁孝原挺胸。

何基沣目光犀利：“你不是问我有啥重要的任务吗，现在我告诉你，我命令你跟随我起义！”

“是！”宁孝原挺胸并腿回答，血往上涌，他人生转折的重要时刻到来了。

十五

穿褐色便西服的宁孝原在宁公馆顶楼的屋子里待了好一阵了，他被移民老祖宗宁徙传下来的“宁氏家谱”吸引：“宁继富违背父愿，不走仕途倾力经商，悬梁刺股，自强不息，光大家业……”宁继富是他爷爷，父亲多次跟他说过他爷爷忍辱负重、发家致富的事情。

戎马半生的发誓不经商的他回来承接祖业了。

十多天前，何基沣、张克侠两位将军，率领国军第三绥靖区七十七军和五十九军的两万三千余众在贾汪、台儿庄如期起义，开创了国军大兵团起义之先河。起义后，何基沣任中国人民解放军第三野战军三十四军军长，率部参加了渡江战役，直捣南京。

宁孝原没能参加这场大战。

决定他人生转折的那天晚上，黎江在他的住屋里跟他进行了长谈。十五支光的电灯悬吊屋顶，洒下来橘红色的柔光。他俩挨坐在灯下的方桌前交谈。屋里半人高的檀木雕花座钟陪伴他俩，铜制的钟摆不急不缓地摆动，正点时便鸣响报时。毛庚朋友黎江给他说了许多革命的道理，说蒋家王朝的末日到了，新中国就要诞生了。两人端大茶缸喝茶，抽了好多根烟。

黎江抹四方脸，目光炯炯盯他：“小崽儿宁孝原，跟屁虫，你听我的不？”

他说：“听，当然听，你是我最敬重的好大哥，我宁孝原跟你干，誓死跟随你干！”

黎江说：“好，那你就跟我干。”神态认真，“交给你一个任务，回重庆去承接你们宁家的家业。”

他瞠目：“啥，大战在即，你让我回去承接家业去经商？不去，绝对不去！我的好大哥，你晓得的，我是个军人，军人就是打仗。我要加入解放军，我要参加这场大战！”

黎江说：“你这任务很重要，得急办。国民党政权垮台在即，重庆的多数工商界人士有顾虑，害怕共产党得了天下要共他们的产，准备把资金和企业转移去台湾。”

“不能转去台湾！”

“是的，不能。我党统战工作的重要任务之一，就是要稳住这些民族资本家。你应该晓得杨灿三的，他是重庆最有名的聚兴诚银行的老板。”

“晓得。”

“他很固执，拒绝与我党的人士接触，别人向他宣传我党的政策他也不信。他是你父亲的好友，你回去承接家业你父亲一定高兴，你动员你父亲去做做他的工作。跟他说明，我党对资本家是区别对待的，对官僚资本要没收，对民族资本是要保护的。”

他挠头：“家父也顽固。”

黎江说：“这任务难，是没有硝烟的战争。你回去就可拖住你父亲不去台湾，再努力做他的工作，让他去说服杨灿三。孝原呐，我们夺取政权后得要巩固政权，巩固政权必须搞经济建设，搞经济建设就离不开这些民族资本家。”

他掐灭烟头：“黎哥，我明白了，听你的！”

黎江拍他肩头：“宁孝原同志，你是我们的人了，你虽然还不是中共的党员，但我黎江信得过你。你呢，还有个重要的任务，要全力为解放军接管重庆搜集经济情报……”做了具体的交代。

“当，当！”座钟鸣响报时，凌晨两点了。

黎江起身踱步，盯他笑：“啷个，还当王老五？”

他起身嘿嘿笑：“实不相瞒，我是早就想娶她……”如实说了他跟赵雯、倪红的事情。

“听钢蛋说过，你小子是脚踩两只船呢。”

“大哥，我真心喜欢的是赵雯。”

黎江说：“婚姻有缘，希望你能如愿。”严肃脸，“宁孝原同志，你今天晚上就动身回重庆。委屈你了，对外，你得说是不愿参加起义，是怒脱军装返回故里的。哦，袁哲弘还有利用价值，你回重庆后，切不可意气用事……”

他是骑马、乘车、坐船辗转回到重庆的，昨天深夜到家，今晨吃罢早饭就来这顶楼了。

噔噔的脚步声响，父亲进屋来：“儿子，你是宁家的独苗，你想好了没得，是打那混账仗当炮灰重要，还是回来承接老祖宗留下的家业重要？”

宁孝原没有回答，他在跟父亲耍欲擒故纵之计。他合上家谱，细心地放进香案上的樟木匣子里，搀扶父亲下楼，搀扶父亲到客厅那乳白色的皮沙发上坐下，自己也坐下。新来的何妈泡了盖碗茶来。母亲也过来坐下。

“爸，老实说，我也厌倦打仗了。”宁孝原端茶碗喝茶，“爸，你要我继承家业也不是不可以，你必须答应我不去台湾，不转走资金。”

“不得行！”宁道兴怒道，“跟你说了，一切一切的事情都已经准备好了！”

“爸，你莫要把话说死了噻。”宁孝原说。

“我就是要把话说死！”宁道兴青筋鼓胀。

“那好嘛，我立马回前线当炮灰去！”宁孝原也青筋鼓胀。

母亲唉唉发叹：“老头子，你就听儿子的。”

宁道兴说：“我宁氏的家业不能被共了产，我的决心早已下定，他要走就走！恁么多年了，他就没有好生在这屋里待过，他就没有把父母亲把这家放在眼里……”

宁孝原晓得父亲的脾气，犟起来三头牛也拉不回，就如同他自己当年执意去当兵一样，更理解黎江大哥说的做杨灿三这些资本家的工作是困难的。哼，你犟我也犟，看哪个犟得赢。他陡然起身，往自己的住屋走，其架势是立马打点行装返回战场。

“儿子，你坐下！”母亲急了，拉他坐，“老头子呃，你就这么一个儿子，你就忍心让他去当炮灰，去死在那败局已定的战场上……”

父子俩僵持，客厅的空气凝固。

“叮咚，叮咚……”门铃声响。

何妈出客厅去开门。

来人是赵雯。她穿雪青色西服，戴藏蓝色鸭舌帽，蹬褐色皮靴，一身男士打扮，唯额前若有若无的“满天星”刘海透露出女人的娇俏。是宁孝原在万灵镇初识她的穿着。手拎女士牛皮手提包和一包礼品的她随了何妈进客厅来，礼貌笑道：“宁伯伯、宁伯母，事情多，好久都没有来看望两位老人家了！”盯宁孝原，“嘿，运气好，孝原也在！”将礼品放到茶几上，“带了包上好的云南普洱茶来。”

客厅里添了温柔气。

“啊，赵女子来了，坐。何妈，快泡茶！”宁道兴倒竖的眉毛弯曲，巴望这未来的儿媳妇早日过门。宁孝原母亲喜眯了眼，拉赵雯坐到身边：“赵女子是越长越好看了。儿子，还不过来陪赵雯坐。”宁孝原不想赵雯会来，好高兴，他本是打算下午去找她的，藏了怒容坐到她身边：“我两个就是有缘，我昨晚天黑到家，你今天上午就登门！”赵雯笑，揶揄说：“大战的炮声隆隆，你这个大英雄倒回家来，当逃兵了。”何妈端了盖碗茶来，赵雯道谢。宁孝原有了救兵，父母亲都喜欢赵雯，赵雯的话父亲也许会听："我回来是……"他想说是回来说服父亲不去台湾不转移资产的，话到嘴边吞回去，得先跟赵雯说好了，得要统一口径，也想跟她单独相处，嘿嘿笑，"想你了。走，去我屋里。"拉赵雯走。

宁孝原的住屋在二楼，内饰典雅，檀木大床、茶几、衣柜、八仙桌、书桌、国画、立式古钟及原木本色的地板弥散着怀古的气息。是父亲为他精心设计布置的。他却少有在这屋里住。今天一早，何妈来收拾打扫过，很是洁净。

赵雯第一次来他这住屋，惊叹："哇，大户人家的公子哥儿就是阔气。"踱步到阳台上。

宁孝原跟来。

阳台宽敞，有花木盆景。赵雯倚栏四望。阳台俯临宁公馆院子的大门，大门外的黄葛老树在风中摇曳，慢坡地里草木葳蕤、曲径蜿蜒、房屋鳞次栉比，低远处的嘉陵江水悠悠东流，传来轮船的轰鸣声和纤夫的号子声。在长江边上长大的她，喜欢大河长江的雄浑奔放，喜欢小河嘉陵江的温丽清幽。有人说，山城半岛是大河小河的孩儿。在重庆大学念书时就秘密加入了中国共产党的她赞同这话。现在正值枯水期，而春天的涛声已经鸣响，双江合抱的山城即将迎来挺进大西南的中国人民解放军，她为与人民为敌的顽固不化的袁哲弘感到惋惜、悲哀，高升至中将的他已是罪行累累，不可救药。当她得知他枪杀了中共地下党员他的毛庚朋友柳成后，就有了杀他的念头，而他救过她母亲的命。她纠结痛苦。她与现在跟她单线联系的上级黎江在武汉秘密见过面。黎江说，袁哲弘还有利用的价值，你得从他那里多获得情报，一切听从组织的安排。她知道，黎江是宁孝原和袁哲弘的毛庚朋友，对他说了自己与宁孝原、袁哲弘的交往和真实情感。黎江说："你的情况组织上都跟我说了，你忍辱负重潜伏敌后获得了许多有重要的情报，辛苦你了。"她说："袁哲弘呢，比好人还好，比坏人还坏。"黎江不置可否，说："袁哲弘也是我的毛庚朋友，现在是我们共同的敌人。"是呢，个人的情感与革命事业相比，革命事业至高无上。她这么想，就看宁孝原，对着他一字一句吟诗："骏马登程各出疆，任从随地立纲常。"

宁孝原听了心里咯噔一下，这是他家先祖宁徙留下那长命锁上的认祖诗的前两句，是那天晚上他与黎江大哥商定的来与他接头的人的联络暗语，心狂跳，啊，竟然是她，赵雯是自己人！一字一句接诵："年深外地犹吾境，日久他乡即故乡。"

赵雯激动伸出双手："宁孝原同志！"两目晶莹。她是接到黎江的密电来与宁孝原接头的，好高兴，孝原与她是共同奋斗的战友了。

"赵雯……"宁孝原伸双手握住她的手，她是他的同志，是他的心上人，"同志！"展臂拥抱她，鼻酸眼热。

赵雯任他搂抱，第一次在他面前落了泪，孤独奋战的她见到了自己人，见到了她真心爱恋的人。江风吹过，院门外那棵历经日晒雨淋电闪雷击的虬曲鹏展的黄葛老树的树叶儿沙沙响，像是在窃窃私语，为他俩祝福。他俩进屋坐下说话，自然是先谈工作。宁孝原说了他这次回来的因由，说了组织上交给他的任务。赵雯说，是组织上安排她来助他一臂之力的。他说了他父亲的固执，说他父母都喜欢她，她出面说话，他父亲会听的。她笑，严肃了脸："我的身份上级应该给你有所交代。"他点头，黎江给他说过，来跟他接头的人的身份连重庆地下党的人也不知道，要绝对保密："赵雯，我相信你的智慧。"

两人说了当前的局势，胜利指日可待。

"赵雯，嫁给我！"宁孝原伸手拉住赵雯的手，"去年冬天，在沙利文餐厅你对我说过，等这场战争结束，这场战争马上就要结束了！"

赵雯点头："我说过。"热了眼，"你当时说，也倒是，打完仗再说，万一我死在战场上呢。我说，不许说死，不许你死。"

"老子们命大，才不得死，我要讨赵雯做婆娘呢！"

"又说脏话，啥子婆娘的，难听……"

何妈上楼来喊他俩去吃午饭。

十六

晚暮时分，"沙利文西餐厅"小包房里坐有三位食客，是宁孝原、袁哲弘和赵雯。是袁哲弘邀约宁孝原和赵雯一聚的，他说："再难得聚齐了，我们今下午在碑周围好生转转，转饿了我请你两个吃'沙利文'。"袁哲弘晓得，从湘鄂西来的共军二野的主力和四野的一部已经临近重庆了，他已得到了上司的命令，就要飞去台湾了。酒是红葡萄酒，菜是黄油鸡卷、火腿沙拉、双色牛排和花生米，为冬日这餐厅添了热气。

穿军呢大衣佩中将军衔的袁哲弘，举酒杯说："来来来，我三人今天喝个一醉方休。"喝干杯中酒。借酒消愁，他亲手枪杀了毛庚朋友柳成，至今是个心病，遗憾的是柳成竟然与党国为敌。

穿驼色呢大衣的宁孝原和穿雪青色呢大衣的赵雯都举杯饮尽。

宁孝原点烟抽，心里滴血，柳成是多么好的朋友、战友。赵雯大口喝酒，心燃怒火，惩处袁哲弘，她再次密电请示过黎江，黎江回电，听候组织安排。

“孝原老弟，你不与投敌者为伍，怒脱军装回来经商，不愧是党国的忠臣！”袁哲弘朝宁孝原举杯，“你老弟是战场商场都要得开，来，为我两兄弟都还活着，喝！”

宁孝原举杯喝酒，抹嘴说：“党国的高官不少都去台湾了，你哪个还不走？”

袁哲弘灌口酒：“我今天请你们一聚，就是要告个别，职责所在，我得去台湾。”心里哀凉，阵阵痛，不得不离开生我养我的故乡去那孤岛了，不知道啥时候能够回来。身为孝子的他试探过体弱多病的母亲，母亲说她哪里也不去，她这把老骨头就埋在重庆。母亲时常落泪，他知道，母亲是担心他。

宁孝原也灌口酒，揶揄说：“你是党国的精英，去台湾是有要务的。”

宁孝原的父亲是不去台湾了。经过他和赵雯及重庆地下党的同志做工作，他父亲心动了，说还是家乡好。父亲几次去找了聚兴诚银行的老板杨灿三，带了他去。他父子俩都极力劝说杨灿三别去台湾。他们的努力有了效果，杨灿三对共产党的态度有了改变。他们杨家有五房，第五房在香港的产业做得大，要杨灿三把重庆的资金转移去香港。杨灿三拒绝了，最终决定留在重庆。重庆的其他民族资本家也全都留在了重庆，没有资金外流。这期间，宁孝原还为解放军接管重庆搜集了许多经济情报。黎江发电报夸他，战场商场都建功勋。他高兴。还高兴的是，就要跟赵雯结婚了，重庆就要解放了，组织上会批准的。

袁哲弘啃卤鸭脚板，孝原说他去台湾有要务，确实是。前年八月，军统局的秘密核心部分组成了国防部保密局，毛人凤任局长，他受命为副局长，去台湾是担负有复兴大任的。他难舍故土难舍母亲，也欣慰，他请求赵雯跟他一起去台湾，她没有拒绝。

当晚，袁哲弘喝得烂醉，候在餐厅外的两个便衣警卫搀扶他走的。赵雯要回家，宁孝原搀扶她走：“你喝多了。”领她去了宁公馆，去了他那二楼的住屋。

屋灯柔和，赵雯越发好看。他关死屋门，搂抱她亲吻。酒生色胆，渴盼这一天好久了，抱她扔到檀木大床上，她已答应嫁给我了，她就是老子的人了。气粗的他没有鲁莽，一颗一颗地解她的衣扣。

立式古钟当当响，时针指着晚上十一点。

古钟像是在说，这么长的时间都等过来了，急这一会儿做啥，心急吃不了热豆腐。他看立式古钟，想起那天晚上黎江跟他长谈的那屋里的座钟，就看见了黎江那四方脸。“宁孝原同志，你是我们的人了……”黎江给他交代过党的组织纪律。他就把她的衣扣一颗一颗又扣好，在她柔软的身子上压了压，起身下床，就要办婚礼了，老子在新房里干。

仰躺床上的赵雯胸腹起伏，她也渴盼这一天好久了。前天深夜，她收到黎江发来的密电，情况紧急，中央高层决定，命令她速去台湾，以与袁哲弘“爱恋”和她是《渝城晚报》社会部的主任为由。去后单线联系一个人，完成任务即返回。交代了联络的具体事宜。看完密电，她心剧跳，中央高层的决定可是重任，振奋不已，党的指示必须执行。泪水滑出眼眶，重庆解放在即，她却要离开故土。与孝原的婚礼在即，她却要离别心爱的人。到台湾后她会尽力完成任务，也难免会有风云突变。她也许会被捕牺牲，也许会长期潜伏。与孝原的这一别也许是长别是永别。她知道，她与孝原结婚是要经过党组织审查批准的，而此情此时她要全身心接纳他，给他以爱，得到他的爱。

“赵雯，莫怪我，我鲁莽了。”宁孝原坐在床边抽烟。

赵雯起身抱住他，在他宽实的背上落泪：“孝原，我不怪你……”拉他转身，亲吻他，吻了他满脸的泪水。

宁孝原的心狂跳，狼眼露出凶光，扔掉烟头，山一般将她压倒。

干柴遇烈火。

激情之后，两人捂在被窝里说话。

赵雯与黎江与孝原均是单线联系，她想着合适的话：“孝原，我没有跟袁哲弘说我要嫁给你哦。”

宁孝原捏她精巧的鼻子：“晓得，你给我说过，叫我也莫跟他说，还要利用他。他这坏蛋迟早得死，得死在老子的手上！”

“现在他还得活。孝原，我都给了你。”

“老子有福，抱得美人归。”宁孝原紧搂赵雯。

“又说脏话。”赵雯亲他那狼脸，眼含热泪，“骏马登程各出疆，任从随地立纲常。年深外地犹吾境，日久他乡即故乡。”

“这接头暗语你记得还熟。”

“我在念宁徙老祖宗留下的认祖诗。”

“嗯，好，是我宁家的人。”

“孝原，我是你的人你是我的人，无论我在哪里，无论发生了啥事儿，你都要记住啊。”

“当然，绝对！”

十七

走过一队中国人民解放军队伍，列队到更名为“人民解放纪念碑”的碑前观瞻，一个个都兴奋激动。宁孝原好羡慕，他没能穿上解放军军装，也没能加入中国共产党。重庆解放之前，他就向单线联系的上级黎江电报申请入党，黎江回电：“你留在党外对党的工作更有利。”肩头被人拍了一下，下手好重，他高兴回身，哈，是黎江！

“你好，我们‘大河银行’的董事长，市商会的副会长宁孝原先生。”穿中山装的黎江呵呵笑，伸出厚实的双掌。

“黎副局长好，就盼着见到你！”宁孝原伸出大手。

久别重逢，敦实男人与魁梧男人拍打拥抱。

“小崽儿孝原，近况如何？”

“我的好大哥，一个字，难。银行的工作难，商会的工作难，家事也难。”

“哪才一个‘难’字，都三难了。”

宁孝原直言不讳：“家父一直担心宁家的私产会被公家化了去，母亲也掉眼泪。我说，国家现在困难，就主动捐献给国家。父亲把我痛骂一顿，跺脚说，败家子，你爷爷说的话要应验了。”

“你爷爷说的啥子话？”

“我爷爷说，富不过三代。”

“这是句老话。”

“黎哥，我就一直在党外，一直无党无派？”

“无党无派也可以为党工作，你现在的身份是有利于党的统一战线工作的。”

“嗯，听你的。哦，跟你汇报个事情。”

“你说。”

宁孝原说：“我跟赵雯的事情，我是真心喜欢她。参加革命了，我晓得，个人的婚姻是要先打报告得到组织同意的，我，我先斩后奏了。”

黎江表情复杂：“这个事哦。”

“我们两人情投意合，想要结婚，我现在向组织郑重汇报。”

“你跟她那个了？”

“没得那些事情，赵雯的脾气犟。”宁孝原编话说，跟赵雯上床的事情他不说，这是违反组织纪律的，要受处分。受处分他不怕，男人得敢做敢当，他担心的是赵雯受处分，还担心组织会因此而不批准他俩结婚。

黎江的表情凝重："晓得了。"

"黎哥，我一直联系不上赵雯了，你应该晓得她的行踪的，"那晚之后，宁孝原就再也没有找到赵雯，"她不会出事吧？她有新的任务？她，是不是潜伏去台湾了？"

黎江答非所问，喃喃自语："永远的谍战……"盯着他说，"孝原老弟，我约你来这里会面，是想好好看看这碑。"

高碑不言，俯视观览的民众、军人和人群里的他俩。

黎江仰看高碑，心如刀剜。

赵雯同志去年六月就牺牲了，香港的同志给他寄来了当时敌人的报纸，刊载有赵雯同志赴台湾马场町刑场的照片，其报道称，赵雯是特大间谍案的女主犯。从照片看，那是个阴云天，她身穿黑棉袄，被五花大绑，戴钢盔的持枪士兵押赴她去刑场，风吹乱了她的长发。其信中写道，据当地的民众说，赵雯同志就义前高呼："新中国万岁！人民解放万岁！"身中数弹。她的被捕是因为台湾工委有人叛变供出了她。赵雯同志勇敢智慧地冒死工作，从台湾陆续传来不少重要的军事情报：有敌海军舰船的部署；有敌空军的机场和飞机的种类架数；有敌各部的番号代号和官兵的人数；有敌火炮坦克装甲车的数量；有敌枪械弹药的库存情况等等。遗憾痛心，天地同泣！赵雯同志很好地完成了任务，她已经收到了组织上让她返回的通知，正准备取道香港回来，不想出了叛徒。与她单线联系的潜伏在敌人心脏的那位同志也因叛徒的出卖而被捕牺牲。他们获得的情报都及时传递到了中央高层，毛泽东主席看后，提笔挥毫："惊涛拍孤岛，碧波映天晓。虎穴藏忠魂，曙光迎来早。"永远的谍战，至今，还有我隐秘战线的勇士们深藏虎穴，有的同志要长期潜伏下去。

黎江拉宁孝原登上碑座的八级青石台阶："孝原，这碑你最熟悉不过，给我详细讲讲。"强抑心中的悲痛。

黎江答非所问，宁孝原心里不安。想到临别前赵雯给他念认祖诗对他说的话，此刻黎江说的永远的谍战。是了，她是潜伏去台湾了。他心中释然，赵雯完成任务后会平安回来的："黎大哥，我晓得，有的事情你不能说。遵命，我给你好生讲讲这碑。"

宁孝原领黎江围了碑走，说碑的里里外外、前世今生。说到碑的底层时，想到了倪红。倪红给他说，他给她那祖传的长命锁宝物埋在碑底下了。说修建"抗战胜利纪功碑"那阵，她去工地找过赵工，趁机偷偷埋下的。也不知是真是假。

看完解放碑，黎江拉宁孝原沿林荫道走。情报得知，因为赵雯的事情，敌保密局关押了袁哲弘，审查他是否通共，后续的情况还不清楚。他这次来成都、重庆短期出差，一直公务缠身，再忙，也得跟宁孝原见上一面。今天电话相约，见到了，一些情况得跟他说："孝原同志，你是革命战士，知道革命是要流血牺牲的。"

"我知道，革命的路还长。"

"纵死侠骨香，不惭世上英。"黎江的两眼发潮，"你刚才问到赵雯，赵雯同志她……"

"她怎么了？"宁孝原的心发紧。

"她，为革命牺牲了。"黎江话音颤抖，"孝原，你是坚强的，你要节哀！"

晴天霹雳，五雷轰顶！

宁孝原的脑子轰响，不敢相信这是真的："黎江大哥，她……"

"她走了。"黎江紧搂他肩头，"我不能说更多，到了一定的时候你会知道的。她是女中翘楚，是我党忠诚的优秀党员，她视死如归，走得英勇壮烈，是我们学习的榜样，你应该为她骄傲！"

宁孝原如坠深渊，目视黎江，想从他口中得到赵雯是在哪里牺牲的，想得到更清楚的情况。黎江知道宁孝原是想了解赵雯牺牲的详情，现在却不能说。有令人振奋期盼的消息，台湾的内线传来情报，一直没有寻找到赵雯同志的遗体，分析也有可能敌人只是击伤了她，还想利用她得到大陆的情报。说他们在全力打探，如果她还活着，一定要救出她来。赵雯活着就太好了。这也不能说。

秋阳透过叶隙投来斑驳的光焰。男儿有泪不轻弹，宁孝原想着他与赵雯的相处，想着她的音容笑貌，泪水夺眶。

候鸟生活

一

老伴过的算是候鸟生活了。

户口本上白纸黑字写明是户主的她掌握有经济大权，可以不让我知道便在海南购买了小户型的单间住房。她是年年冬天都要如候鸟般飞往海南居住两三个月避寒的。公不离婆，秤不离砣，要上班的我，春节假期也得要飞海南小住，体验一下候鸟生活。

孙女冬天就跟奶奶到海南避寒。我就觉得，小孩子还是要过春夏秋冬四季分明的日子好。好在她上小学后，寒假假期有限，就不可能再跟奶奶长住海南了。

据说，国内的候鸟式生活、候鸟式养老是公元2009年开始的，首倡者乃是房地产商，得承认，是有先见之明。老伴购买这住房在海南省东海岸的万宁市兴隆镇，位于海口市与三亚市之间。其小区名曰“太阳谷温泉城”，这名字就诱人。人们总是渴望温暖和阳光的，尤其在冬日，低冷的温度、寒凉的空气更激发了这种渴望。早些年，这种渴望只是奢望。一日三餐，柴米油盐占据了家中收入的大半，哪还有心思去考虑冬日的避寒呢。如今人们的生活水平逐渐提高，吃穿住行已不再是许多人日日盘算的大事，人们开始讲究生活品质。大鱼大肉吃多便讲求饮食搭配是否合理健康，衣服穿好穿暖也要讲求搭配的得体。手头充裕、日子顺遂，那份渴望冬日里温暖的心也就蠢蠢欲动。这小区的房院别致，没有高楼，草木葳蕤，环境优雅，设有“海南金陵博物馆酒店”、“海南昊天艺术博物馆”，真还有不少的文物。可见其房地产商用心之良苦。功夫不负有心人，国内多数省市的北来客便候鸟般飞来或是开车而来。这小区里是可以看见来自国内各省市的各式汽车的。开车进出这有两道大门的小区极其方便，小区外四车道的柏油马路油亮平展，南国特有的挺拔郁绿的椰树夹持道旁，凝冻的白云飘挂树梢，赏心悦目。唯遗憾的是没有人行步道，路人则只好步步惊心，铤而走险。

候鸟生活，早年间是未能想、想不到、不敢想的，如今已是普遍。

开初，我以为老伴在海南会感到孤独，却没料她有重庆小区的一帮朋友做伴，说是“候鸟群体”。还是同样的一群人，春夏秋在重庆，冬天就相聚在海南，仿佛未曾离开。走步、骑自行车郊游，跳坝坝舞、打麻将、看海，他们过得也是洒脱。累了就到温泉游泳池边的热水池里烫脚。这露天温泉游泳池老大，椰树环抱，有罗马式亭台、回廊、雕塑。热水池是围绕游泳池的可容纳十多人的小池，共有六个，烫脚的人南腔北调，东北人居多。男人女人大人小人黝黑的雪白的粗糙的细嫩的脚都在一个池水里泡。水温高，脚烫红后周身通泰，话多。说天南地北，道家长里短。

在海南过春节，总有蓝天白云相伴，拍了些照片发微信。因海南的空气清新，拍的照片格外清晰，如同当年我去西藏拍的照片一般。这也是老伴坚持要到海南候鸟般居住的理由之一，说是也不咳嗽了。

人生总是有喜有忧，老伴受伤了。“我手腕摔伤了，你早些过来。”我是在重庆收到老伴发来的微信语音的，我叮嘱她注意安全，没有继续问下去，判断她是逞强骑自行车摔伤的。到海南问明受伤原因，她是在住屋楼下门口的平地踩了青苔滑倒摔伤的。上年岁的人了，走路得十分小心才是。好在有重庆去的朋友和我在海南工作的学生相助，及时驱车送去了万宁市医院诊疗。拍片显示，右手腕的桡骨骨折了，打了石膏，后腰的软组织也受了伤。老伴受伤了，我得照顾她的起居，原本我不做的洗衣、拖地、买菜、做饭等家务也得做。这过程亦有收获，做我一个人吃饭绝不会也不愿意费时费力做的圆子汤吧，我以为就是把肉切碎，用筷子挑到锅里煮即可。老伴严厉指点，要把肉剁碎，比不得你那科研的分子细小，却是要剁得越细碎越好。再加上鸡蛋、豆粉、葱花、姜末、盐巴、酱油一应的作料，要用力搅拌均匀，拌成糊状，才可以下锅。我学到了一手。

老伴，老伴，她就是个伴。这话是我当年在部队时的一位老首长挂在嘴边的话。我也认同。

二

老伴购买这房子在二楼楼道的顶端，对面住户的房门紧锁，是一位年轻人购买的，一直没有装修没有住人。小区里这样的购房者不少，买了房子空着不装修不入住，储蓄房屋这硬通货。听一位搞经济的专家朋友说，硬通货的价值亦非固定不变，会受到经济增长、通货膨胀等因素的影响而涨跌。专家的说法人们似信非信，看重的是现实，现实的情况是，海南的房屋热至今不衰。

老伴这住屋安静。

门外的过道里放有两辆自行车，一辆是价值四百来元的凤凰牌女式自行车，一辆是价值1800多元的捷安特男式自行车。女式自行车是老伴到海南不久网购的，男式自行车是老伴才网购的。这小区安全，自行车没有上锁。老伴没有对我说为我网购了男式自行车的事儿，是想给我一个惊喜。见面后，老伴就沮丧："没法陪你一起骑车郊游了。""没事儿，伤筋动骨三个月，就只三个月嘛，你伤好了我陪你骑车郊游。""那得要等到明年冬天了。"老伴愁了脸。春节假期结束的前一天，我必须飞回重庆上班，两月前就订了往返程的全价航班，春节期间飞海南，只有全价的航班。

"我们老了，安全起见，还是走步郊游好。"我说。

"你说过要陪我骑车周游全国的。"老伴噘了嘴。

老伴年轻时漂亮，如今也风韵犹存。当年耍朋友时，我跟她各骑一辆永久牌自行车在成都的大街小巷里穿行，她那两条小辫在风中飘摆。我就说："等老了闲歇下来，我陪你骑车周游全国。"我说的是真心话，美好的憧憬，雄心勃勃要实现。却没有实现。不只是因为事情多，也因为上年岁力不从心了。而当年未能想、想不到、不敢想的候鸟生活倒实现了，真真实实就在眼前。生活条件在改善，人们的寿命在延长，老年社会踏步有声而来。高中低档的老年保健医院、康复医院方兴未艾，不少老年人为住进条件好的这种医院得要排队。

老伴叫我骑上捷安特牌男式自行车载她在小区里转转，说是等她伤好了，两人一起骑车到自行车专用山道骑车郊游。我跨上车转了一小圈就下车，腰腿不灵活了，也没有了兴趣。

"哼，还说老了陪我骑车周游，说话就不算数。"老伴不快。

我对老伴说的话好些都没有兑现，想想也是内疚。

老伴出生在川北一个小县城，十六岁就骑车去县城的缫丝厂上下班。结婚生子后，背了幼小的儿子骑一辆破旧的自行车上下班。上班时，儿子托管在厂里的托儿室里，她抽空给儿子喂奶。从我父母家去丝厂要翻越一个山坡，穿越一片树林。上坡时，她下车吃力地推了车走；骑车穿林时，她被树根绊倒膝盖出血，儿子哇哇哭。在渝工作的我假日回家探亲，就跟她说，等有钱后给你买辆电动自行车，就不怕翻山不怕树根了。我说的是真心话，但至今没有兑现。

三

“吃顿饭，朋友聚聚倒好，说谢就见外了，都是家乡人嘛！”小吴说。

在小区内酒店餐厅的大厅里，大圆桌围坐有十多个人，都穿着随便。桌上有海鲜和川菜，每位身前的高脚玻璃杯里都盛有干红葡萄酒，举杯对了投射进来的阳光，如同海天观日出。我得答谢给予老伴多方关照的重庆朋友们。小吴也年过五十了，白发过半，按照现今时髦的说法，奶奶灰。因他比我老伴小，老伴就称呼他小吴。老伴摔伤后，是小吴的夫人指挥他开车送老伴去万宁市医院的。他夫人厉害，在重庆城生意火爆的朝天门市场有好几个门面出租，夫妻俩四十来岁就过起了候鸟生活。小吴能喝酒，话多。他说生吃海鲜有讲究，说牡蛎和贝壳里有种细菌，得要先冷冻，加些淡盐水，可以杀死那细菌。又说吃海鲜可以降血脂，说那爱斯基摩人得冠心病的就少。我插话：“你是我同行？”小吴摇头：“NO，跟你医学大教授说这些就见笑了。”小金精瘦，秃顶，葱苗般插有几根头发，说吃海鲜要会选海鲜，“一看二动三闻”。看鱼的眼睛是否混浊，看鱼鳃贴得紧不紧，章鱼要看斑纹清不清晰；动手指按肉质，按压不塌陷才新鲜；闻之有无异味。小吴说小金讲得实在。小金说，他祖上是福建人，靠海，湖广填四川时移民重庆的。小吴问小金，他祖上是哪代移民来川的。小金说这就搞不清楚了。小吴说，家谱得要搞清楚，不过就是祖宗十八代的事情。小金说，硬还没有搞清楚祖宗十八代。小吴说，上下各九代，往上，父亲、祖父、曾祖、高祖、天祖、列祖、太祖、远祖、鼻祖。鼻祖就是这么来的。往下，儿子、孙子、曾孙、玄孙、来孙、晜孙、仍孙、云孙、耳孙。列祖列宗就是这么来的。“晜”读kun，平声，古语同“昆”，是兄之意。

“小吴的知识渊博。”我说。

“闲下无事，看了些闲书而已。”小吴喝酒。

“看书好。”候鸟生活也是舒服，我吃鱼，“你说的海鲜那细菌是‘致伤弧菌’，肠道免疫功能差的人少吃为好。爱斯基摩人吃的是深海鱼，含多价不饱和脂肪酸多，可以降低甘油三酯和低密脂蛋白。”

“医学专家说得有板有眼。”小金说。

小金比小吴小，他夫人小霍每天都给打了石膏的我的老伴端饭送菜。听老伴说，小霍的父亲改革开放初期就是重庆下半城有名的霍百万，开有十几家商铺，后来生意淡了，小霍的父亲就闲散下来，倒是把黄金地段最大的两个商铺给了她出租，她夫妻也早就过起了候鸟生活。“小吴、小金都是沾了老婆的光？”我问身边的老伴。老伴说：“肯定。”“小吴、小金是干啥的？”我问。老伴说：“不清楚。”也许小吴、小金更有能耐更有钱。我潜意识里不希望男人跟随女人过粑耳朵日子。“他们的收入是你这个教授的好多倍。”老伴说。改革开放初期发财的人不少，有成有败，大浪淘沙，沙走金存，瘦死的骆驼比马大，他们的后人沾了光。

这餐桌上有一对穿着简朴的年轻人，是小曹的儿子和儿媳，两人男俊女俏。夫妇俩都在上海工作，利用春节假期来海南小住，看望跟爷爷奶奶住的幼小的女儿。

“谢谢阿姨、伯伯，谢谢你们的自行车。”小曹的儿媳过来向老伴和我敬酒，“我们骑车带女儿骑车去了神州半岛，好安逸。”笑里有股兴奋劲儿。小曹的儿子也过来举杯致谢。小两口都显得疲惫。

“不关事儿，你们尽管用。”老伴说。

老伴买这两辆自行车不锁，邻居时常骑了去买菜或是郊游。老伴给我说过，小曹是退休工人，夫人没有工作，倾其退休金和积蓄来海南购房。儿子和上海人的儿媳妇都是大学生，在大上海拼搏也是不易，都有被老板炒鱿鱼或是炒老板鱿鱼的经历。

小曹六十多岁，须发全白，自重庆开车带了她夫人和我老伴来的海南，两天能开到。我感叹他厉害，也担心其安全。

“我那堂弟两口子才厉害，都是厅级，今年一起退休的。他俩自重庆出发，轮换开车，1400多公里，一天一夜开到。”小曹说，“他们住的琼海市，离博鳌近便。”

是厉害，这对夫妇的心态不错，就有官员退休后病就来了，我熟悉的一位官员，退休不久就查出患了直肠癌。

“我堂弟两口子退休后就没得车接车送了，人走茶凉。”小曹说。

“人走了茶当然要凉。”小吴说，“茶凉了就把水倒掉，茶杯还有用处。”

小曹点头：“也是。”

“白发如今欲满头，从来百事尽应休。只于触目须防病，不拟将心更养愁。下药远求新熟酒，看山多上最高楼。赖君同在京城住，每到花前免独游。”老佟吟起古诗。她老公老沈摇头晃脑接吟：“朝回日日典春衣，每日江头尽醉归。酒债寻常行处有，人生七十古来稀。穿花蛱蝶深深见，点水蜻蜓款款飞。传语风光共流转，暂时相赏莫相违。”

老佟夫妇皆年近八旬，看起不过六十来岁。她笑说：“啥染头发得癌症啊，我们老两口每月都去理发店染发。”他俩吟的唐诗，是张籍的诗，说养生，心要超脱，百事莫问，无病早防，有病早治，融入社会；杜甫的诗讲心境，退朝归来，典衣沽酒，一醉方休，留有酒债。人活到七十岁了，赏花观蜻蜓看春光吧，莫误时机。我大概了解他的意思。老沈挨我坐，点头，满脸的皱纹都笑，他不喝酒，喝的可乐，用纤长皱褶的手梳理稀疏的“黑发”：“啊，教授的晚辈咋没有来海南？”我答：“儿子医疗援外，儿媳妇带孙女越洋探亲去了。”老沈点头：“嗯，你们是独生子，你老伴的疗伤就只有你费心了。”小金看我：“按说，你和你老伴不该是独生子的，你们那个年代还没有计划生育。”我老伴接话：“生儿子后，我们都没有想过再生育的事情，他一天到晚也忙。”小金很遗憾，他夫妇本人都是独生子女，他老人还健在，加上女儿，三代人挤住在海南的单间房里。他们在贵州还买有房子，就该在海南买套两室一厅的或是买两套单间房，何苦这么挤住一屋。老伴说，人家过得节俭。

“你父亲快九十了吧？”老沈侧脸问小吴，小吴的父亲也跟他们同住一屋。

“已满九十，我是家里的老幺。”小吴说。

我们就说到了长寿。每天要走一万步，要吃素食，要少吃肉少吃糖云云。小吴拿出本书来，封面印有七个老人的头像，书名是《他们就这样长命百岁》。“其实也不尽然。这本书是个重庆崽儿写的，他走访了重庆的30位百岁老人。”小吴舔口水翻书页，“这老太婆，109岁，不吃青叶子菜，不吃水果，不喝酒，不吃菜油，喜做家务；这老太爷，102岁，不忌口，烟龄80多年，每天早晚烫脚；这老人，103岁，当年给傻儿师长抬过滑竿，每天听收音机，睡觉前烫脚；这老爷子，104岁，喜欢吃猪肉，睡到自然醒，打小麻将；这老先生，102岁，每天早晨读一个小时的英文报纸，吃西式点心，他最大的财富是学生；这老太太，生了9个娃儿，110岁，五世同堂，吃糖，喝酒，餐餐吃肉，猪蹄子是她的最爱，自己泡热水澡……”

老沈接过书，戴上老花镜翻阅：“他们一生辛劳并非闲散，随遇而安，知足常乐。”指点封面的老人头像，“一笑消百愁，他们都精神矍铄，笑是来自心底的。”

想起幅漫画，一个戴眼镜的老者努力地蹬自行车，车前的筐篓内放有蔬菜，后车架上捆绑有老大的一摞书，配有诗句：“生活一向很平常，骑车画画写文章，养生就靠一个字——忙！”闲也好忙也罢，乐观为上呢。

“哈！”小霍击掌，“烫脚也是有益的，吃完饭烫脚去！”

四

这热气扑鼻香，北国那诱人口水的香味儿来了南国。

小区后门外的敞地是热闹的早市，辛劳早起的被海风吹深肌肤的海南人叫卖着各式时令蔬菜、海鲜、瓜果。有卖包子的棚屋，里面坐有食客，打包买走的食客排了长队。店主是一对东北老年夫妇，男的擀面做包子，女的收现钱或是扫码收钱卖包子。两人不用叫卖，锅灶上一溜的十几笼喷香冒气的小笼包子便一一售空。我没有去打拥堂，到早市转悠，买了一棵白菜和一把葱子，待食客少后坐进棚屋里。我带的东北学生夸赞过东北小笼包子，我去东北开学术会时吃过，确实名不虚传。

这对老年夫妇和我老伴，在小区活动室的麻将桌上认识的。他们每年从北边的黑龙江省开奥迪车过来，住半年以上，冰天雪地的老家太冷。那次，他俩请我老伴和重庆的麻将朋友吃他们做的小笼包子，都说要得，好吃。我老伴说："你们要是做了卖，我天天来买。"麻友们附和："对头，我们天天来买。"夫妇俩就萌生了卖小笼包子的想法，开张后，生意兴隆。

"教授，这主意是您老伴出的，您每天来吃，可劲儿吃。吃完，给您疗伤的老伴捎带一笼去，不收钱。"男的说，往嘴里塞进两个流油的热包子，腮帮鼓动咀嚼。忙了一大早，他们夫妻还没有吃早饭。

这小笼包子耐看好闻可口，每笼十个，收八元钱。我当然不白吃，用手机扫码付钱，求教其做法。我做的饭菜过不了老伴的"舌尖关"，无事正好学学。

"简单呢。"女的说，塞一个包子进嘴里，"家做吧，备两小碗面粉，发面。将半斤五花猪肉剁成肉馅，加姜末、生抽酱油、蚝油、五香粉、白糖、料酒和食用油，拌匀。腌二十分钟。取一棵白洋葱剁碎，放进腌好的肉馅里。"

"面发好后揉光滑，分成小剂子。"男的说，"咱做的是小笼包子，剂子不要太大。擀皮，包馅，放进小蒸笼里，盖上盖再发几分钟。之后，开火蒸，十分钟就成。"

女的说："和面要用温水……"

几个江浙口音的青年男女来买包子。男的说："我们每天只卖一百笼。"女的说："明儿请早。"我纳闷，有人来买为啥不多卖。女的说："见好就收。"男的说："不能太累。"生意经，吊胃口？也许他们并非靠此发财，不过是老有所养老有所为吧。"北方呢大雪纷飞，南方呢四季如春……"男的一边吞包子一边哼唱。

我拎了小笼包子、白菜和葱回返。一辆奔驰牌越野车对我缓缓驶来，我靠边走。那车在我身边停住，开车那小老头下车来，拍我一掌，下手好重。

“老首长，你也‘钟摆’来海南当家庭妇男了。”小老头哈哈笑，朝我挺胸并腿敬礼。

我认出来了，是小罗。当年我在部队卫生机关任助理员时，他是收发室的兵，跟常去取报纸信件的我很谈得来。工农兵上大学时，表现好的他被指派去上海复旦大学念书，高小生的他死都不去，是我劝说他去的。他转业后，在成都一所大学任教，官至学校统战部部长。

“哈，小罗，你也须发杂白了，正愁这里没有熟人呢。”我好高兴，“我请你吃饭，一醉方休!”

小罗指车上坐的男女老幼：“亲家来了，环岛游，回来我请老首长。”他敏捷地上车，探出头，“回见，拜!”

越野车绝尘而去。

五

飞机腾空北上。

返渝的我把手机设置为飞行模式，看老伴发给我的排成“人”字形飞翔的大雁的动态视频。高天辽阔，云蒸霞蔚，一队大雁由点而线从遥而近，又一队由点而线，再一队……拍摄者和仰看者欢呼尖叫。

老伴，老伴，她就是个伴。我知道老伴的心思，就随了她陪伴她过候鸟生活吧，如同许多人一样，我终归是要完全退下来的。

等待明天站起

一

穆毅买了束鲜花，驾驶自己的福特马自达轿车直奔重庆T3机场，一路吹着口哨。他女友童雪萱今天从武汉飞来重庆。机场停车场有十多道进口，他开车从8号进口驶入，“8”这个数字吉利。有自动扶梯带他到接乘客的二楼。飞机准点到达，乘客们陆续出来。站在右出口的他手捧鲜花，捧着他那颗急切渴盼的心。两人电话里说好了的，他在右出口等她，她出来后就给她献上鲜花，给她一个久别重逢的拥抱和一个绅士般的热吻，再请路人为他俩拍个合影照留念。

他紧盯从右出口出来的每一位乘客。没有乘客出来了，左出口也没有乘客出来了，大厅一时显得空荡荡，他那心也失落。给她打电话她没有接，发微信她没有回。急性子的他迈开长腿，噔噔噔从右出口走到左出口，又噔噔噔折返。焦急不已，啥情况啊？

他俩的恋爱一波三折。

童雪萱小他九岁，在武汉一家三级甲等医院工作，来他们科室进修。她模样儿俊俏，一双大眼睛勾人，有武汉女子的率真、豪爽，是他心仪的那种女孩，他主动向她求婚，她没有表态，对他还是好。他科室的孙护士长给他说：“女娃儿嘛，就算是喜欢你，也不会马上就表态。”作为科室副主任的他跟孙护士长谈得来，托她去帮他说说，年近不惑的他至今还没有谈成女友。孙护士长说他挑剔。他说自己确实要找个漂亮称心的女友。

孙护士长去找了童雪萱，两个女人说话直接。孙护士长开门见山说：“童医生，科室的副主任穆毅看上你了，让我来给你带话。”童雪萱脸红：“他是教授、博导，我一个外来的小医师……”没往下说。孙护士长说：“那有啥子，只要你两个情投意合。我们医院就有教授跟公共汽车售票员结婚的，那教授还是女方。”“真的呀，女教授嫁给了公共汽车售票员。”童雪萱惊讶。孙护士长点头：“人家那售票员的个头、长相活像是电影演员。”童雪萱就表情复杂。孙护士长笑问："童雪萱，你说老实话，愿不愿意跟他耍朋友？"童雪萱说："啊，我得去看看那个病人，拜。"她匆匆走了。

孙护士长给他回话说："人家没有明确表态，你莫急，火候没到，心急吃不了热豆腐。人家也许是不好意思，也许……""也许啥？"性急的他追问。"也许人家看不起你，又不好说。"孙护士长说，"一家女百家提，也许她父母牵线在武汉找到男朋友了，毕竟都在一个城市，是家乡人。"

他那晚一夜未眠。

童雪萱晋升职称得要发表SCI论文，进修期间，她抓紧时间做实验，接连四次都失败了。她沮丧极了，发微信朋友圈："没路，绝望！"这课题是他为她设计的，可以深入做下去。他看见她发这微信后，气恼，想批评她又软下来说："你是北医毕业的博士，应该晓得，做科研实验总是有失败的，失败是成功的妈。"苦脸的她噗嗤笑。他也笑："你得要有信心。"她说："得啰。"

他就去实验室带她做实验，实验室满是仪器设备、试剂和研究生。她做的这实验有难度，很有难度，有难度突破难度才会取得大的进展。他带她多次做实验，终于成功了。她好高兴，请他吃火锅。

他们去的是有名的重庆小天鹅火锅。一个武汉人一个重庆人，两人都豪气冲天。两人喝了一瓶诗仙太白酒，半箱山城啤酒，都喝高了。满面酒色的她拍餐桌喝骂："没路了，搞死人了，妈呀，搞成了！"她喝酒。他陪她喝酒："你说话带把子，咋连带上妈？"她笑："我们武汉人喜了怒了都会带把子骂人，气大了会殃及祖宗。你们重庆人还不是龟儿老子地骂人。"他点头："一方有一俗。"她举杯："谢谢你，穆主任，你是个好人，再敬你一杯。"她喝酒。他喝酒："我肯定是好人。""嗯，喝。"她举杯饮尽。他高兴，举杯饮尽："喝酒当喝汤，喝他妈到武汉的大长江。"她嘻哈笑："你也带把子啦，得啰，喝，喝他妈到黄浦江。"

功夫不负有心人，童雪萱做这课题的一篇影响因子4.76分的SCI论文在国外的学术杂志发表了，遗憾没有上5分。医院有规定，发表5分以上的SCI论文，1分奖励1万元，5分就是5万元，5分以下的，最高才奖励1万元。奖金是一方面，更重要的是，5分以上的SCI论文，晋升正高职称就大有希望。她还是很高兴，这是她个人的一大突破。穆毅所在科室德高望重的老主任看了这篇论文，说："无懈可击。"

童雪萱来向他道谢："穆主任，没有您的精心栽培、手把手指导，我是根本发不了SCI论文的。你们是教学大医院，我们那医院虽说是三甲医院，却不是教学医院。有了这篇论文，就会有第二篇的，我的正高职称就稳当啰。"

他高兴,向她道贺。见她在看手机微信,眉毛跳动。眉毛上挑是高兴,眉毛下挑是生怒,这阵是上挑。是一个男士头像的人发来微信,对她比大拇指。他的心发凉,完了,她有男朋友了。他忍不住问:“这人是谁?”她说:“是我哥,我兄妹两人,哥哥对我特好,我啥都听哥哥的。”他发凉的心暖和起来,对她说:“你这课题要继续做,做不完的,还可发更高分的SCI论文。”他展开讲了他的想法和具体做法。她听后振臂挥手:“哇,茅塞顿开!”踮脚亲了他一口。自那以后,他俩的恋爱关系算是定了下来。

孙护士长说:“该是哈,火候到了,好事自然成。”说他是利用科研课题诱惑人家漂亮女娃儿的。他不否认:“我喜欢她,就甘愿两肋插刀为她做任何事情。”

入冬后,童雪萱两年进修期满,回了武汉。

他俩一直电话、微信交流,可说到婚期她总是说莫急。他咋不急,他俩都这年纪了,两人又不在一个城市,难免发生节外生枝的事情。节前,她发来微信,说她来重庆跟他一起过春节。他打响指,心想,成了!她不跟父母、哥哥在武汉过春节,来重庆跟他过春节,定是决心下了。立即回复“OK!”他期盼与她一起过节,确定婚期。

二

童雪萱兴致勃勃取了托运的绿色行李箱出机场,就要见到穆毅了。她下决心到重庆过春节,是要商定穆毅渴盼的婚期的事情。她与他恋爱后,还是犹豫,穆毅一张凹骨脸,人又黑,两人的年岁相差大。孙护士长对她说:“男俊一身糙,女俊一身孝,男大保险,会加倍疼爱你,未必你还想找个白马王子?”她捂嘴吃吃笑。

她回武汉见到哥哥后,把穆毅的情况和孙护士长的话跟哥哥说了。她哥哥说:“不是十分理想,还算可以,孙护士长的话在理。”她下了决心,跟哥哥说,她要去重庆跟穆毅过春节。哥哥说:“你去。”昨晚,她忧心、激动,毕竟是自己的终身大事,一夜辗转难眠。

她拉了行李箱走,被穿防护服、戴口罩的检测体温的几个人叫住,说体温扫描计查出她体温37.3℃,有低烧,为排除新型冠状病毒感染,得要隔离观察。她挥手跺脚解释:“我昨晚被子没盖好,今早就打喷嚏,只是普通感冒,我是医师,晓得自己的病,已经吃过药了。”检测体温的几个人说:“最多就隔离观察14天。”还是把她请走了。穆毅给她打电话、发微信时,她正跟检测体温的几个人解释。

她被送到一个医院隔离点观察，这才给穆毅打电话，说了情况，让他放心，说很快就可跟他见面。

检诊结果确实是普通感冒。

微信上的信息多起来，钟南山院士说，新型冠状病毒肺炎有人传人的。作为重症医学科大夫的她知道这疫情的严重性。她发现这个医院好忙，越来越忙，开设有发热门诊，疑似新型冠状病毒感染留院隔离观察的有七十多人，确诊九人，其中两人是重症病人。医院的防护服、护目镜、口罩都十分紧缺。

电视、报纸上的有关报道、消息也越来越多。

如同战士听见枪炮声，立马投入战斗，新型冠状病毒这敌人就在眼前，有能力克敌的自己得上。她心里有个小九九，这样在实践中学习提高的机会也许自己一生中就这一次，是立功获奖的机会。倘若获奖，晋升职称、个人前途会大不一样。穆毅当年作为医疗队员参加汶川大地震救灾立功，就受到了各级表彰，提前晋升了职称。

她决定不走了，打问了院长办公室，找到了这医院的武院长。

武院长办公室里人来人往，好忙。等他一人时，戴口罩的她上前说："武院长，你那口罩戴得不严实，鼻梁上面有缝隙。"

武院长不认识她，还是用手在鼻梁上捏了捏口罩："你是哪个？"

"我叫童雪萱。"她说，递上自己的身份证、工作证，"我是我们医院重症医学科的副主任医师，我想留在你们医院参加救治病人。"

武院长人高马大，看了她的证件后，哈哈笑："求之不得，求之不得啊！你这武汉三甲医院副高职称的医师留下来，瞌睡了来个枕头呢。"

她把决定留下来参加救治病人这事电话告诉了穆毅。穆毅说："不行，我要马上见到你。"她说："会见到的。"穆毅说："听话。"她说："不嘛，人家也想要立功。"穆毅遗憾、担心，叮嘱她千万要注意自己的安全。

这医院ICU病房那两个重症病人均是老年人，其中病情最重的3床老年女病人赵思莲由她分管。ICU的英文全称是Intensive Care Unit，ICU是重症监护的缩写。

投入这场没有硝烟的战斗，是体力和心理的挑战，她精疲力竭，有些后悔了，此时本该与穆毅相聚的。

跟她并肩战斗的除医师之外，还有朱护士长。看得出凸起肚腹的朱护士长对她说："进到重症病房前要吃饱些，少喝水，要坚持到下班才吃饭。"

她点头："朱护士长，你怀娃儿了还在抗病一线上班，佩服。"

朱护士长说:“我也害怕,肚子里还有个小人人,可这病房离不得我。”

重症病房得要严密防护,医护人员穿戴防护服、护目镜、口罩、双层手套、脚套要二十来分钟,穿上后谁也不认识谁,就都在防护服上写了名字或职务,以便识别。朱护士长对她说:“我老公是医院消化内科的副主任,穿戴严整来会诊,那阵还没有在防护服上写字,我们两个面对面走过也没有认出来。”“真的呀?”她嘻嘻笑。她防护服上写的是“武汉大夫”,她暗自得意,武汉来这里参战的就她一人。

穿上严整的防护服是难以弯腰的,连续几个小时站下来腰酸腿痛。戴口罩的时间长了,两边的脸肿了,右边有道破口,她贴了创口贴以防破口扩大,也防止感染。穆毅让她发个视频她没有发,不想让他看见她这副模样。

她看了3床赵思莲老人的病历,经管医生和朱护士长给她做了介绍。老人是不久前跟她老伴从武汉乘高铁来重庆老家过春节的,在车上就乏力、干咳、低烧。到渝后就来这老家附近的医院看病,立即被收治住院,她老伴被隔离观察。老人住院一周后出现了呼吸困难,被转入这重症病房3床,现在,已进展为急性呼吸窘迫综合征。

她知道,急性呼吸窘迫综合征死亡率高,主要治疗手段是面罩通气或气管插管、气管切开通气。这病人目前选择的是前者。有效的治疗方法还在探索中。要紧的是,这病人有可能并发代谢性酸中毒、出凝血功能障碍、脓毒血症休克。立即给予了多方检查、治疗。

严密守护最是关键,得要随时处理危情。

她想到个重要事情,对朱护士长说,得赶快弄清赵思莲夫妇乘坐那高铁的时间、车次、车厢,以便查找到乘客隔离。朱护士长及时向武院长做了汇报。武院长说,嗯,这个童医生想得周全。找了赵思莲老人正接受隔离观察的老伴,要到了车票,向上级做了汇报。

童雪萱带领医生、护士为3床赵思莲老人查房后,去医生办公室看她的X光片子、分析她的病情,说,病人咳嗽、咳痰是为了排除痰液和坏死物质,在我们ICU病房,评价病人预后可以看咳痰是否有力,有时候,咳痰的重要性甚至超过用药。病毒不断地复制侵犯细胞,严重病例在两三天内,大部分肺泡被攻陷,X线、CT显示为“白肺”。解释了3床赵思莲老人这X光片子。

有个男医生摇头:“难治。”

她看男医生:“是难治,可我们是ICU病房,得想办法治。钟南山院士说,单纯靠传染病专家是不行的,有重症医学的专家共同努力,才有可能抢救病人。说明我们的重要。有两个关键点:这病还没有特效的治疗药物;人体的自我防护能力降低了。细菌呢，能独立生存，可以用抗菌素杀灭。可狡猾的新型冠状病毒是藏在细胞里的，没法子杀灭。”她说了救治这病人的多种方案。

有人轻轻鼓掌，是进来的武院长在鼓掌。

她说：“谢谢武院长，其实CT检查是可以用于诊断这病的，可以区分轻型、普通和重症病人。你们医院有移动式CT吗？”武院长摇头：“没有，送病人尤其是送重症病人去CT室检查很不方便，也容易造成交叉感染。我们已经联系订货了，也给上级打了报告，希望给些资金支持，希望开通送货的绿色通道。”“嗯，武院长英明。”她说。

她中午在值班室小歇。朱护士长泡了两盒方便面来，递给她一盒，说：“饿到下班那卿个要得，民以食为天，吃，填饱肚子为要，我可是两个人吃饭。”她呼呼吃方便面。

她也饿了，呼呼吃方便面。

朱护士长说：“本人姓朱，也属猪，猪是十二生肖中排行的最后一位，是亥年。之后接今年这鼠年，鼠年是十二生肖之首，是庚子年。微信上说，庚子年出大事，这新型冠状病毒传播就是大事。”

她点头：“是大事。”

朱护士长嚯嚯喝方便面汤：“嗨，这辣汤安逸。呃，你从武汉来重庆干啥子？”

她也喝方便面汤：“来跟男朋友过春节，商定婚期。”

朱护士长遗憾：“那可是耽误你了。”

晚上，她跟穆毅通电话叫苦：“哎呀穆毅，硬是累死人了，人累心累。”穆毅就百般慰问：“早为你准备好了香肠、腊肉、汤圆、饺子，见面后好好犒劳你这个自告奋勇战斗在抗病第一线的勇士。”她说重庆话：“安逸呢。”发视频问他，“我好看不？”他说：“好看，比仙女都好看。”她吃吃笑：“好看个屁，压痕道道，脸都肿了。”他说：“战地女神，英姿飒爽。”她笑：“哈，我是女神呀。”他笑：“是的，我心爱的女神。”她嘟嘴说：“穆毅呃，这口罩戴久了脸都变了形，憋气，如果你觉得今天呼吸特别顺畅，那一定是忘了戴口罩。”他叮嘱道：“雪萱，口罩可一定得戴，戴严。如果所有的人都坚持戴好口罩，那新冠病毒的传播就会大大减少。”她点头，询问起治疗重症病人中遇到的问题，他一一解答。她嘻嘻笑：“随时可以找你求教呢。”他说：“有问必答。”

末后她说：“啊，武院长说我有SCI论文，是副高、博士，能干，我要是同意的话，他走人才引进把我调到他们医院来。说他们重症医学科的老主任要退休了，让我接任主任。还说要尽快解决我的正高职称，说市里下了文件，抗疫一线的医护人员晋升从优。”

他说：“诱惑呢，你同意？”

她说：“他们这医院跟我们医院的规模差不多，如是走人才引进过来，我们不是就在一起了吗。”

“嗯，倒是。”他说，“我其实是想调你到我们医院来。”

“我到你们医院是当不上主任的。”她笑说，“不是说宁做鸡头不做凤尾么。”

他说：“那倒是。雪萱，我明天查完病房后，中午过来看你。”

她嘟嘴说：“我也好想见到你，可你还是莫来，按规定不能出门的。”

他说：“我戴严口罩来，带上我去机场接你时买的鲜花给你，抱你亲你。”

她嘻哈笑：“口罩亲口罩呀。”

他说：“当然是取了口罩亲。”

“我成天在重症病区，万一感染了，你不是把病毒亲了去。”她说，“我就是病毒，你怕不？”

他说：“不怕，我舍命也要把你身上的病毒亲光。”

她的嘴就一瘪一瘪：“穆毅，我会保护好自己的，我不会感染的，你可要好生保护自己……”

三

大武汉，我来了。穆毅坐在载有重庆市援鄂医疗队队员的大巴车上，透过车窗看这座他来过多次的繁华城市，他有学生分配在这里工作，请他吃过热干面，很好吃。街上的车辆少，几乎没有行人，人们都待在家里，热闹被病毒藏起来了。

跟童雪萱通电话的第二天，重庆市卫健委的通知下达到他们医院了，要求援鄂医疗队要有重症专科的医护人员参加。身为重症医学科年轻副主任的他主动报了名。疫情紧急，医疗队当天中午出发，遗憾没能跟雪萱一起过春节，没有跟她见上一面。

戴口罩的穿统一的红颜色白胸杠衣服的他挺了挺腰，身为医疗队医师组长的他有压力，现在是极需要重症医学专科医护人员的关键时刻。

他们去的医院是童雪萱所在的医院，医院领导和重症医学科的霍主任热情欢迎他们。同专业的霍主任他熟悉，开学术会议常见面，童雪萱来他们科进修就是霍主任托他安排的，不想托成了一桩好事。

戴口罩的精瘦的霍主任疲惫的两眼闪着渴盼："我们得跟时间赛跑，救治更多的病人，非常欢迎你们的到来！"

他知道，霍主任患肺癌开过刀，切除了病变肺叶。但他一直坚守岗位，他的口头禅是："抓紧时间做事情。"霍主任带他去住处，走路喘气，手机响，他接电话："你在家莫急，在医院门口？好，我尽快过来。"这是一通是微信通话，对方说："搞快点，这事情一哈都等不得，马上就搞。"霍主任说："好的，马上。"他想说，霍主任，你要注意休息，又没有说，这个特殊时候，身为这医院重症医学科头头的霍主任是特忙的。

临出发前，他给童雪萱打了电话。她说："哎呀，你咋个主动报名去，现在武汉的疫情好凶险，弄不好会染病会丢命的！"他笑说："大不了仰面朝天。雪萱，武汉可是你的家乡，参加保卫大武汉的这场与病毒的战争我高兴，古有神农为民治病尝百草献身；希波克拉底誓言为病家谋福，苟违此誓，天地鬼神共殛之。今有大夫童雪萱女神不惧生死，请缨抗疫。"她说："不跟你开玩笑，倒下的病人包括医护人员好多了，惨烈痛心。"他肃然："雪萱，你放心，我这个专科大夫有经验有能力治病防病，确实是惨烈痛心，这场战争也许会是人类抗疫的世界大战。"她说："你说得恁么可怕。"他说："所以呀，我会倍加防范的。"她说："嗯，你可要平安无事。"他说："大灾大疫我都会平安无事的。啊，跟你说，我们医疗队去的是你们医院。"她尖叫："真的呀，记住给我们科的霍主任和同事们问好。"他说："要得。"

没有时间休息，安顿住下来，他次日就到重症医学科ICU病房上班了。条件没有他们那教学医院好，也还是仪器设备一应俱全。关键是缺人，太缺人了，重症病人、危重病人多，医护人员少，忙不过来。他虽说是头一次诊疗新型冠状病毒肺炎重症病人，艺高人胆大，却也还是得心应手。高个头的他穿戴上防护服、护目镜、口罩、双层手套、脚套，活像科幻电影里的太空人。他感受到了童雪萱说的，硬是累死人了，人累心累。

他分管三个重症病人，经过他的精心治疗，其中一个明显好转。霍主任真诚夸他："穆主任，你这个教学大医院来的大专家就是得行。"

他高兴也压力好大，那两个重症病人能否好转还很难说。护士来叫他，穆主任，6床病人不行了！穿防护服的他赶紧去到ICU病房。戴呼吸机面罩的6床老年男病人面色发紫，张口呼吸，心电图显示心律失常。他立即给这病人气管插管，这操作有风险，病人的气体、血液带有病毒，稍有疏忽，就会受到感染。抢救持续了三个多小时，病人没能救过来，心电图成为了一条直线。

他拉被子罩住病人的面部，心里难受，身为医疗队医师组长的他没能挽救回这位老人的生命。6床病人69岁，是从河北来跟幺儿一起过春节的。他给正在接受隔离观察的6床病人的幺儿说后，病人幺儿扑通下跪，泪流满面："爹，幺儿大不孝，不该让您老过来的啊，我应该回老家去跟您过春节的……"

看惯了生死的他也两眼发热。

晚上，他跟童雪萱视频通话，没有说累，说一切都好。她说："晓得，你遇到的困难比我多。"又叮嘱他注意安全。他也叮嘱她保护自己。"嗯，放心，我晓得。"童雪萱说。又询问起治疗中遇到的问题，他都耐心地一一解答。当代信息畅通，他俩这对恋人未能见面却也随时在手机视频里相见。

他问了她关于婚期的事，她说见面说。弄得他心欠欠的。

四

好事多磨。童雪萱自嘲地笑笑，婚期的事就让他干着急一阵。孙护士长说了，心急吃不了热豆腐。孙护士长戴严口罩来了，中午那阵来的，天色阴霾，就在这医院的院坝里见面，两人站着说话。孙护士长说是穆毅主任托她来看望她。带了两扎医用口罩和几十张酒精消毒片，还带有蔬菜、水果。

"呀，医用口罩，这里太缺了，嗯，这酒精消毒片安逸，小巧方便，撕开就可以消毒手脸。"戴口罩的她嘻嘻笑。

医护人员的她俩说话自动隔开有一米多的距离。

孙护士长说："我不能多待，穆主任就让我问你一句话，啥子时候办婚礼。"

她说："孙护士长，你看，这个时候咋能办婚礼。"

孙护士长说："就是，他娃也是心急。唉，你两个也是，你过来他又过去，硬还是好事多磨。"

她两眼发湿，说："遇上这狡猾的新型冠状病毒了。唉，我家武汉封城了，生病了，相信会好的，肯定会好的。啊，孙护士长，你以后要是去武汉的话，我请你吃热干面，很好吃的，穆毅就喜欢吃。"

孙护士长揉眼睛："要得，要得。"

她分管的3床老年女病人赵思莲，经过她的精心治疗守护，病情有好转。老人道谢，说她嫁到武汉后，多年没有回重庆老家看望独生儿子、媳妇和孙儿，两个孙儿好乖。求她救她，她好想和老伴一起跟晚辈们团聚。她安慰她："我们会尽全力的，您老会痊愈的。"心里打鼓，成败还难说。孙护士长站了一会儿就走了，下午上班时间到了，她刚穿防护服，护士跑来喊：“童医生，快，快去3床！”她的心急跳，未必是3床赵思莲老人不行了，上午还平稳呢。她赶紧穿戴齐备，飞跑到3床病人跟前，原来是呼吸机出故障了。

赵思莲老人面色青紫，张口呼吸，心电图显示宽大混乱频发的室性波。不解决呼吸问题是救不过来了，没有别的法子了，想到穆毅曾说的一件事儿，泼辣武汉女子的她血往上涌，勇气顿生，眉头拧动，取下老人戴的呼吸机面罩，取下自己戴的口罩，对着老人发紫的嘴口对口人工呼吸。救人一命胜造七级浮屠，大勇方可大胜。自己年轻身体好，即便是染病，这病的病死率低，也会康复的。在场的医生、护士都为她这举动震撼、感动，都瞪大了眼。她使尽全力对了老人的嘴吹气，一次、两次、三次、四次、五次、六次……老人发紫的脸渐渐转红。

朱护士长推来了另一台呼吸机，推开童雪萱，童医生，你不要命了！立即为3床老人戴上呼吸面罩。用上这台呼吸机后，3床老人缓解下来。童雪萱又对她做了应急的治疗处理。

在医生办公室里，朱护士长感动得两眼发潮，抖动嘴唇对她说，童医生，我，我不晓得唧个说你了，一句话，你是我亲眼看见的抗疫的了不起的大英雄！就像打仗的战士扑向敌人，你是奋不顾身扑向病毒。得给你请功，请大功！

武院长来了，又感动又担心。

她也还是后怕，往好处想，朱护士长说的请功倒是好事情，对自己的前途、发展有利。竭力镇定，宽慰在场人也是宽慰自己：“我男朋友穆毅是他们医院重症医学科的副主任，算是专家，他给我说过一件他亲身经历的事情。他关系很铁的一对夫妇，男恩女爱，夫妻关系特好。SARS那年，女的患了‘非典’，实习医生的穆毅对她格外关照，危急时刻，那男的对了妻子的嘴口对口呼吸，救过来了。那男的是一家区医院的外科医生，穆毅好担心他会感染，却没有，夫妻两个至今活得好好的。当然，这是个案。相比SARS，这次的疫情虽然更强，病毒的毒性却比SARS弱。我不会有事儿的。倘若真染病了，就在你们这里治。大数据，多数新型冠状病毒感染者都会好的。”

武院长也只好宽慰她：“嗯，你，会没事儿的。不过，童医生，你得住进隔离病房观察了。”

她点头：“这是肯定的。”

住进隔离病房后，她时刻关心3床赵思莲老人的病情，随时给经管医生以指导。3床老人的病逐渐好转，两次核酸检测阴性。医院新购的移动式CT已经到货，平时是不会这么快的。床旁CT检查显示，3床老人肺部的炎症明显吸收。达到了国家规定的出院标准。痊愈出院。赵思莲老人一定要来看望她，隔离病房是不允许探视的，且老人自己也还要居家隔离两周。

五

穆毅分管的三个重症病人，两个痊愈，他很感欣慰，遗憾的是那位6床病人没能救过来。医院的院坝里，欢送这两位痊愈出院病人的有院领导、霍主任和科室的医护人员们。手捧鲜花的两位痊愈病人，男的71岁，女的42岁，都激动感动。一群记者来采访。如同一场战斗打了胜仗凯旋的战士，他确实振奋高兴，说："我是医师，该做的，首功是我身边的霍主任，还有科室的医护人员们。"大家各自闪开。

记者们就又去采访霍主任，采访医护人员，采访两位痊愈出院的病人。

阳光很好，添了暖和。

穆毅登高到医院楼房的屋顶，眯眼看太阳，看阳光抚照的安静的武汉城。有浮云飘过。狡猾的病毒把武汉的热闹藏起来，如同这浮云，病毒会消散殆尽的。大武汉会再度热闹，就可与我心爱的雪萱相聚了，对的，就在热闹的武汉城办热闹的婚礼。

手机响了，是孙护士长发来的微信视频，视频显示的是一间ICU病房的全貌，镜头移动到躺在病床上的病人。

啊，孙护士长发来的是自己常年工作的熟悉的ICU病房。他知道，重庆的新型冠状病毒肺炎疑似和确诊的病人多起来，这是个重症病人。微信上有人说，重庆有可能会成为武汉之后的第二个疫情暴发点。重庆跟武汉联系紧密，与湖北省临界，人员来往频繁，会有不少人染病的。可他认为不会。武汉已经封城了，重庆的严密防范已落实到了每一个医院和社区。

镜头推近，是一个戴呼吸机面罩的女病人。镜头继续推近，推近这女病人闭着的双眼。啊，好熟悉的眼睛，是雪萱！他心发紧发痛，立即给孙护士长打了电话。

孙护士长在电话里呜咽说："童雪萱被感染了，转入了我们的ICU病房，现在正在抢救。"

他如坠深渊，默默祈祷，希望她会像刚才出院的两位重症病人一样，得以痊愈。自己医院的ICU病房，医护技术、软硬件设施都比这边好。孙护士长说了童雪萱抢救重症病人赵思莲的果断、勇敢。宽慰他说，童雪萱说了，你穆毅的那对关系很铁的恩爱夫妻，“非典”时，男的对患病急救的妻子口对口呼吸，夫妇两个至今都安然无恙。他捶胸后悔，不该跟雪萱说这事的。

孙护士长在电话里讲，童雪萱清醒时说，武汉好了后，她跟你在武汉办婚礼。

男儿有泪不轻弹，只因未到伤心处，他的泪水唰地下来，雪萱，我的爱人，我全部的爱，我不能没有你，你要好好的。又赶紧给他们医院重症医学科的老主任、分管童雪萱的经管医师打了电话，都说会全力抢救童雪萱，全力抢救这位女英雄，说所有的院领导都来关心了，让他放心。

放心，他能放心么，马上飞回重庆去！

可他是重庆援鄂医疗队的医师组长，现在又分管有两个重症病人，其中一个是危重病人，这时候离不开啊！

好在自己医院的领导、德高望重的老主任和分管医师，还有孙护士长，都在全力抢救护理雪萱，她，会平安无事的。

他想到插在家中花瓶里那去重庆T3机场接她时买的一束鲜花，那鲜花怕是已经谢了，他心里好痛。身为医师的他清楚，雪萱已是命悬一线、危在旦夕。耳边响起当年他参加汶川大地震救灾那熟悉的《生死不离》的歌声：“生死不离，你的梦落在哪里，想着生活继续，天空失去美丽，你却等待明天站起……”雪萱，我的雪萱，你可要挺住，你会挺住的。你痊愈出院，按你所说，武汉好了后，我们在武汉办婚礼，我为你披上新娘嫁衣。

丹顶鹤

一

广袤草原凝结春的甘露，风的口哨吹得欢愉，数十只丹顶鹤犹如一架架双翼染墨的战机凌空飞驰，尖厉、粗犷、铜管乐般的“呵呵”声响彻四野。

激烈的丹顶鹤飞行比赛。

丹顶鹤“苇塘”姑娘箭一般飞落比赛场终点，天生尤物的它独立展翅，美丽高傲。公鹤“蓝湖”、“水泊”跟落苇塘身边。鹤大伯宣布苇塘夺冠，鹤大妈祝贺。苇塘高兴地双翼盘旋。蓝湖围着苇塘走：“美丽的苇塘，不信我就追不上你，夜黑时，我来你的浮巢。”苇塘一双火辣的目光笑吟吟地傲视蓝湖。水泊瞪眼：“蓝湖，你说什么，看我水泊啄烂你的头骨！”蓝湖大笑：“我要娶苇塘！”水泊恶脸，蓝湖变脸，二鹤决斗，长嘴相啄，扑翅你上我下。

鹤群围观。

苇塘视而不见，展翅飞走。

月辉抚照广阔的沼泽地，抚照由芦苇、乌拉草、三棱草、芦花筑成的一个个浅盘状的浮巢。苇塘在自己的浮巢边整理羽毛。蓝湖飞来：“啊，多么美好的夜晚，多么美丽的苇塘姑娘！”

芦苇丛中，有一双妒目。

蓝湖亮翅：“苇塘，我蓝湖喜欢你，想死你了。你父母去世得早，让我蓝湖来陪伴你。”亲近苇塘。苇塘避开。蓝湖喷粗气亲吻苇塘。苇塘生气：“蓝湖，你是第一个闯来我浮巢的公鹤，水泊会啄死你的……”“嗖！”水泊从芦苇丛中飞出，怒啄蓝湖。蓝湖没有提防，痛得尖叫，飞走，水泊追赶。

鹤大伯、鹤大妈相依相伴走过。苇塘羡慕，二老真是恩恩爱爱啊！鹤大伯笑，苇塘姑娘，你知道的，我们丹顶鹤的爱情是忠贞纯洁的，相爱相伴了，就一生一世。鹤大妈点头：“啊，苇塘姑娘，追求你的小伙子可多呢。”苇塘羞涩，目送鹤大伯、鹤大妈走远。

起雾了，雾气弥漫，风断断续续。苇塘见一只白狐病恹恹走来，倒卧在芦苇丛边，心生怜悯……一只年轻公鹤飞来，扑向白狐。啊，别，白狐像是病了！年轻公鹤将嚼碎的野果喂给白狐吃，这野果可以治病。白狐吞咽嚼碎的野果："谢谢鹤大哥。"病恹恹走，年轻公鹤跟随。

苇塘心生赞许。

布谷鸟鸣叫，鹿群驰过。白狐的树洞里，年轻公鹤给白狐送来鱼虾。白狐吃饱："谢谢鹤大哥一直的关照。"出树洞，弹跳走动，"鹤大哥，我的病全好了呢。"年轻公鹤高兴，围了白狐跳踢、伸腰、衔物。白狐呵呵笑："鹤大哥可真有趣。啊，我到河边喝水去。"跑走。

年轻公鹤欣慰地笑。

苇塘走来："请问这位好心的大哥，你叫啥名儿啊？"年轻公鹤说："我叫杉山。"苇塘说："我还不认识你呢。"杉山礼貌颔首："数十只的鹤群，不可能都认识，请问你呢？"苇塘说："我叫苇塘。"杉山腼然笑："噢，多好的名儿。"苇塘脸上一热："您的心真好，如蒙不弃，哪天到我的浮巢小叙。"

衔山的夕阳窃笑，归巢鸟儿叽喳私语。苇塘在自己的浮巢边迎接杉山。杉山走来。苇塘浮巢里的食物丰盛，有鱼虾、蝌蚪、蛤蜊、钉螺、茎叶、果实。"请便。"苇塘说。杉山礼貌地选了一些食物吃："嗯，真不错。啊，苇塘，你孤单单住在这浮巢里，不害怕么？"苇塘说："怕啥，你是说会有公鹤闯来？哼，母鹤不打鸣，再野的公鹤也不敢撒野。"杉山点头。苇塘的脸火烫，心里说，你怎么会让公鹤进了自己的浮巢。扫视杉山，明天太阳在草原上露脸的时候，赛飞场见。箭一般射走，落下一串笑声。

"呵，呵呵……"

晨阳露脸，赛飞场上空，苇塘、杉山鸣叫飞驰，不相上下。杉山边飞边看美丽的苇塘，心里快乐。忽地高鸣，将苇塘甩在身后。苇塘展翅紧追。杉山调动方向，突然落地。苇塘跟随落地："我追上你啦！"扑倒杉山，哈哈笑："我逮住你了！"四目相视，各自都感觉到对方的热烈气息。苇塘控制不住自己，亲吻杉山，杉山迎接苇塘的亲吻。

不远处，蓝湖、水泊看着，皆怒目圆瞪。水泊到河边垂泪，河水涨潮三尺；蓝湖强打精神飞翔，故作趾高气扬。

草原的太阳硕大妩媚，苇塘、杉山沉醉爱河。苇塘盘展左翅，右腿独立，笑吟吟盯着杉山。它俩或伸颈扬头，或原地踏步，或叼树枝抛向空中。鹤大伯、鹤大妈为它俩举办婚礼，群鹤祝贺。鹤大伯唱："噢，天生尤物有归，芙蓉并蒂生辉，来年枝头挂果，鹤群代代相传高飞……"

二

阳春三月，晴空万里。

鹤大伯一声令下，鹤群凌空展翅，飞去东北的繁殖地。鹤大妈带领子女跟随。鹤群各家族跟随。苇塘、杉山跟随。孤单的蓝湖、水泊跟随。高天无涯。鹤大伯收翅展翅发指令，鹤群从“一”字形转呈“人”字形，迎了天空的拉丝云翱翔。

“呵，呵呵呵……”

鹤声时而单鸣，时而成串长鸣。

天色阴霾。鹤群飞越墨黑的大海，海鸟叫得凄寂。鹤大伯指挥疲惫的鹤群飞落海滩歇息，各家族齐聚。两只离群的大雁啾啾飞过。孤单的蓝湖憋闷得难受，引颈唱：“噢，高天阴晴不定，海水扑朔迷离，我的爱已远去……”

水泊跟着唱。

蓝湖激动，展翅拥抱水泊：“水泊兄弟！”水泊紧搂蓝湖：“蓝湖兄弟！”苇塘走来，友善地看两个小伙子。蓝湖、水泊双方眨眼，含着谅解、友情。都血红两眼，腾腿朝不同方向箭一般射去。

天水间留下苇塘。

苇塘高鸣，腾腿箭一般射向另一端。

鹤群继续北飞。波光粼粼的湖水岸边，鹤群降落歇息、觅食。蓝湖遇见杉山，怒找杉山搏斗，杉山应战。男子汉的搏斗，蓝湖落败。杉山喘息：“继续？”蓝湖泄气：“算了。杉山哥，你狡猾。”杉山双翅扪心：“是爱。蓝湖兄，我知道你爱苇塘，可爱情是自私的，请你原谅我。我们还是好兄弟。那次野狼偷袭，多亏你赶来浮巢叫醒我，救了我一命。”蓝湖盯杉山：“那，那是应该的。”

男子汉的谅解。

太阳融化秋霜，晨辉抚照水草地，抚照丹顶鹤群。苇塘展示羽毛：“杉山，每年春秋两次换羽毛，都不能飞行呢。”杉山点头：“苇塘，你这身刚换的秋羽真美，人说，我们丹顶鹤是仙鹤呢。”苇塘点头：“人说，丹顶鹤是‘湿地之神’，寿命长达五六十年，人类的画家就画‘松鹤图’……”

鹤大伯、鹤大妈走来，后面跟着蓝湖、水泊。

鹤大伯呵呵笑：“我们丹顶鹤有强劲的双足和尖利的长嘴，几乎没有天敌。其实天敌也有的，除老鹰外，还有狐狸、鳄鱼、野狼。人，是我们最大的天敌……”

三

秋去冬来，鹤群南归越冬。

辛劳的丹顶鹤在沼泽地按家族筑巢散居，派有岗哨。鹤大伯尽职查岗，叮嘱站岗的苇塘提高警惕。苇塘挺胸应是。苇塘站完岗，与杉山带领幼小的一儿一女两个小宝贝觅食沙蚕、蛤蜊、钉螺。遇见了觅食的水泊。苇塘友好地笑："水泊，你也该成家了。"水泊叹气。杉山宽慰："水泊兄弟会找到称心姑娘的。""但愿吧。"水泊走开。苇塘喊："水泊，鹤大伯的女儿青草就不错呢！"转身发现儿子不见了："啊，我的心肝宝贝儿子，你在哪里！"杉山急喊："儿子，你躲在芦苇丛里跟爸爸、妈妈躲迷藏吗？"

白狐走来："你们好，怎么，儿子不见了？"

苇塘怒视白狐："白狐，知道你们狐狸的本性，恩人的儿子也偷吃，你的良心被野狼叼走了吗？"

白狐委屈："我白狐是不会忘恩负义的，我帮你们寻找。"它窜进芦苇丛。

白狐四处寻找，跑向前面的小树林。

老鹰飞过小树林，见彩狐正饱餐一只幼鹤，馋涎欲滴："彩狐，你偷吃了杉山、苇塘的儿子吧，它们正四处寻找哩。"彩狐赶紧叼了没吃完的幼鹤钻进自家的树洞里。老鹰撇嘴："哼，做贼心虚。"它飞走了。白狐跑来。彩狐嗅到味道，立即出树洞，咽下嘴里的幼鹤肉："啊，白狐妹妹来了！"白狐锁眉："你吃的啥？"彩狐打饱嗝："我吃，吃了只老鼠。"白狐半信半疑。彩狐抽动鼻子："啊，白狐妹妹，你真香。"亲近白狐，"白狐妹妹，我可是等不及了，你别再犹豫了，嫁给我吧。"白狐后退："这，彩狐哥，我还得想想。"

苇塘、杉山带了女儿飞来。

彩狐笑迎："啊，白狐妹妹介绍我们认识过的，谢谢杉山大哥救护我白狐妹妹，也谢谢美丽的苇塘。啊，你们的宝贝女儿好乖。"

苇塘瞪眼："彩狐，看见我们的儿子了吧？"

彩狐咂嘴："看见过的，你们一家子好亲热。可今天没有看见。啊，我和白狐妹妹想请你们吃饭呢。放心，我们不会像《伊索寓言》里说的那样，晚餐只是放在大平盘里美味的汤，我们能喝，你们喝却费劲。当然，倘若你们也请我和白狐妹妹吃饭的话，也请别用在细颈瓶子里装美味的汤，你们能喝，我们可是一口也喝不到。"尴尬地笑。白狐说："杉山大哥的大恩我不会忘记，我白狐帮你们寻找儿子。"杉山道谢，带领妻女飞走。

月色迷蒙，星星落泪。苇塘、杉山在浮巢里哭泣、叹息，苇塘紧护女儿："杉山，可得要守护好我们的宝贝女儿。""嗯。"杉山瓮声说。"杉山，给我们的女儿取个名儿吧。"杉山想，叫"念想"吧，念想失去的哥哥。

鹤大伯重病，奄奄一息，断续唱："我的湿地我做主，请不要靠近，鹤蛋幼鹤乃命根，团结就是力量，我丹顶鹤不可战胜。"呼吸微弱，停了。

众鹤皆哀。

鹤大伯走了，过了1岁的念想得离开父母了，长大的鹤必须离开父母，这是鹤群的规矩。念想舍不得父母，父母执意要它离开。念想哭得伤心。蓝湖紧搂念想："念想，做我的干女儿吧，跟干爹过。"

四

馋涎鹤肉的老鹰提醒彩狐别做亏心事儿。彩狐讥讽："是的，你别做亏心事儿。"老鹰笑："你吃了杉山和苇塘的儿子。"彩狐瞪眼："哼，老鹰，你吃了鹤大伯女儿青草的鹤蛋，水泊可是她的老公，鹤群是不好惹的。"它俩都知道，鹤群现在是年轻力壮的杉山领首，有贤内助苇塘协助，确实不好对付。"合作吧，叫上鳄鱼，水陆空合作，鹤蛋、幼鹤太美味了。"它俩的话被草丛里的白狐听见。

丹顶鹤的天敌谋划后的第三天，杉山、苇塘比翼高飞。杉山说："白狐送来的情报很重要。"苇塘点头："我们要打破它们的水陆空阴谋，就不知道它们啥时候来。"夫妻俩低空盘旋，巡视各家族浮巢里的鹤蛋、幼鹤。

站岗的蓝湖警惕地四望。跟随干爹站岗的念想看天："干爹，红日高照，一派祥和呢。"蓝湖提醒："我的干女儿，可要时刻警惕……"老鹰挨沼泽地悄悄飞来。眼尖的蓝湖看见，扑翅迎战老鹰。念想惊恐。老鹰怒啄蓝湖。蓝湖避开："念想，快去报信，彩狐、鳄鱼也会来的！"念想扑翅飞走去报信。

彩狐露脸出芦苇丛，水泊、青草夫妇发现，怒斗彩狐，老鹤夫妇助战，彩狐溜走；湖边，鳄鱼爬来，张开血盆大口。杉山、苇塘夫妇怒斗鳄鱼，念想助战，鳄鱼悻悻退入水中；空中，蓝湖与老鹰血战，众鹤飞来助战。老鹰吃惊，扑向浅水，抓起一条小鱼，灰溜溜飞走。

湍急的九拐河，两岸芦苇丛生。

念想高兴地盘旋飞翔，它出生以来第一次参加战斗，妈妈爸爸夸它报信及时，可记小功……突然，一支猎人的箭飞来，没有提防的它左翅中箭，跌落急流。蓝湖飞来："黑心的猎人！"念想在急流里挣扎。"别怕，我的干女儿！"蓝湖扑向河水，叼住念想上提，又一支猎人的箭射来，蓝湖躲闪，嘴一松，念想再次跌落急流。受伤的念想在河水里下沉。蓝湖扎进河水，叼住念想使劲浮出水面。念想口吐河水。蓝湖叼住念想往岸边的芦苇丛。第三支猎人的箭射来，蓝湖的背部中箭，它使力将念想摔向芦苇丛，力不能支，被翻滚的河水卷走。念想哭泣："干爹，女儿来救您！"它全力腾飞，滴血的左翅不能展开，飞起又落入芦苇丛。

路过的白狐看见："啊，是念想，可恶的猎人！"它叼起念想，送回到它父母身边。杉山、苇塘听了念想的哭诉，着急不已。杉山喝令鹤队起飞，沿九拐河及其两岸寻找蓝湖。九拐河的弯多水急，哪里还找得到蓝湖。两岸芦苇摇头，霏霏细雨是泪。苇塘洒泪唱："在看得见的地方，我用眼睛看着你，在看不见的地方，我用心儿想着你……"

辽远的沼泽地，散在的浮巢，俯垂的夜空。一双健壮的鹤脚踏碎水中弯月，尽职尽责的杉山蹚水巡查，可得保护好鹤蛋、幼鹤。乌云飘来，遮挡了月亮，夜色暗淡。彩狐偷偷摸来，鳄鱼悄悄爬来，老鹰无声飞来，齐扑向杉山。杉山奋力抵抗，"呵呵"报警。老鹰抓住杉山羽翅，杉山断羽脱身。彩狐撕咬杉山肚腹，杉山死命挣扎。鳄鱼张开血盆大嘴，齿断杉山脖颈……

苇塘飞来："有贼，大家快来！"猛扑三贼。鹤群飞来助战。追求安宁祥和的鹤群此时同仇敌忾，数十只长嘴利爪怒啄怒踢来犯之敌。月亮怒脸，湖水草棵呐喊。三贼难敌众怒的鹤群，各自逃窜。

鹤群围绕杉山头领的遗体默哀。

群鹤不能没有头领，鹤群议论。

水泊自告奋勇，杉山兄长走了，作为小弟，我当义不容辞。青草附和："我父母对水泊一向是器重的。"老鹤沉吟说："水泊勇敢，却缺少谋略。我看，还是苇塘做头领吧。"苇塘伤感无比："我难当此任。"老鹤妻说："你是杉山的妻子，大公无私，有勇有谋，能胜任，鹤大伯临终前说过，叫你协助杉山。"水泊瞪眼："母鸡打鸣了么，公鸡下蛋了么，母鹤也能担此大任？"青草撇嘴："家父临终前就没说过母鹤可以担任头领。"

鹤群议论纷纷。

老鹤说："大家安静，人类的花木兰、穆桂英、秦良玉，都是盖世女英雄，我和妻子力荐苇塘任头领。"

多数鹤点头：

"同意。"

"赞同。"

“苇塘好样的！”

……

老鹤看苇塘：“多数鹤都推举你，你就不要推辞了。”

苇塘犯难。

老鹤妻说：“苇塘，临危受命吧。”

苇塘犹豫地点头：“大家随时可以撤换我。”

水泊、青草愤愤不平。

新官上任三把火，苇塘带领鹤群迎风穿雨、筑巢觅食、护卫后代，鹤队秩序井然。唯有水泊、青草不听招呼，我行我素，无理吵闹。苇塘理解它们夫妇的心情，没有苛责，尽心关爱。带领鹤群的这副担子可不轻，担压得它喘不过气，常常感到孤独无援，倍思故去的丈夫杉山，倍思搭救女儿念想负伤失踪的蓝湖哥。

念想走来：“妈妈，我今天站岗，您看谁来了！”

苇塘回首。

蓝湖哥笑着走来，向它鞠躬：“尊敬的苇塘头领，我蓝湖回来了。”

似梦也非梦也，苇塘悲喜交加。

“老天爷不收我，”蓝湖呵呵笑，“我在河水里沉浮，等待我的是死亡。急流过了是缓流，我遇到了好心的渔人，搭救了我，为我疗伤、喂食。我伤愈后，渔人放飞了我。”

“太好了！”苇塘激动合翅，“谢谢渔人！有黑心的猎人，也有好心的渔人。”对念想说，“女儿，快去叫大伙儿来。”

念想扑翅飞走。

蓝湖走步：“苇塘头领，吩咐我做事儿吧。”苇塘说：“你我兄妹，叫啥头领啊，还是叫我苇塘吧。”蓝湖点头：“嗯，苇塘妹。”苇塘说：“蓝湖哥，你杉山弟走了。”蓝湖点头：“念想给我说了。”苇塘掉泪：“蓝湖哥，我好难。”蓝湖点头：“念想给我说了。”

“你做头领吧，蓝湖哥，我说的是真心话。”

“你要是同意的话，我当你的助手，做你的保镖。”

“我当然愿意，却是委屈了你。”

“不委屈，我蓝湖两肋插刀助你，肝脑涂地在所不惜。”

苇塘感动。

五

晨曦迟迟不出来，仿佛有难决的心事。水泊、青草夫妇出走，飞一阵掉头折返，折返飞一阵又掉头折返，毅然决然远走高飞。

蓝湖追来："水泊、青草，听我蓝湖的劝，不能离开队伍！"

水泊回盯蓝湖，目光犀利："我和青草去意已决。"蓝湖劝导："即便是要走，也该跟苇塘头领说一声。"青草生怒："凭啥要跟它说！"水泊不屑："哼，一只母鹤！"蓝湖与它俩齐头并飞："对抗恶劣的气候和天敌，得依靠集体的力量。"阻挡它俩。水泊怒撞蓝湖，蓝湖依旧阻挡。二鹤打斗。青草为水泊助战。蓝湖难敌二鹤，头皮被啄破，血液流入双眼，视线模糊。

水泊、青草射向远方。

月辉抚摸空心树，疲惫的水泊、青草飞来歇脚。空心树洞里有许多蝙蝠的粪便。青草害怕："呀，这是蝙蝠的巢穴。"水泊宽慰："蝙蝠夜里出去觅食，天明才会归巢……"忽地，一大群蝙蝠"呼呼"飞进树洞，片刻便贴满了洞壁。青草惊恐："你不是说蝙蝠明天才归巢吗？"水泊担忧，遇到例外了。小蝙蝠惊叫："啊，有两只丹顶鹤侵占我们的巢穴！"众蝙蝠"呼"地飞离树洞壁，围了水泊、青草穿行、抓咬。水泊、青草伸长嘴挥翅膀蹬腿抵挡。青草的颈子被小蝙蝠抓伤。老蝙蝠过来，对众蝙蝠喝道："都给我住手！"对水泊、青草说："寒巢简陋，二位如蒙不弃，就在这里歇息吧。"

站岗的蓝湖警惕四望。精疲力竭的青草飞来，跌落蓝湖跟前。水泊跟来："青草，我们回家了。"对蓝湖沮丧地说，"青草受伤了，我们去过蝙蝠的巢穴。"蓝湖瞪大眼，护送它俩归巢。

青草有气无力，头颈不自主地扭动。水泊哭丧着脸。蓝湖领苇塘赶来。苇塘隔开距离看青草，眉头深锁："青草是染病了，是鸟瘟，得吃草药，得隔离。"想到什么，"啊，蓝湖哥，你护送它们归巢时，经过鹤群了？"蓝湖点头："经过了，老鹤夫妇还对它们问长问短。"苇塘好担心，鸟瘟会传染的！

野草丛生的山地，山风猎猎。苇塘、蓝湖、念想顶风飞来。苇塘盘旋寻找，赶快找草药金银花、板蓝根、蒲公英、青黛、甘草，有病治病，没病防病。

落霞忧愁。鹤群里有鹤染病，步态不稳，头颈扭动。苇塘、蓝湖、念想将采来的草药按病鹤家族分发。苇塘喝令大家要与病鹤隔开距离，病鹤有的三四天死亡，抵抗力好的会自愈。苇塘给老鹤浮巢送药。老鹤妻抹眼泪："我老伴病倒了。”苇塘宽慰，让老鹤赶紧吃药。

月亮苦脸。青草奄奄一息。水泊呜咽：“苇塘头领，我们不该离开鹤群的。”苇塘宽慰，忧思满怀。自己的父母就是因为鸟瘟去世的，现在，老鹤等鹤先后染病身亡。水泊舍不得青草，亲吻青草，苇塘叫它隔开距离。水泊哭说：“我要把爱妻身上的病毒全都亲出来！”苇塘担心女儿，去看念想。念想没有染病，可恶的蝙蝠，咋就这么狠毒。苇塘说：“蝙蝠本身没有错，可对于鸟瘟来说，它们是‘毒王’。发烧是抵御病毒的防线，蝙蝠总是在不断地发高烧，它们有抗病力，却是病毒的携带传播者……”

白狐病了。苇塘、念想送来草药放在它的树洞口。白狐有气无力：“谢谢救我。唉，彩狐也病倒了。”念想瞪眼：“彩狐就该死，吃了我哥哥。”白狐说：“对不起。”苇塘说：“白狐，这不怪你。啊，听说还有些动物也病倒了。”它给白狐讲了采药服药的方法，“你病好后，教教那些动物。”白狐病愈后，犹豫地送草药放到患病的彩狐洞口，说得谢谢丹顶鹤头领苇塘。

忙累数日的苇塘在浮巢里右腿独立，右翅盘展，头插羽背歇息。蓝湖来找它说心里话。它明白蓝湖的意思，蓝湖哥，鹤群有规矩的，相爱相伴了，就一生一世，我已经嫁给杉山……

六

九拐河弯弯拐拐。病愈的彩狐找老鹰、鳄鱼、野狼议事：“是，苇塘送来过治疗瘟病的草药，传授了采药服药的方法，在场的诸位也受过益。按理说，应该感谢。可看见那些鲜嫩的鹤蛋可口的幼鹤，实在是嘴馋。”老鹰点头：“那可是哺育我幼崽的美味。”鳄鱼矜持说：“感谢呢，是一回事儿，生存是更重要的事儿。野狼张口，动物觅食天经地义。”彩狐点头：“看来，诸位是同意采取水陆空联合行动了。”

芦苇丛里，有双愤怒的眼睛。

老鹰怪笑：“彩狐狡猾，不，智慧，这可是恩将仇报啊。”彩狐摇头：“人类有话，鸟尽弓藏，兔死狗烹。”野狼点头：“说说具体的进攻计划。”彩狐四看：“我们分进合围……”

万籁俱寂。浮巢边，苇塘独脚站立头插背羽歇息。白狐悄步走来。警惕的苇塘睁开眼：“啊，是白狐，这么晚了，有事儿？”白狐愤愤说：“我算是看清彩狐的丑恶嘴脸了，哼，恩将仇报。”“彩狐欺负你了？”苇塘问。白狐说：“我是死也不会嫁给这个黑心的坏蛋了。”它说了它躲在芦苇丛里看见听见的一切。

次日黄昏，夕阳斜照，沼泽惊恐，芦苇悄声。

彩狐匍匐爬来，鳄鱼、野狼分进。

老鹰低空盘旋："呀，鹤群咋无影无踪了？"蓝湖突然降临，狠啄老鹰后颈。老鹰疼痛喊叫："糟了，有埋伏！"它反击蓝湖。蓝湖回击。老鹰猛抓蓝湖左眼。鲜血顺蓝湖的面颊流淌。水泊飞来怒战老鹰。老鹰回战水泊。蓝湖吞下流淌到嘴边的左眼珠，瞪独眼跟老鹰血战。中年公鹤飞来，怒踢老鹰。三只公鹤大战老鹰，昏天黑地，湖水扬波。老鹰多处受伤。

彩狐、鳄鱼、野狼均被苇塘、念想、老鹤妻各自带领的鹤群击败。彩狐策划的又一次水陆空进攻失败。鹤群欢唱："我的湿地我做主，请不要靠近，鹤蛋幼鹤乃命根，团结就是力量，我丹顶鹤不可战胜。"

白狐在彩狐的树洞口探脸，哼，搬石头砸自己，报应。被鹤群啄伤的彩狐不行了，看见树洞口白狐的脸："我的白狐妹妹……"白狐犹豫进来。彩狐强打精神："白狐妹妹，你，还是来了。"白狐走到彩狐身边，为它舔舐伤口。彩狐落泪："没，没用了，是，是你泄露了我们的进攻计划？"白狐点头。彩狐说："还老实，我之将死，其，其言也善，你知恩图报，没，没错……"它停止呼吸，眼角挂泪。白狐继续为它舔舐伤口。

苇塘为蓝湖舔舐受伤的左眼："蓝湖哥，你的左眼……"蓝湖忍痛："眼珠受之父母，我吞下肚了。"苇塘落泪："蓝湖哥，你说得对，规矩是可以改变的。我想好了，嫁给你。"蓝湖摇头："蓝湖现在是独眼鹤是丑八怪。"苇塘深情看蓝湖："你是鹤群的男神，是顶天立地的英雄，美女爱英雄呢。"

热闹的婚礼。

凤凰、大雁、黑啄木鸟、布谷鸟等百鸟来贺。白狐、梅花鹿、白鹅、黄鸭等来贺。老鹤妻宣布："诸位来宾，今天可是大喜之日，苇塘与蓝湖举办婚礼，呵呵！"鹤群伸腰、抬首、跳踢、衔物、鞠躬起舞。凤凰展翅，大雁盘旋，黑啄木鸟、布谷鸟飞鸣，白狐踏步，梅花鹿跳跃，白鹅、黄鸭雄步。老鹰在高空盘旋，鳄鱼在湖边探头，野狼在远山窥伺，一个个饕口馋舌。

又一场激烈的丹顶鹤飞行比赛。

苇塘疾飞，蓝湖、水泊追赶，鹤群追赶。呼呼的风声。尖厉、粗犷、铜管乐般的"呵呵"声。数十只姿态各异的丹顶鹤呼啸飞驰。苇塘箭一般降落赛飞场终点。老鹤妻宣布苇塘夺冠。蓝湖喘气："苇塘，我还是追不上你。"水泊喘息："蓝湖兄，你追上苇塘了。"